Markus Bruckner

DIE FÄNGE DER RACHE

Bibliografische Information der Deutschen Nationalbibliothek:
Die Deutsche Nationalbibliothek verzeichnet diese Publikation in
der Deutschen Nationalbibliografie; detaillierte bibliografische
Daten sind im Internet über dnb.dnb.de abrufbar.

© 2024 Markus Bruckner
Herstellung und Verlag: BoD – Books on Demand, Norderstedt

ISBN: 9783759703941

Lektorat: Julia Gilcher, Words in flow
Gestaltung und Satz: Anke Enders, alles mit Medien

Bildnachweis
Titelbild von Freepik, modifizert von Anke Enders

Mit diesem Buch halten Sie den zweiten Band meiner Schottland-Trilogie in den Händen. Um die Handlung zu verstehen, ist es nicht notwendig, dass Sie Band 1 („Die Ufer des Fiebers") schon gelesen haben.

Zum besseren Verständnis des historischen Hintergrunds, vor dem meine Protagonist*innen ihr Leben meistern müssen, will ich in wenigen Sätzen noch einmal die für meine Handlung wesentlichen Fakten der schottischen Geschichte darstellen.

Im letzten Jahrzehnt des 17. Jahrhunderts durchlebt Schottland klimabedingt eine schwere Zeit, die bis heute „The Seven Ill Years" („die sieben schlimmen Jahre") genannt wird. Der Ausbruch von drei Vulkanen auf Island und Indonesien verdunkelt die nördliche Erdhalbkugel über Jahre derart, dass die Schotten massiv unter Dauerregen, Kälte und wiederholten Missernten leiden. Zehn bis fünfzehn Prozent der Bevölkerung verhungern.

Politisch ist die Situation in Schottland angespannt, weil die Engländer in der sogenannten Glorious Revolution (1688/89) den (katholischen) schottischen König Jakob II. aus dem Hause Stuart abgesetzt und durch den (protestantischen) Wilhelm von Oranien ersetzt haben. Diese Entscheidung stößt auf großen Widerstand in der schottischen Bevölkerung. Alle, die – aus welchen Gründen auch immer – gegen die Herrschaft der englischen Krone sind, finden sich in der Gruppierung der Jakobiten zusammen, deren oberstes Ziel es ist, ihren König Jakob aus dem französischen Exil zurück auf den englischen Königsthron zu bringen. Blutige Aufstände, die sogenannten Jakobitenaufstände, beginnen das Land zu überziehen. Die erste große Schlacht bei Killiecrankie am 27. Juli 1689 gewinnen die Jakobiten, aber ihr Blutzoll ist so hoch, dass sie zunächst nicht weiterkämpfen können.

In dieser schwierigen Lage erscheint eine rein schottische Koloniegründung an der Landenge von Panama, in einer Region, die bis heute Darién genannt wird, als eine sehr gute Idee. Im Jahr 1698 macht man sich auf den Weg. Doch die Unternehmung scheitert im Jahr 1700.

Sie kostet über 2400 Siedlerinnen und Siedler das Leben und verursacht eine Staatspleite Schottlands. Meine Heldinnen und Helden Orla, Marjorie, Aiden und Riley haben in Band 1 an diesem Abenteuer teilgenommen – und es zumindest überlebt.

In England regiert inzwischen die kluge Königin Anne, die der schottischen Oberschicht zur Beseitigung der Staatspleite finanzielle Hilfen anbietet und im Gegenzug dafür „nur" die Auflösung des schottischen Parlaments verlangt. Der kooperative Adel kann seine Schlösser retten, aber die Selbstverwaltung des Landes ist seit dem „Act of Union" (1707) faktisch abgeschafft.

Die Jakobiten bleiben gegenüber ihren Widersachern weiterhin rebellisch. Immer wieder flammen blutige Unruhen auf. Teile des Adels gelten als Verräter, weil sie mit den Engländern kooperieren.

In London selbst haben die Engländer seit Ende des 17. Jahrhunderts erfolgreich eine Börse installiert, und der Handel mit Aktien nimmt mit Unterstützung des Königs George I. (Nachfolger der Königin Anne) großen Aufschwung. Im Jahr 1720 jedoch kommt es zum ersten großen Börsencrash auf der britischen Insel. Die sogenannte Südseeblase platzt mit lautem Knall. Die Jakobiten sind indes immer noch aktiv und sinnen auf Rache.

Vor diesem verbrieften geschichtlichen Hintergrund entwickelt sich die Handlung des zweiten Teils meiner Trilogie, der zwanzig Jahre nach dem Ende der kolonialen Unternehmung, im Jahr 1720, beginnt.

Meine Protagonist*innen sind frei erfunden. Andere Figuren (zu erkennen am * im Personenregister am Ende des Buches, darunter William Paterson, George Caswall und einige mehr) basieren auf Personen, deren Existenz und geschichtliche Rolle bekannt und gut überliefert sind, wobei ich die Ausgestaltung vieler Details meiner Fantasie zugestanden habe.

Ich erzähle diese besondere Geschichte so, wie sich die Ereignisse damals hätten abspielen *können*. Um die Verständlichkeit gewisser historischer Begrifflichkeiten und Ereignisse zu erleichtern, habe ich im Anhang ein Glossar angefügt.

Markus Bruckner, Juli 2024, Bad Homburg

*„Hättest nicht auch Du mit jenem, der gemeinsam mit
Dir in meinem Dienst steht, Erbarmen haben müssen,
so wie ich Erbarmen mit Dir hatte?
Und in seinem Zorn übergab ihn der Herr seinen
Folterknechten, bis er die ganze Schuld bezahlt habe."*

AUS DEM EVANGELIUM NACH MATTHÄUS: KAPITEL 18, SATZ 33 UND 34

[1] In den Wirren der South Sea Company
September 1720

Das herbstliche Firmament über London ließ am Morgen noch vereinzelte Sonnenstrahlen auf das emsige Treiben in der Stadt fallen. Bis zum Mittag zeigte sich der Himmel zunehmend launisch und wechselhaft; kurz vor Sonnenuntergang tauchte dann eine schwere, tief hängende Wolkendecke die Stadt in ein dunkles Violett.

Man schrieb Montag, den 1. September des Jahres 1720. Aiden Hunter fehlte an diesem besonderen Tag jeglicher Blick für derlei Naturphänomene. Nach einer Nacht, in der sein Herz gerast, in der er keinen Schlaf gefunden hatte, machte er sich ausgelaugt schon am frühen Morgen mit der Kutsche auf den steinigen Weg. Sein Ziel war das Haus der South Sea Company, das im Londoner Stadtkern lag. Übermüdet ließ er seine Gedanken immer wieder um den einen zentralen Punkt kreisen: War er nach zwanzig Jahren harter Arbeit hier in London nun finanziell ruiniert, oder gab es doch noch Hoffnung?

Selbst auf dem Teil der Fahrtstrecke, den der Richmond-Forst flankierte, nahm er das beginnende Farbenspiel der Bäume im frühherbstlichen Licht des Tages nicht wahr, obwohl sein starrer Blick die meiste Zeit nach draußen gerichtet war. Aiden Hunter, inzwischen dreiundvierzig Jahre alt und als Handelssekretär in London erfolgreich, saß allein und von dunkler Vorahnung gefangen in seinem holprigen Gefährt. Den Kutscher hatte er zur Eile gemahnt. Nervös tastend kontrollierte er den Sitz seiner üppigen Perücke, wobei es ihm am wichtigsten war, dass die Ohrmuscheln, unter deren Größe er seit Jugendzeiten litt, vom Kunsthaar vollständig verdeckt wurden. Die Perücke verbarg auch sein einstmals braunes Haar, welches, inzwischen schütter geworden, besonders an den Schläfen zunehmend von grauen Strähnen durchzogen wurde.

Die Stadtgrenze war erreicht, und jetzt säumten wachsende Häuserzeilen die Fahrtroute. Doch Aiden war zu sehr in seine Gedanken versunken, als dass Einzelheiten der Welt außerhalb seiner Kutsche hätten zu ihm durchdringen können. Mechanisch strich er mit dem rechten Handrücken immer wieder imaginäre Flusen vom Oberschenkel seiner neuen Kniehosen, die er extra für dieses schicksalsträchtige heutige Treffen hatte einkaufen lassen. Das helle Beige des aus Samt gearbeiteten Stücks kontrastierte gut zum kräftigen Marineblau seines besten Ausgehrocks. Dessen Knöpfe hatte seine Magd Larna Mills noch am Vorabend unter vorsichtiger Verwendung flüssigen Öls zu perfektem Glanz gebracht.

Als die Kutsche endlich vor dem imposanten Gebäude der South Sea Company in der Threadneedle Street, Ecke Bishopsgate, zum Stehen kam, klopfte Aiden das Herz schon wieder bis zum Hals. In Kürze würde er mehr wissen über den aktuellen Zustand der Company und – damit eng verbunden – über seine eigene Zukunft. *Er* würde schon heute die ungeschminkte Wahrheit erfahren, bevor die meisten der noch hoffnungsvollen Aktionäre erst in den nächsten Wochen vom heiklen Zustand ihrer Company Wind bekommen würden. Aiden rechnete kurz nach: Die South Sea Company war vor neun Jahren gegründet worden. Genau von dem Mann, der ihn heute über die Turbulenzen in der Company und die Hintergründe aufklären wollte. Fünf Jahre, ja, genau fünf Jahre war es her, seit der verehrte William Paterson angefangen hatte, ebenfalls als Berater für die South Sea Company zu arbeiten. Dann aber war Paterson, der Vater seines wirtschaftlichen Erfolgs, vor eineinhalb Jahren plötzlich und unerwartet verstorben. Wahrlich ein schwerer Schicksalsschlag für Aiden! Er erinnerte sich noch gut an die Stunde der Todesnachricht. Gott sei Dank hatte danach sehr schnell ein enger Vertrauter des Verstorbenen, ein Bankier mit dem Namen George Kemp, die Geschäfte samt Klientel und damit auch ihn, als Sekretär, übernommen. Dieser war ein Onkel von Patersons verstorbener zweiter Frau Hannah. Schon nach wenigen Wochen stellte sich dieser Wechsel sogar als Glücksfall dar: Denn die Geschäfte begannen sich unter seinem neuen Chef zunehmend zu lohnen. Er stieg zum Berater für den Vertrieb der South-Sea-Company-Aktien auf. Immer schneller wuchs die Zahl von Interessenten an den Geschäften der Gesellschaft und trieb damit den Aktienkurs gewaltig nach oben. Verdammt, er hatte für dieses Papier wahrlich geschuftet wie ein Pferd! Der rasante Erfolg seiner Beratungstätigkeit, die zusätzlich zu seinem Grundgehalt vergütet wurde, führte dazu, dass Mr. Kemp ihm für die anfallenden Schreibarbeiten einen weiteren Sekretär an die Seite stellen musste.

Das Geschäftsfeld der Company, der Handel mit Südamerika, was vor allem Sklavenhandel bedeutete, hatte den Nerv der wohlhabenden Klientel getroffen. Die Entwicklung der Company, die vom englischen Parlament exklusiv mit einem Monopol zum Südamerikahandel ausgestattet worden war, wurde darüber hinaus durch König George I. persönlich gefördert und von weiten Teilen des Adels unterstützt – immerhin hatte die South Sea Company einen großen Teil der Staatsschulden übernommen. Ja, König und Adel hatten durch den massenhaften privaten Ankauf gehörigen Anteil an der danach schwindelerregenden Kursentwicklung dieses Papiers.

Aiden hatte sich schon früh selbst vom Börsenfieber infizieren lassen. Jeden Tag war sein Stolz darauf gewachsen, dass es ihm dermaßen leicht gelang, mit seinem Einsatz zum Aufschwung des noch jungen Wertpapierhandels in London beitragen zu können. Sein Vermögen hatte sich parallel zum Börsenkurs entwickelt, seit auch er angefangen hatte, für sich private Aktien bei der South Sea Company zu zeichnen. Ja, er hatte sich sogar Geld geliehen, um seinen Gewinn noch deutlicher zu steigern. Prominente, finanzstarke Kundschaft, bei deren Namensnennung er noch vor Jahresfrist in Ehrfurcht erstarrt wäre, hatten sich in den letzten Monaten vertrauensvoll an ihn gewandt und ihn zu ihrem Finanzberater erkoren.

Die Stimme des Kutschers riss ihn aus seinen Gedanken. Aiden stieg aus dem Einspänner und vereinbarte mit dem sich verbeugenden Mann die Mittagszeit für die Rückfahrt. Hätte er die Folgen des Gesprächs geahnt, hätte er die Kutsche erst für den späten Abend wiederbestellt.

Er zog den tailliert geschnittenen Gehrock, der ihn größer erscheinen ließ, mit beiden Händen an der Hüfte nach unten und betrat das Gebäude der South Sea Company durch den Haupteingang. Er ging durch das schwere, riesige Eichentor, das zentral in der kraftstrotzenden steinernen Fassade des Gebäudes platziert war, welches allein durch sein Erscheinungsbild die wirtschaftliche Potenz seiner Besitzer widerspiegelte.

Aiden kannte das Besprechungszimmer des berühmten George Caswall im ersten Stock. Er war dort mit Paterson zusammen schon zu manch schwierigen Beratungen erschienen, doch in einer derartigen Krisenstimmung wie heute hatte er sich zuletzt vor etwas mehr als zwanzig Jahren auf der Insel Sankt Thomas in der Karibik befunden. Damals war ihm über Nacht das nicht mehr abwendbare Scheitern der schottischen Kolonie an der Landenge von Panama klar geworden. Betont aufrecht schreitend nahm er nun die Stufen in den ersten Stock. Dort wurde er schon von Mr. Caswalls Sekretär erwartet, der ihn noch um ein wenig Geduld bat. Aiden nickte freundlich, wusste er doch nur zu gut, dass ihn seine Aufregung überpünktlich hatte erscheinen lassen. Außerdem war bekannt, dass Mr. Caswall Unpünktlichkeit hasste und gnadenlos abstrafte. Caswall war ein Mann, den man nicht eine Minute warten ließ.

Aiden versuchte, eine möglichst gelassene Miene zur Schau zu stellen, während er auf einer schmalen Holzbank Platz nahm. Er dachte über diesen George Caswall nach – was für eine schillernde Persönlichkeit! Mit einer Größe von fast sechs Fuß und seinem massigen Körper war dieser Mann in der Tat schon rein optisch eine beeindruckende Erscheinung. Aus Eitelkeit, wie allgemein angenommen wurde, hielt er sein Geburtsdatum stets geheim. Nach Schätzungen von Menschen, die ihn schon lange kannten, sollte George Caswall etwa fünf Jahre älter sein als Aiden selbst. Ein Mann im reifen Alter von Ende vierzig! Mit scharfem Verstand und skrupellosem Durchsetzungsvermögen hatte Caswall eine beispiellose Karriere gemacht. Aus der Mittelschicht stammend, hatte sich George nach seiner Ausbildung zum Bankier zielstrebig nach oben gearbeitet. Überraschend schnell schaffte er es in die Vorstände verschiedener Firmen, bis er dann 1711 bei Gründung der South Sea Company deren erster Vorsitzender wurde. Doch dann kostete diesen Mann völlig unerwartet seine Verurteilung wegen Bestechlichkeit den Vorsitz der Company. Das Geschehen lag erst zwei Jahre zurück. Und trotz des Skandals blieb Caswall Mitglied der Partei der Whigs im Stadtparlament von Leominster, und, als wäre das noch nicht genug: Für das laufende Jahr 1720 war er sogar mit großer Mehrheit von den Amtsträgern Londons zu einem der zwei Sheriffs der Stadt gewählt worden – ein Amt von größtem politischem Einfluss und juristischer Macht!

Aiden Hunter hatte den heutigen Termin mit Caswall vereinbart, weil er ihn dringend brauchte. Er musste jetzt und gleich erfahren, was sich hinter der Fassade der South Sea Company abspielte. Warum war der Kurs der Aktie, der sich über all die Jahre so erfolgreich entwickelt hatte, seit zwei Wochen dabei, dermaßen stark zu fallen? Aidens Gedanken wurden durch die geräuschvoll auffliegende Tür von Caswalls Amtszimmer unterbrochen. Im Gegenlicht der noch flach einfallenden Morgensonne, die den groß gewachsenen Mann von hinten anstrahlte, füllte „Big George" wie ein schwarzer Riese den Türrahmen.

„Mr. Hunter, so kommt doch zu mir! Ich freue mich, Euch heute empfangen zu können." Er machte eine einladende Armbewegung, trat einen Schritt zurück in den Raum und erwartete neben der Tür stehend seinen Gast. Aiden musste gegen die Sonne blinzeln und betrat das große Ordinationszimmer, während sich hinter ihm die schwere Tür wie von Geisterhand schloss. Die fleischigen Pranken des Gastgebers umfingen Aidens rechte Hand schraubstockartig und schüttelten sie herzlich.

„Seid gegrüßt, alter Freund. Ihr wisst, Hunter, dass ich nur noch einmal im Monat hier in meiner bekannten Dienststelle sein kann?"

Aiden nickte wortlos, worauf ihn Caswall nach einem leichten Tätscheln seines Handrückens freiließ.

„Kommt, so macht es Euch doch bitte hier gemütlich." Der Redende zeigte dabei auf einen schmalen Stuhl, der mittig vor dem riesigen Schreibtisch stand, der vor der lichtdurchfluteten Fensterfront wie ein großer Altar wirkte.

„Gemütlich – das klingt gut, wird es aber heute wohl eher nicht werden", dachte Aiden und nahm just in dem Moment Platz, als es im Raum auffallend dunkler wurde. Die Sonne, so schnell sie sich gezeigt hatte, war schon wieder hinter einer breiten, tief hängenden, graublauen Wolkenbank verschwunden.

Caswall schritt durch den großen Raum, um hinter dem Schreibtisch, auf dem sich große Stapel von Papieren häuften, in einer Art Ohrensessel Platz zu nehmen.

„Ja, mein Amt als Sheriff der Stadt London zwingt mich eigentlich zur permanenten Anwesenheit im Londoner Gerichtsgebäude Old Bailey, aber einmal im Monat muss ich mich schließlich auch noch um unsere Company kümmern."

Aiden hatte bisher noch kein Wort gesprochen, und, ehrlich gesagt, wusste er auch nicht, wie er das Gespräch beginnen sollte. So nutzte

„Big George" die Chance, selbst das Gespräch weiter zu dominieren. Aiden bemerkte, dass Caswall zu der grauen, voluminösen Echthaarperücke, die an beiden Seiten des kantig wirkenden Gesichts in einen gleichfarbigen, wilden Backenbart überging, der bis weit nach unten in den speckigen Hals reichte, in der Mitte aber das Kinn freiließ, heute die offizielle rote Robe des Sheriffs von London mitsamt seiner Amtskette trug. „Offizieller und unnahbarer hättest du dich nicht kleiden können", dachte Aiden noch, als ihn sein Gegenüber aus den Gedanken riss.

„Ehrenwerter Mr. Hunter, Ihr wart doch lange Jahre der Sekretär und Leiter der Schreibstube meines guten Freundes William Paterson, und wenn ich recht informiert bin, gehöret Ihr beide zu den überlebenden Helden des schottischen Darién-Projekts?" Er blickte Aiden erwartungsvoll an.

„Nun ja, das sehe ich ein wenig anders: Paterson und ich, wir gehörten in der Tat zu den Überlebenden dieses großen Abenteuers, aber als Helden sah und sieht uns bis heute niemand. In unserer Heimat Schottland werden wir als die Versager bezeichnet, die durch das Scheitern der Koloniegründung einen Staatsbankrott verursachten. Da ist es nur zu verständlich, dass wir für alle negativen Folgen allein verantwortlich gemacht werden. Unsere Schuld soll es sein, dass das schottische Parlament aufgelöst wurde und wir uns dadurch der englischen Krone unterworfen haben." Jetzt machte Aiden eine kurze Pause. Er vergegenwärtigte sich wie schon so oft, dass er mit politischen Äußerungen vorsichtig sein musste. „Für die Engländer gelten wir Schotten fast immer nur als die konservativen Abweichler, die mit ihrer Art des Religionskriegs an England gescheitert sind. Also: kein Heldentum. Im Gegenteil: Paterson und ich haben wegen dieser Stimmung gegen uns sogar unsere Heimat verlassen, um uns hier in London eine neue Existenz aufzubauen."

„Ich bin überrascht, Mr. Hunter, aus Eurer Rede so viel Enttäuschung herauszuhören. Aber auf die letzten zwanzig Jahre zurückblickend, hat unsere gütige Königin Anne – möge sie in Frieden ruhen – dem schottischen Volk durch Übernahme der Schuldenlast doch mehr geholfen als geschadet, oder?"

Aiden war in Konversation genug geschult, um sein Gegenüber nicht schon vor Beginn des eigentlichen Gesprächs durch politisch unpassende Aussagen zu verprellen. Einlenkend bemerkte er: „Ja, natürlich; schaut man nur auf das liebe Geld, so müsste ich Euch zustimmen, geehrter Caswall. Aber, wie Ihr wisst, gibt es ja immer noch eine große Zahl von Schotten, die mit der Regelung der königlichen Erbfolge unversöhnlich *nicht* einverstanden sind.“

„Damit habt Ihr natürlich recht, Hunter, aber hier in England machen wir uns nicht zu viele Gedanken um die Ewiggestrigen in Schottland – zu denen ich Euch selbstverständlich nicht zähle. Nun denn: Lasst uns nach vorne blicken. Mit welchem Anliegen habt Ihr heute um diesen Termin gebeten?“

Um etwas Zeit zu gewinnen, erhob sich Aiden von seinem Stuhl und fing an, vor dem Schreibtisch, hinter dem sich Caswall mit vor der Brust verschränkten Armen auf seinem Stuhl zurückgelehnt hatte, langsam auf und ab zu gehen.

„Am 22. Januar 1719 verstarb, wie Ihr wisst, ganz plötzlich mein großer Gönner und Förderer William Paterson. Ein Mann von wahrhaft herausragender Intelligenz! Ich war fast zwei Jahrzehnte sein erster Sekretär. Es würde zu weit führen, an dieser Stelle die umfangreichen Verdienste dieses Mannes herausstellen und würdigen zu wollen, aber –“

„So kommt doch zum Kern Eures Anliegens, lieber Hunter“, unterbrach ihn Caswall unwirsch.

Aiden zeigte sich trotz des unhöflichen Zwischenrufs nicht sonderlich irritiert. „Mein großer Förderer hat die Geschäfte der South Sea Company von Anfang an unterstützt und deren hehre Ziele, durch den Handel mit Südamerika die Bevölkerung am Reichtum unseres Landes beteiligen zu wollen, auch immer voller Überzeugung mitgetragen.“

Ein lautes, verächtliches „Wie bitte?“ schallte aus Caswalls Richtung. „Was redet Ihr denn da? Es gab von Anfang an nur ein einziges Ziel, mit dem diese Gesellschaft gegründet wurde. Dieses Ziel beschränkte sich allein darauf, möglichst viel Geld von denen einzunehmen, die gierig auf Gewinne durch Sklavenhandel waren. Ja, wir haben als Land in der Tat sehr viel Geld benötigt, weil diese nicht enden wollende Kette von Kriegen gegen die halbe Welt auch uns fast an den Rand eines Staatsbankrotts gebracht hat. Ihr müsst verstehen, Hunter, dass die South Sea

Company die enormen übernommenen Staatsschulden refinanzieren sollte. Es gibt keinen Reichtum, der verteilt werden könnte. Und Euer Gönner hat das alles nur zu gut gewusst." Jetzt atmete Caswall hörbar aus, und es entstand ein kurzer Moment der Stille.

„Ja, es stimmt, Mr. Paterson kannte sich in allen Finanzdingen sehr gut aus. Er gehörte schließlich auch zu den Gründervätern der Bank of England. Ich will damit sagen, dass er fest daran geglaubt hat, dass auch Kleinanleger Gewinn mit den Papieren der South Sea Company erzielen könnten."

Donnerndes Gelächter platzte über den Schreibtisch und brachte Aiden zum Verstummen. „Wollt Ihr mir hier erklären, dass Paterson ein Menschenfreund war und das Wohl der Kleinanleger im Kopf hatte?"

Zögerlich kam Aidens Antwort. „Äh, ja, aber das heißt ja nicht –"

Erneut wurde er von seinem Gesprächspartner rüde unterbrochen. „Nun, es ist ja auch gleich, was Paterson geglaubt hat oder nicht. Für mich ist wichtig, was Ihr glaubt, Hunter! Ihr wollt mich doch fragen, warum der Kurs der Papiere in so kurzer Zeit derartig einbrechen konnte, nicht wahr? Wo wir doch ein staatliches Monopol haben, das uns von den zahlreichen anderen auf dem Markt befindlichen Papieren unterscheidet."

Aiden war für einen Moment sprachlos. Mit trockener Kehle konnte er nur ein krächzendes „Ja, das stimmt" hervorbringen. Er räusperte sich. Dann blieb er direkt Caswall gegenüber an der Tischkante stehen und beugte sich, mit beiden Händen auf der Tischplatte abgestützt, leicht nach vorn. „Nicht umsonst war doch die South Sea Company bisher so erfolgreich –" Weiter kam er nicht.

Ein weiteres Mal unterbrach ihn sein Opponent und erhob sich schwerfällig aus seinem Sessel. „Nun, Hunter, der Handel unserer Gesellschaft ist aus den verschiedensten Gründen seit Jahren noch nicht in Schwung gekommen. Bedenkt nur, dass wir laut des Vertrags mit den Spaniern, der sehr umfangreich und kompliziert ist, momentan pro Jahr nur ein einziges Schiff verschicken dürfen, das darüber hinaus auch nur ein einziges Mal mit Sklaven angefüllt werden darf. Diese Tatsache allein erklärt, dass wir in neun Jahren noch keine nennenswerten Gewinne erwirtschaften konnten. Aber die Erwartungen – oder soll ich es *Gier* nennen? – haben leider in den letzten drei Monaten den vernünftigen Kurs von einhundert Pfund auf über eintausend Pfund pro Aktie hochgetrieben. Ja, und dann wollten die Ersten ihr Geld plötzlich wieder zurückhaben. Und das ist natürlich fatal, wenn sowieso nur wenig Geld in der Kasse ist. Genau deswegen ist der Kurs in den letzten zwei Wochen, nach der angekündigten ersten Dividendenzahlung, so massiv auf heute rund zweihundert Pfund gefallen."

Aiden fühlte sich plötzlich schwach, und sein Magen begann zu krampfen. „Ich hätte besser frühstücken sollen", dachte er und taumelte fast zurück zu seinem Stuhl. Erschöpft ließ er sich auf die Sitzfläche fallen und atmete tief durch. Schweißperlen traten ihm auf die Stirn. Ein leichter Schwindel hatte ihn ergriffen. Er konnte Caswall kaum mehr verstehen. Nur noch Bruchstücke erreichten Aidens Ohren, aber für die Länge einer ganzen Minute nicht mehr sein Gehirn.

„... später Frieden von Rijswijk – Geldnot – Gier, nichts als Gier!" Caswall war um den Tisch auf die Seite Aidens gewechselt. „Hunter, geht es Euch nicht gut? Soll ich nach einem Schluck Wasser läuten?"

Aiden nickte kraftlos. Gleichzeitig begann eine zischende Windböe an den drei hohen, zur Straße gerichteten Fenstern zu rütteln. Wellenförmig klatschte wütender Regen gegen die Glasflächen, der dann, mit Graupeln angereichert, den Raum zunehmend mit Tosen erfüllte. Dazwischen war die schrille Glocke zu hören, die um Hilfe nachsuchte. Nicht einmal eine Minute später reichte ein herbeigeeilter Diener Aiden einen Becher mit angenehm kühlem Wasser.

Caswells fleischige Hand tätschelte jetzt Aidens Schulter. „Na, geht es wieder?" Da der Gefragte dankbar nickte, ließ Caswall wieder von ihm ab und begab sich zurück auf die andere Seite des Schreibtischs zu seinem Sessel.

Das kurze Herbstgewitter beruhigte sich, und Caswall, der sich warmgeredet hatte, fuhr mit seinen Erklärungen fort. „Ja, also, wo war ich stehen geblieben? Das ist aber auch ein richtiges Sauwetter heute, fast wie im April. Erst Sonne und dann noch Graupelschauer. Tut mir leid, lieber Hunter, dass Ihr so wetterfühlig seid ..."

„Danke, danke. Mir geht es schon wieder besser. Ich bin wieder konzentriert."

„Gut, sehr gut. Die pure Gier der Anleger hat also den Kurs unserer Aktie so turmhoch steigen lassen. Die Erwartungen, die unsere

Company bei den Interessenten hervorrief, waren mit Vernunft nicht mehr zu erklären. In all den Jahren haben wir noch nie eine Dividende ausgezahlt. In solchen Momenten der allgemeinen Hysterie kann man erkennen, wer die Zusammenhänge versteht und wer leider nicht. Unser König George I. – Gott schütze unseren König – ist ein weit vorausblickender Herrscher. Er hat unsere Company von Anfang an unterstützt und das von unserem Parlament geforderte Handelsmonopol mit Südamerika tatsächlich bestätigt. Dieses Monopol ist das, was uns von allen anderen Wertpapieren unterscheidet. Dazu hat er mit seinem Hofstaat sehr viel eigenes Geld in die Company investiert. Vor wenigen Wochen hatte ich die Ehre, ihm bei seiner Durchreise durch unsere Stadt vorgestellt zu werden. Er ist zwar unser Regent, aber da er aus dem Hause Hannover stammt, spricht er leider kein Wort Englisch. Ich musste mich ihm mithilfe eines Dolmetschers auf Französisch verständlich machen. Als ich unserem König berichtete, dass zwei Wochen später eine erste Dividende ausgezahlt werden sollte, hat er sofort für sich und seinen Hofstaat entschieden, das investierte Geld zum Tageskurs aus der Company abzuziehen. Ihr könnt Euch vorstellen, dass diese schicksalhafte Entscheidung, die sich leider verbreitete wie ein Lauffeuer, uns in Schieflage brachte und die eigentliche Ursache für den Beginn des dramatischen Kursverlustes unseres Papiers darstellt."

„Ich kann so etwas gar nicht glauben: Der König zerstört die Geschäfte seines eigenen Volkes!"

„Na, na, Hunter, so würde ich das nicht formulieren. Unser König hat, verständlicherweise, nur seinen persönlichen Gewinn sichern wollen. Er hatte bis zu unserem Gespräch angenommen, dass wir immer gewinnbringend gewirtschaftet hätten. Man muss jedoch wahrheitsgemäß eingestehen, dass dies nicht der Fall war. Warum erzähle ich Euch das, Hunter?" Er stand auf und blickte Aiden erwartungsvoll an. Der machte keine Anstalten zu antworten. So gab Caswall die Antwort selbst. „Weil ich Euch mag. Schaut: Ich habe doch schon vor unserem Gespräch gewusst, weswegen Ihr kommt. Viele andere Termine aus gleichem Grund habe ich unter Verwendung einfallsreichster Ausreden abgesagt. Ich gebe Euch heute eine Empfehlung mit auf den Weg. Löst so schnell Ihr könnt Eure Papiere zum Tageskurs ein. Tut dies am Anfang bitte nur für die Papiere, die Ihr über einen Kredit finanziert habt. Dann könnt Ihr vielleicht noch einen Teil Eurer momentanen Zinslast reduzieren. Wenn Ihr damit wenigstens einen Teil Eures Vermögens retten könnt, solltet Ihr Euch glücklich schätzen. Ich weiß nicht, wie es langfristig weitergeht mit unserer Company, aber ich kann absehen, dass in spätestens zwei Wochen unsere Kasse leer sein wird."

Aiden nickte zu Caswalls Worten, blieb aber wie gelähmt auf seinem Stuhl sitzen. Er war wie betäubt. Das Gefühl eines Déjà-vu-Erlebnisses kam schlagartig über ihn. Einst war es dieser besondere Gouverneur auf der dänischen Insel Sankt Thomas, ein gewisser Johan Lorensen, gewesen, der ihm und der schottischen Siedlergemeinschaft so brutal die Augen geöffnet hatte und mit wenigen, aber klaren Worten ihre Hoffnung auf eine Zukunft in Darién regelrecht zermalmt hatte. Und heute, hier? Schon wieder so eine bittere Lehrstunde! Was hatte er falsch gemacht? Zwanzig Jahre lang war sein Weg hier in London nur bergauf verlaufen; in den letzten zwei Jahren sogar ausgesprochen steil. Woher wusste Caswall eigentlich, dass er sich für den Einkauf der letzten Papiere verschuldet hatte? Ja, er hatte zusätzlich sogar den kompletten Wert ihres Häuschens verpfändet. Wie sollte er das ganze Desaster seiner Frau erklären? Was sollte er seinem Sohn antworten? Warum nur wurde seine Risikobereitschaft nicht mehr belohnt? Hätte er seine Anteile vor zwei Wochen verkauft, hätte er noch einen kräftigen Gewinn einstecken können. Aber jetzt ... Aufkommende Panik drohte erneut, sich seiner zu bemächtigen. Ihm wurde wieder schwindelig. Stand er hier und heute noch einmal vor dem Nichts?

„Werter Freund, Ihr seid schon wieder ganz blass. Ihr müsst an die frische Luft."

Aiden schaute auf zur hünenhaften Figur Caswalls. Der hatte sich direkt vor ihm aufgebaut und ihn mit seinen wuchtigen Händen an beiden Oberarmen haltend geschüttelt und danach mit sanfter Gewalt in den Stand gezogen. In einer Art Geste der Freundschaft legte Caswall jetzt seinen schweren Arm um Aidens Schultern und schob ihn langsam zur Tür. „Gott ist mit den Tapferen, Hunter. Geht! Rettet, was noch zu retten ist ..."

Aiden kämpfte wie ein Löwe an all den Fronten, die sich so plötzlich und unerwartet für ihn auftaten. Mit den Händlern der Company, mit seinen privaten Kunden, mit seinem Arbeitgeber, mit seinen

Geldgebern – und nicht zuletzt mit sich selbst. Lohnte sich sein Einsatz überhaupt noch? Oder kämpfte er schon auf verlorenem Posten? Das Ergebnis von zwanzig Jahren Arbeit durfte ihm doch nicht so einfach aus den Fingern gleiten. Seit seinem Besuch bei Caswall hatte sich der Wert der Aktie noch einmal halbiert! Oh Gott! Was würde aus ihm und Orla werden? Was aus seinem Sohn, aus seiner Arbeitsstelle, seiner Hausangestellten und aus ihrem Haus? Er musste es doch noch so drehen können, dass ihnen wenigstens das Haus blieb! Was würde Orla zu diesen Schicksalsschlägen sagen? Was dazu, dass er ihr geliebtes Zuhause aufs Spiel gesetzt hatte?

Aiden ruhte erschöpft in einem der beiden großen Ohrensessel, die den wärmespendenden Holzofen in ihrem gemütlichen Wohnzimmer so prächtig flankierten. Orla und er liebten das kleine Haus in der Malden Road, am östlichen Rand von Kingston upon Thames, nicht weit von der Themse entfernt. Sie liebten es beide seit dem Augenblick, in dem sie es damals zum ersten Mal betreten hatten. Orla hochschwanger und auch er in guter Hoffnung auf anhaltenden beruflichen Erfolg unter den Fittichen von William Paterson. Es hatte ihn mit tiefer Befriedigung erfüllt, dass er wenige Wochen später in einer kurzen Zeremonie in der Amtsstube seines Chefs und Bürgen dieses Haus kaufen konnte. Zwar lag ihr kleines Domizil außerhalb des Zentrums von London, doch an die etwa zehn Meilen Entfernung bis zu seinem Arbeitsplatz hatte er sich schnell gewöhnt.

Die Zimmertür öffnete sich, und Larna, ihre einzige Hausangestellte, servierte Aiden einen warmen Grog.

„Warum ist meine Frau nicht zu Hause?", fragte er mürrisch. Er wunderte sich darüber, dass Orla trotz Einbruch der Dunkelheit noch nicht daheim war.

„Eure Frau besucht seit heute Mittag eine gute Freundin. Sie wollte schon längst wieder zurück sein. Soll ich Euch Licht machen, Sir?", fragte Larna freundlich nach.

Doch Aiden brachte nur ein unwirsches „Nein, jetzt noch nicht" hervor und bedeutete Larna mit einer Handbewegung, ihn allein zu lassen.

Er schloss die Augen. Seine Gedanken führten ihn zurück in die glücklichen Anfänge ihrer gemeinsamen Zeit hier in Kingston upon Thames. Orla und er; und dann noch dieses kleine, aber feine Häuschen hier in der Malden Road. Im ersten Stock dieses Hauses hatte dann auch ihr einziger Sohn, Sean Kester Hunter, das Licht der Welt erblickt. Erst sechs Wochen vor der Geburt hatten sie das Haus bezogen. Was für eine Aufregung war es damals gewesen, als das Kind gute vier Wochen zu früh in die Welt drängte. Er selbst hatte hartnäckig und mehrfach nach der Hebamme schicken müssen. Die dralle Nelly war damals ziemlich betrunken gewesen, als sie im wahrsten Sinn des Wortes doch noch auf den „letzten Drücker" erschienen und ihr ein zartes Bübchen, den die Umstellung auf die kalte Luft der neuen Welt viel Mühe gekostet hatte, in die Hände gefallen war. Trotz ihres scharfen und angestrengten Atems (sie hatte sich am Ende wirklich beeilt!), der sich aus einer Mischung von billigem Fusel und Zahnfäule zusammensetzte, hauchte sie gekonnt dem nur knapp vier Pfund schweren Säugling im richtigen Rhythmus das Unabhängigkeitsstreben ein, das ihn bis heute auszeichnete. Ob das auch der Grund dafür war, dass Sean Kester sein Leben lang Alkohol ablehnte, konnte Aiden nicht mit Sicherheit behaupten. Orla selbst hatte das Wochenbett ohne jede Komplikation überstanden. Auf den Rufnamen des Kindes hatten sie sich schnell geeinigt. Doch Aiden war es wichtig, seinem Sohn auch noch die Erinnerung an seinen tapferen Großvater mit auf den Lebensweg zu geben. Aiden hatte das drängende Gefühl verspürt, diese ehrende Geste seinem Vater schuldig zu sein. Was aber war ein Name wert, der nicht ausgesprochen wurde? So kam es, dass für Aiden sein Sohn zwei Rufnahmen erhielt und er das auch konsequent in der Ansprache an das Kind beibehielt.

Die ersten beiden Jahre seit ihrer empfundenen Vertreibung aus der schottischen Heimatstadt Leith (Aiden und auch Orla fühlten sich als echte Flüchtlinge) hatten die beiden zur Miete im ersten Stock der Postkutschenstation bei der großen, hölzernen Brücke über die Themse, ganz in der Nähe der Mündung des Flüsschens Hogsmill, gewohnt. Es war ein Zufall, dass der Kutscher ihnen damals an der Brücke die leer stehende Wohnung an der Endstation vermittelt hatte. Die Maut an der bis heute klapprigen Kingston-Holzbrücke war so hoch gewesen, dass die Überlandkutschen aus dem Norden den großen Fluss nicht in Richtung des Londoner Zentrums überquerten. So war es am Ende die Brückenmaut gewesen, die sie in Kingston an der Themse hatte stranden lassen. Das Provisorium in der Kutschenstation hatten sie am Ende gut zwei Jahre lang bewohnt, und es war, allen Einschränkungen zum Trotz, eine glückliche Zeit gewesen. Aiden erinnerte sich, dass Orla und er später über eine Wohnung im Zentrum von London nachgedacht hatten, aber beide wegen der hohen Preise dieses Ziel nie ernsthaft weiterverfolgt hatten. Ihr jetziges Häuschen hier in Kingston liebten sie beide sehr. Warum nur hatte er sich darauf eingelassen, auch noch den Wert ihres Hauses zu verpfänden? Weil er sich einfach *zu sicher* gewesen war mit den Aktien und dem Geschäftsmodell der Company ...

Im Flur schlug eine Tür zu. Aus seinen Gedanken gerissen öffnete Aiden die Augen und bemerkte, dass es schon vollständig dunkel geworden war. Er nippte an seinem inzwischen erkalteten Grog. „Mein Gott", kam es ihm in den Sinn. „Die Zeit ist so schnell vergangen! Unser Junge wird in Kürze achtzehn Jahre alt. Er wird wohl sehr bald seinen Weg allein gehen."

Die letzten drei Tage hatte Aiden ganztags im Haus der South Sea Company verbracht und mit verschiedenen Händlern der Company um den Verkauf seiner Wertpapiere und der seiner Kunden gerungen. Doch die Ergebnisse waren niederschmetternd geblieben. Inzwischen war er auch nicht mehr der Einzige (wie er so innig gehofft hatte), der vor Ort versuchte, seine entwerteten Papiere zu einem annehmbaren Preis loszuschlagen. So war es ihm nur noch gelungen, ein knappes Drittel seiner Aktien, und das unter hohen Verlusten, abzustoßen. Die Talfahrt der Papiere sollte noch nicht zu Ende sein. Den Rest der Aktien würde er später verkaufen, wenn die kurzfristig fälligen hohen Zinsen für das geliehene Geld ausgeglichen werden mussten. Die Angst um sein Heim lähmte ihn besonders stark. Eine anfänglich vage Sorge war ihm derweil zur Gewissheit geworden. Er würde Geld veruntreuen müssen, um seine privaten Verluste abzufedern. Den drohenden Gesamtschaden konnte er bis heute nicht einmal ungefähr beziffern. Vielleicht gerade deswegen raubten ihm diese Zahlen auch den Nachtschlaf. Doch immerhin: Noch verhielt sich die große Mehrzahl seiner Kunden und Geldgeber relativ ruhig. Denn noch ahnte niemand so richtig das Ausmaß dieser sich entwickelnden Finanzkatastrophe. Heute Vormittag hatte Aiden im Handelsraum zum ersten Mal jemanden vom „South-Sea-Desaster" sprechen gehört. Es war ihm gelungen, keine Miene zu verziehen, obwohl ihn dieser Begriff wie ein Stich ins Herz traf. Er hatte es auch verweigert, diese Rede zu kommentieren.

Jetzt hörte Aiden Schritte auf dem Flur. Stimmengemurmel folgte. Orla sprach mit Larna. Nach wenigen Minuten öffnete sich die Tür zum Wohnzimmer, und Orla betrat den Raum. Sie schloss die Tür hinter sich. Sie trug ihr festliches grünes Kleid, das mit dem üppigen Rock ihre schmale Figur gekonnt in Szene setzte. Der kleine Ausgehhut mit der Tüllbordüre, den sie an ihrem noch überwiegend blonden Haar festgesteckt hatte, verlieh ihr ein aristokratisches Aussehen. An beiden Schläfen der hochgesteckten Haare zeigten sich schon die ersten grauen Haare. Larna hatte ihr eine brennende Kerze auf einem Holzständer mitgegeben, die sie auf dem Kaminsims abstellte. Das Kerzenlicht tauchte den Raum in fahles Zwielicht.

Trotz ihres Alters von zweiundvierzig Jahren wirkte Orla deutlich jünger, und bei entsprechenden Gelegenheiten freute sie sich jedes Mal diebisch, wenn ihr bei einer Schätzung ihres Alters gut zehn Jahre „gestohlen" wurden. Dazu trug gewiss auch ihre immer noch knabenhaft zarte Figur bei, an der die Schwangerschaft ohne jede Spur vorbeigegangen zu sein schien.

„Guten Abend, Aiden." Sie drehte sich zu ihrem Mann um. „Warum sitzt du hier im Dunkeln? Soll ich weiteres Licht –"

„Nein, alles gut so", unterbrach sie Aiden barsch, ohne ihren Gruß zu erwidern. „Seit wann bist du abends außer Haus?", fragte er mit noch beherrschter Ungeduld in der Stimme.

„Du hast doch nicht etwa auf mich gewartet? Das wäre wohl das erste Mal in den letzten Jahren." Orlas Stimme klang erheitert. Sie ging die wenigen Schritte durch das Zimmer und trat ans Fenster. Der nahezu völlig verdunkelte Wolkenhimmel hatte ein düsteres Blauschwarz angenommen. Orla blickte in den kleinen Garten, der sich hinter ihrem Haus bis zur Hecke des Nachbarn erstreckte. Ohne ihren Blick zu wenden, begann sie zu sprechen. „Ich war bei meiner Freundin Greer Babington. Du kennst sie: die Frau des Bankiers, den du seinerzeit über Paterson kennengelernt hast. Wir mussten uns heute etwas länger unterhalten. Dabei habe ich die Zeit ganz vergessen." Jetzt drehte sie sich zu Aiden um. „Aber dich habe ich in den letzten

Tagen ebenfalls kaum zu Gesicht bekommen. Und dabei hätte ich wieder einmal deine Meinung gebraucht, wegen unseres Sohnes, aber wie so oft", jetzt machte sie eine kurze Pause, „oder soll ich sagen, wie schon immer, hast du eben wenig Zeit übrig für *meine* Belange oder auch für die unseres Sohnes."

„Was ist mit Sean Kester?", fragte Aiden mit hörbarer Ungeduld.

Orla ging einen Schritt auf Aiden zu und bemühte sich, selbstbewusst zu wirken. Sie räusperte sich kurz. „Ich habe ihm die Erlaubnis erteilt, dass er eine Ausbildung beginnen darf."

„Du hast was?"

„Aiden, warte doch erst einmal ab, bevor du dich unnötig aufregst! Du kennst doch den Lebensmittelladen vom alten Cossins, hier in Kingston in der St. Paul's Street. Cossins hat unserem Sean einen wirklich interessanten Vorschlag gemacht."

„Ich will mir meinen Sohn nun wirklich nicht als Lebensmittelhändler vorstellen!"

„Aiden, so hör mir doch erst einmal zu. Der alte Cossins sucht für seinen jüngsten Bruder, einen gewissen John Cossins, einen Angestellten. Er hat deswegen zuerst Sean und dann auch mich angesprochen. Er ist überzeugt, dass unser Sohn, den er ja schon von Kindheit an kennt, genau für *diesen* Beruf geeignet wäre."

„Jetzt spann mich doch nicht so auf die Folter, Orla! Was soll Sean Kester machen?"

„Er soll einen wichtigen, ganz speziellen Beruf ergreifen. Es ist ein Beruf, den ich zwar nicht kenne, der aber in Zukunft immer wichtiger werden soll! Es ist der Beruf eines Kart-o-grafen." Sie hatte sich dieses schwierige Wort genau eingeprägt.

Einen Moment lang war es absolut still im Zimmer. „Und, was bitte, macht so ein Karto-was?"

„-graf, Kart-o-graf. Der vermisst Landschaften und Städte und zeichnet davon Pläne. Dazu muss er lesen, schreiben und rechnen können. Und er sollte gewissenhaft sein. Von dem Handwerkszeug, das dabei benutzt wird und das der alte Cossins mir dann noch beschrieben hat, habe ich selbst auch noch nie gehört. Aber Cossins hat mich überzeugt, dass Sean alle Voraussetzungen –"

„Und da hast du einfach schon mal deine Zustimmung gegeben?"

„Nein, äh – ja, doch! Ich habe Sean zumindest gesagt, dass ich einer Entscheidung positiv gegenüberstehe. Er wird auch noch mit dir reden, wenn er Anfang nächster Woche wieder hier ist."

„Verdammt, warum weiß ich nichts davon, dass er weg ist?"

„Sean ist am Donnerstag mit diesem John Cossins nach Oxford gereist, wo der gerade neue Gerätschaften ausprobiert. Er will sich vor Ort einmal genauer anschauen, worauf er sich vielleicht einlässt. Und: Wann bitte hätte ich dir das alles berichten sollen? In den letzten vierzehn Tagen warst du, wie schon so oft, nicht mehr ansprechbar für uns. Du hast mich dazu in den letzten Tagen immer wieder abgewiesen mit den Worten: ‚Keine Zeit, wichtige Geschäfte!' Aber diese Art ‚wichtige Geschäfte' kenne ich schon von dir." Aus Orlas Stimme klang Enttäuschung, aber auch Resignation.

„Ach ja, und *was*, glaubst du, ist im Moment so wichtig für mich?" Aiden erhob sich aus seinem Sessel und ging betont langsam Schritt für Schritt mit provozierend grinsender Miene auf Orla zu. Seine Stimme signalisierte Ärger. „Was ist so wichtig für mich, he?"

Orla wich ihm nicht aus, bis er direkt vor ihr stehen blieb. „Es wird das Gleiche sein wie immer, wenn du für nichts anderes mehr ein Auge hast: Du wirst wieder einmal eine neue Liebschaft haben. Wahrscheinlich wieder so ein jugendliches Ding, eines dieser ‚bedauernswerten' Mädchen aus dem Hurenhaus, dem du nach eigenen Angaben nur helfen willst." Orla lachte höhnisch.

„Und *wenn* es so wäre, dann ginge dich das *gar nichts* an!" Bei diesen Worten streckte Aiden seinen Kopf aggressiv nach vorn. Die Worte kamen eher gezischt als gesprochen.

„Oh doch, es geht mich etwas an!" War Orlas Stimme die ganze Zeit von sarkastischem Unterton begleitet gewesen, wurde ihr Tonfall jetzt schneidend. Dann ging sie mit gesetzten Schritten seitlich an Aiden vorbei, der unbewegt stehen blieb und jetzt seinerseits in den Garten blickte.

Orla machte einige Schritte in die Mitte des Raums und drehte sich erst dann wieder zu ihrem Mann um. Jetzt sprach sie laut und schnell. „Du weißt genau, warum wir nur *ein* Kind haben. Weil die Infektion, die du mir von dieser verdreckten Hure damals mitgebracht hast, *meinen* weiteren Kinderwunsch zerstört hat! Damals hast du noch geleugnet, regelmäßig zu den Huren zu gehen. Und hätte der tüchtige Bader mich damals nicht so erfolgreich behandelt, wäre ich an dieser Infektion vielleicht sogar gestorben. Also: Erzähl mir nicht, dass es mich nichts angeht!"

Die Worte prasselten wie ein Starkregen auf Aiden nieder. Nach einer kurzen Pause antwortete er trotzig, während er sich zu Orla umdrehte. „Ich bleibe trotzdem dabei: Es geht dich nichts an, ob und wann ich zu den Huren gehe. Schließlich haben wir seit fast vier Jahren getrennte Schlafzimmer. *Du* bist es, die sich den ehelichen Pflichten entzogen hat, nicht ich! Du kannst mir dankbar sein, dass ich dich nicht zwinge!" Er sprach leise und schien sich beherrschen zu müssen, um nicht erneut auf Orla zuzugehen. Stattdessen fing er an, böse zu grinsen. „Heute muss ich dich leider enttäuschen, meine Liebe. Meine Abwesenheit hat diesmal so gar nichts mit Huren zu tun. Aber wenn ich dir jetzt die Situation erkläre, wirst du dir wünschen, dass das Freudenhaus der Grund für mein Verhalten gewesen wäre!"

„Du willst wieder einmal ablenken?" Orlas Verunsicherung war spürbar. Sie machte eine kurze Pause und nahm dann in einem der großen Ohrensessel neben dem Ofen Platz. „Bitte schön, ich höre. Was gibt es Schreckliches?"

Jetzt begann Aiden vor dem Fenster auf und ab zu gehen, vermied aber jeglichen Blickkontakt zu seiner Frau. „Ich habe die große Befürchtung, dass wir bankrottgehen oder es vielleicht schon sind."

„Dass wir was?" In Orlas Kopf schrillten jetzt tatsächlich die Alarmglocken. Das Wort *bankrott* hatte Aiden in den letzten zwanzig Jahren nur für das Schicksal von Personen verwendet, denen wirklich nicht mehr zu helfen war.

„Du weißt, dass ich nach Patersons Tod im Büro aufgestiegen bin. Vom reinen Sekretär nur mit Grundgehalt –"

„Aber du warst doch immer mit deinem Verdienst zufrieden", unterbrach ihn Orla.

„Na ja, das stimmt schon, aber das damalige Gehalt als Sekretär war geradezu lächerlich gegen das, was ich danach von George, meinem jetzigen Chef, in meiner Funktion als Berater und Händler für die Company bekommen habe. So habe auch ich meine Möglichkeiten genutzt und angefangen, privat an der Börse zu spekulieren. Ich habe systematisch Papiere der South Sea Company gekauft. Der Erfolg gab mir auch recht. Der Wert der Papiere schoss bis vor einigen Wochen, genauer gesagt bis Mitte August dieses Jahres, sensationell in die Höhe. Ich hielt es deshalb für eine gute Idee, mir sogar Geld zu leihen, um weitere Papiere einkaufen zu können." Bei diesen Worten warf Aiden einen verstohlenen Blick in Richtung Orla.

„Mein Gott, hast du jede Vernunft über Bord geworfen?"

„Verdammt, nein, es sollte ja nur für kurze Zeit sein. Ein paar Wochen vielleicht ..."

Orla stöhnte auf. „Oh Gott, auch Greer hat mir etwas angedeutet. Die Bank ihres Mannes hat seit Kurzem große finanzielle Schwierigkeiten. Meinst du, dass diese Probleme auch mit den Papieren der South Sea Company zusammenhängen?"

„Das weiß ich nicht, ist mir aber auch egal!" Aiden klang ärgerlich. „Ich stehe selbst bis zum Hals im Morast!"

Orla ließ nicht locker. „Mensch, Aiden, sag mir: *Wie* konnte das passieren? Und warum hast du die Papiere nicht so schnell wie möglich wieder verkauft?"

Jetzt platzte ihrem Gegenüber der Geduldsfaden. Er fuhr herum. Was er sonst nie tat, passierte jetzt. Aiden schrie Orla an: „Was glaubst du eigentlich, was ich in den letzten Tagen mit aller Kraft versucht habe? Aber diese verdammte Company hat mir nur noch zwischen fünfzehn und zehn Prozent meines Einkaufspreises für einen Rückkauf angeboten! Ich aber muss für einhundert Prozent Schuldzinsen einstehen und bezahlen! Verstehst du das? Für *ein-hundert Prozent!*"

Nachdem der Donnerschlag seiner Worte verhallt war, blieb es für einen Moment gespenstig ruhig. In die Stille drang Orlas Stimme, die jetzt beruhigen wollte. „Aiden, von Geldgeschäften verstehe ich nichts, aber erkläre es mir: Warum, warum um alles in der Welt, erlebten die Papiere so plötzlich einen derartigen Wertverlust? Bitte, erklär mir das!"

„Ach, da gibt es viele verdammte Gründe! Erspare es mir, sie erläutern zu müssen. Fakt ist, dass *unser* König, ja dieser verräterische englische König, unsere Zukunft ein zweites Mal ruiniert hat! Dieser gottverdammte Bastard! Mein Fehler war es, überhaupt auch nur einen Tag für diese englischen Mistkerle gearbeitet zu haben. Ich hätte es besser wissen sollen."

„Du hast aber doch noch das Gehalt als Händler, das dir George Kemp zahlt?"

„Nein, Orla! Er hat mir mitteilen lassen, dass er sich nicht in der Lage sieht, mir in den nächsten drei Monaten meinen Gehalt zu zahlen. Ich hätte doch genug Rücklagen ... Dieser Feigling!"

„Wie lange können wir hier noch durchhalten?" Orla klang jetzt ängstlich.

„Wenn alles gut geht, noch drei bis vier Monate. Wenn ich nicht zahlen kann, werden meine Gläubiger verlangen, dass ich in das Schuldgefängnis geworfen werde. Leider habe ich auch den Wert unseres Hauses verpfändet."

„Du hast wirklich unser Haus ...?" Orlas Stimme klang überraschend gefasst, als sie sich aus dem Sessel erhob und vor dem Ofen stehen blieb. Sie hielt die Hände mit abgespreizten Fingern, wie um sich zu wärmen, über das heiße Möbelstück. Dann klatschte sie zweimal in die Hände und drehte sich zu Aiden um. „Ich kann es eigentlich nicht glauben, aber ich fasse unsere Lage noch einmal zusammen: Mein fantastischer Ehemann hat aus Dummheit und Habgier seinen kompletten Besitz, den er in zwanzig langen Jahren mühsam erworben hat, in wenigen Wochen riskiert und – grandios verspielt."

„Ich verbiete es dir, in diesem Ton mit mir zu reden. Ich verlange Respekt!" Aiden wurde wieder laut. Seine Stimme klang schrill.

„Respekt? *Wovor* soll ich denn jetzt noch Respekt haben?" Orla lachte aufreizend.

„Respekt, äh, weil ich dich zum Beispiel aus der Kolonie gerettet habe, und weil ..."

„Weil du dafür dort deinen Cousin Riley verraten hast? Ja? Der würde heute nicht so mit mir –" Weiter kam Orla nicht.

Noch während ihrer Worte sprang Aiden auf sie zu und packte sie mit der rechten Hand in einer Art Zangengriff von vorne grob am Hals. Am ausgestreckten Arm, Orlas Kehle zudrückend, schob er die überrascht um Luft ringende Frau zwei Schritte nach hinten gegen die Wand, um ihr dann in ausholender Bewegung mit dem Rücken der freien Hand peitschend in die linke Gesichtshälfte zu schlagen. Dann ließ er ihren Hals los und schlug ihr ein zweites Mal, jetzt mit dem rechten Handrücken, wuchtig gegen ihre rechte Gesichtshälfte.

Hasserfüllt zischte er dabei: „*Nicht* in diesem Ton, *nicht* mit mir! Dein verfluchter Riley hat bekommen, was er verdiente! Pass nur auf, dass ich dich nicht auch noch fertigmache! Wer nicht für mich ist, der ist gegen mich! Merk dir das!"

Orla rang um Luft. Sie lehnte nach vorne gebeugt mit der Hüfte an der Wand, sich keuchend und hustend mit der rechten Hand den Hals haltend. Ihr Hütchen war vom Kopf gefallen, das Haar hing zerzaust und ungeordnet nach unten. Als sie den Kopf hob, merkte sie, dass warmes Blut aus der Nase über ihre Oberlippe lief und auf das Kleid tröpfelte.

Aiden selbst stand wie eingefroren nur zwei bis drei Fuß von Orla entfernt, unfähig sich zu bewegen. Die richtete sich jetzt auf, und während sie noch hustend nach Luft rang, presste sie stoßweise hervor: „Endlich einmal – hast – du – dein *wahres* – Gesicht gezeigt und – zugegeben, dass du Riley mit – mit Absicht – *verraten* hast! Es war – also doch – kein Versehen damals!"

Aiden erkannte sich selbst nicht mehr wieder. In einer hilflosen Geste streckte er die Arme nach vorne, als wollte er Orla aufrichten. Aber er erreichte sie nicht. Schwer atmend stieß er die Worte hervor: „Es tut mir leid! Ich ... wollte das nicht. Ich habe ... Ich habe das alles so nicht gewollt. Aber ich verlange trotz allem Respekt. Respekt, der mir als deinem Ehemann gebührt."

Orla wischte mit der Hand das klebrige Nass von der Oberlippe, schüttelte noch einmal angewidert den Kopf und verließ den Raum. Aiden taumelte seitwärts, ließ sich in den Sessel neben dem Ofen fallen und begann, hemmungslos zu weinen.

Mit einem überraschten Aufschrei war Larna Mills, die Haushälterin, von ihrem Stuhl aufgesprungen, als sie die blutverschmierte Orla in die Küche wanken sah. Reflexartig bekreuzigte sich die gute Frau, als habe sie eine Erscheinung aus einer anderen Welt. Sie war jetzt schon fast zehn Jahre im Hause der Hunters tätig und war wohl auch mehr oder weniger in die meisten Geheimnisse der Familie eingeweiht. Schon wegen der getrennten Schlafzimmer aber hatte sie als erfahrene Frau und Witwe schon seit Jahren gespürt, dass der eheliche Frieden empfindlich gestört sein musste. Ihre Sympathien waren dabei immer bei Orla geblieben, die ihr so häufig von ihren Problemen und Nöten erzählt hatte. Doch einen derartigen Ausbruch von Gewalt zwischen den Eheleuten hatte sie nicht für möglich gehalten. Hatte sie Aiden doch stets als kontrollierten und eher zurückhaltenden Mann erlebt. Larna begann, Orlas Nasenbluten zu stillen und ihr gleichzeitig kühlende Gesichtsumschläge aufzulegen. Damit brachte sie die Tränen zum Versiegen. Ihr Balsam linderte aber nicht nur Striemen und Schwellungen im Gesicht ihrer Herrin; nein, Larna gewann den Eindruck, dass allein ihr Beistand und ihr geduldiges Zuhören die Trauer im Herzen ihrer gedemütigten Herrin deutlich verringern konnten. Sie vermochte nicht abzuschätzen, ob Orla das seelische Trauma, das sie an diesem Abend erlitten hatte, stärker schmerzte als die ungerechten Schläge, die sie hatte einstecken müssen. Die Haushälterin konnte auch nur ansatzweise Orlas Gefühl von wütender Hilflosigkeit nachempfinden, obwohl ihr Orla die finanziellen Hintergründe des Streits unter dem Siegel der unbedingten Verschwiegenheit ausführlich erklärte.

Am Ende einer langen Nacht hatte sich bei Orla ein trotziger Trennungswille verfestigt. Sie würde zu ihren Wurzeln zurückkehren. Sie würde Aiden und London für immer verlassen. Sie würde nur noch bis zur Rückkehr ihres Sohnes warten, um diesem alles zu erklären. Vielleicht würde der sie sogar begleiten. Dann würde sie ein allerletztes Mal mit der Kutsche zurück nach Leith fahren; Leith, ihre geliebte Heimatstadt, die sie so malerisch schön vor den Toren Edinburghs gelegen, mit offenen Armen empfangen würde. Nach dem tragischen Schicksal und dem Tod ihres leiblichen Vaters, James Archibald Drummond, den die meisten nur Archie gerufen hatten, war ihrer Mutter Skye in der Verbindung mit dem erfolgreichen Unternehmer und Besitzer der großen Segeltuchfabrik in Leith, mit Bronwyn Hampdon, noch einmal großes, spätes Glück beschieden gewesen.

Orlas Gedanken wanderten zu ihrer Mutter, einer willensstarken Frau, die trotz der vier Kinder, die sie unter schwierigsten Bedingungen großgezogen hatte, immer der Mittelpunkt der Familie geblieben war. Eine seltsame Mischung aus Schuldgefühl und Trotz hatte von ihrer Mutter Besitz ergriffen, seit ihre beiden Söhne Rob und Thomas als Mitglieder der zweiten Kolonialexpedition im Jahr 1799 ebenfalls nach Darién gereist und seitdem verschollen waren. Andere Angehörige von Siedlern hatten in den letzten Jahren zunehmend angefangen, schwarze Kleidung zu tragen; ein Zeichen, dass sie nach so langer Zeit ohne Lebenszeichen den Tod ihrer Lieben zu akzeptieren begannen. Aber nicht so ihre Mutter: An jedem Unterarm trug Skye jetzt ein rotes – wie sie es bezeichnete – Gedenkband. Die Farbe Rot brachte zum Ausdruck, dass sie keinen Gedanken an einen möglichen Tod ihrer beiden Söhne zuließ. „Ich hätte den beiden seinerzeit niemals zur Teilnahme an der gefährlichen Reise geraten, wenn ich dich und Rory damals für tot gehalten hätte. Und mein Gefühl hat mich auch damals schon nicht getäuscht. Der Tod ist immer nur das allerletzte Abenteuer, und das haben meine Söhne Rob und Thomas noch vor sich", wiederholte sie immer und immer wieder.

Orla dachte an ihren Bruder Rory, den sie nach seiner Heirat und dem Umzug in den hohen Norden Schottlands schon gut zehn Jahre lang nicht mehr gesehen hatte. Wann hatte sie ihre alte Mutter (sie war bereits 65 Jahre alt) eigentlich zum letzten Mal gesehen? Orla rechnete nach. Das war jetzt zwei Jahre her. Die weite Reise von London nach Leith dauerte mit den Überlandkutschen und mehrfachem Umsteigen jeweils mindestens sieben bis acht Tage und war immer anstrengend gewesen. Mussten sie doch auf den über vierhundertfünfzig Meilen in rumpeligen Kutschen und heruntergekommenen Herbergen entlang des Weges so manche Unbill ertragen. Trotzdem hatten Aiden und sie, auch mit Kind, diese Tour in den letzten zwanzig Jahren mehrfach unternommen. Die Sorgen bezüglich der Anstrengungen und Gefahren auf dieser Reise wurden im Moment bei Orla von der zornigen Gewissheit überlagert, dass sie diese Tortur wohl endgültig zum letzten Mal würde durchstehen müssen.

Die quälenden Entscheidungen, wer wo in Leith übernachten würde, waren dann endlich auch kein Thema mehr für sie. Bei den ersten Besuchen in der Heimat hatte es oft großen Streit gegeben, weil Aiden es konsequent abgelehnt hatte, im Haus ihres Stiefvaters zu übernachten. Orla selbst hatte im Gegensatz zu ihrem Ehemann ein herzliches Verhältnis zu Bronwyn Hampdon, ihrem Stiefvater. Der hatte sie von Anfang an wie eine eigene Tochter ins Herz geschlossen. Ob Aiden in seinem Verhältnis zu ihm von Eifersucht getrieben war?

„Dein Mann hat keine Achtung vor meinem Handwerk als Segeltuchhersteller und Schiffsausrüster", hatte Bronwyn sich einst bei Orla beschwert.

„Ach, Bronwyn, Aiden meint das nicht böse", hatte sie versucht, ihren Stiefvater zu beruhigen. „Er war als Waisenkind sehr oft auf Almosen angewiesen. Das Gefühl der Abhängigkeit hasst er seitdem abgrundtief. Er will der Familie nicht auf der Tasche liegen", führte sie ihre Gedanken weiter aus.

„Na, vielleicht hast du recht, aber ...", brummte Bronwyn missgelaunt. Er war es gewohnt, immer das letzte Wort zu haben.

Aber auch durch Orlas Fürsprache hatte sich die Beziehung der beiden Männer zueinander nie verbessert. Letztendlich akzeptierten alle Beteiligten die Tatsache, dass Aiden bei jedem Besuch in Leith in einer anderen billigen Pension abstieg und übernachtete.

Orla begann mit ihren Vorbereitungen für die Abreise. Sie instruierte Larna Mills. Ihr Verhältnis zu Aiden war endgültig gekippt. Von der einstigen großen Liebe war bei ihr nur noch ein Gefühl der Verachtung übrig geblieben. Wieso war sie nicht schon früher gegangen? Hatte sie darauf gehofft, er würde sich ändern? Nein, wenn sie ehrlich zu sich selbst war, war ihre Liebe schon seit Jahren tot. Aber da gab es ja auch noch Sean. Für ihn allein war sie geblieben. Wie wohl ihr Lebensweg mit Riley an ihrer Seite ausgesehen hätte? Komisch, dass sie schon wieder an Riley dachte. Er erschien ihr plötzlich in einem anderen Licht. Und ja: Er war immer ehrlich zu ihr gewesen. Ob er noch am Leben war? Sie würde seine Eltern kontaktieren. Ein warmes Gefühl, eine Mischung aus Mitleid und aufkeimender Zuneigung, überkam sie inzwischen jedes Mal, wenn sie sich an Riley MacIntyre, den groß gewachsenen Nachbarsjungen mit dem ebenso großen Mundwerk und noch größerem Herzen für sie erinnerte. Seit ihrem eskalierten Streit mit ihrem Ehemann stand für sie fest: Durch Aidens Verrat war Riley in die Hände der Piraten geraten. Wenn Riley es seit zwanzig Jahren nicht geschafft hatte, in seine Heimat zurückzukehren, dann wurde es von Tag zu Tag unwahrscheinlicher. Wahrscheinlich war er bei einer waghalsigen Unternehmung als Pirat irgendwann ums Leben gekommen. Allein, irgendwo auf einem fernen Kontinent! Doch an diesem Punkt verbot sich Orla diese negativen Gedanken, da sie die Hoffnung auf ein Wiedersehen mit ihrem einstigen Verehrer so endgültig zerstörten. Hegte sie womöglich so etwas wie Sehnsucht nach Riley? Oder gab es ihr einfach ein gutes Gefühl, sich an die unschuldige Zeit der Kindheit zurückzuerinnern?

Rückblickend konnte sie sich auch nicht mehr erklären, was sie bewogen hatte, in der explosiven Stimmung des Streitgesprächs mit Aiden plötzlich Rileys Namen so brutal und überfallartig auszusprechen. Eigentlich war ihr bewusst, dass Riley stets ein heikles Thema zwischen ihnen war. So hatte es eine Art unausgesprochene Vereinbarung zwischen ihr und Aiden gegeben, es möglichst ruhen zu lassen. Aber ja, doch: Instinktiv hatte sie Aiden überraschen, aus der Reserve locken wollen, um endlich Gewissheit zu erhalten. Die über lange Zeit brüchig gewordene Unschuldsvermutung war in dieser Sekunde der Wahrheit wie Glas zersplittert. Orla konnte es noch immer nicht fassen! Gegen diese Schuld wog die Tatsache, dass Aiden regelmäßig zu Huren ging, nur wie eine lässliche Sünde, deren Beichte mit drei kurzen Strafgebeten schnell gesühnt werden konnte. Aidens Charakter war eben zu schwach, um den Versuchungen der Huren auf Dauer zu widerstehen. Aber sie hatte deswegen Konsequenzen gezogen. In *dem* Sinne war Aiden schon seit vier Jahren nicht mehr ihr Ehemann. Doch das alles wog nichts gegen die Tatsache, dass er Riley in Darién damals *tatsächlich* ... Riley, der wie ein Bruder für ihn gewesen war ... aber auch eine ernst zu nehmende Konkurrenz für ihn in Bezug auf ihre Liebe ..., aber deswegen den eigenen Bruder ans Messer liefern? Wie oft hatte sie sich schon über Aidens widersprüchliche Antworten zu Fragen nach dem Geschehen von damals gewundert? Hatte sie ihre Zweifel eigentlich jemals überwunden? Nein; ein stummer Verdacht hatte schon seit geraumer Zeit in einem verborgenen Winkel ihres Herzens geschlummert, sonst hätte sie niemals ... Beim Gedanken an Aidens unmaskierten Hass, den sie im Moment der Eskalation in seinem Gesicht erkannt hatte, in dem Moment, als er sie zum ersten Mal im Leben geschlagen hatte – bei dieser Erinnerung überkam sie jedes Mal wieder eine Gänsehaut. Es war höchste Zeit, diesen Mann zu verlassen.

Seit zwei Tagen hatte Aiden inzwischen das Haus in der Malden Road nicht mehr verlassen. Er hatte sich in sein Wohnzimmer zurückgezogen. Instinktiv fühlte er, dass er wieder einmal an einem Scheideweg in seinem Leben angekommen war. Nichts würde mehr so sein, wie es sich noch vor Wochenfrist dargestellt hatte. Er bat Larna, jedweden Besuch von ihm fernzuhalten. „In der nächsten Woche bin ich wieder ansprechbar", hatte er als nicht zu diskutierende Aussage der verunsicherten Frau mitgeteilt. Mit einem Kopfschütteln, das Aiden für Zustimmung hielt, hatte sie das abgedunkelte Wohnzimmer verlassen und sich in ihren Arbeitsbereich zurückgezogen.

Der erste Schock, der sich bei Aiden nach Erkenntnis seiner wirtschaftlich aussichtslosen Situation eingestellt hatte, war inzwischen verflogen. Trotzdem musste er immer wieder gegen aufkommende Ängste kämpfen, die von starken Fluchtgedanken begleitet waren. Doch kampflos wollte er das Feld nicht räumen. Nein, gerade jetzt musste er einen klaren Kopf behalten. „Ein jedes Problem *verlangt* nach seiner Lösung!" Aiden erinnerte sich an diesen alten Glaubenssatz seines großen Vorbilds William Paterson. Was also sollte er tun? Was verlangte die Krise der South Sea Company jetzt von ihm? „Immer nur das Geld, das liebe Geld!", seufzte er.

Aber was war eigentlich mit seiner Frau? Wie sollte er sich ihr gegenüber verhalten? Sich entschuldigen? Auf die Knie fallen? Den Einfall verwarf er sofort wieder als zu theatralisch. Wollte er Orla eigentlich noch an seiner Seite haben? Hatte er überhaupt noch irgendein Verlangen nach seiner Frau? Konnte sie ihm in seiner schwierigen Lage eine Hilfe sein, oder wurde nicht alles noch komplizierter, wenn er zusätzlich für sie mitplanen musste? Nach längerem Abwägen ließ er Orla über Larna ein Gesprächsangebot zukommen, das diese jedoch gekränkt ablehnte. Seitdem ahnte Aiden, dass sie sich für einige Zeit von ihm trennen wollte. Sie würde mit großer Wahrscheinlichkeit zu ihrer Mutter nach Leith fahren. Eine Entscheidung, die Aiden sehr gelegen kam. Was Sean Kester vorhatte, würde er mit ihm nach seiner Rückkehr noch besprechen müssen. Sollte er selbst aber wegen der Finanzen von Gläubigern gesucht werden, könnte er sich als einzelne Person auf alle Fälle leichter verstecken. Und Orla beneidete er nicht darum, die weite Reise von London nach Leith allein antreten zu müssen. Sie würde schnell erkennen, wie sehr ihr seine Hilfe auf der Reise fehlte. Ja, auch er selbst dachte an diese mühseligen Fahrten mit gemischten Gefühlen zurück. Ohnehin waren die Reisen immer anstrengend gewesen, und jedes Mal war dazu Außerordentliches passiert. Er erinnerte sich noch an das tote Pferd kurz vor Liverpool, bei dem sie ebenso wie ein Jahr später nach dem Achsenbruch mehr als einen ganzen Tag verloren hatten. Bei diesem Zwischenfall war die Kutsche in glitschigem Gelände von der Fahrbahn abgekommen und auf die Seite gestürzt. Zwar waren sie selbst unverletzt geblieben, dennoch hatten sie stundenlang im strömenden Regen neben dem geborstenen Gefährt ausharren müssen.

Doch die Strapazen der Reisen waren es ihm immer wert gewesen – immerhin hatte er bei fast jedem Besuch „seine" Marjorie ausgiebig wiedersehen können. Bis dann vor etlichen Jahren (es mussten inzwischen schon mehr als vierzehn Jahre vergangen sein) ein äußerst heftiger Streit Marjories und sein Verhältnis nachhaltig zerstört hatte. Er konnte sich heute nicht mehr erinnern, wer damals mit diesem verfänglichen Thema angefangen hatte. Was er aber noch sehr genau wusste, war die Tatsache, dass ihn Marjorie extrem ehrverletzend beschimpft hatte. Ihre Behauptung, dass er sich zu einem willenlosen Büttel der englischen Hochfinanz hätte machen lassen, trafen ihn damals ins Mark.

„Du unterstützt die, die *unser* Volk täglich knechten, die *unsere* Väter auf den Schlachtfeldern ermordeten, die uns *unseren* legitimen König vorenthalten und die uns dann noch *unser* Parlament abgekauft haben!"

Bei diesen Worten hatte er innerlich aufgeschrien vor seelischem Schmerz. Er hatte vehement Respekt verlangt! Schließlich hatte *er* seinen Vater auf dem Feld von Killiecrankie verloren. Und er musste schließlich auch von etwas leben und seine Familie ernähren. Er war eben nicht adelig geboren wie sie! Er hatte sich jeden Penny hart erarbeiten müssen und war eben *nicht* mit einem goldenen Löffelchen im Mund geboren worden! Der Zorn von damals war inzwischen erkaltet, aber unterschwellig immer noch präsent und jederzeit abrufbar. Nach dem Streit war er damals einfach gegangen.

Ach, Marjorie! Was war sie eigentlich für ihn? Auch wenn ihm die über all die Jahre gereifte Erkenntnis nicht so recht gefallen wollte, musste er sich doch eingestehen: Er war dieser Frau verfallen. Liebte er sie deshalb auch? Und wenn nicht? Immerhin hatten sie eine gemeinsame Tochter. Die hatte er in all den Jahren nur dreimal gesehen. Aber diese Tochter verband sie doch in Liebe, oder etwa nicht? Ihm fiel keine schlüssige Antwort auf diese Frage ein. Der Name Catriona hatte sich trotz allem unauslöschlich in sein Herz gepflanzt. Doch selbst dieses intimste aller Geheimnisse hatte nicht ausgereicht, das große Zerwürfnis zu vermeiden. Ach, Marjorie! Aiden hatte bei Begegnungen mit dieser für ihn so rätselhaften Frau oft das Gefühl gehabt, ihr nicht zu genügen, ihr nicht auf Augenhöhe begegnen zu können. Wenn er darüber nachdachte, fiel ihm auf, dass es immer nur Marjorie gewesen war, die das Ausmaß ihrer Nähe bestimmt hatte. Nur in ganz seltenen Momenten ihres Zusammenseins überkam ihn für Sekunden das Gefühl, aufrichtig von Marjorie geliebt zu werden, *wirklich* angenommen zu sein. Nach diesen Momenten war er süchtig. Für sie würde er alles riskieren. Doch allzu schnell verfiel Marjorie nach diesen Momenten seines großen Glücks und vollkommener Zufriedenheit wieder in ihren sarkastisch-distanzierten Tonfall. Dann konfrontierte sie ihn oft viel zu direkt mit Wahrheiten, die er eigentlich nicht hören wollte. Während seiner Besuche in Leith hatte er viele Nächte heimlich mit ihr verbringen können, obgleich es ihn viel Streit und Diskussionen mit Orla, ihrer Familie und dazu noch viel Schweigegeld in den Unterkünften gekostet hatte. Ach, Marjorie!

Er lehnte sich im Sessel zurück. Seine Miene entspannte sich. Er schloss die Augen. Der Beginn seiner sehnsüchtigen Liebe zu Marjorie lag nun schon über zwanzig Jahre zurück. Trotz seiner Entscheidung, nach der Heimkehr aus der Kolonie Orla zu heiraten, war genau das auch der Zeitpunkt gewesen (wenn er ehrlich zu sich selbst war), an dem seine Liebe zu Marjorie stärker und unauslöschlich neu entflammt war. Er erinnerte sich noch genau an das Treffen mit ihr am Tag ihrer Heimkehr aus Darién im September 1699, als er seine aufgeplatzte Augenbraue am Brunnen in der Maritime Lane wusch. Das heute noch als kleine Narbe in seiner Augenbraue sichtbare Kainsmal hatte ihm Farlan, sein Onkel, zugefügt, als er ihm gestanden hatte, dass Riley in der Kolonie geblieben war. Genau an diesem Tag und bei ihrem Treffen eine Woche später hatte Marjorie Bonnie Buchanan ihn erneut mit dem starken Gift der Begierde infiziert, das ihn seither wie ein unheilbares Fieber in regelmäßigen Abständen befiel. Vielleicht war es auch der Tatsache geschuldet, dass er seit dieser Zeit um das gemeinsame Kind wusste – danach hatte er den Wünschen dieser Frau erst recht nur noch wenig entgegenzusetzen gehabt.

Um damals ein letztes heimliches Treffen mit seiner Angebeteten zu ermöglichen, hatte er sogar den Abreisetermin von Leith nach London verschieben müssen. Die Ausrede, wichtige Papiere für ihre geplante Hochzeit noch nicht erhalten zu haben, hatte seiner Verlobten als Begründung ausgereicht. Orla hatte es direkt genossen, noch zwei Tage länger Zeit mit ihrer Mutter und Bruder Rory verbringen zu können. Die allgemein feindselige Stimmung in Leith gegen die zurückgekehrten Siedler hatte Orla und ihn seinerzeit schnell von dem Gedanken abgebracht, noch in Schottland zu heiraten. Darüber hinaus hatte Paterson zur Abreise gedrängt.

Mit gemischten Gefühlen war Aiden damals, am vereinbarten Donnerstag, bei Marjorie in der Hillhouse Road erschienen. Bis zu diesem Zeitpunkt hatte er noch geglaubt, seine Gefühle zu kennen; ja, er glaubte sogar, sie fest „im Griff zu haben". Er liebte Orla und war daher auch fest entschlossen, sie zu heiraten. Basta! Doch die Erinnerung an die Nacht der großen Gefühle mit Marjorie in Charlotte Amalie, der Hauptstadt der dänischen Kolonie Sankt Thomas, hatte durch Marjories Einladung seine Begierde auf eine erneute Liebesnacht zum ersten Mal seit Langem wieder entfacht. Er sehnte sich nach ihrem weichen, warmen und verführerischen Körper. In seinen Ohren hatte ihre Einladung wie ein Versprechen geklungen. „Mein Mann und mein Schwiegervater werden nicht da sein …" Er war damals über eine Stunde zu früh am Hoftor eingetroffen und unschlüssig hin und her gelaufen. Irgendwie musste Marjorie ihn schon erspäht haben, denn sie ließ ihn von einer Zofe über geheime Umwege ins sogenannte Gästehaus der Familie Buchanan lotsen, in dem sich schon seit Jahren ihr eigenes Zimmer befand. Aiden erinnerte sich genau: In Ermangelung eines freien Stuhles (die zwei im Raum befindlichen Stühle waren mit Kleidungsstücken regelrecht überhäuft) hatte er sich auf Marjories Bettkante gesetzt. Die Zofe ließ ihn allein, und keine fünf Minuten später öffnete sich die Tür, und Marjorie, ihre Zofe im Schlepptau, betrat den Raum. Jedes Mal, wenn sich Aiden später an diesen Augenblick zurückerinnerte, reagierte er mit Gänsehaut und einem starken Gefühl der körperlichen Erregung. Er war im Moment ihres Erscheinens vom Bett aufgesprungen, überwältigt von Marjories Anblick. Ihre langen, dunkelbraunen Haare waren nass, hochgesteckt und mit einem kleinen, weißen Tuch, das wie ein Turban wirkte, gebändigt. Ihr auffallend draller Körper war nur in ein weißes Leinentuch gehüllt, das an mehreren Stellen durch aufgenommene Feuchtigkeit ihre weibliche Silhouette betonte. Deutlich zeichneten sich ihre Brüste unter dem Tuch ab und wirkten voller, als Aiden sie in Erinnerung hatte. In gleicher Sekunde erkannte er überdeutlich das, was er vor einer Woche eigentlich auch schon hätte erkennen können. Hatte Marjorie es ihm nicht schon beim letzten Treffen angedeutet? Nur: Er hatte es nicht aus ihren Worten herausgelesen.

Die sanfte, aber doch deutliche Vorwölbung ihres Bauches ließ keinen Zweifel daran, dass Marjorie wieder schwanger war. Seine verlangenden Blicke glitten an ihrem Körper herab; vielleicht ruhten sie etwas zu lange auf ihren vollen Brüsten. Als sich ihre Blicke dann endlich trafen, hatte er das Gefühl, in Marjories Augen einen spöttisch-provozierenden Ausdruck wahrzunehmen, zu dem ihre Begrüßung passte. Sie war nicht ansatzweise überrascht, ihn hier vorzufinden. Auch war sie in keiner Weise peinlich berührt, ihm jetzt fast unbekleidet gegenüberzustehen. „Aiden, ich hätte es eigentlich wissen können, dass du zu früh erscheinst." Der Klang ihrer Stimme war für diese Worte dennoch überraschend sanft und freundlich.

Aiden erinnerte sich genau an jede Einzelheit, auch daran, als Antwort gestottert zu haben: „Soll, äh, soll ich nach draußen?"

„Nein, nein, bleib nur. Es reicht, wenn du dich kurz umdrehst. Du hast sicherlich schon viele Frauen nur leicht bekleidet gesehen, oder?"

Die als ausgesprochen intim empfundene Situation war ihm damals im Beisein der Zofe richtig unangenehm gewesen. Diese aber schien mit gleichgültiger Miene durch ihn hindurchzuschauen und ihn gar nicht weiter wahrzunehmen. Er drehte sich zum Bett und lauschte den Geräuschen, die während des Einkleidens von Marjorie in den nächsten Minuten hinter ihm entstanden. Er hatte gegen den drängenden Wunsch ankämpfen müssen, sich einfach umzudrehen, auf Marjorie zuzugehen und sie in den Arm zu nehmen. Nach kurzer Zeit schickte Marjorie die Zofe aus dem Zimmer. Aiden blieb trotzdem unverändert stehen. Sein Herz schlug bis zum Hals. Ohne dass er bemerkt hätte, wie sich Marjorie ihm näherte, spürte er plötzlich, dass sich die junge Frau an seinen Rücken schmiegte und ihn zuerst an der Hüfte umarmte, um dann an seiner vorderen Bauchwand ihre Hände nebeneinander nach oben wandern zu lassen. Elektrisiert fuhr er herum, umarmte Marjorie und küsste sie fest und innig auf den Mund. Sie musste darauf vorbereitet gewesen sein, denn sie öffnete sich bereitwillig und in seiner Erinnerung erlebte er den längsten und feurigsten Zungenkuss seines Lebens (auch in den zwanzig Jahren danach hatte er nie mehr auch nur Ähnliches erleben dürfen). Als sich die beiden voneinander lösten, standen sie sich wort- und atemlos gegenüber. Marjorie griff Aidens rechte Hand und zog sie an sich. Mit sanfter Gewalt presste sie sein sensibilisiertes Tastorgan auf die Region unter ihrem Nabel und durchbrach die Stille.

„Willst du deinen Sohn nicht endlich einmal begrüßen?"

Aiden war sprachlos.

„Meinen Sohn? Wieso *meinen* Sohn?"

Marjorie trat einen Schritt zurück. „Leidest du unter Gedächtnisschwund? In Charlotte Amalie – am 24. April dieses Jahres?"

„Ja, aber ..."

„Wenn Cailean der Vater wäre, dann würde ich das wissen."

„Und woher willst du wissen, dass es ein Junge wird?"

„Ich war in dieser Woche bei einer Wahrsagerin. Außerdem verlief die erste Schwangerschaft so ganz anders."

„Und Cailean?" Aidens Stimme klang verunsichert.

„Der freut sich ebenfalls auf unseren Sohn. Und außerdem hat er einen sehr guten Plan entworfen, wie wir unsere geliebte Davina Bonnie aus Schweden zurückholen. Ihr zuliebe hat er sogar dem Alkohol abgeschworen, um einen klaren Kopf für die Unternehmung zu haben. Aber das erzähle ich dir später. Wie viel Zeit hast du?"

An diesem späten Nachmittag vergaß Aiden Zeit und Raum. Doch eines war ihm von diesem Liebesabend nach all den Jahren immer noch lebhaft in Erinnerung geblieben: Es war eine Zeit der zärtlichen Liebe gewesen. Sie waren sich nicht mit dieser wilden Unbeherrschtheit aus der Nacht in Charlotte Amalie begegnet. Nein, diesmal war es *nicht* das Spiel von Sieg und Unterwerfung gewesen. Dieser Liebesabend war unter Marjories sanfter und doch bestimmter Anleitung ein vorsichtiges, zärtliches und zugewandtes Liebesspiel gewesen. Der animalische Teil beschränkte sich auf wimmerndes Stöhnen, das sich am Ende der Zeit in erschöpft atmenden Seufzern auflöste. Doch eine Tatsache hatten die beiden so gegensätzlichen Kontakte gemeinsam: Es war Marjorie, die ihr Zusammensein – damals wie auch diesmal – beendete.

Aiden musste wohl kurz eingeschlafen sein; Marjorie hatte ihn mit den Worten geweckt: „Liebster, wach auf. Deine kleine Schlampe wartet zu Hause auf dich. Das unterscheidet sie von mir." Die Sätze waren nur gehaucht, und Aiden hatte später lange darüber nachgedacht, ob er nicht einer Sinnestäuschung erlegen war. „Los, mach dich auf. Ich weiß, dass wir uns wiedersehen. Selbst wenn du für eine Zeit aus meinem Leben verschwindest."

Aiden dachte nach. Erst sechs Jahre später, nach ihrem großen Streit, war er so *richtig* aus ihrem Leben verschwunden. Oder war es nicht doch anders gewesen? War nicht *sie* aus *seinem* Leben verschwunden? Ein Jahr nach dem Zerwürfnis hatte Aiden bei einem erneuten Besuch in Leith versucht, Marjorie zu einem Treffen zu überreden. Sie jedoch hatte keine Zeit für ihn haben wollen. Ja, sie ließ sich sogar mehrfach verleugnen. Danach hatte er ihr noch einen Brief geschrieben. In diesem Brief war er wohl zu vorsichtig gewesen und hatte seine Gefühle nur äußerst vage angedeutet. So berichtete er von Belanglosigkeiten, fragte dabei aber ganz beiläufig nach dem Befinden der kleinen Catriona, die dabei war, ihr sechstes Lebensjahr zu vollenden. Da gab es eine Tochter, die er in seinem ganzen Leben bisher nur dreimal gesehen hatte. Eigentlich ... Eine Antwort auf seinen Brief hatte er nie erhalten.

Ein festes Rütteln an seiner rechten Schulter holte Aiden in die Gegenwart zurück.

„Mr. Hunter, Ihr habt Euer Mittagessen nicht angerührt. Das kann nicht gesund sein. Und in Kürze erscheinen hier Eure Frau und Euer Sohn zum Abendessen. Kommt Ihr dann auch dazu? Bitte, Sir, gebt den schweren Gedanken nicht zu viel Raum. Denkt doch auch einmal an etwas Schönes." Larna Mills gab sich alle Mühe, ihn aufzubauen.

„Oh, das mache ich, Larna, ja, das tue ich wirklich, intensiver als Ihr glaubt", antwortete Aiden. „Und – fügt bitte auch ein Gedeck für mich hinzu."

Gut zwei Stunden später saß die komplette Familie Hunter beim Abendessen zusammen. Aiden gab sich nach außen unverkrampft und versuchte die Stimmung durch das Teilen gemeinsamer Erinnerungen aufzulockern. Außerdem gelang es ihm gut, die anfängliche Gesprächsführung über Belanglosigkeiten ausnahmsweise Orla und Sean Kester zu überlassen. Wenn die drei geahnt hätten, dass es für lange Zeit das letzte gemeinsame Essen sein würde, vielleicht hätten sie dann doch einige der wichtigen Fragen gestellt, die ihnen im Moment noch die persönliche Enttäuschung und der gekränkte Stolz verboten.

„Ich habe es Sean schon erklärt", begann Orla das Gespräch, nachdem Larna die dampfende Suppe, die aus einer mit Graupen, Zwiebeln sowie Hühnerfleisch angedickten Brühe bestand, auf die Mitte des großen Eichentischs gestellt hatte. „Er versteht meine Entscheidung, mich für die nächsten Wochen nach Leith zu meiner Familie zu begeben."

Aiden nickte zustimmend und hielt seinen Teller abwartend neben die Schüssel. Seine Antwort hielt er betont kurz. „Unter den gegebenen Umständen akzeptiere ich deine Entscheidung."

Orla füllte seinen Teller mit einer gehörigen Portion Suppe, von der sie wusste, dass Aiden sie sehr mochte. Huhn in jeglicher Form gehörte zu seinen Lieblingsspeisen.

Sean räusperte sich und unterbrach die Stille am Tisch. „Ihr wisst, dass ich mit John Cossins in Oxford unterwegs war. Er hat mich wirklich begeistern können für diese Tätigkeit als Kartograf. Die Verwendungsmöglichkeiten unserer maßstabsgetreuen Aufzeichnungen, die wir mit ganz neuen Methoden erstellen, sind unglaublich. Ob zivile Architekten oder auch das Militär, alle gieren sie nach brauchbaren Unterlagen für ihre Planungen. Und glaubt mir: Wir sind erst am Anfang einer Entwicklung, die unseren Alltag revolutionieren wird." Seans Augen leuchteten, und er schaute erwartungsvoll in die Runde.

„Deine Mutter hatte recht, dich mit Cossins loszuschicken", kommentierte Aiden für Orla überraschend. „Ich bin froh, dass du dich auf dem richtigen beruflichen Weg glaubst." Jetzt machte Aiden eine bedeutungsvolle Pause. „Sean Kester, du wirst von den Schwierigkeiten der South Sea Company gehört haben. Daher ist es wahrscheinlich, dass ich, um dem Schuldgefängnis zu entgehen, für einige Zeit von hier verschwinden muss. Der September ist in wenigen Tagen vorbei. Längstens eine Woche werde ich noch hier in London sein. Das Finanzielle haben deine Mutter und ich, so gut es eben ging, geregelt. Das mit dem Geld werde ich dir noch genauer erklären. Wenn aber alles so funktioniert, wie ich mir das vorstelle, werde ich mich eine Zeit lang nach Rochester absetzen. Dort soll es eine starke und einflussreiche Gruppe von Jakobiten unter der Leitung von Francis Atterbury, dem Bischof von Rochester, geben. Ein guter Bekannter von mir mit dem Namen Craig Layer kennt sich in diesen Kreisen bestens aus und wird mich dort einführen. Es ist an der Zeit, dem englischen König George I. und seinem verdammten Adel eine Lektion zu erteilen. Viel zu lange habe ich viel zu gutmütig das viel zu korrupte Geschäftsgebaren der Engländer hier ertragen!" Jetzt erhob sich Aiden feierlich. Deshalb konnte er nicht sehen, dass Sean und Orla sich fragende Blicke zuwarfen. Beide schauten danach ungläubig zu ihm auf. „Damit ist jetzt aber ein für alle Mal Schluss! Die Stimme meines schottischen Herzens sagt mir ab jetzt, was getan werden muss." Nach einem fast pastoralen Moment der Stille am Tisch nahm Aiden wieder auf seinem Stuhl Platz. „Für euch ist es besser, nicht genau zu wissen, wo ich bin. So könnt ihr mich auch nicht verraten. Sucht nicht nach mir. Wenn die Zeit reif ist, werde ich Euch finden. Vertraut mir! Larna wird unser Haus in der Zwischenzeit verwalten. Ich habe es ihr offiziell überschrieben und hoffe, dass es ihr somit auch nicht mehr genommen werden kann. Sie hat unserer Familie im Gegenzug ein lebenslanges Wohnrecht hier in Kingston upon Thames eingeräumt. Stellt euch darauf ein, dass die Zeiten hart werden."

[2] Entschluss zum Aufbruch
August 1720

Die warmen, hochsommerlichen Temperaturen auf der kleinen Insel Île à Vache, nur wenige Seemeilen vor der Kleinstadt Les Cayes an der Südküste von Saint-Domingue gelegen, waren an diesem frühen Sonntagnachmittag des 24. Augusts des Jahres 1720 noch gut erträglich. Das lag am kühlenden Wind des Nordostpassats, der jedoch zunehmend ungeduldig über der Karibik anfing, die Bewohner der kleinen Insel mit schwüler, feuchtwarmer Meeresluft zu überziehen. Dieses Wetterphänomen war in jedem Jahr erneut ein erster Vorbote der aufziehenden Sturmsaison.

Riley MacIntyre lag in seiner Hängematte, die er im Schatten zweier großer Palmen aufgespannt hatte. Diese Bäume verschatteten sein kleines Wohnhaus mit Anbau zuverlässig um die Mittagszeit. Bis noch vor zwei Wochen hätte er diesen Ort, an dem er sich zunehmend zu Hause fühlte, wenn er nicht gerade auf Kaperfahrt war, als den Ort bezeichnet, an dem er hoffte, bis zum Ende seines Lebens glücklich und zufrieden leben zu können. Doch seit dem dramatischen Schicksalsschlag vor elf Tagen fühlte er sich immer noch ausgelaugt und plötzlich dieser Heimat entfremdet. Der überraschende Tod seiner Frau hatte ihn unvorbereitet, wie ein Blitz aus heiterem Himmel, getroffen und ihm anfangs sogar den Schlaf geraubt.

Eigentlich hatte ihn zu dem Zeitpunkt gerade die zunehmende Unzufriedenheit seiner Mannschaft beschäftigt, die ihm von Albert Conteville, seinem ersten Offizier, zugetragen worden war. War die Kritik seiner Männer, die bisher nur hinter vorgehaltener Hand geäußert wurde, berechtigt? Er sei inzwischen zu alt, um noch unternehmungslustig und ein erfolgreicher Pirat zu sein. Er habe keinen Biss mehr und seit seiner Hochzeit vor nicht einmal einem ganzen Jahr habe ihn diese junge farbige Frau verhext. Sie habe aus ihm einen Schoßhund gemacht.

Riley hatte die hübsche Eloise beim letzten Beutezug, auf dem sie ein englisches Handelsschiff vor der Nordküste von Saint-Domingue kaperten, aus der Sklaverei befreit. Eloises Eltern waren beide schon in Liverpool verstorben; danach hatte ihr Besitzer sie an den Kapitän dieses Handelsschiffes verkauft. Riley hatte sich sofort in die hübsche junge Frau verliebt und sie gebeten, mit ihm zu kommen. Das schon in die Jahre gekommene Schiff, das mit Sklaven aus Liverpool angefüllt war, war eine leichte Beute für Riley und seine Männer gewesen. Sie hatten die Besatzung, die aus nicht einmal vierzig weißen Männern bestand, entwaffnet und bis auf die Offiziere im Unterdeck eingesperrt. Die Mannschaft war nicht zum Kämpfen bereit gewesen, und so konnte der geschundene, stinkende Kahn schnell und ohne Blutvergießen eingenommen werden. Hätte die überwiegend englische Mannschaft geahnt, wie die Rache der Unterdrückten an ihnen ausfallen würde – sie hätten sich, weiß Gott, sicher bis zum letzten Atemzug gewehrt. So aber war die Überraschung bei den Engländern groß, als die Piraten alle Sklaven befreiten und ihnen die Gewalt über das Schiff gaben. Dass die Befreiten die Gewaltübernahme so wörtlich umsetzen würden, hatten auch die Seeräuber trotz all ihrer Erfahrung nicht erwartet. Als erste Amtshandlung knöpften sich die befreiten Sklaven die englischen Offiziere vor. Sie peitschten einige von ihnen aus, bis die Knochen der Rippen zwischen geplatztem Gewebe und Kaskaden von Blut sichtbar wurden. Sie richteten ein derartiges Blutbad unter der weißen Mannschaft an, dass die Piraten es nicht mehr wagten, einzugreifen. Menschen im Blutrausch stoppt man selten friedlich. Das Geschehen auf dem Sklavenschiff hatte Riley und seine komplette Mannschaft damals schockiert zurückgelassen. Das Geschrei der Gefolterten war nur schwer auszuhalten gewesen. Als die Gewalt dann auch noch in Verstümmelung der einstigen Aufseher ausartete, zogen sich die Piraten schnell wieder auf ihr eigenes Schiff zurück.

Seitdem hielten sie sich auf ihrer Insel abseits der großen Schifffahrtsrouten versteckt. Und ja, es stimmte: Seit über einem Jahr, das heißt seit der Befreiung dieses unsäglichen Sklavenschiffs, bei dem sie selbst aber kaum Beute gemacht hatten, hatte er – und er war schließlich immer noch der Kapitän – mit seiner Mannschaft kein weiteres Schiff mehr gekapert. Einige schimpften, wie sein Freund Albert Conteville ihm ungeschönt und gleichzeitig mit einem warnenden Unterton weitergab, dass er, Kapitän Riley MacIntyre, sich auf seine persönliche Insel der Ruhe zurückgezogen habe. Um der kritischen Stimmung in seiner Mannschaft nicht weiter Nahrung zu geben und um zu zeigen, dass er auch mit 45 Jahren noch nicht zum alten Eisen gezählt werden wollte, hatte Riley vor zwei Wochen unter Leitung dieses Albert Conteville, der ursprünglich aus der Normandie stammte und daher fließend Französisch sprach, einen Spähtrupp in die Hauptstadt von Saint-Domingue gesandt. Die Männer um Albert unterhielten sehr gute Kontakte dorthin und waren stets über neueste Entwicklungen in der erfolgreichen französischen Kolonie informiert. Diesmal galt es, die Chancen auf einen Beutezug auszuloten, bei dem ein prall gefülltes französisches Handelsschiff erobert werden sollte.

Doch kaum waren seine Männer vor zwei Wochen als Fischer getarnt nach Cap-Français aufgebrochen, hatte Riley drei Tage später völlig unerwartet diesen schweren Verlust hinnehmen müssen. Seine geliebte Eloise war unter mysteriösen Umständen ums Leben gekommen. Eigentlich hatte die junge Frau am späten Nachmittag nach einer Wolldecke gesucht. Sie war zum Waschplatz an der Süßwasserlagune gegangen und dann aber nicht mehr zurückgekehrt. Erst spät am Abend, es war schon dunkel, hatte Riley sie nach kurzer Suche ertrunken neben dem Waschsteg im Uferschlick gefunden. Wie nur, um alles in der Welt, hatte so etwas einfach passieren können? Er hatte diese Frau aufrichtig geliebt, und nun? Der Schicksalsschlag lähmte Riley. Er konnte an nichts anderes denken. Er wollte weinen, aber er konnte es nicht. Zu lange hatte er sich Tränen als Geste der Schwäche selbst verboten und damit abgewöhnt. Wenige Tage nach Eloises tödlichem Unfall hatte er sie dann unter großer Anteilnahme seiner Mannschaft im Palmenwald am Rand der großen Süßwasserlagune beigesetzt. Seine geliebte Eloise, die aus ihrer Angst vor dem Meer und vor Wasser nie einen Hehl gemacht hatte! Dieser Frau konnte und wollte er keine Seebestattung zumuten.

Nach den schlimmen ersten Stunden, die mit ungläubigem Entsetzen und Trauer angefüllt waren, sehnte sich Riley im Moment eigentlich nur nach Ruhe. Intensiver als all die Jahre davor dachte er plötzlich über seine Zukunft nach. Die zwei großen Palmen, in deren Schatten er sich im Moment zu erholen versuchte, standen direkt hinter der Holzhütte mit Anbau, die er inzwischen seit fast sechzehn Jahren sein Eigen nennen durfte. Er war stolz auf diese beiden aus stabilen

Holzplanken errichteten Bauten, die unter seiner Leitung hier am landeinwärts gelegenen Südosthang der sanften, etwa fünfzig Meter hohen Hügelkette, die das Meer von der Lagune trennte, entstanden waren. An dieser Stelle hatte schon vor Jahrzehnten ihr großes Vorbild, der Pirat Sir Henry Morgan, die ersten Hütten errichten lassen. Inzwischen aber hatte sich diese Siedlung an der Nordwestküste der Île à Vache zu einer kleinen Ortschaft von etwa fünfzig Hütten entwickelt, von denen die Hälfte noch in der traditionellen Bauweise aus Holz, Lehm und Stroh errichtet waren.

Riley blickte nachdenklich über den breiten, hellen Weg aus Karstgestein, der von der Ortschaft über den Hügel nach Nordwesten in Richtung Meer führte. Er war den Anblick der halbhohen Frangipani-Bäume sowie der Unmenge von mannshohen Vetivergrasbuscheln, die den Weg begleiteten, inzwischen so gewöhnt, dass ihm auch der Kampf von einigen wild wachsenden Bougainvilleas um ihren Platz an der Sonne nicht mehr besonders auffiel. Aber er schätzte die üppige Vegetation der Insel und das intensive Farbenspiel der Natur. Welch ein Unterschied zu seiner Heimat Schottland! Wieso kamen seine Gedanken gerade jetzt auf Schottland?

Vom Hügel in Richtung Meer kommend, wurde die dröge Stille der Mittagshitze plötzlich von lautem Stimmengewirr und Männerlachen unterbrochen. Riley hob den Kopf. Bei der Auswahl des Standorts für seine Hütte hatte er Wert darauf gelegt, eine gute Sicht auf die Hügelkette zwischen Siedlung und Meer zu haben. Vorsicht zahlte sich immer aus, besonders für sie als Piraten. Das Meer mit dem von ihnen genutzten Naturhafen war nur eine gute Meile entfernt. Rund um die Uhr beobachtete dort eine größere Zahl von Matrosen den Horizont des karibischen Meeres und bewachte die eigenen Schiffe und Fischerboote, die gut verborgen und sicher hinter schützenden Korallenriffen und den vorgelagerten Felsen ankerten. Riley erkannte jetzt die Stimmen der Männer, konnte aber den Inhalt der Worte nicht verstehen. Er kniff die Augen zusammen. Ja, das waren tatsächlich seine Männer, die er vor zwei Wochen in die Hauptstadt von Saint-Domingue geschickt hatte. Die an der Nordküste von Hispaniola gelegene Hauptstadt Cap-Français war eine knappe Tagesreise mit dem Schiff von ihrer Insel entfernt. Die sechs Männer liefen jetzt auf die kleine Hüttensiedlung zu. Der Führende, ein großer, massiger Kerl, drehte sich gerade gegen seine Laufrichtung um und warf den Begleitern hinter ihm einige Sätze zu, worauf diese erneut in lautes Gelächter verfielen.

„Verdammt: Albert ist der geborene Anführer! Wenn sie jetzt schon wieder zurückkommen und die Laune derart ausgelassen ist, dann sollte das auch ein gutes Zeichen sein", dachte Riley und erhob sich aus seiner Hängematte. Er ging die vier Stufen hinab zur Terrasse, die sich, mit weißem, geschliffenem Karstgestein belegt, hell und freundlich vor den beiden Teilen der Holzhütte erstreckte. Sie ermöglichte einen weiten Blick auf die in der Senke liegende Süßwasserlagune. Vor dem rechten, etwas größeren und dunkelbraun gestrichenen Teil der Hütte mit ihren vier unterschiedlich großen Fenstern, die in ihrem ersten Leben wohl die Weltmeere befahren hatten, verschattete ein prächtiger, über ein Holzgestell kriechender, ausufernder Bougainvillea-Busch einen großen Teil der Terrasse. Der andere Teil, der sich nach links dem ersten anschloss, war dunkelgrün gefärbt, wobei die Farbe mit dem Braun des größeren Nachbarn gut harmonierte. Riley stemmte beide Hände in die Hüften und dehnte für einen Moment seinen Oberkörper nach hinten. Danach, mit einer Geste, als wolle er sich kämmen, fuhr er mit allen zehn Fingern von vorne nach hinten durch das dunkelrotblonde noch volle, aber bereits deutlich angegraute Haar. Er nahm auf einem Holzhocker Platz, der vor der Wand der braunen Hütte stand, lehnte sich an und streckte beide Beine aus. Sein kräftiger roter Vollbart dominierte sein Gesicht und hatte an beiden Kinnseiten jeweils eine dichtere graue Strähne, die das immer noch leuchtende Rot des Barts auffällig durchzog. In all den Jahren hatte Riley sein Gewicht konstant gehalten und wirkte daher wegen seiner Größe von fast sechs Fuß immer noch schlaksig und jünger, als er eigentlich war.

Riley drehte sein Gesicht zur Straße. Ob die Männer ahnten, dass er auf sie gewartet hatte? Und von welcher Tragödie er ihnen heute berichten musste? Riley schüttelte ungläubig den Kopf. „Verdammt, bis vor zwei Wochen war ich noch ein glücklicher Mann", ging es ihm durch den Kopf. Und dann, so unerwartet, das Drama mit Eloise! „Warum nur wurde sie mir genommen? Sie war doch noch so jung. Gerade einmal zweiundzwanzig Jahre alt! Und ich alter Kerl bin immer noch am Leben!" Er schloss die Augen, rieb die Nasenwurzel fest zwischen Daumen und Zeigefinger und erhob sich. Darauf, dass er sein jetziges Alter erreichen würde, hätte er vor gut zwanzig Jahren, als er in der Region von Darién an der Küste Panamas als schottischer Siedler endgültig in die Hände der Piraten fiel, nicht gewettet. Warum aber hatte ihm das Schicksal jetzt schon wieder so übel mitgespielt? Ein Gefühl der Hilflosigkeit und Ohnmacht überfiel Riley. War das auch der Grund dafür, dass er in den letzten Tagen vermehrt an seine Heimat dachte? In der Tat: Er war ein Mensch, der in seinem ganzen Leben noch nie vom Schicksal verwöhnt worden war.

In den letzten zwei Jahrzehnten war ihm der Tod häufig begegnet. Aber in all den Jahren, in denen er als Pirat bis zum heutigen Tag schon so viele seiner Kameraden hatte sterben sehen, war ihm trotzdem sein angeborenes Mitgefühl nicht verloren gegangen. Einige Male hatte er sogar beinahe geweint. Die meisten Toten waren jung gewesen, zumindest zu jung, um schon zu sterben. Wenige Alte kamen dazu. Ja, auch etliche Frauen und ein gequältes Heer von Farbigen reihten sich in die lange Kette derjenigen ein, die nur noch in seinen Erinnerungen lebendig waren. Nur bei ganz wenigen Menschen hatte Riley das Gefühl, dass durch deren Tod die Welt ein klein wenig besser geworden war. Erstmalig von diesem Gefühl ergriffen worden war er, als der für unbesiegbar gehaltene Kapitän William Aniston, der ihn anfänglich wie einen Sklaven behandelt und gequält hatte, vor gut zehn Jahren vom Wundfieber überwältigt worden war und danach sein Grab im dunklen Ozean gefunden hatte.

Der plötzliche Unfalltod seiner Frau stürzte Riley auf der einen Seite in tiefe Traurigkeit, weckte aber auf der anderen Seite lange nicht gefühlten Widerspruchsgeist gegen das Schicksal im Allgemeinen und gegen alle Götter im Speziellen. „Was habe ich nur falsch gemacht? Verdammt! An welchem Gott habe ich mich versündigt, dass ich hier, mitten im Paradies, diese unglaubliche Scheiße aushalten muss?" In der Tat: Diese Île à Vache hatte sich als ein echtes Paradies für sie als Freibeuter herausgestellt. Der wegen seiner Brutalität als Teufel verschriene Sir Henry Morgan hatte dieses Paradies schon lange vor ihnen entdeckt. Ruhte deswegen vielleicht ein Fluch auf dieser Insel? Riley erinnerte sich an seinen ersten Kapitän William Aniston, der ihn zu den Piraten gepresst hatte. In dessen Crew hatten vor siebzehn Jahren noch drei Männer gedient, die in jungen Jahren schon unter Morgan die Karibik unsicher gemacht hatten. Als dann, in dem für die Piraten blutigsten aller Jahre, 1703, die Vertreibung aus der Magens Bay auf der dänischen Insel Sankt Thomas durch die Spanier geschah, entsann man sich dieser kleinen Insel südlich von Hispaniolas Westende, die so, ein ganzes Jahr später, zur neuen Heimat der Freibeuter wurde. Alle, die einst unter ihrem Kapitän William Aniston mit den Dänen auf Sankt Thomas beste Geschäfte gemacht hatten, waren auf nur noch zwei, inzwischen gealterten und reparaturbedürftigen, Schiffen vor den Spaniern geflohen und hatten auf Umwegen diese Insel zum neuen Domizil erklärt. Hier auf der Île à Vache hatten sie sich von Tag zu Tag besser eingerichtet. Hatten sie bis 1703 hauptsächlich die spanischen und englischen Handelsschiffe in Angst und Schrecken versetzt, so verlagerten sie ihre Piraterie jetzt vermehrt auf die französischen Handelsschiffe im westlichen Teil der Karibik. Riley erinnerte sich noch genau: Ein französischer Gefangener, den sie später auf einer unbewohnten Insel in der Karibik aussetzten, hatte ihnen erklärt, weshalb das westliche Drittel der Insel Hispaniola von den Spaniern an die Franzosen abgetreten worden war. Seitdem hieß dieses Gebiet Saint-Domingue und war in irgendeinem Friedensschluss vor über zwanzig Jahren in Europa ausgehandelt worden.

Riley schüttelte erneut stumm den Kopf, klopfte sich fast aufmunternd mit beiden Händen auf die Oberschenkel und erhob sich. Er trat aus seinem kleinen Vorgarten auf den staubigen Weg. Er ging bis zur Mitte. Dann blickte er in die Richtung, aus der er die Männer erwartete. Sein Auftritt war perfekt inszeniert. Keine Minute später trat die Gruppe aus der Wegbiegung kommend in sein näheres Blickfeld. Als sie ihn mitten auf dem Weg stehend erkannten, verstummten Gelächter und Gespräch schlagartig. Riley, beide Hände tief in den Hosentaschen seiner dreiviertellangen Hose begraben, nickte den Männern leicht zu und zeigte dann mit seinem Kopf in Richtung seiner Wohnstatt. Ohne ihre Ankunft abzuwarten, ging er wortlos zurück auf seine Terrasse. Wenige Momente später erreichten ihn die Männer und umringten ihn neugierig. Albert, Rileys erster Offizier, legte seinen schweren Arm gefühlvoll auf Rileys Schulter.

„Käpt'n, wir haben von deinem schlimmen Verlust gehört. Äh, die Wache an den Schiffen hat es uns berichtet. Es kann sich nur um die Eifersucht eines Geistes aus der Baka-Dynastie gehandelt haben. Diese verdammten Bastard-Geister rächten sich bestimmt wegen ihrer Schönheit an Eloise!"

„Bist du plötzlich verrückt geworden, Albert? Glaubst du jetzt auch an den Unsinn, den die Farbigen mit ihrem Hang zum Aberglauben hier überall verbreiten? Nein, nein, es muss ein tragischer Unfall gewesen sein. Meine Frau wollte, wie sie es schon so oft getan hat, nur kurz nach der Wäsche schauen, die die Mägde an der Lagune gewaschen hatten. Sie suchte nach einer bestimmten Wolldecke. Ihr kennt doch den Waschplatz hinter dem kleinen Bootshafen? Auf dem seifigen Waschsteg muss sie ausgerutscht sein. Verdammt, dabei ist sie wohl mit dem Hinterkopf aufgeschlagen und bewusstlos über die zwei Holzstufen ins Wasser gerutscht."

Die Zuhörenden hielten den Atem an. Es war absolut still.

„Scheiße, Männer! Sie ist einfach so in der Lagune ertrunken. Taron Mulligard und zwei seiner Männer waren in der Nähe und haben zur gleichen Zeit ein Ruderboot abgedichtet. Die haben von dem ganzen Drama leider nichts mitbekommen. Kein Hilferuf, nicht einmal ein kurzer Aufschrei ..."

„Niemand ertrinkt einfach so – nicht da unten in der Lagune", murmelte einer der Männer, den sie Ross nannten, obwohl das eigentlich nur sein Nachname war. Marty Ross, ein kräftiger Mann von untersetzter Statur trug einen auffallend breiten, schwarzen Ledergürtel, in dem zwei Pistolen demonstrativ Respekt verlangten. Er sprach den Satz sehr leise und wiederholte ihn sogar. Daher klang die Äußerung so, als habe er sie eher an sich selbst gerichtet denn an die Umstehenden. Aber Riley schien die Äußerung überhört zu haben.

Es entstand erneut ein Moment des Schweigens. Dann schüttelte Riley Alberts Arm von der Schulter. „Aber wegen des Todes meiner Frau seid ihr sicher nicht schon so früh zurückgekommen, oder? Euer Ausflug muss im Übrigen auch recht lustig gewesen sein, wenn ich euer lautes Lachen auf dem Weg hierher richtig deute?"

„Äh, Entschuldigung, Käpt'n." Albert, der Wortführer der Gruppe, unterbrach jetzt die peinliche Stille. „Aber Taron Mulligard hat uns im Hafen vorhin eine lustige Geschichte erzählt. Er hat sich wohl an einer

Sklavin in Les Cayes vergriffen. Wir alle wissen ja: Er liebt dunkle Haut. Dabei hat ihn jedoch der Besitzer des Mädchens erwischt und macheteschwingend in die Flucht geschlagen. Mulligard musste ohne Hosen zu seinem Boot fliehen und wird so schnell besser nicht nach Les Cayes zurückkehren. Ja, wir fanden es lustig, dass dieser verrückte Kerl halbnackt um sein Leben rennen musste." Unterdrücktes Lachen durchzog die Männerrunde.

„Und wer hat euch vom Tod meiner Frau berichtet?"

„Das war auch Mulligard. Er hat uns beim Ausladen der Fische geholfen." Der Jüngste in der Gruppe, ein schmaler, blasser Junge, der sich bisher noch nicht zu Wort gemeldet hatte, antwortete schnell. Vielleicht etwas zu schnell, denn für sein Vorpreschen schaute ihn Albert für eine kurze Sekunde lang drohend an. Der Junge, der auf den Namen Leddy Gowen hörte, war sicher noch keine achtzehn Jahre alt, was man an seinem bartlosen Gesicht und den noch knabenhaften Köperformen ablesen konnte. Er senkte den Kopf.

„Ich danke dir für die Information, Leddy. Sieh mal einer an. Mulligard ist also hier der große Geschichtenerzähler", bemerkte Riley nachdenklich.

„Er wollte nicht, dass wir dir verraten, dass er uns vom tragischen Tod deiner Frau erzählt hat. Aber er hat das Gleiche berichtet wie du. – Ein verdammt tragischer Unglücksfall!" Albert sah sich bemüßigt, Taron Mulligard in Schutz zu nehmen.

„Na ja, das Leben ist sowohl lustig wie auch tragisch ... Aber beide Geschichten aus einem Mund, so dicht hintereinander erzählt? Wahrlich – ein Zeichen von echter Betroffenheit."

„Du kennst ihn doch, Riley. Taron Mulligard ist ein Großmaul und Weiberheld! Er redet viel, wenn der Tag lang ist. Aber als Steuermann und Navigator ist er der Beste! Er hat uns schon oft mit tollkühnen Schiffsmanövern den Allerwertesten gerettet."

„Du hast sicher recht, Albert." Riley atmete tief durch.

„Käpt'n, wir sind auch nicht zurückgekommen, um über Taron Mulligan zu reden. Wir haben aus der Stadt interessanteste Nachrichten mitgebracht."

„Na gut, dann geht schon mal voraus ins Wohnzimmer und nehmt Platz. Ich kümmere mich derweil um die Getränke."

Die Männer verschwanden in der dunkelbraunen Hütte, während Riley sich nach links in die grüne Hütte begab, in der sich die Küche und das Zimmer für das Gesinde befanden. Die beiden Mädchen waren heute mit einem Teil der Mannschaft nach Les Cayes auf den Wochenmarkt gesegelt. Riley befand, dass er und seine Männer jetzt ein gutes Glas Rum oder Grog verdient hatten. Es galt schließlich, einen klaren Kopf zu bewahren und wichtige Dinge zu entscheiden. Nach kurzer Zeit standen die Getränke auf dem Tisch, und Riley setzte sich zu den Männern.

Das Wetter würde bald umschlagen. Seine wulstige Narbe über der rechten Achillessehne schmerzte. Gedankenverloren massierte Riley im Sitzen die Narbe, die ihn seit Jugendzeiten an sein Nahtoderlebnis beim Walfang erinnerte. Und damit auch an sein Krafttier, das man ihm seit damals zusprach. Eigentlich war es Orla gewesen ... Orla. Dieser Name machte ihn immer noch traurig und wütend zugleich. Orla. Seine erste große Liebe. Er drohte in Erinnerungen abzudriften, doch die direkte Anrede von Albert ließ ihn aufhorchen.

„Käpt'n, deine Vermutungen waren genau richtig. Da gibt es ein Schiff im Hafen der Hauptstadt, das erst vor zwei Wochen dort angekommen ist. Dieses Schiff will noch vor aufkommender Sturmsaison von Saint-Domingue zurück nach Marseille segeln. Es ist ein Schnellsegler neusten Bautyps, der auf den Namen *L'Entreprise* getauft wurde. Er trägt ein Gaffelsegel am Kreuzmast und vorne zwei Klüversegel. Es gibt überhaupt keine hohen Aufbauten, was zusammen mit seinen schlanken Linien auf eine beeindruckende Geschwindigkeit schließen lässt. Auf dem ersten Unterdeck befinden sich auf beiden Seiten jeweils zwölf Kanonen. Ein fantastisches Schiff. Und dazu fast noch wie neu! So wahr ich dein erster Offizier bin: Das ist der schnellste und wendigste Handelssegler, den ich jemals gesehen habe."

„Und wem gehört das Schiff?" Riley unterbrach Alberts Redefluss.

„Einem gewissen Amaury Legrange. Es ist der einzige Sohn eines vor Kurzem hier auf Saint-Domingue verstorbenen Plantagenbesitzers. Der hieß Raimond Legrange und stammte wohl ebenfalls aus Marseille. Er soll vor etwa zwanzig Jahren nach Saint-Domingue gekommen sein und inzwischen wohl sehr reich und bekannt sein. Wenn die Aussagen unserer Informanten stimmen, dann ist dieser Sohn nur angereist, um die Plantage seines Vaters zu Geld zu machen. Alles, was er irgendwie auf sein Schiff bekommen kann, will er mit nach Hause nehmen. Er selbst will auf keinen Fall hierbleiben." Jetzt machte Albert eine bedeutungsvolle Pause und rollte mit den Augen. „Die bereits vor Jahren verstorbene Mutter des jungen Legrange soll selbst Tochter eines Juweliers aus Antwerpen gewesen sein. Sie war wohl sehr vermögend und soll jede Menge Schmuck besessen haben ..." Beim Gedanken an die mögliche Beute begannen Alberts Augen zu funkeln, und ein breites Grinsen zog über sein narbiges Gesicht. Er suchte nach Zustimmung in den Mienen seiner Zuhörer. Die nickten ihm zumindest schon einmal aufmunternd zu. Albert genehmigte sich noch einen Schluck Grog.

Riley wirkte nachdenklich. „Legrange ... Legrange ... Den Namen habe ich schon einmal gehört. Verdammt, jetzt fällt es mir wieder ein. Der Capitaine von Fort Dauphin damals hieß Legrange. An den Vornamen erinnere ich mich nicht mehr. Der hat uns dereinst mit Munition geholfen, als wir im Fort von französischen Soldaten überrascht wurden. Sonst wären wir wohl in Gefangenschaft geraten und ganz schnell einen Kopf kürzer gemacht worden. Zur Wahrheit gehört aber auch, dass ich Legrange mit einer Pistole am Kopf überreden musste, die Pulverkammer zu öffnen."

Die Männer lachten laut und prosteten Riley zu.

Der Dicke, der Ross gerufen wurde und bisher nur seine Bemerkung zum Ertrinken in der Lagune beigetragen hatte, schien plötzlich aufzuwachen. Er begann mit auffällig näselnder Stimme in Erinnerungen zu schwelgen. „Käpt'n, das ist jetzt fünf Jahre her. Ich war damals erstmals mit dabei. Das war wirklich eine klasse Aktion! Wir hatten den vordersten Teil des Forts, das am Westufer des Hafeneingangs weit ins Meer ragt, im Handstreich abgeriegelt und besetzt. Scheiße, Mann; dann haben wir gewartet, bis die spanische *Aguante* in unser Schussfeld kam und sie mit unseren Kanonen höflich begrüßt. Und wir haben sie tatsächlich schwer getroffen. Sie konnte gerade noch aus unserem Schussfeld abhauen und war danach für unsere lauernde *Santa Elena* eine leichte Beute. Unglaublich! Die Menge an Rohsilber, die wir damals erbeutet haben –"

Albert unterbrach den Dicken. „Verdammt! Das kann doch kein Zufall sein, Käpt'n! Die Plantage von diesem Legrange soll tatsächlich auch im küstennahen Gebiet des äußersten Nordostens von Saint-Domingue liegen. Das kann eigentlich nur die Gegend bei Fort Dauphin sein. Einer von der *L'Entreprise* hat erzählt, dass der junge Legrange irgendwo im Nordosten sein Erbe abholen will. Ich sage euch: Für uns wäre es in der Tat ein Leichtes, dort das Schiff in unsere Gewalt zu bekommen. Im Moment liegt es aber noch im Hafen der Hauptstadt. Da haben wir leider keine Chance. Dort wimmelt es nur so von bewaffneten Franzmännern. Die verhandeln wohl noch mit Legrange wegen der Bezahlung und so. Ich habe es schon so oft gesagt: Le Cap ist zwar immer informativ, aber leider auch verdammt gefährlich!"

Obwohl die Hauptstadt von Saint-Domingue, an der Nordküste des Landes gelegen, offiziell den Namen Cap-Français trug, wurde sie im ganzen Land vereinfachend, aber respektvoll meist Le Cap genannt.

Ein weiterer Pirat mit schwarzem Dreispitz und schwarzem Vollbart, der bisher geschwiegen hatte, meldete sich zu Wort. „Ich will verdammt sein, wenn diese Legranges nicht auch untereinander verwandt sind. Wir müssen dazu erfahren, ob französisches Militär im Fort untergebracht ist und ob das Schiff Geleitschutz erhält." Er grinste breit und entblößte eine breite Lücke der Schneidezähne im Oberkiefer. „Wenn nicht ...", fuhr er mit hämischer Stimme fort. „Wenn nicht, dann gnade ihnen Gott – so wahr ich Knud Hanson heiße!"

Er erntete lautstarke Zustimmung der Männer. Nur Riley gab sich noch zurückhaltend.

Der Dicke stand jetzt auf. „Ich will auf einer Kanonenkugel reiten, wenn wir einfach so zulassen, dass dieser Glücksritter mit Erbe und Schmuck heimlich und leise von Saint-Domingue verschwinden kann. Sein Vater oder Onkel oder so hat doch nicht umsonst so viele Menschen in seinen Plantagen zu Tode gequält. An diesem Geld klebt jede Menge Blut! Da sollte es nicht passieren, dass nur eine einzelne Person Nutzen daraus zieht, oder?"

Die Männerrunde lachte hässlich und grölte zustimmend.

„Das wollen und können wir doch nicht wirklich zulassen?"

Erneut war polterndes Gelächter die Antwort.

„Das Böse, das sie getan haben, gehört bestraft! Deshalb gebührt uns edlen Herren und unserer hochwohlgeborenen Schiffscrew, die aus braven Menschen aus aller Welt zusammengestellt wurde, natürlich auch ein angemessener Anteil an diesem Erbe. Er lebe hoch, der alte Legrange! Salut!"

Gegröle, Lachen und erwiderte Salut-Rufe erfüllten Rileys Wohnstube.

„Männer!" Riley schlug mit der flachen Hand auf den Tisch. „Mal herhören!"

Im Nu wurde es ruhig am Tisch, und die, die gestanden hatten, nahmen wieder Platz.

„Ich habe die ganze Zeit überlegt, wie unser nächster Beutezug aussehen sollte, denn seit über einem Jahr sind wir schon nicht mehr richtig draußen gewesen. Es wird wieder einmal Zeit, dass wir zeigen, dass es uns noch gibt, und wir endlich mal wieder fette Beute machen! Wir werden noch heute einen genauen Plan entwickeln, wie wir die *L'Entreprise* in unsere Gewalt bekommen. Vielleicht kann einer von uns sogar beim jungen Legrange anheuern? Auf alle Fälle gilt: *Dieses* Schiff holen wir uns."

Genau diese Ansprache hatten die Männer gebraucht. Vor Jubel gab es in der Stube kein Halten mehr! Die Männer waren aufgesprungen und johlten zustimmend. Dann umarmten sie sich sogar überschwänglich. Von der im Raum greifbaren Begeisterung ließ sich Riley langsam mehr und mehr mitreißen. Ja, es wurde – verdammt noch mal – endlich Zeit, aus der Inaktivität und auch aus der Trauer herauszufinden. Jawoll, es musste wieder losgehen! Hier, auf dieser Insel, hielt ihn jetzt nichts mehr.

Wenn er das fast neuwertige Schiff des Franzosen wirklich erbeuten konnte, wäre dann nicht Europa das nächste Ziel? Wie oft hatte er daran gedacht, seine geliebte Heimat Schottland endlich einmal wiederzusehen? Seine geliebten Eltern Farlan und Skye – ob sie überhaupt noch am Leben waren? Und Orla – trotz des Verrats hatte sie noch immer einen festen Platz der Hoffnung in seinem Herzen behalten. Er hatte so oft versucht, die schmerzende Erinnerung an die einstige große Liebe seines Lebens auszulöschen, aber das war ihm immer nur für wenige Wochen gelungen. Die Möglichkeit, jetzt endlich ein atlantiktaugliches Schiff in seinen Besitz zu bringen, weckte neuen Lebensmut in ihm. Vielleicht war es ja *das,* was das Schicksal jetzt von ihm verlangte? Seine ruhige, entspannte Lebenssituation, in der er sich seit seiner Hochzeit mit Eloise eingerichtet hatte, war durch deren jähen Tod zerstört worden. Seine Männer warteten nur darauf, dass er die Rolle als beutegieriger Anführer, die er so lange Jahre erfolgreich ausgefüllt hatte, wieder übernahm. Je länger er über dieses Schiff des Franzosen nachdachte, desto stärker erwachte eine brennende, aber so lange unterdrückte Sehnsucht in ihm. Die Sehnsucht, seine alte Heimat endlich wiederzusehen. Es war an der Zeit, seinen für unmöglich gehaltenen Traum wahr werden zu lassen.

Jede Faser in ihm schien sich plötzlich zu regen, ihn zu drängen, ihn mehr und mehr davon zu überzeugen, diese eigentlich längst überfällige Reise in seine Vergangenheit nicht länger aufzuschieben. Die jahrelang nicht zugelassenen Worte wie Heimweh und Verlangen, aber auch Begriffe wie Rache und Vergeltung fingen jetzt an, wie ein aufflammendes Fieber Rileys Gedanken zu besetzen. In kürzester Zeit gewannen sie die Herrschaft über alle Bedenken. Von nun an würden diese immer wieder beiseitegeschobenen Wünsche seine Entscheidungen neu lenken.

Während seine Männer noch die Köpfe zusammensteckten und hitzig anfingen, die ganze Aktion zu planen, war Albert der Einzige, dem auffiel, dass Riley plötzlich Tränen über die Wangen liefen. Es waren Tränen der Trauer und des Abschieds, die er sich noch bei der Beerdigung von Eloise verboten hatte. Sie vermischten sich jetzt in eigenartiger Weise mit Tränen der Erinnerung und Sehnsucht. Tonlos rannen dem erwachsenen Mann, der schon so viel erlebt hatte, eine wahre Flut von Tränen über die hageren Wangen und versickerten im Dickicht des roten Bartes. Riley benutzte den weiten Ärmel seines Hemdes, um sein Gesicht zu trocknen, während Albert ihm zuraunte: „Käpt'n, schäm dich nicht für deine Tränen. Eloise wird uns begleiten!"

„Haaut rein! Haaut rein! Uund ho! Uund ho!" Rhythmisch brüllte der Bootsmaat in der kleinen Pinasse die Kommandos, um die beiden Matrosen an ihren Riemen in gleichem Takt zu halten, während das Boot in schnellem Auf und Ab über die gefährlich kurzen, aber hohen Wellen hinter dem Felsenriff tanzte. Sie waren auf dem Rückweg von den Höhlen, die nur sie kannten und von denen auch nur sie wussten, dass diese ausschließlich von See her erreicht werden konnten. Die zwei großen naturgeformten Grotten, deren Eingänge durch die Strömung von türkisfarbenem Wasser verraten wurden, waren ebenfalls ein Vermächtnis des für sie unsterblichen Piraten Sir Henry Morgan.

„Und ho, und ho!" Der Maat brüllte ohne Pause. Der kurze Rückweg von den Höhleneingängen bis zum Ankerplatz ihrer großen Schiffe war wegen der immerwährenden tückischen Brandung zwischen den zahlreichen Felsen für kleine Boote gefährlich und kräftezehrend. Die Höhlen lagen schon seit Jahrhunderten im Karst an der Spitze einer schmalen, ins karibische Meer auskragenden Halbinsel an der Westküste der Île à Vache. Freiwillig würde sich niemand dieser abweisenden, stets von tosenden Wellen umspülten Küstenregion nähern. „Und ho, noch drei, und ho, noch zwei, und ho, noch einmal! Gleich sind wir durch!" Der Maat brüllte unentwegt, und während die zwei an ihren Riemen alle Kraft aufboten, um endlich den gefährlichen Teil der Strecke hinter sich zu lassen, hielten sich die weiteren Männer irgendwo im Boot fest. Riley saß hinten, die Pinne mit beiden Händen fest umklammernd, und manövrierte die Nussschale durch das tosende Felsenlabyrinth.

Dann hatten sie es geschafft. Die letzten Schläge der Riemen auf die jetzt viel ruhigere Wasseroberfläche klatschten laut und wurden erst langsam vom schweren Atmen der Ruderer übertönt. Die knapp zwei Seemeilen weite Strecke war wieder einmal bewältigt. Mit einem langen schürfenden Geräusch schrubbte das Boot auf den Sandstrand und kam zur Ruhe. Zwei Wochen war es jetzt her, seit die Entscheidung gefallen war, sich der französischen L'Entreprise zu bemächtigen. Wortlos entluden die Männer das Boot und zogen es weiter auf den Sandstrand.

Albert, einer der Ruderer, brach das Schweigen, nachdem sich sein rasender Puls wieder etwas normalisiert hatte. „Verdammt, mir fallen die Arme ab! Der Weg zurück und gegen die Strömung bringt mich jedes Mal wieder an meine Grenzen. Scheiße, Mann!"

„Aber es hat doch wie immer gut funktioniert", bemerkte Knud Hanson. „Das Einzige, worüber ich mich gewundert habe, waren die frischen Fußspuren im Sand unserer Höhle. Wer kann dort gewesen sein?"

„Mir fällt nur einer ein, der dazu in der Lage wäre." Rileys Stimme klang nachdenklich.

„Und wer ist das?", fragte Knud nach.

„Taron Mulligard. Er ist ein erstklassiger Steuermann und hat mit seinen Leuten auch die Kraft ..."

„Wieso sollte er dort gewesen sein? Wir hatten doch abgemacht, dass ohne dich, den Käpt'n, keiner das Recht hat, allein dorthin zu gehen."

„Knud, ich werde ihn selbst fragen. Er wird die gleichen Gründe haben wie wir. Er wird uns sagen, dass er nach seinem Schmuck geschaut hat. Er prahlt immer damit, dass er noch so viel Schmuck –" Noch während er das Wort Schmuck aussprach, blitzte in Riley ein Gedanke auf, der ihm schon einmal, während der Bestattung von Eloise in den Sinn gekommen war. Er vermisste ihre silberne Halskette mit dem spanischen Medaillon, das er ihr zur Hochzeit geschenkt hatte. In diesem Medaillon hatte sich auf Eloises Wunsch hin zum Schutz vor bösen Geistern eine rote Haarsträhne seines Bartes befunden. Riley atmete tief durch. Irgendwie musste dieser Schutz vor inzwischen vier Wochen aus welchen Gründen auch immer gründlich versagt haben.

Er hatte sich nach Eloises Tod vorgenommen, die beiden Frauen, die den Leichnam seiner Frau gewaschen und dann für die Bestattung eingekleidet hatten, zu fragen, ob sie den Schmuck der Verstorbenen gesehen hätten. Als er damals von seiner Frau Abschied nahm, hatte er die Halskette mit dem unverwechselbaren Medaillon an ihr schon vermisst. Direkt danach hatten die beiden Frauen Eloises Leichnam für deren letzten Weg in ein großes weißes Leinentuch eingenäht. Von seiner Trauer übermannt, hatte er die Gedanken an den Schmuck damals schnell wieder vergessen.

Der Tod seiner Eloise hatte ihm die Freude an dieser Insel, die eigentlich ein Paradies für Freibeuter war, verdorben. Ja, die ganzen Jahre war die Île à Vache ein ideales Versteck für sie gewesen. Auf dieser Insel gab es alles, und das im Überfluss. Bananen, Kokospalmen und fruchtbare Weideflächen mit Vieh. Und dann noch diese unglaubliche, nie versiegende Menge an Süßwasser in der großen Lagune. Dazu kamen die hinter Riffen geschützt liegenden Ankerplätze und die Höhlen, in denen sie ihre Beute vor ungebetenen Gästen gesichert verstecken konnten. Beim ersten Betreten der Höhlen hatten sie sogar noch einen Beutel mit spanischen Silbermünzen gefunden und untereinander aufgeteilt. Die wertvollen Münzen sowie zwei alte, schwere Musketen zeugten noch von Morgans Nutzung dieser Verstecke. All das waren Umstände, nach denen sie in anderen Gegenden lange hätten suchen müssen.

Riley schulterte seinen Sack aus Segeltuch und machte sich mit den anderen über den Strand auf den Weg zu dem kleinen Hafen, der etwa eine knappe halbe Meile entfernt war. Gut geschützt hinter dem breiten Naturriff lagen dort die beiden verbliebenen, in die Jahre gekommenen Schiffe der Piraten vor Anker. Bei beiden handelte es sich um schon vor Jahren gekaperte spanische Westindiensegler. Da gab es die kleinere *Santa Elena* und die deutlich größere und seetüchtigere *Esmeralda*. Die beiden Schiffe waren an stabilen Holzstegen vertäut, welche die Piraten in den letzten zehn Jahren ausgebaut und mit einem windfesten Lagerhaus sowie mit einem zwölf Fuß hohen Beobachtungsturm ergänzt hatten. Von hier führte der breite Weg über die erste hohe Düne zur Piratensiedlung.

Vor nunmehr zehn Tagen hatte die große Zusammenkunft aller Piraten hier im Hafen stattgefunden. Dabei waren die Verantwortlichkeiten für die Vorbereitungen an ausgesuchte Männer verteilt worden. Riley hatte seinen Wunsch geäußert, mit dem neuen Schiff, das sie mit einer List zu erobern hofften, einen etwa halbjährigen Abstecher nach Europa, genauer gesagt nach Schottland machen zu wollen. Genau zweiunddreißig Piraten schlossen sich seinem Wunsch an, und die weiteren Männer würden sie aus der Reihe der französischen Mannschaft rekrutieren. Riley war froh, dass sich unter diesen Männern genug erfahrene Seeleute befanden, auf die er sich verlassen konnte. Weil die *L'Entreprise* ihren Schiffen in allen Belangen so deutlich überlegen war, wollten die Piraten nur als wirklich allerletzte Möglichkeit den Gegner auf See angreifen. Rileys Vorschlag, das Schiff bei Nacht in einem Handstreich von Land aus zu erobern und aus dem Hafen zu segeln, fand daher eine überwältigende Zustimmung.

Wahrlich euphorisierend auf Riley und die Mannschaft wirkte sich die Nachricht der Spione aus der Hauptstadt mit der Bestätigung aus, dass Amaury Legrange die *L'Entreprise* nach Ende seiner Gespräche mit dem Gouverneur und nach Löschen der Ladung (zu der auch fünfzig aus Frankreich mitgebrachte Soldaten gehörten) tatsächlich in den Hafen von Fort Dauphin überführen würde. Die französischen Soldaten in der Hauptstadt hatten ihn davon überzeugt, dass es zu gefährlich sei, den Transport seiner Güter von der Plantage aus dem Osten des Landes bis zum Hafen von Cap-Français auf dem Landweg auszuführen. Zu unsicher seien inzwischen einige Abschnitte dieser Strecke geworden, da sie zeitweise von aufständischen Gruppierungen kontrolliert würden. Die meisten dieser selbst ernannten Widerstandskämpfer seien geflohene Sklaven, die sich nach den Überfällen mit ihrer Beute immer wieder schnell in das unwegsame Berggebiet an der Grenze zum spanisch besetzten Ostteil der Insel Hispaniola zurückzögen. Deshalb war gerade die Truppenverstärkung durch Legranges mitgebrachte Soldaten (schon die zweite französische Aufstockung der Truppen innerhalb des letzten halben Jahres) vom Gouverneur so dankbar angenommen worden. Als Dank hatte dieser dem Schiffseigner sogar steuerliche Sonderrechte bezüglich seines Erbes eingeräumt.

Trotz der ständigen Truppenverstärkungen war es erst vor wenigen Tagen auf einer dieser Hauptverkehrsstraßen im Nordosten des Landes schon wieder zu einem schweren und für beide Seiten verlustreichen Zwischenfall gekommen. Ein geheimer Transport von mit Rum gefüllten Fässern, der zum Schutz von bewaffneten französischen Reitern begleitet wurde, war in einen Hinterhalt gelockt und überfallen worden. Bei diesem Feuergefecht hatte es aufseiten der Franzosen sechs tote Soldaten gegeben. Da war es für die Überlebenden nur wenig tröstlich, dass auch sieben schwarze Aufrührer diese Attacke mit ihrem Leben bezahlt hatten. Aber als das Schlimmste am Überfall wurde von den Besatzern die Tatsache empfunden, dass neben dem Wagen mit den zehn Fässern auch noch zwei weiße Frauen lebend von den Aufständigen entführt worden waren. Das war ein derart erniedrigender Frevel, dass er unüberhörbar nach Rache schrie.

Zunächst aber schrie sich der letzte Aufständische, den die Franzosen als Einzigen lebend in ihre Gewalt bekommen hatten, auf dem Marktplatz von Cap-Français die gepeinigte Seele aus dem Leib. Die Folterknechte des französischen Gouverneurs hatten den Jungen nackt an beiden Handgelenken aufgehängt und ihn zunächst ausgepeitscht, damit er das Versteck seiner Freunde in den Bergen preisgebe. Doch der mutige Junge hatte zu jedem der dreißig wuchtigen Hiebe auf seinen Rücken einen anderen Ortsnamen geschrien. Das machte die Peiniger zwar ratlos, aber auch wütend. Sie ließen ihr Opfer mit den frisch blutenden, wulstig aufgeplatzten Hautrissen auf dem Rücken zu Boden fallen und besprachen sich. Nach einer kurzen Unterbrechung der Folter, in welcher der wimmernde, sich auf dem Boden windende junge Sklave mit gelegentlichen Tritten traktiert wurde, hängten sie ihn erneut auf; diesmal mit den Füßen nach oben. Als die Schergen jetzt damit anfingen, mit breitem Grinsen in den Gesichtern die Fußsohlen sowie die Genitalien ihres Opfers mit glühenden Eisen zu malträtieren, wandelte sich die Antwort des Opfers in einen anhaltenden, markerschütternd gellenden, nicht enden wollenden Todesschrei. Erst jetzt griffen sich einige Mütter ihren Nachwuchs, begannen ihrerseits zu schreien und strebten, die verstörten Kinder hinter sich herzerrend, hinaus aus der Menge der Schaulustigen.

Mit Sicherheit hatte dieses Folterszenario wieder etliche Personen rekrutiert, die ab sofort bereit waren, diesem Treiben der weißen Machthaber, und sei es auch unter Einsatz des eigenen Lebens, irgendwann ein Ende zu bereiten. Mitten in das gellende Geschrei des Opfers zog einer der drei französischen Soldaten, die sich an ihrem kaum zwanzig Jahre alten Opfer sadistisch abgearbeitet hatten, plötzlich eine Pistole aus dem Gürtel und schoss dem Gequälten ohne jedes Zögern in den Kopf. Jetzt schrie das Publikum ein letztes Mal erschrocken auf, bevor es sich, tief verstört durch das soeben Erlebte, zerstreute.

Wie sich Jahre später herausstellen sollte, hinterließen diese wiederholten blutigen Demonstrationen weißer Macht und schwarzer Erniedrigung gerade in Saint-Domingue am Ende zu viele traumatisierte Kinder und Jugendliche. In diesen entfaltete sich die Saat des miterlebten Hasses so stark, dass sie in den späteren siegreichen Aufständen gegen ihre Unterdrücker genau die gleichen unmenschlichen und blutigen Früchte unbeherrschter Rachsucht hervorbrachten. Als Riley schon zwei Tage nach dem Tod des Aufständischen von diesem Ereignis hörte, entschloss er sich, den Plan für die Kaperung der *L'Entreprise* nicht mehr zu lange aufzuschieben. Er rief die Mannschaft erneut in seinem Haus zusammen und erläuterte seine Gedanken. Schließlich war er jetzt, nach Ankündigung des Unternehmens, auch unter Zugzwang. Er musste beweisen, dass er eben doch noch nicht zu alt war, ein erfolgreiches Piratenunternehmen dieser Art zu planen und anzuleiten. Mit seinem genialen Plan hoffte er, auch noch die letzten Zweifler innerhalb seiner Mannschaft wieder auf seine Seite ziehen zu können.

„Männer, wir sollten jetzt schnell handeln. Der Großteil der französischen Truppen, die erst vor einigen Wochen aus Frankreich hier angekommen sind, wird einen ausgedehnten Rachefeldzug gegen die Aufständischen in den Bergen unternehmen. Das bedeutet, dass das Fort Dauphin nur noch von einer kleinen Mannschaft bewacht wird. Ich glaube nicht, dass die Franzosen jetzt mit einem Überfall auf das Schiff von Land her rechnen!"

Mit wichtiger Miene ergänzte Albert danach Rileys Ausführungen: „Unsere Informanten haben uns heute bestätigt, dass Legrange schon vor einer guten Woche in Fort Dauphin angekommen ist, um dort sein Erbe an Bord zu nehmen. Danach will er noch einmal in die Hauptstadt zurückkehren, um von dort verletztes Militär in die Heimat mitzunehmen. Außerdem wollen sie erst dann ihre Mannschaft komplettieren. Deswegen gebe ich zu bedenken, Käpt'n: Der Aufbruch der *L'Entreprise* soll nach unseren Informationen erst in frühestens zwei Wochen stattfinden. Wenn wir schon jetzt das Schiff kapern, ist sicher nur das Erbe von Legrange verladen. Wir müssen also davon ausgehen, dass noch kein Proviant und auch kein Frischwasser geladen wurde. Wie sollen wir dieses Problem lösen?" In Alberts Stimme hörte Riley Zweifel.

„Albert, ich bin mir sicher, dass es genauso ist. Deswegen rechnen die Franzosen im Moment auch nicht mit einem Überfall auf das Schiff. Mein Plan sieht so aus: Wir schnappen uns das Schiff im Handstreich. Offiziere werden nur ganz wenige an Bord sein. Dann segeln wir nach Osten aus der Bucht, drehen außerhalb der Sichtweite nach Westen und treffen uns mit der *Esmeralda* an der verabredeten Stelle an der Nordküste der Île de la Tortue. Ihr wisst doch: Wir haben uns dort immer sehr gut vor Verfolgern verstecken können. Treffpunkt ist der alte Naturhafen an der Nordküste der Insel in der Nähe der Pointe Tête de Chien, den unsere verehrten Vorgänger, ‚die Brüder der Küste', so mühsam, aber überaus hilfreich ausgebaut haben. Dort werden wir unsere Vorräte auffüllen und wenn nötig auch noch die Mannschaft ergänzen. Die Franzosen werden uns östlich suchen, aber sie werden nicht vermuten, dass wir tatsächlich so weit westlich in Richtung Europa unterwegs sind. Wenn sie sich falsch orientieren, gewinnen wir einen uneinholbaren Vorsprung. Wir haben noch einen weiteren Vorteil: Die Offiziere und die Adeligen werden so lange vor der geplanten Abreise noch nicht an Bord sein. Und die normale Mannschaft wird nicht viel Widerstand leisten. Wenn wir denen verraten, dass es in Richtung Europa geht, werden sie uns eher unterstützen."

Taron Mulligard erhob sich. „Ich bin zwar lange nicht mehr in Europa gewesen, aber als erster Steuermann verspreche ich dir, dass ich auch sturzbetrunken immer noch den Kurs in Richtung Heimat finden werde. Das große Abenteuer ruft! Ich freue mich auf ein ehrbares Leben als reicher Mann in meiner Heimat, England."

Die Mannschaft, aus vielen europäischen Ländern zusammengewürfelt, grölte zustimmend, und all die, die sich schon in Europa wähnten, malten sich ihre Heimkehr in den prächtigsten Farben aus. Nur Riley verfiel nicht in zu große Euphorie. Erst einmal mussten sie die *L'Entreprise* auch wirklich in ihre Gewalt bringen.

Die Aufgaben waren verteilt. Schritt für Schritt hatten sie immer wieder die Besitznahme der *L'Entreprise* durchgesprochen. Rileys Männern war es sogar gelungen, noch in Cap-Français einen ihrer Spione für kurze Zeit unter einem Vorwand an Bord zu bringen. Der hatte sogar ein brauchbares Schema über die Anordnung der Kajüten an Bord an sie weitergegeben. Zwei Gruppen, aus jeweils zehn Männern bestehend, wurden gebildet. Die erste Gruppe stand unter der Rileys Leitung. Die zweite Gruppe, die zunächst die Umgebung des Schiffes im Hafen absichern sollte, wurde von Taron Mulligard, dem ersten Steuermann, angeführt. Mit zwanzig Mann fühlten sie sich stark genug, dieses Unternehmen erfolgreich durchzuführen. Sie mussten nur schnell genug sein und in der Dunkelheit möglichst unbemerkt aus der engen Bucht segeln können, ohne eine große Verfolgung durch die Franzosen auszulösen.

Im wabernden Schutz des auf dem Wasser liegenden küstennahen Nebelstreifens und der ihn begleitenden Dunkelheit näherte sich die *Esmeralda* dem Ufer. Fast lautlos glitt das große Schiff durch die ruhige

See. Es war schon kurz nach Mitternacht, als der Segler in Sichtweite der Hafeneinfahrt vor dem großen Fort kam. An deren westlicher Seite thronte, auf einem kleinen Hügel gelegen, das bis unter die Zähne bewaffnete Fort Dauphin, den Schlaf der Bürger in der gleichnamigen Siedlung rund um den Naturhafen unter sich bewachend. Drohend ragten die Mauern und Türme in den Nachthimmel. Nur ein leichtes Plätschern der vorsichtig geteilten Wasseroberfläche verriet, dass sich zwanzig schwer bewaffnete Männer, auf zwei Boote verteilt, gerade dem Ufer näherten. Als sie an der bewachsenen Uferböschung anlandeten und ihre Boote im Schilf versteckten, war die *Esmeralda* schon wieder unterwegs zum vereinbarten späteren Treffpunkt.

In dem Moment, als die Männer das Festland betraten, öffnete der Himmel seine Schleusen. Dichter, rauschender Regen empfing die Eindringlinge und provozierte manchen gedämpften Fluch. Das Gebiet um Fort Dauphin war Riley seit ihrem Überfall auf das Fort vor fünf Jahren noch einigermaßen vertraut. Schnellen und geduckten Schrittes bahnte sich die Mannschaft ihren Weg durch das Dickicht. Sie mussten die Ortschaft in einem sicheren Abstand umgehen, um dann, von Süden her auf dem kürzesten Weg zum Hafen, möglichst unbemerkt zum Objekt ihrer Begierde zu gelangen.

Schon nach kurzer Zeit meldete sich bei Riley die alte Narbe über der rechten Achillessehne, sodass er zwanghaft wieder anfing zu humpeln. Der Schmerz verdarb Riley die Stimmung. Als ihn dann noch der kühle Regen schnell bis auf die Haut durchnässte, fragte sich Riley grimmig, warum der Himmel sie ausgerechnet jetzt einer solchen Prüfung unterzog. Obwohl die Männer angestrengt und schnell unterwegs waren, fröstelte Riley und er verwünschte mehrfach dieses unfreundliche Wetter. Doch es gab kein Zurück mehr. Schwer atmend erreichte die Gruppe den südlichen Ortsrand. Von hier konnte es nicht mehr weit sein. Die Gruppe um Taron Mulligard blieb zurück und sollte sich vereinbarungsgemäß erst eine halbe Stunde später auf den Weg zur *L'Entreprise* machen.

„Versau's nicht, Käpt'n!", zischte Taron Riley aufmunternd zu.

„Leck mich!", knurrte der Angesprochene zurück.

Im Schutz der dunklen Hauswände huschten jetzt zehn Gestalten geduckt von Straßenecke zu Straßenecke. Nach gut zwanzig Minuten waren sie im Hafen angekommen. Das französische Schiff war nicht zu übersehen, da es mit Abstand das größte im Hafen war. Riley grinste zufrieden. Kein einziges Kriegsschiff der Franzosen lag im Hafen. Nur die üblichen Fischerboote, und die konnten ihnen bei einer eventuellen Verfolgung nicht gefährlich werden. Dazu war die Hauptstadt weit genug entfernt.

Riley hob die rechte Hand. Seine Männer duckten sich hinter der Hausecke, und Riley beobachtete das Schiff. An Deck waren keine Deckswachen auszumachen. Bis auf das Rauschen des Regens war es um das Schiff völlig ruhig. Aber wo waren die Wachen der *L'Entreprise* postiert, wenn nicht an Deck? Die Erfahrung lehrte Riley, dass er geduldig vorgehen musste und dass ein Schiff dieser Größe *immer* Deckswachen hatte. Das schon von seiner Silhouette beeindruckende Handelsschiff lag mit seiner Steuerbordseite am Kai, direkt vor einem großen Lagerschuppen, vertäut. Riley konnte immer noch keine Wachen ausmachen. Aber er wusste, dass er vorsichtig handeln musste. Irgendwo würden sie sein! Um ein Haar wäre Riley schon aus dem schützenden Schatten getreten, um sich der *L'Entreprise* zu nähern, als er sie endlich entdeckte. Im Dunkel des Vordachs am Lagerschuppen gegenüber der Gangway zum Schiff hatte er eine Bewegung bemerkt. Dann konnte Riley zwei Männer schemenhaft erkennen, die, mit Musketen bewaffnet, unter dem Vordach Schutz vor dem prasselnden Regen gesucht hatten – das mussten die Wachen sein.

Riley besprach sich mit seinen Männern, und sein Plan war so logisch wie klar: In einem Bogen mussten sie sich der Lagerhalle von hinten nähern. Vorsichtig schlichen sie nun, jeweils fünf Mann an jeder Seite des Schuppens, vorsichtig bis zur vorderen Schuppenecke. Von der Dachkante klatschte der Teil des Regens, der an einem alten Tau nach unten in ein Holzfass geleitet wurde, lautstark auf die Wasseroberfläche. Das große Gefäß lief laut plätschernd über.

Riley nahm eine am Schuppen lehnende Holzplanke und ließ diese an der vorderen Ecke in Richtung Straße umkippen. Der klingende Aufprall schreckte die beiden Wachen auf.

„Hallo? Ist da jemand? – Scheiße, das sind doch nicht schon wieder Ratten?"

„Ach Quatsch, ich bin mir sicher, dass das eine Windbö war."

„Soll ich mal nachschauen?"

„Wenn es dich beruhigt. Nimm halt die Planke aus dem Weg. Aber lass dich nicht wieder von irgendeinem Viech beißen", gab der Zweite mit einem höhnischen Unterton zurück.

Riley hörte die vorsichtigen Schritte des Mannes, und als die Muskete sich langsam in sein Gesichtsfeld schob, nickte er seinen Männern zu.

Gerade erschien die Figur des Wachsoldaten an der Kante des Lagerhauses, da zog Riley so fest er konnte an der Muskete und brachte den überraschten Mann mit einem gurgelnden Geräusch und einem überraschten „Oh" nach vorne zum Sturz. Im selben Moment waren die anderen über ihm, fesselten und knebelten den vom Schreck gelähmten Franzosen und lauschten erneut in die Dunkelheit.

„He, Babil, bist du aufs Maul gefallen?" Dann lauschte der Rufer seinerseits in die Stille. „Babil, komm sag was. Also gut, ich komme ..."

Riley nickte seinen Begleitern zu und bedrohte den vor ihm liegenden Gefangenen mit seiner Pistole. Der nickte nur mit weit aufgerissenen Augen und atmete krampfhaft durch die Nase.

Der zweite Wachsoldat erfuhr das gleiche Schicksal wie der erste. Auch er wurde überrumpelt und danach gefesselt und geknebelt. Zum Glück war der Schuppen nicht verschlossen. Zwei der Piraten konnten dort ihre nassen Oberkleider in aller Ruhe gegen die trockenen blauen Uniformröcke der Franzosen tauschen, während der Rest der Truppe die überwältigten Wachen an dicken Holzbalken festband. Godric Parker freute sich besonders, da einer der Wachsoldaten genau seine Körpermaße hatte. Er zischte Riley grinsend zu: „Endlich mal ein Rock, der mir wie angegossen passt!"

Riley nickte zustimmend.

Da im Schuppen jede Menge Taue in allen Längen und Durchmessern herumlagen, war die Fesselung außergewöhnlich gründlich. Die überwältigten Wachen „spendeten" noch ihre Stiefel und waren am Ende froh, wenigstens ihre roten Hosen behalten zu dürfen. Der ganze Vorgang war nahezu geräuschlos abgelaufen.

Von nun an galt die Aufmerksamkeit dem schlafenden Riesen im Wasser vor ihnen. Minutenlang lauschten und beobachteten sie das vor ihnen an den Tauen zerrende Schiff. Sollte es wirklich so einfach gewesen sein, die *L'Entreprise* in ihre Gewalt zu bringen?

Inzwischen war auch Taron Mulligard mit seinem Trupp am Lagerhaus angekommen. Er würde ab jetzt die Umgebung sichern, während Riley das Schiff und seine Mannschaft in gewohnter Art und Weise unter Kontrolle bringen würde.

Geräuschlos glitten die Männer über den rutschigen Anlegesteg und öffneten die Niedergänge zu den Mannschaftsunterkünften. Es war ein Leichtes, die aus dem Tiefschlaf gerissenen, unbewaffneten Matrosen mit gezogenen Pistolen zur Aufgabe zu überreden. Die aus guten Gründen auf vielen Schiffen bestehende Anordnung, keine Waffen in den Schlafräumen zuzulassen, kam Riley und seinen Männern auch hier unterstützend zur Hilfe. Kajüte um Kajüte brachten Riley und seine Mannschaft so das Schiff in ihre Gewalt. Albert Conteville überredete in bestem Französisch die überwiegend noch sehr jungen Matrosen, sich kooperativ zu zeigen. Dann würde ihnen nichts Böses passieren.

„Frag den Jungen, ob da hinten auch noch Soldaten untergebracht sind", bat Riley Albert zu dolmetschen.

Der blasse Marinesoldat stand, nur mit Unterwäsche bekleidet, direkt vor Albert. Er schüttelte daraufhin seinen Kopf.

„Links hinten ist die Offiziersmesse. Von den Offizieren ist aber im Moment keiner an Bord. Und auf der rechten Seite ist die Kombüse, aber der Koch liegt um diese Zeit im Bett", gab Albert wieder.

„Gut, ich gehe mal nachschauen, was in der Offiziersmesse so los ist." Riley machte sich leise und vorsichtig auf den Weg.

Hinter sich hörte er Godric Parkers Stimme, der sich, weil irischstämmig, mehr als manch anderer über die Aussicht freute, seine alte Heimat wiederzusehen. Er war mit fast fünfzig Jahren auch einer der Ältesten in Rileys Mannschaft und seine Lust am Essen konnte man an seiner Körperfülle ablesen. „Verdammt, ich hab Hunger wie ein Wolf. Ich werde mal in die Kombüse schauen. Vielleicht gibt es ja heute noch was zwischen die Zähne. Die Franzosen sollen immer gutes Essen an Bord haben." Godric kicherte leise.

Eine innere Stimme mahnte Riley trotz des bisher so reibungslosen Verlaufs der Aktion zur Vorsicht. Gefolgt von Godric schlich er leise den Flur entlang. Bevor Riley die Tür zur Offiziersmesse öffnete, zog er seine Pistole. Im gleichen Moment war sein Begleiter in die gegenüberliegende dunkle Kombüse verschwunden.

Riley lauschte angestrengt in die Ruhe hinein. Langsam drückte er die Klinke und – helles Licht drang durch den geöffneten Türspalt auf den Flur. Dazu öffnete die Tür sich wie von selbst. Jetzt machte Riley den entscheidenden Fehler. Überrascht und unüberlegt schnell trat er einen Schritt nach vorne, nur um den bohrenden Lauf einer Pistole an seiner linken Schläfe zu spüren.

„Hinknien und Waffe weg", lauteten die Befehle in bestem Englisch, denen Riley sofort nachkam. Er ließ sich auf beide Knie fallen und legte seine Pistole vor sich auf den Boden. Wie von Geisterhand schloss sich die Tür wieder hinter ihm.

Entgegen seiner Erwartung war der Raum von zwei großen Öllampen, die auf einem langen, schweren Holztisch standen, hell erleuchtet. Als Riley jetzt seinen Kopf hob, sah er, dass er keiner Sinnestäuschung erlegen war. Tatsächlich saßen auf der anderen Seite des Tisches zwei Frauen und blickten ihn mit weit aufgerissenen, angsterfüllten Augen an. Riley wollte den Kopf langsam in Richtung seines Peinigers drehen, was der aber mit stärkerem und unbarmherzigem Druck der Waffe gegen seine Schläfe verhinderte. Die Kälte des Pistolenlaufs hielt Riley in einer Art Schockstarre.

„Beweg dich nicht!", herrschte ihn die Männerstimme jetzt an. „Wer schickt dich? Ist es Mr. Amboise?"

Riley räusperte sich. „Ich kenne keinen Mr. Amboise", antwortete er wahrheitsgemäß.

„Das glaube ich dir sogar", raunzte die Stimme hinter ihm. „Du bist zu alt, als dass Amboise dich schicken würde. Also: Was wollt ihr hier?"

Rileys Gedanken zuckten wie Blitze durch sein Gehirn, aber er bekam sie nicht mehr geordnet. Er hatte keine Antwort parat. War sein Leben jetzt und hier einfach am Ende angekommen?

„Ich will dir sagen, was ihr hier sucht", bemerkte die Stimme jetzt kalt hinter ihm und bohrte den Lauf der Pistole erneut fester in Rileys Schläfe. „Ihr seid ganz ordinäre Piraten und wollt unser Schiff kapern, was?"

„Nein, das nicht", würgte Riley hervor.

Doch die bedrohliche Stimme des Kerls über ihm, von dem Riley bisher nur die rote Uniformhose hatte sehen können, herrschte ihn an: „Los, nimm deinen Kopf nach unten. Dann gebe ich dir noch ein paar Sekunden, bis die Damen sich umgedreht haben, und dann wirst du ganz schnell vor deinen Schöpfer treten." Ein hämisches Lachen unterbrach seine Rede. „Eine letzte Chance, dein verpfuschtes Leben zu bereuen. Los, Myla, auf geht's, Amelia; dreht euch um und haltet euch die Ohren zu. Und dann bleibt ihr so, bis ich euch etwas anderes sage, klar?"

Jetzt wollte Riley eigentlich handeln – er musste etwas tun –, aber er war immer noch wie gelähmt. Er hörte noch, wie der Kerl den Hahn der Pistole spannte und dann ... dann vernahm er nur dieses kurze, metallische *KLICK*. Dieses Klicken, das Riley schon einige Male bei der eigenen Pistole vernommen hatte, der Beweis dafür, dass das Pulver auf der Pfanne feucht geworden war und nicht zündete. Es war in gleicher Sekunde das Klicken, das Rileys Blockade löste und seinen Überlebensinstinkt auslöste.

Mit großer Wucht riss Riley seinen linken Ellbogen nach hinten oben und traf seinen Gegner empfindlich zwischen den Beinen. Vom Schmerz des Schlags getroffen, knickte der Mann mit einem Stöhnen ein und ließ seine Waffe fallen. Noch im Aufspringen griff Riley seine eigene vor ihm liegende Pistole am Lauf, und mit dem Schwung der Drehung seines muskulösen Körpers nach hinten schlug er den Knauf mit voller Wucht dem taumelnden Franzosen gegen die linke Schädelseite. Der Schlag traf die Schläfe des Mannes mit solcher Wucht, dass er, schon im Stand bewusstlos, mit einem gurgelnden Geräusch nach rechts abkippte und ohne jeden Reflex mit dem Gesicht voran zu Boden stürzte. Die beiden Frauen, die noch keine Anstalten gemacht hatten, sich umzudrehen, schrien auf. Riley fuhr herum und bedrohte die beiden jetzt mit seiner Pistole. Dann blickte er sich suchend im Raum um.

„Wir sind allein und erst vor zwei Stunden hier angekommen", versicherte die ältere der beiden Frauen mit flehentlicher Stimme. „Bitte, nicht schießen!"

Rileys Antwort kam ein Schuss zuvor. Und dann ein zweiter. Gefolgt von einem gepressten Schrei. Das Geschehen fand ohne jeden

Zweifel direkt hinter der Tür zum Flur statt. Es folgte ein dumpfer, schwerer Aufprall. Eine andere Tür schlug zu. Das konnte eigentlich nur die Tür zur Kombüse gewesen sein.

„Sind noch mehr Bewaffnete an Bord?", presste Riley hervor und deutete mit dem Lauf seiner Waffe bedrohlich in die Richtung der beiden Frauen.

„Wir sagen alles, was wir wissen, wenn Ihr uns nur verschont", antwortete die Ältere mit dem dunkelbraunen Haar.

„In der Kombüse sind farbige Aufständische versteckt. Die sind bewaffnet, aber wir wissen nicht, wie."

„Und wie viele sind es?", fragte Riley nach. Gleichzeitig hatte er die Pistole des Franzosen, deren Versagen er sein Leben verdankte, an sich genommen und sie in seinen Gürtel gesteckt. Immer noch hielt er seine eigene Pistole in der Rechten.

„Es sind wirklich nur drei." Die Ältere schlug sich die Hände vor die Augen und begann zu weinen.

„Wenn das nicht stimmt, seid ihr beide tot!", zischte Riley und lauschte in die bedrohliche Stille hinter der Tür. Wortlos bedeutete er jetzt den verängstigten Frauen mit entsprechenden Gesten, sich absolut ruhig zu verhalten. Dann öffnete er langsam die Tür und spähte hinaus. Durch das schwache Licht auf dem Flur konnte er erkennen, dass in einer Entfernung von etwa zehn Fuß Godric Parker, in den erbeuteten blauen Uniformrock des Franzosen gekleidet, in einer dunklen Blutlache lag und entsetzlich stöhnte. Das Licht aus der Offiziersmesse erhellte zusätzlich das düstere Szenario. Godric lag unnatürlich verrenkt und doch überwiegend auf dem Rücken. Die Tür zur Kombüse war geschlossen. Riley wartete einige Sekunden ab.

Vom hinteren Teil des Gangs kam jetzt Albert in geduckter Haltung zum Verletzten gehuscht, eine Pistole im Anschlag. Als er auf Rileys kurzen Pfiff hin erkannte, dass der ihm Deckung gab, steckte er seine Waffe ein und schleifte den verletzten Godric an beiden Knöcheln zerrend aus der Gefahrenzone. Erst hinter dem Knick des Gangs, als Riley ihn nicht mehr sehen konnte, legte er die Beine des Verletzten wieder ab.

Godric Parker stöhnte laut und japste abgehackt: „Da sind Schwarze drin ... gleich geschossen, obwohl ich, ich Hände oben ..." Er atmete schwer.

Riley sicherte sich selbst mit der Pistole und wollte gerade den Gang entlanghuschen, als ihm vom dunklen Boden des Gangs ein Lichtreflex ins Auge sprang. Am Rand von Godrics zäher Blutlache, die inzwischen in einer verwischten Spur entlang des Flurs gnadenlos ihrer Quelle folgte, sah er das verräterische Glitzern. Sein Herz setzte für einige Sekunden aus. Das konnte doch nicht sein! Und doch war es wahr! Ohne jeden Zweifel war das, was dort auf dem Boden lag, das verschwundene Amulett seiner Eloise. Es musste Godric aus der Rocktasche gefallen sein.

Jetzt fiel es Riley wieder ein: Natürlich, Godric Parker war einer der beiden, die mit Taron Mulligard bei der Bootsreparatur an der Lagune gewesen waren, als ... Riley griff das Amulett und hastete zu dem Verletzten. Nur Sekunden später kniete er neben Godric. „Schau her, verdammt, Mann, komm, so schau doch!" Er hielt Godric das Amulett an der Kette pendelnd vor die Augen. Doch der hielt die Augen geschlossen. „Wie kommst du zu diesem Amulett, Godric?", presste er angespannt hervor. „Los, beichte, bevor ich dich ..."

„Mir ist ... so kalt." Jetzt riss der Verwundete die Augen weit auf. Doch er schien durch Riley hindurchzusehen. In nackter Todesangst blickte Godric zuerst zu Albert, dann wieder zu Riley. Nach einem Moment des schweren Atmens schrie er plötzlich los: „Ich – will – nicht sterben! Ich will nicht – " Seine Stimme versagte jetzt, ein Hustenkrampf ergriff ihn und schüttelte ihn durch. Ein wenig Blut lief ihm aus dem Mundwinkel. Danach lag er erschöpft und ruhig. Seine Augen waren wieder geschlossen.

In Riley kam Panik auf. Es war offensichtlich, dass Godric im Sterben lag. Aber *so* konnte er ihn nicht gehen lassen. Er rüttelte Godric grob an der Schulter. „Wer, sag *wer* hat dir das Amulett von Eloise gegeben? Hey, schau mich an!"

Aufreizend langsam drehte der Todgeweihte jetzt seinen Kopf zu Riley und öffnete langsam die Augen. Dicke Schweißperlen standen auf seiner Stirn. Die Augen flackerten zwischen Anstrengung und Todesschwäche. „Taron hat Eloise ... Amulett war Schwei-ge-geld ..."

Riley sah fassungslos zu Albert, dem einzigen Zeugen dieses unfassbaren Geständnisses.

Godric fixierte Riley immer noch mit zunehmend schweren Lidern. Er kämpfte um weitere Worte. Er holte noch ein letztes Mal tief Luft, aber außer einem in blasigem Blutschaum ertrinkenden Seufzer, begleitet von einem erneuten, diesmal auffallend wässrigen Blutschwall brachte er nichts mehr hervor. Von einem auf den anderen Moment wich der letzte Lebensfunke aus seinem Blick, und Godric Parker hörte auf zu atmen.

Riley schloss einer alten Pflicht gehorchend Godrics Lider über den Augen, die wahrscheinlich den Tod seiner Eloise mit angesehen hatten. Er wusste jetzt, dass es *kein* Unfall gewesen war. Und er kannte den – Mörder. Riley wusste es: Um die Wahrheit würde er kämpfen müssen!

„Ich fasse es nicht, Albert. Er hatte das Amulett von Eloise! Aber das bleibt erst einmal unser Geheimnis, klar? Bitte kein Wort zu irgendwem, ja?"

Albert nickte tonlos.

Riley musste sich zur Ruhe mahnen, um seine Gedanken und Emotionen wieder in den Griff zu bekommen.

„Wer zum Teufel hat eigentlich auf Godric geschossen? Die müssten ihn mit dem blauen Rock doch für einen aus der französischen Crew gehalten haben?" Albert schaute Riley fragend an.

„Wenn aber in der Kombüse Farbige stecken, die auf der Flucht vor den Franzosen sind, dann ist der schöne blaue Rock unserem Godric ungewollt zum Verhängnis geworden."

„Verdammt, woher weißt du das?" Albert schaute überrascht.

„Weil ich in der Offiziersmesse zwei Ladys getroffen habe, die mir genau das verraten haben."

„Dann kennen die die Schwarzen irgendwoher, und dann sollen sie die gefälligst auch selbst aus der Kombüse bitten. Und wenn nur einer von denen nicht mit den Händen über dem Kopf herauskommt, dann lege ich ihn noch auf der Türschwelle um."

Albert und Riley gingen zusammen die wenigen Schritte zurück in die Offiziersmesse. Die Tür stand noch offen. Mit gezogenen Waffen betraten die beiden Männer den Raum. Beide Frauen knieten neben dem Niedergeschlagenen, den sie auf den Rücken gedreht hatten. Er schien immer noch nicht ansprechbar.

Beim Anblick der auf sie gerichteten Pistolen fing die Ältere an zu jammern: „Tut uns bitte nichts. Wir werden uns nicht wehren. Wir machen alles, was Ihr wollt."

„Myla, bitte, sei einfach still!", fuhr sie die Junge an. Und an Riley gerichtet: „Wer seid Ihr eigentlich und *was bitte* wollt Ihr von uns?"

„Die Fragen stelle *ich* hier, weil *ich* der neue Kapitän an Bord bin, so wahr ich Riley MacIntyre heiße!"

„Dann seid Ihr wirklich Piraten?"

Riley wurde ungeduldig. „Verdammt! Schluss mit der neugierigen Fragerei! Ihr müsst die Männer kennen, die sich dort drüben in der Kombüse versteckt halten."

Die junge Frau mit dem auffallend blonden Haar erhob sich jetzt und nickte.

„Dann holt Ihr die jetzt dort raus, sonst sehen wir uns gezwungen, alle hier zu töten, damit wir nicht erneut angegriffen werden. Die Männer haben eben einen von unserer Schiffscrew erschossen. Dafür werden sie büßen. Die restliche Mannschaft hat sich uns schon ergeben. Also?" Riley deutete auffordernd mit seiner Waffe auf das Gesicht der Blonden.

„Wenn die nicht die Hände über den Köpfen halten, sind die Kerle tot, bevor sie den Flur betreten," fügte Albert aggressiv hinzu.

Jetzt mischte sich die ältere der beiden Frauen wieder ins Gespräch ein. „Die drei Farbigen sind flüchtige Sklaven, und wir haben mit der restlichen Schiffsmannschaft eigentlich nichts zu tun. Wir kennen nur diesen Mann hier, der leider immer noch völlig derangiert hier vor uns liegt." Sie zeigte auf den am Boden liegenden, stöhnenden Mann im Uniformrock eines französischen Offiziers.

„Auf Amaury ruhte unsere ganze Hoffnung –"

„Moment mal." Riley unterbrach die Frau schroff. „Das hier ist tatsächlich *der* Amaury Legrange? Der Besitzer und Kapitän dieses Schiffes?"

Die Braunhaarige nickte überrascht und ergänzte ungefragt: „Ja, und mein Name ist Myla Amboise, und die junge Frau hier ist meine Freundin Amelia Brennan."

„Und was habt Ihr verdammt noch mal mit den entlaufenen Sklaven zu tun?"

„Ach, das ist eine lange Geschichte, Sir", ergriff Amelia Brennan jetzt wieder das Wort. „Aber im Moment sind Details sicher nicht wichtig."

„Gut, dann werden wir das dreckige Pack später über Bord werfen. Es wird die gerechte Vergeltung für den Tod unseres Kameraden sein. Albert, die junge Frau, ich glaube sie heißt Amelia, wird nun die Männer aus der Kombüse holen, damit sie sich ergeben." Immer noch die Pistole in der rechten Hand haltend, machte er eine auffordernde Bewegung.

Knud Hanson hatte sich inzwischen zu Riley und Albert gesellt und bestätigt, dass die komplette Mannschaft sich ihnen ergeben habe.

Bevor Amelia sich auf den Weg machte, blieb sie noch einmal direkt vor Riley stehen: „Bitte tötet die Männer nicht! Sie haben uns das Leben gerettet."

„Ihr beide müsst keine Angst haben. Wenn Ihr weiter tut, was man Euch sagt, setzten wir Euch an Land ab, bevor wir ablegen", versuchte Riley sie zu beruhigen.

„Das wäre unser sicherer Tod!" Schrill klang die Stimme der Älteren auf. Gleichzeitig begann sie zu weinen.

„Irgendwie bin ich langsam neugierig zu erfahren, was hier wirklich los ist. Aber jetzt tut Ihr erst einmal, was im Moment das Wichtigste ist: Amelia, Ihr holt die Männer aus ihrem Versteck. Währenddessen erzählt uns Myla, was wir wissen müssen. Albert, du sicherst in der Zeit mit Knud den Gang, und wenn nur einer von dieser Bande falsch zuckt, legt ihr *alle* um, verstanden?"

Albert und Knud nickten zustimmend. Amelia ging in Richtung Kombüse und begann laut rufend, um Einlass zu bitten.

Nach gut zwei Minuten angespannter Ungewissheit öffnete sich langsam die Kombüsentür, und das Dunkel des dahinter liegenden Raumes schluckte die junge Frau in Sekundenschnelle.

„Los, Myla, erzählt Eure Geschichte, aber schnell, und nur das Wichtigste", knurrte Riley, während er hinter dem Türrahmen Deckung suchte und den Gang aufmerksam beobachtete.

„Also, ich bin Myla Amboise und bin erst seit sieben Jahren hier in der Kolonie. Mein Mann ist Nouel Amboise, der mich aus Marseille hierhergebracht hat. Er ist fünfzehn Jahre älter als ich und –"

„Nicht jedes Detail, Myla, bitte nicht jedes Detail!" Rileys Stimme klang genervt.

„Ja, äh, also: Mein Mann besitzt hier auf Saint-Domingue eine große Zuckerrohrplantage. Um ehrlich zu sein, äh, er ist ein grausamer

Mann und er findet Spaß daran, die Farbigen auf der Plantage zu quälen. Fast täglich wird einer der Armen ausgepeitscht und dabei halb totgeschlagen. Mein Verhältnis zu ihm ist nach unserer Ankunft hier sehr schnell erkaltet. Ich habe in seinen Augen versagt, weil ich ihm keine Nachkommen geschenkt habe. So fing er an, auch mich zu schlagen. Und natürlich hat er sich an farbigen Frauen vergangen. Um mich zu demütigen, hat er sogar vor meinen Augen ein farbiges junges Mädchen vergewaltigt, aber vielleicht sollte ich dem Himmel für eine Tatsache danken: Nicht eine einzige Frau wurde jemals von ihm schwanger!" Jetzt lachte sie. „Ich erspare Euch weitere schmutzige Details. Ich bin jetzt fast vierzig Jahre alt geworden und wollte diese ständigen Erniedrigungen nicht mehr aushalten. So haben Amelia und ich einen Plan gefasst. Ich sage nur so viel: Amelia hat ein ähnliches ‚Glück' mit ihrem Cédric wie ich mit meinem elenden Nouel." Sie lachte erneut auf.

„Psst!" Riley lauschte in die Stille des Flurs. Sekunden vergingen, aber es war nichts zu hören.

„Nun, ich mache es jetzt kurz: Ich habe mich in meiner Not brieflich an Amaury gewandt, den ich schon seit meiner Kindheit kenne. Wir waren sogar mal ein Paar ..." Jetzt machte sie eine nachdenkliche Pause. „Ich wusste schließlich, dass er hierherkommen würde – nach dem Tod seines Vaters. Er hat dann den Plan entworfen, bei dem mein Ehemann eigentlich getötet werden sollte."

„Ein toller Plan, an die Frau zu kommen, die man sonst nicht bekommen würde. Man lasse den Nebenbuhler einfach beseitigen", wandte Riley höhnisch ein.

„So sollte man das aber nicht sehen", entgegnete Myla, jetzt temperamentvoll. „Also, der Plan sah folgendermaßen aus: Mein Mann Nouel bat mich, ihn auf einem Transport zu begleiten, mit dem eine große Menge an Rum von unserer Plantage zur Hauptstadt Cap-François gebracht werden sollte. Ich sagte ihm, dass meine Freundin Amelia gerne mitreisen würde. Dem stimmte er zu. Diesen Transport haben wir über Sklaven unserer Plantage an Aufständische verraten und sie gebeten, uns zu überfallen und zu entführen."

„Und den Herrn Gemahl dabei zu töten", unterbrach sie Riley rüde.

„Oh Gott, warum redet Ihr denn dauernd dazwischen?", fragte Myla Amboise mit gespielter Betroffenheit nach. „Wie dem auch sei:

Dieser Überfall ist noch gar nicht so lange her. Leider ist dann aber die ganze Aktion aus dem Ruder gelaufen. Und, was das Schlimmste an der ganzen Sache war: Mein Ehemann Nouel war in letzter Sekunde doch zu Hause geblieben, um der Bestrafung eines Farbigen beizuwohnen. Er wollte etwas später nachkommen. So starben beim Gefecht zu viele Unschuldige. Cédric Brennan, der Ehemann meiner Freundin Amelia, wurde verletzt, aber wir wissen nicht, wie schwer. So haben wir uns mit den verbliebenen Aufständischen zunächst in die Berge geflüchtet. Wir dachten, dass wir dort unsere Ruhe hätten, und wollten erst kurz vor Abfahrt der *L'Entreprise* auf das Schiff, aber in den Bergen wurde es zunehmend ungemütlich. Dort tauchte immer mehr Militär auf, und so sind wir dann letztendlich über einige Umwege auf Amaurys Anraten schon heute Nacht hier auf sein Schiff geflohen." Jetzt machte sie eine vielsagende Pause. „Käpt'n, wir müssen unbedingt zurück nach Frankreich." Den letzten Satz hatte Myla ganz leise in den Raum gestellt.

„Nur zu schade, dass Ihr nicht mehr dorthin kommen werdet", war Rileys ernüchternd ruppige Antwort.

„Aber wenn es Euch sehr viel Geld einbrächte?"

Riley fuhr herum. Er vernahm die heiser krächzende Stimme von Amaury Legrange. Der versuchte gerade mühsam, sich aufzusetzen.

„So viel Geld, dass Ihr für immer als reicher Mann in Eurer Heimat bleiben könntet, wie wäre das?"

„Woher wollt Ihr wissen, wo meine Heimat ist?" Riley sprach bewusst in abfälligem Ton.

„Ich erkenne einen Schotten leicht an seinem Dialekt. Dafür war ich oft und lange genug in England."

„Na, dann lasst mal hören, Amaury Legrange, was Ihr zu bieten habt; vielleicht kommen wir tatsächlich noch ins Geschäft."

[3] Flucht nach Rochester
September 1720

Früher als gedacht und geradezu überstürzt hatte Aiden Hunter in den frühen Morgenstunden des 25. Septembers 1720 sein Haus in der Malden Street in Kingston upon Thames, in der Nähe von London, verlassen. Er hatte dann den ganzen Donnerstag gebraucht, um nach zweimaligem Umsteigen endlich mit der Überlandkutsche am frühen Abend in Rochester anzukommen.

Der Auslöser für seine vorzeitige Abreise war ein Schreiben seines ehemaligen Chefs George Kemp gewesen, das dieser ihm aus dem größten Schuldgefängnis in London, dem Marshalsea Prison, hatte zukommen lassen. Larna Mills, Aidens gute Seele im Haus, die bei allen fragenden Besuchern angehalten war zu betonen, dass Mr. Hunter nicht im Hause, sondern noch bei der Arbeit sei, musste sich bei der Entgegennahme dieses Schreibens den Namen des Absenders nicht lange einprägen. Sie kannte diesen Namen nur zu gut und ahnte sofort, dass in diesem Schreiben Angst und Sorge zu Papier gebracht sein mussten. Denn die gleiche Botschaft las sie in den verzweifelten Augen der Überbringerin. Die Frau mittleren Alters in überraschend schicker, aber doch stark verschmutzter Kleidung hatte Larna danach schweren Herzens mit den eingeprägten Worten von der Tür gewiesen. Mit unguter Ahnung hatte Aiden damals das Schriftstück ohne Absender geöffnet und noch zweimal nachgefragt. „Dieser Brief ist von George Kemp? Wirklich *unser George Kemp?*

„Ja, Sir. Ich habe ein gutes Namensgedächtnis …", hatte Larna geantwortet und leicht gekränkt das Wohnzimmer verlassen.

„Mein werter und letzter Freund", stand da in verzweifelt krakeliger Schrift als überraschende Anrede. Aiden erkannte die Handschrift seines ehemaligen Vorgesetzten kaum wieder. *„Erbarmungslos haben mich meine Gläubiger direkt ins Schuldgefängnis in Southwark werfen lassen. Es ist die reine Hölle hier. Ich bitte Euch hiermit auf Knien: Rettet mein Leben! Ich benötige vorrübergehend – natürlich nur geliehen – zwei oder drei Aktien der South Sea Company, um mich bei den Wärtern für den täglichen Ausgang freizukaufen. Nur so kann ich weiter versuchen, durch*

*Leihen und Betteln meine Schulden abzutragen und auch den wöchent-
lichen Unterhalt für das Gefängnis abzuzahlen. Sonst sehe ich mich und
meine liebe Frau vom Hungertod bedroht! Meine Frau"* – dann brach
der Brief ohne Unterschrift ab.

Aiden verspürte wieder dieses eigenartige Herzrasen. Aufkommende Übelkeit ergriff ihn. Vielleicht war es ja gar kein Brief von
George Kemp? Versuchte jemand, ihn in eine Falle zu locken?
Aiden wusste um die gnadenlosen Zustände in dem privat geführten
Gefängnis. Schon immer waren dort Schuldner die Hauptklientel,
die der Willkür der Aufpasser ausgesetzt waren. Deren Hauptauf-
gabe bestand nicht im Einkerkern der Gefangenen, wie man vielleicht glauben konnte. Nein, ihre wichtigste Tätigkeit war das Ein-
treiben der Schulden selbst. Die Gefangenen, die wenigstens noch
etwas Geld für die Bestechung der Wärter hatten, erkauften sich
damit Ausgang zur weiteren Erledigung ihrer Geschäfte. Aber wehe
dem, der nicht rechtzeitig zurückkam. Den jagten dann Thief-Taker
und deren Bestrafung konnte schnell tödlich enden. Die ärmsten
Insassen des Marshalsea Prison, die sich ihre überfüllten Zellen
ohnehin schon mit den Ratten teilen mussten und die nicht von
Familien mit Essen versorgt wurden, waren dem sicheren Hungertod ausgeliefert.

Die Depesche seines ehemaligen Chefs brachte Aiden in schwere
Gewissensnöte. Ja, George war immer anständig zu ihm gewesen, bis
zum Schluss ... Dass dieser schon jetzt im Schuldgefängnis gelandet war, machte Aiden die größte Angst und drohte auch noch das
letzte Selbstvertrauen, das ihm geblieben war, zu zerstören. Mussten
die Gläubiger nicht längst auch nach ihm suchen? Er besaß tatsächlich noch etwa dreißig Aktien der Company, die er aber als eiserne
Reserve von Larna in seinen Winterrock hatte einnähen lassen. Und
wenn das Schreiben gar nicht von Kemp war? Es fehlte schließlich die
Unterschrift, und Kemps Handschrift hatte Aiden auch nicht richtig
erkannt ... Aiden entschloss sich, erst einmal abzuwarten.

Bei Einbruch der Dunkelheit schreckte Larna ihn erneut auf. „Da
wartet seit Stunden diese Frau auf Eure Antwort, Sir. Sie ließ sich leider
nicht abweisen. Sie will eine Reaktion, heute und unbedingt von Euch
persönlich."

Aiden spähte vorsichtig nach draußen und erkannte auf den Stufen vor seinem Haus tatsächlich die weinende Miss Kemp. Aber ihm fehlte der Mut, ihr zu begegnen. Er beauftragte Larna aus seinem Mantel eine einzelne Aktie der South Sea Company herauszunehmen und die Frau damit wegzuschicken. Auf keinen Fall wollte er die Frau persönlich treffen.

Noch in derselben Nacht traf er die letzten Vorbereitungen, um sich am nächsten Tag endgültig nach Rochester abzusetzen. Er führte noch ein längeres Abschiedsgespräch mit seiner Familie, wozu er Orla erst noch mit Larnas Vermittlung hatte überreden müssen. Hätte Orla geahnt, für welch lange Zeit dies ihr letzter persönlicher Kontakt mit Aiden sein würde, hätte sie sich nicht derart geziert. Sicherlich war auch ihr der Ernst der Lage zunehmend bewusst geworden. Im Gespräch gelang es Aiden dann, am Beispiel von George Kemp seiner entsetzten Familie die ganze Dramatik der Stunde klarzumachen. Dabei war er auffällig darum bemüht, freundlich zu klingen. Doch Orlas Bemerkung, dass sie Nachforschungen anstellen wolle, um herauszufinden, was aus Riley geworden war, verhärtete in gleicher Sekunde sein Herz. Jetzt bereute er es sogar, Orla noch mit Münzgeld versorgt zu haben.

„Wenn du mich fragst, dann haben ihn seine Dummheit und Unbeherrschtheit längst das Leben gekostet!"

Orlas Antwort kam prompt. „Gott sei Dank muss ich *dich* zum Thema Riley nichts mehr fragen!"

Der Abschied von Sean Kester hatte sich unerwartet tränenreich gestaltet. Beide Männer hatten sich in der Gewissheit, das geliebte Gegenüber vielleicht Jahre nicht mehr zu sehen, ohne jede Hemmung ihrem Trennungsschmerz hingegeben. Mit dem Codewort „Killiecrankie" könne Sean Kester jederzeit über die Sakristei der Kathedrale in Rochester den Weg zu ihm, seinem Vater, finden. Das Wissen um diesen geheimen Zugang zueinander hatte Sean Kester dann tatsächlich getröstet. Im Gegenzug suchte auch Aiden nach einer Kontaktmöglichkeit. Die würde ihn beruhigen. So sollte Sean Kester entweder bei Larna Mills in Kingston oder bei seiner Mutter in Leith einen Hinweis hinterlassen, wo ihn sein Vater im Fall der Fälle finden könne.

Aiden war in seinem ganzen Leben noch nie ein Kirchgänger gewesen. Die frommen Reden der Priester, die er oft genug als Pfaffen beschimpfte, hatten, nach seiner Ansicht, noch nie etwas mit seiner Lebenswirklichkeit zu tun gehabt. Dass ausgerechnet jetzt eine Kathedrale für ihn, den Religionsfernen, die letzte Zuflucht war, ja, dass dieses Bauwerk plötzlich seine ganze Hoffnung auf eine doch noch positive Zukunft in sich barg ... Noch vor wenigen Wochen hätte Aiden diesen Gedanken als völlig abwegig verworfen. Dass aber tatsächlich so viele Gottesmänner nicht nur mit Worten gegen das Böse ins Feld zogen, sondern auch zu den Waffen griffen, um der Gerechtigkeit zum Sieg zu verhelfen; diese Erkenntnis hatte er ausschließlich Craig Layer zu verdanken. Über diesen hatte er jedoch aus Sicherheitsgründen nur sehr kurz mit seiner Familie gesprochen. Er hatte ihn nur eher beiläufig erwähnt. So war an jenem unspektakulären Abend, an dem der Großraum London von schlimmeren Wetterkapriolen verschont blieb, ein weiterer Lebensabschnitt von Aiden, Orla und ihrem Sohn Sean Kester zu Ende gegangen. Nach dem 24. September 1720 war die kleine Familie in alle Himmelsrichtungen auseinandergesprengt worden.

Obwohl Aiden Hunters Exil nur knapp fünfzig Meilen südöstlich von London lag, war er dort in einer völlig anderen Welt angekommen. Einer Welt, zu deren Lebensbedingungen er nie wieder hatte zurückkehren wollen. Er erinnerte sich noch zu gut an diese elende Welt der Armut, des Hungers und der Entbehrungen.

Das Erste, was Aiden nach seiner Ankunft in Rochester bemerkte, war das auffallend feuchte Klima. Ob das daran lag, dass der träge Lauf des Medway Rivers durch die Stadt mäanderte oder aber der Nordostwind die feuchte Luft der nahe gelegenen Nordsee und des Marschlands der Isle of Grain bis tief in die Eingeweiden der Stadt blies, vermochte Aiden nicht zu beurteilen. Er hatte Craig Layer nach seiner Ankunft in Rochester nicht in dessen Wohnung in der Crow Lane angetroffen. Das kleine, heruntergekommene, einstöckige Häuschen am Rand der Altstadt hatte Aiden schnell gefunden. Die mächtige Kathedrale war nur knapp vierhundert Schritte Luftlinie davon entfernt. Nach langem Warten entschloss sich Aiden zur Übernachtung im überwiegend trockenen, nach Westen ausgerichteten Eingang der großen Kathedrale. Der bot ihm wenigstens ausreichenden Schutz vor der Nässe des ungastlichen Nordostwindes. Eine Herberge erschien ihm am ersten Tag noch zu teuer. Man konnte nie wissen, wozu er seine wenigen Reserven noch benötigen würde. Da sollte man jede Ausgabe zuerst gründlich prüfen.

Doch Aiden hatte die beißende Kälte auf den harten Stufen des sakralen Bauwerks deutlich unterschätzt. Trotz der Tatsache, dass der September 1720 noch relativ milde Temperaturen aufwies, kroch ihm die nasse Kälte dermaßen in die Glieder, dass er trotz seines Wintermantels, um den er noch zwei Wolldecken gewickelt hatte, keinen durchgehenden, geschweige denn erholsamen Schlaf finden konnte. Schon ab den frühesten Morgenstunden hatte er sich deshalb durch die noch menschenleeren, öden Straßen der ihm unbekannten Stadt bewegt, um die klamme Taubheit aus seinen Extremitäten zu vertreiben. Die Reisekiste mit den wenigen Habseligkeiten hatte er notdürftig im Gebüsch neben der Kathedrale versteckt. Wenigstens hatte es aufgehört zu regnen. Während er so seine Kreise zog, achtete er darauf, den mächtigen Kirchturm der Kathedrale zur Orientierung stets im Auge zu behalten. Nach Sonnenaufgang würde er vor dem Haus von Craig Layer auf diesen warten.

Die Bekanntschaft mit Craig Layer hatte Aiden schon vor gut drei Jahren gemacht. Layer arbeitete damals saisonal als Kellner in einer großen, beliebten Bierkneipe im Zentrum Londons. Diese lag nur zwei Häuserblocks entfernt von Aidens Amtsstube, weswegen er von Zeit zu Zeit dort ein Feierabendbier genoss. Layer, der sich selbst gerne reden hörte, hatte Aiden irgendwann einmal angesprochen und ihn nach seiner Arbeit gefragt. Aiden war überrascht, als Layer ihm gestand, dass er unzufrieden mit seiner momentanen Tätigkeit sei und dass er jetzt, mit siebenunddreißig Jahren, endlich einmal einen Beruf finden müsse, der ihn besser ernähren würde als seine momentane Tätigkeit, die ihn darüber hinaus auch völlig unterfordere. Aiden hatte ihm damals geantwortet, dass er auch lange gebraucht habe, um so gut zu verdienen, wie es ihm im Augenblick gelänge. Aber er habe auf diesem Weg inzwischen auch schon in diesem Jahr seinen vierzigsten Geburtstag gefeiert.

Layer neigte oft zu besserwisserischem Auftreten und versuchte dann, seinem Gegenüber klarzumachen, dass er bereits über die Erfahrung eines Siebzigjährigen verfüge. Sein Lieblingseinwurf war stets: „Hab' davon gehört", auch wenn er keinen blassen Schimmer vom Gesprächsgegenstand hatte. Aber er war in der Tat an vielen Gasttischen unterwegs, hatte seine Ohren überall und zeigte sich besonders an politischen Themen interessiert. Sein Oberkiefer schien zu klein geraten für die große Anzahl von Zähnen und war vielleicht deshalb so stark gebogen, was seinem Gesicht einen nagerhaften Charakter verlieh. Der massive Überbiss prägte auch Layers verwaschene Sprache. Wenn er in längeren Sätzen sprach, vermied er zwischenzeitliches Atmen. So sprach er schnell und versuchte dabei, seine komplette Aussage in einen Atemzug zu pressen. Wenn er danach atmete, entstand durch das Hochziehen des Speichels von der Zunge zum Gaumen ein Zischlaut, der dem Gesagten dann wie ein Ausrufezeichen folgte. Aiden bemerkte, dass dieses Geräusch lauter wurde, je stärker sich Layer ereiferte und zu beeindrucken suchte. „Schaut nur, Mr. Hunter. Ihr müsst mir gar nichts mehr erklären. Hab' davon gehört. Sht." Aiden hatte ihm schon beim ersten Kontakt innerlich den Beinamen Spitzmaus gegeben.

Weswegen Aiden trotzdem an Layer interessiert blieb, war eine erhitzte Diskussion am Nachbartisch gewesen, in die der Kellner mit zwei englischen Gästen verwickelt war und die sogar drohte, handgreiflich auszuarten. Aiden wurde dabei zum Ohrenzeugen, wie Layer die Berechtigung des Jakobitenaufstands von 1715 herausstellte. Der Kellner war ohne jeden Zweifel ein bekennender Jakobit, der immer noch für seine Idee brannte. Aiden befiel zwischenzeitig sogar die Sorge, dass sich der Mann bei den kritischen Gästen seinen Mund doch allzu sehr verbrennen könnte, was angesichts der herrschenden Machtverhältnisse schnell hätte übel für ihn enden können. Aiden bewunderte auf der anderen Seite den Mut des Kellners, und in seinen Ohren hatten die beiden Engländer Layers Argumenten am Ende nur wenig entgegenzusetzen. Vielleicht aber war es auch Layers Glück, dass die beiden schon zu betrunken waren, um noch klar argumentieren zu können. Sie würden sich vermutlich auch nicht an ihre hitzige Debatte mit kleinem Handgemenge, geschweige denn an deren Inhalt erinnern. Eigentlich hatte Layer mit seiner Rede am ehesten Aiden am Nachbartisch überzeugt und begeistert. Und vielleicht hatte das Schicksal diesen Streit genau zu dieser Stunde und an diesem Ort so gefügt ... Noch am gleichen Abend hatte Aiden Layer jedenfalls unter vier Augen angesprochen und diesem gestanden, sich ebenfalls zu den Jakobiten zu zählen. Dabei hatten sie ein erstes Treffen in Aidens Londoner Geschäftszimmer verabredet.

Bei diesem Treffen, das Aiden damals direkt als konspirativ empfand, erzählte Craig Layer, dass er selbst an der Schlacht von Sheriffmuir aufseiten der Jakobiten gekämpft habe; dass diese Schlacht unentschieden ausgegangen sei und dass deshalb die nächste Schlacht, die es jetzt gelte, geheim und mithilfe des Auslandes vorzubereiten, endlich gewonnen werden müsse. Layers flammende Rede hinterließ Aiden an seiner Londoner Arbeitsstätte in geradezu euphorischer Stimmung. Die Idee der Jakobiten war also noch ganz und gar nicht tot! Warum nur war er, Aiden Hunter, so kleingläubig gewesen? Wie hatte er dieses wichtige Ziel, für das sein Vater auf dem Schlachtfeld von Killiecrankie sogar sein Leben gelassen hatte, wie nur hatte er es aus den Augen verlieren können? Unwillkürlich kam ihm Marjories schmerzhafte Kritik wieder in den Sinn. Aber noch war es ja nicht zu spät. Er würde die Jakobiten in Zukunft nach seinen Möglichkeiten unterstützen.

Da Aiden von Treffen zu Treffen stärker aufgewühlt zurückblieb, drängte er auf immer weitere Verabredungen mit dem rührigen Mr. Layer. Beim dritten Treffen platzte dann der Knoten dahingehend, dass sich Aiden an diesem Tag entschloss, die gerechte Sache der Jakobiten, für die nicht nur sein Vater, sondern letztendlich auch seine Mutter gestorben war (das Kindbettfieber war nur der Tatsache geschuldet gewesen, dass sie auf der Flucht vor den Engländern gewesen war), jetzt endlich großzügig finanziell zu unterstützen. Ja, er war inzwischen so wohlhabend, dass er sich das leisten konnte.

Aiden erinnerte sich später besonders an dieses dritte Treffen mit Layer. „Ihr werdet es einfach nicht glauben, lieber Hunter, dass ein einzelner schottischer Jakobit es geschafft hat, über Jahre eine unterstützende, also – Unterstützer für unser Anliegen sogar in Schweden zu gewinnen. Diese einmalige Geschichte muss ich Euch einfach erzählen. Sht. Sie beweist, wie populär unser Glaubenskrieg auch im Ausland ist. Und Schweden hat durch diesen einzigen Kerl einen ganz neuen Blick, auf unseren Kampf gewonnen. Ein einziger Mann macht so was! Sht." Jetzt machte er eine kurze Pause, um einen tiefen Schluck Grog zu trinken, den Aiden ihm jedes Mal servierte, weil er ihn sich sonst in dieser guten Qualität wohl nur selten leisten konnte. „Also, dieser besondere Kerl, das ist so ein Adeliger von irgendeinem See im Norden Schottlands. Der hat übrigens auch erzählt, dass er bei den Darién-Siedlern dabei war."

Dieser Satz elektrisierte Aiden augenblicklich. Er setzte sich aufrecht. Layer fuhr fort. „Jetzt fällt es mir wieder ein. Der Mann wohnte mit seiner Familie in der Nähe von Eilean Donan Castle. Er hat mich einmal besucht, hier in Rochester. Das muss 1716 oder 1717 gewesen sein. War ein umtriebiger Kerl, der viel bewegt hat. Nach der Revolte von 1719 habe ich leider nichts mehr von ihm gehört. Hoffentlich lebt er noch."

Aiden unterbrach den Redefluss seines Gastes. „Der Name des Kerls, fällt Euch nicht der *Name* ein?"

„Nein, aber ich komme schon noch drauf. War irgendetwas mit, mit B, Bul-, Bulland? Nein – ich komme nicht drauf."

Aidens angespannte Schultern sanken spürbar ab.

„Also: Dieser irre Schotte musste vor vielen Jahren in Schweden seine kleine Tochter befreien, die irgendwie entführt worden war."

„Buchanan, Cailean Buchanan, so heißt der Kerl." Schrill wie ein Schrei stand der Name plötzlich im Raum. Einige Sekunden schien die Zeit stillzustehen.

Layer glotzte mit großen, ungläubigen Augen. Dann bekreuzigte er sich zweimal. „Mann!" Jetzt war es Layer, der schrie: „Genau, das ist sein Name, Mann!" Er griff sich mit beiden Händen zum Kopf und sprang von seinem Stuhl auf. Die Erregung war ihm anzusehen. „Unglaublich! Ihr kennt diesen Cailean Buchanan." Layer war fassungslos.

„Ja, ich kenne ihn gut – *kannte* ihn gut ..." fügte Aiden hinzu. Ihm gingen jetzt so viele Fragen durch den Kopf, dass er fast ins Stottern verfiel. „Das Kind, äh, das Entführte, hat es, äh, die Heimat wiedergesehen? Oder wo ist das Kind geblieben?"

Layer ging auf Aiden zu und ergriff ihn an beiden Schultern. „Das war kein Zufall, dass wir beide uns trafen. Gott hat es so gewollt! Sht. Kommt, teilen wir eine Umarmung." Er zog Aiden in den Stand und umarmte ihn danach herzlich und fest.

Aiden kam diese Geste übertrieben vor, und die Minute, in der ihn die Atmung und die Wärme des Mannes, aber auch dessen scharfer Geruch aus den Achselhöhlen einhüllten, erschien ihm äußerst lange.

Danach nahmen beide wortlos und kopfschüttelnd erst einmal wieder auf ihren Stühlen Platz.

„Also, ich kann mich nicht mehr an jede Einzelheit erinnern, aber die Dinge liefen etwa wie folgt: Zuerst ist dieser Cailean nach Stockholm. Dort war aber der Entführer nicht mehr. Der war bereits nach Bremen weitergesegelt. Dorthin ist ihm also dieser Schotte gefolgt. Und verliert in Bremerhaven sein Schiff durch einen Brand. Da hatte nämlich schon der Große Nordische Krieg begonnen, auf den Schwedens junger König damals noch richtig versessen war. Kein Wunder – war der doch bei Kriegsbeginn erst achtzehn Jahre alt und hat gedacht, dass er diesen Krieg locker gewinnen könnte. Doch das ganze Drama dauerte dann doch viel länger als gehofft. Bei der ersten schwedischen Verteidigung Bremens gegen die Dänen wurde der König dann auf den Schotten Buchanan aufmerksam. Und, ich fasse jetzt kurz zusammen: Cailean, gelang es, eine große Gruppe schwedischer Adeliger um sich zu scharen und mit ihnen eine jakobitische Gemeinschaft zu gründen. Was ihm nicht schwerfiel, da England schließlich ein Feind Schwedens in diesem unsäglichen, schier endlosen Krieg war. Getreu dem Motto: Der Feind meines Feindes ist mein Freund. Sht." Jetzt lachte Layer hämisch. „Von den Schweden bekam Buchanan auch am Ende ein neues Schiff, mit dem er aber erst fünf Jahre nach seinem Aufbruch von Schottland wieder nach Hause kam."

„Und das Kind? Wie ist es ihm denn gelungen, sein Kind zu befreien?"

„Ach so, ja, das eigentliche Ziel der Reise, die Befreiung seines Kindes, die hat er tatsächlich erfolgreich mithilfe seiner schwedischen Verbündeten zu Ende bringen können. Ich kann aber nicht einmal mehr sagen, ob das ein Junge oder Mädchen war", fügte Layer hinzu.

„Eine Tochter, Davina – eigentlich aber Lovisa ... Und das war nach fünf Jahren, sagt Ihr?" Aiden hielt plötzlich inne.

„Darüber weiß ich nichts weiter, aber ich erinnere mich, dass Cailean erwähnte, er sei im Sommer 1706 endlich wieder heimgekehrt. Sht."

Aiden fühlte einen Stich in seiner Brust. Konnte das ein Zufall sein? Marjorie hatte genau zur gleichen Zeit den Kontakt zu ihm abgebrochen.

„Und der Kerl, der das Kind entführt hat, was ist aus dem geworden?", fragte Aiden aufgeregt weiter nach.

Aber Layer hatte heute wohl keine große Lust mehr zu erzählen. Der reichliche Genuss von Grog hatte ihn müde gemacht. „Also, Mann, da weiß ich nichts mehr, ist ja auch eine lange und komplizierte Geschichte. Am besten, Ihr trefft Euch mal mit diesem Cailean. Der kann Euch dann die Einzelheiten erklären. Wie gesagt, er wohnte zuletzt noch in der Nähe von Eilean Donan Castle. Habe aber auch schon länger nichts mehr von ihm gehört. Doch in der Tat: Wenn er wieder mal nach Rochester kommen sollte, dann schicke ich ihn hierher zu Euch nach London."

Kurz danach war der gesprächige Gast gegangen und hatte sicher nicht bemerkt, wie aufgewühlt er Aiden in seinem Schreibzimmer zurückgelassen hatte. Trotz seiner Erregung durch die Neuigkeiten, die ihm dieser Jakobit verriet, vermied Aiden es, mit irgendjemandem über seinen Kontakt zu diesem Mann zu reden. Er hielt diese Treffen bewusst geheim. Auch gegenüber Orla erwähnte er Craig Layer mit keinem Wort.

Von Layers persönlicher Art, die ständig ein gewisses Maß an Arroganz ausstrahlte, war Aiden nicht sonderlich angetan, kam doch sein Bekannter – als Freund würde er Layer nicht bezeichnen – zu oft als Besserwisser daher. Aber auf der anderen Seite war dieser Mann plötzlich der lebende Beweis dafür, dass die für Aiden verloren geglaubte Sache eben doch noch nicht verloren war. Der gerechte Kampf um die Thronfolge in England, die Sache, für die Aidens Vater sein Leben gegeben hatte – dieser Kampf lebte weiter und hatte jetzt sogar eine neue, reale Chance auf einen Sieg! Von diesem Zeitpunkt an steckte Aiden Craig Layer immer wieder einmal großzügig Geld für die gute Sache zu.

Wenn er jetzt, drei Jahre später, im Geheimen gehofft hatte, dass ihm diese Großzügigkeit hier in Rochester vergolten würde, dann sah er sich in dieser Erwartung doch sehr getäuscht. Als er – gefühlt kurz vor dem Verhungern – Layer am Mittag vor dessen Wohnhaus antraf und um ein Mittagessen bat, speiste ihn dieser mit einer trockenen, vergammelten Portion Porridge ab. Dabei murmelte er, dass er schließlich nicht das Armenhaus der Nation sei. Der Bischof werde Aiden später finanziell weiterhelfen. Nur, wann das geschehen sollte, das konnte er auch nicht voraussagen. Überhaupt schien Layer, die Spitzmaus, nicht sehr erfreut, seinen Freund und Gönner von einst so abgetakelt und verarmt hier wiederzutreffen. Er äußerte dies auch ungeniert.

„Mensch, Hunter, ich habe gehofft, dass *Ihr uns* weiter finanziell unterstützt. Stattdessen nehmen wir mit Euch einen Habenichts auf, den wir auch noch durchfüttern müssen." Jetzt lachte er kurz auf. „Aber keine Sorge, wir haben hier genug Arbeiten, die Ihr für uns erledigen könnt. Dazu kommt, dass ich Euch wichtige Personen unseres jakobitischen Widerstandes und die zu erwartende Hilfe aus dem Ausland erklären soll. Vielleicht empfehlt Ihr Euch ja wirklich für höhere Dienste. Ihr seid ein schlauer und erfahrener Mann, der schon viel erlebt hat. Das macht Euch wertvoll für uns. Wenn ich in den nächsten Monaten die Überzeugung gewinne, dass Ihr mehr könnt als die meisten anderen, dann stelle ich Euch dem Bischof vor. Wenn der Euch dann zum Akolythen ernennt, bestimmt *er* auch Euren weiteren Lebensweg. Bis dahin aber erwarte ich Gehorsam, Fleiß und absolute Verschwiegenheit. Sht." Noch am gleichen Tag quartierte Layer ihn bei seinem Vater ein.

Wenn Aiden auf eine privilegierte Unterbringung gehofft hatte, so sah er sich erneut bitter enttäuscht. Der Schuppen, in dem Layers Vater untergebracht war, lag gut zwei Meilen flussaufwärts vom Zentrum Rochesters entfernt, am äußersten Ende eines kleinen Orts mit dem Namen Borstal. Das nur aus einem Flur und einer Art Wohnküche mit integrierter Schlafstätte bestehende flache Holzhaus, dessen altes Dach sich bei Regen als unangenehm durchlässig erwies, hatte seine besten Zeiten schon lange hinter sich. Ein lückenhafter Dielenboden, der an zu vielen Stellen den lehmigen Untergrund erkennen ließ, schien vom nahen Medway River her schon mehrere Male geflutet worden zu sein. Das hatte über die Jahre zur Folge, dass etliche Holzplanken an der dem Fluss zugewandten Hausseite in ihrem unteren Anteil bereits bis zu einer Höhe von knapp einem Fuß abgefault waren. Ungeziefer und auch der nasskalte Wind hatten so jederzeit Zutritt zum Hausinneren und prägten das tuberkulöse Klima des Hauses. Aiden atmete schwer, als Layer ihn in die Stube führte. Der scharfe Geruch von Urin und altem Schweiß empfing die beiden.

„Hey, Dad, ich bringe dir hier einen weiteren Mitbewohner, der sich auch um dich kümmern wird. Da freust du dich bestimmt."

Im hinteren Bereich des kleinen Wohnraums lag ein Mann undefinierbaren Alters auf einem Strohlager. Er schien seinen Sohn noch gar nicht wahrgenommen zu haben. Layer drehte sich zu Aiden. „Kriegt gar nichts mehr mit. Er ist geistig abwesend und daher meistens friedlich. Der macht Euch keine Probleme. Als er noch gesoffen hat, oh Mann, ja, da war er ein echtes Problem für uns Kinder. Der Drecksack hat uns geschlagen, dass wir manchmal tagelang nicht laufen konnten. Hat sich dann aber das Hirn weggesoffen. Ihr müsst nur sehen, dass er die Stube nicht verschmutzt und er das, was ich ihm hinstelle, auch isst. Sht."

„Gott sei Dank hat er das, was er zum Essen rausrückt, nicht auch noch Mahlzeit genannt", dachte Aiden bitter nach den bisherigen Erfahrungen mit seinem geizigen Betreuer. Aiden ahnte, dass er an seine finanziellen Reserven gehen musste, um in diesem Dreckloch nicht zu verhungern.

„Hallo, ist da jemand?", rief der Greis plötzlich mit brüchig-heiserer Stimme.

„Ich bin's, Dad. Craig. Hast du auch dein Mittagessen gegessen?" Layer ging in Richtung Bettstatt. „Verdammt, er hat doch tatsächlich wieder mitten in die Stube gepinkelt. Wenn ihn niemand scheucht, wird er bald gar nicht mehr vor die Tür gehen. Schaut, Hunter, da hinten, der graue Schuppen. *Dort* ist die Toilette."

Aiden war unfähig zu antworten. An der Hinterwand des Wohnzimmers war ein schmaler, niedriger Durchgang, der zu einer kleinen Kammer führte. Beim Betreten musste Aiden sofort an eine fensterlose Gefängniszelle denken. Mit einer Grundfläche von nur etwa drei mal vier Schritten war dieses *Zimmer*, wie Layer es nannte, für Aiden nur ein von außen an die Hinterwand des Schuppens angefügter, windschiefer Verschlag. Der hatte nicht einmal ein Fenster. Da jedoch das Holzdach an allen Seiten Undichtigkeiten aufwies, hatten auch einige Lichtstrahlen von außen die Chance, wenigstens am Tag die ungastliche Szenerie so weit zu erhellen, dass man sich dort orientieren konnte. An den beiden Seitenwänden befand sich jeweils eine aus grobem Holz geschreinerte Liegestatt. Wegen des nackten, unebenen

Lehmfußbodens waren beide Pritschen auch schief an der Wand fixiert. Eine dünne Strohschicht auf den grob gezimmerten Brettern verdrängte jeden Gedanken an Gemütlichkeit. Aiden atmete abermals tief durch. Zwei rustikale Holzhocker und ein schmaler Tisch in der Raummitte komplettierten das ungastliche Ambiente.

„Euer Mitbewohner kommt erst heute Abend wieder", erklärte ihm Layer und deutete auf die leere Schlafstätte an der linken Wand. „Das da ist jetzt Eures. Euer Mitbewohner ist übrigens Schwede und heißt Stig. Einfach Stig. Sein Freund, der inzwischen nach Schweden zurückgereist ist, hat uns einiges über ihn erzählt. Dass er auf der Flucht ist, weil er in seiner Heimat wegen Raubmord gesucht wird. So ist er zu uns gekommen, und weil wir ihm helfen, hilft er uns. Er arbeitet zurzeit als Gärtner für uns. Am Tag des Aufstands wird er dann an unserer Seite kämpfen. Sht."

„Kann der mich verstehen?" Ein Blick in Layers feixendes Gesicht verriet Aiden die Antwort.

„Er wird jeden Tag besser, aber das heißt auch noch nichts. Ein Freund des Bischofs, der ihn von Zeit zu Zeit besucht, spricht sehr gut Schwedisch. Ab und zu dolmetscht dieser Mr. Willes für uns."

Aiden nickte gedankenverloren. Eigentlich konnte und wollte er hier nicht bleiben. Er musste aus diesem Loch raus, und zwar möglichst schnell. „Wie komme ich eigentlich zu Geld?", fragte er jetzt bei Layer nach. „Werde ich für meine Arbeit entlohnt? Von irgendetwas muss ich schließlich –"

„Ihr bekommt Essen und Arbeit von mir. Wenn Ihr diese gut verrichtet und Euch für den höheren Dienst eignet, dann weiht Euch der Bischof zum Akolythen, einem dann offiziellen Mitarbeiter der anglikanischen Kirche, und dann bezahlt er Euch auch. Dann Seid Ihr schnell unabhängig. Also, strengt Euch an! Es liegt nur an Euch. Sht."

Seit den Tagen seiner Ankunft in Rochester war inzwischen fast ein halbes Jahr vergangen. Die Kälte des vergangen Winters war nicht so eisig gewesen wie befürchtet, und seit dieser Woche hatte Aiden zum ersten Mal wieder einen Anflug von Frühling wahrnehmen können. Mildere Temperaturen und zunehmendes Vogelgezwitscher am Flusslauf, längere Phasen mit aufreißender Wolkendecke; all diese Phänomene schien endlich die Vorboten des nahenden Aufbruchs in eine wärmere Jahreszeit zu sein. Jetzt reichte es aus, den Holzofen im Wohnraum auf kleiner Flamme zu heizen. Die undichten Stellen an der Außenwand hatten Aiden und Stig abgedichtet. Stig hatte den brauchbaren Vorschlag gemacht, dass aufgestelltes Reisigholz, das sie mit gegrabenem Lehm verstärkten, fast schon wie Mauerwerk abdichtete. Sie hatten sich diebisch gefreut, als nach einer Woche Arbeit die Feuchtigkeit in der Stube spürbar nachließ und die wärmende Wirkung des Holzofens jetzt viel besser und länger anhielt.

Layer kam täglich bei ihnen vorbei, brachte Essen und schaute nach seinem Vater. Er hatte Stig inzwischen eine Arbeit in einer nahe gelegenen Mühle vermittelt, die an einem kleinen Seitenarm des Medway Rivers inzwischen die letzten Kornreserven verarbeitete. Aiden hatte sich gefreut, als ihm Layer drei Wochen nach seiner Ankunft mit den ersten Schreibarbeiten betraute. Diese Tätigkeit wäre allerdings, bevor sie überhaupt beginnen konnte, beinahe am nicht geeigneten Schreibgerät gescheitert. Aiden merkte schnell, dass Layer Analphabet war und noch nie einen Federkiel in der Hand gehalten hatte. Zuerst brachte er ihm Federn, die von der rechten Seite der Gans stammten, obwohl ihm Aiden eingeschärft hatte, dass er Rechtshänder sei und daher die Federn der linken Vogelseite brauche, damit die Biegung der Kiele ihm auch bequem in der Hand liege. Doch Layer hatte sich die deutlich billigeren der rechten Seite andrehen lassen. Dazu hatte er noch ungeeignete, weil zu kleine Federn eingekauft. Er fluchte mächtig, als ihm Aiden erklärte, dass eigentlich nur die fünf größten Außenfedern bei einer Gans später zum Schreibgerät taugten.

Schon oft in seiner langen Tätigkeit als Sekretär hatte sich Aiden seine Schreibgeräte selbst hergestellt. Nach all den Jahren hatte er darin eine regelrechte Kunstfertigkeit erlangt. Er hatte gelernt, worauf es ankam: Da war zum einen die Zeit, in der die Gänsekiele eingeweicht werden mussten. Die durfte nicht zu lange sein, weil dann beim zischenden Auskochen der hohlen Kiele in heißem Sand leicht Riefen im Horn entstehen konnten, welche den gleichmäßigen Tintenfluss empfindlich störten. Diesen Fehler konnte man auch nicht mehr durch Schleifen und Schnitzen des Kiels verbessern, weil der

Fehler in seinem Inneren lag. Nein, eine klecksende Feder konnte man auf keinen Fall verwenden.

Aiden erinnerte sich an einen komischen Kauz, der einst, es musste im Jahr 1714 gewesen sein, in seiner Londoner Amtsstube aufgetaucht war, um seinen damaligen Chef, Mr. Paterson, davon zu überzeugen, in eine Maschine zum gleichmäßigen Schreiben von Buchstaben zu investieren. An diesen etwas skurrilen Kerl erinnerte sich Aiden noch ganz genau, weil der ihm damals trotz seines Misserfolgs imponiert hatte. Der etwa dreißig Jahre alte Mann war auffallend dick und klein gewesen. Aber seine listigen Äuglein unter der anhaltend schweißbedeckten Stirn und seine erklärend durch die Luft fahrenden, patschigen Hände strahlten eine derartige Überzeugung für seine Idee aus, dass Aiden sie damals als ansteckend empfunden hatte. Der Kerl legte tatsächlich ein gültiges Patent vor, das ihm Queen Anne höchstpersönlich unterschrieben hatte. Das berechtigte ihn, seine Erfindung dieser sogenannten Schreibmaschine auch umzusetzen. Die Entwürfe der Maschine hatte der kleine Mann sich schlauerweise schon vorher patentieren lassen. Doch Paterson hatte damals abgewunken und nicht in diese Idee investiert.

Aiden versuchte, sich an den Namen des kleinen, dicken Erfinders zu erinnern. „Schade", dachte er. „Hätte ich jetzt eine solche Maschine, dann würde ich nicht hier, in diesem Loch, sitzen müssen, um intensiv an Kielen zu feilen." Und plötzlich fiel Aiden auch der Name des Mannes wieder ein. Mill, ja, Henry Mill hieß dieser Tüftler, der damals eigentlich als Wasserbauingenieur für irgendeine New River Company tätig gewesen war.

Nach einer knappen Woche Vorbereitung hatte Aiden mehrere brauchbare Schreibgeräte hergestellt und machte sich an die Arbeit. Von den ersten Ergebnissen zeigte sich der auftraggebende Bischof wohl begeistert. Unwirsch und zögerlich musste Layer das eingestehen. Brachte er danach doch fast täglich neue Arbeit für seinen Untermieter mit, der jetzt auch selbst die Chance gekommen sah, mit Fleiß und Können endlich in der Hierarchie der Jakobiten aufzusteigen.

Aiden verharrte in all diesen Tagen der Arbeit in einer Mischung aus trotzigem Fleiß und bohrender Ungeduld. Die Tage, die Wochen und die Monate, ja, sogar Feiertage wie Weihnachten, der Jahreswechsel und das Dreikönigsfest 1721 waren für Aiden in seinem heruntergekommenen Exil gleichbleibend freudlos vergangen. Tag für Tag der gleiche monotone Ablauf ließ seine innerliche Ungeduld anwachsen. Nicht einmal einen Besuch in einem Freudenhaus gönnte er sich in diesen Tagen.

Manchmal kam Aiden der Gedanke, ob er London nicht zu früh verlassen hatte. Doch dann hörte er immer wieder davon, wie stark die Finanzkrise der South Sea Company die gesamte Finanzwelt Englands durchgeschüttelt habe und wie viele Menschen nicht nur im Gefängnis, sondern auch im Grab geendet waren. Die Zeitungen berichteten, dass die Zahl der Selbstmorde in London zeitweise geradezu dramatische Ausmaße angenommen hatte. Ganz zu schweigen von den chronisch überfüllten Schuldgefängnissen, in denen der Tod täglich reiche Beute machte. Aiden dachte an George Kemp, seinen ehemaligen Chef. Ob es ihm gelungen war, aus dem Schuldgefängnis zu entkommen? In Kneipen und auch auf den öffentlichen Plätzen in Rochester war das Drama an der Börse Londons immer noch das wichtigste Gesprächsthema. So fand sich Aiden damit ab, seinen Aufenthalt in dieser Stadt als eine Art von selbst gewähltem Gefängnis zu empfinden. Aber er vertraute auch fest darauf, sich aus eigener Kraft aus diesem Elend wieder befreien zu können.

Nach dem langen Winter begann er sich ein erstes Mal daran zu stören, dass inzwischen seine Kleidung angefangen hatte, den miesen Zustand seiner Unterkunft widerzuspiegeln. Er musste über eine neue Garderobe nachdenken. War es nicht so, dass gerade auch die Kleidung einen Mann ausmachte? Er müsste, um bei der Kleidung nachzubessern, an seine Reserven gehen. Das würde zudem bedeuten, dass er nach London fahren musste. Ein nicht ungefährliches Unterfangen. Deshalb verwarf er diesen Gedanken auch wieder. Aidens größte Hoffnung ruhte auf einem baldigen persönlichen Kontakt zu Bischof Atterbury. Darauf arbeitete er hin. Doch wenn er bei Layer nachfragte, wann es so weit sei, den Kontakt herzustellen, vertröstete dieser ihn jedes Mal. Mit seinem schwedischen Mitbewohner hatte Aiden sich arrangiert. Aber er achtete auch stets darauf, dass er seinen Wintermantel, in dessen Futter sich sein ganzer Reichtum befand, nie aus den Augen verlor. Er benutzte ihn sogar als Unterlage auf seinem

Strohlager. Für den Sommer würde er eine Ausrede brauchen, wenn er mit diesem warmen Teil ausgehen wollte.

Die Tage verliefen bis auf die Momente des Streits, der immer wieder mit Layers verwirrtem Vater aufbrandete, eher ruhig. Wenn der Alte sich erhob, lief ihm sofort einer von ihnen nach und schubste den Greis bis vor die Türe. Wo er dann seine Notdurft verrichtete, war ihnen inzwischen egal geworden. Stig hatte ihn einmal sogar barfuß in den Schnee gestoßen. Da war der alte Mann doch flink bis zum Toilettenverschlag gesprungen. Aber oft genug waren sie eben auch nicht zu Hause. Dann beschränkten sie sich auf die notdürftigste Beseitigung der entstandenen Verschmutzung.

Man schrieb Freitag, den 29. März 1721. Eine erfolgreiche Arbeitswoche lag hinter Aiden. Er hatte mehr Seiten abschreiben können, als er gedacht hatte. Ein wenig Enttäuschung stieg von Zeit zu Zeit schon in ihm auf, wenn er wieder einmal gewahr wurde, dass er keinen blassen Schimmer vom Inhalt der Texte hatte, die er stundenlang, nein tagelang, niederschrieb. Früher hatte er mehrfach den Anlauf unternommen, bei Layer etwas über die Verschlüsselung der Texte zu erfahren. Wer verschlüsselt diese Schreiben, und was ist der Inhalt? Doch Layer speiste ihn immer mit derselben Floskel ab: „Ihr sollt schreiben, und hier nicht dumme Fragen stellen."

Seit Aiden mitbekommen hatte, dass Layer Analphabet war, fragte er nicht mehr nach. Er wusste jetzt, dass dieser Kerl wirklich ahnungslos war. Er erhob sich vom Stuhl und ging ein paarmal durch das düstere Zimmer, um seinen Kreislauf zu aktivieren und die vom langen Sitzen steifen Gelenke zu bewegen. Heute würde er sich für die geleistete Arbeit mit einem guten Abendessen belohnen. Er zog seinen Mantel an und trat in die kühle Abendluft. Er war froh, wenigstens für eine gewisse Zeit dem Muff seines Verschlags zu entkommen. Er ging an diesem Abend nicht zum ersten Mal ins *Nags Head,* in dem das Bier süffig und das Essen preiswert, aber trotzdem genießbar war. Die kleine Gaststätte mit Platz für maximal zwanzig Hungrige an zwei langen und sehr schmalen Holztischen lag am östlichen Ende von Rochester. Aiden war nach jedem Besuch immer wieder neu überzeugt, dass der weite Weg hierher sich gelohnt hatte. Besonders freitags musste man rechtzeitig vor Ort sein, um noch einen Teller der jeweiligen Fischsuppe zu bekommen. Diese Suppe, deren wichtigster Anteil eigentlich aus zerkleinertem Schellfisch bestand, zu dem Zwiebeln, Milch und Wasser hinzugefügt wurden, konnte auch schon mal ohne Fischanteil serviert werden, kostete dann aber auch weniger als die Hälfte des normalen Preises. Das nahe gelegene Meer machte in Rochester die Preise für Fisch erträglich, sodass auch ärmere Bevölkerungsschichten, zu denen er sich inzwischen leider auch selbst zählen musste, davon profitieren konnten.

Es war das erste warme Essen, das Aiden sich in dieser Woche gönnte. Seine Bargeldvorräte würden in den nächsten zwei Wochen zu Ende gehen. Gerade in den letzten Tagen hatte er bis zum völligen Verbrauch seiner Tinte stundenlang für Bischof Atterbury diese unverständlichen, verschlüsselten Botschaften abgeschrieben. Da Layer sich manchmal zu viel Zeit ließ, bis er ihm neue Tinte brachte, schickte Aiden jetzt immer schon danach, selbst wenn er noch eine ausreichende Restmenge besaß.

Aiden saß im hintersten Winkel der gut gefüllten Gaststätte an einem Ablagebrett, das als Zusatztisch funktionierte. Eigentlich stellten die Köche hier ihre fertigen Gerichte ab, die dann an den Tischen verteilt werden sollten. Doch Aiden hatte keinen freien Platz mehr an den Langtischen ergattern können. Er saß somit im Flur zur Küche. Gerade hatte er seine schmackhaft-sättigende Mahlzeit beendet und war dabei, ein weiteres Bier zu bestellen, als sich dieser Mann mit der komischen Frisur zu ihm an seinen kleinen Tisch stellte. Der war ihm schon mehrfach im Stadtbild von Rochester und besonders im Umfeld der Kathedrale aufgefallen. Er hatte ihn auch schon einmal hier im *Nags Head* gesehen.

Wie ein Mönch trug der Mann eine knapp handtellergroße Tonsur am Hinterkopf. Was aber nicht zur traditionellen Frisur eines Mönchs passen wollte, war die Tatsache, dass das schwarze, volle Kopfhaar am hinteren Rand der scharfrandig kahl geschorenen Stelle sehr lang war und seinem Träger lockig bis auf die Schultern fiel. Die vordere Schädelhälfte wies bis hin zu den Schläfen, in denen sich schon deutliches Grau zeigte, einen kurzgeschorenen, aber immer noch dichten schwarzen Haarwuchs auf. Die markante Hakennase im schmalen Gesicht mit den beiden engstehenden dunklen Augen wiesen den Mann dazu als Fremden aus, dessen Wiege sicherlich irgendwo am Mittelmeer gestanden hatte. Er lächelte Aiden freundlich zu und fragte in einem Englisch mit stark französischem Akzent: „Excusez, darf ich mich ein wenig zu Euch setzen?"

Aiden nickte wortlos und stellte sein leeres Glas zurück auf das Tischlein.

Der Fremde schaute sich in der Gaststube um, zog einen nahestehenden Holzschemel heran, und nahm Aiden gegenüber Platz. „Erlaubt, dass ich mich vorstelle: Mein Name ist Cailliou Lemaire. Und, wie Ihr unschwer hören könnt, bin ich Franzose und wegen wichtiger Geschäfte hier in Rochester." Dann blickte er erwartungsvoll, als wolle er Aiden jetzt auch die Möglichkeit zur Vorstellung seinerseits einräumen.

Doch Aiden überging dieses ungewöhnliche Gebaren; wollte er doch bewusst abweisend wirken und in Ruhe gelassen werden. Er murmelte mehr, als dass er deutlich sprach. „Ja – und? Weshalb sprecht Ihr mich an?"

„Weil Ihr mir schon ein paar Mal aufgefallen seid und ich Euch auch schon im Gottesdienst von Bischof Atterbury gesehen habe. Der ist doch wirklich ein beeindruckender Mann, oder? Auf alle Fälle: Ein Mann mit überzeugender Stimme. Seid Ihr auch freikirchlich?"

„Äh, nein, um Gottes willen!" Aidens Reaktion kam eine Spur zu schroff, zu schnell und zu laut.

Sein Gegenüber schaute erstaunt. „Wieso geht Ihr dann dort zum Gottesdienst?"

Die Bedienung lief am Tisch vorbei. Aiden fühlte sich ertappt. Das Gespräch lief nicht so, wie er sich das vorgestellt hatte.

„Ich, äh, ich wollte den berühmten Gottesmann auch einmal selbst hören, da er im ganzen Land, weit über Rochester hinaus, für seine überragenden Predigten bekannt ist. Aber ich bin *nicht* religiös", fühlte er sich bemüßigt, schnell hinzuzufügen.

„Ja, und wie hat er Euch dann gefallen?"

„Ihr meint den Bischof?", fragte Aiden nach, um Zeit zu gewinnen.

„Aber ja. Hat Euch die Predigt des Mannes beeindruckt oder nicht?" Bei diesen Worten schaute er Aiden mit großen Augen, die um Zustimmung bettelten, an; dann verwandelten sich diese eher zu

Sehschlitzen, womit er seiner offensichtlichen Enttäuschung wegen Aidens ausbleibender Reaktion Ausdruck verlieh. Nun schaute Cailliou sich um, wie um sicher zu sein, keine ungebetenen Mithörer zu haben. „Ich halte den Bischof für ausgesprochen politisch," sprach er leise und beugte sich nach vorne über das Tischlein. Jetzt raunte er Aiden, der demonstrativ mit dem Oberkörper zurückwich, zu: „Atterbury soll für Jakobiten arbeiten, die angeblich einen Aufstand planen."

„Das kann ich mir so gar nicht vorstellen!" Aiden sprach extra laut und lehnte sich scheinbar entrüstet zurück. Er fühlte sich in diesem Gespräch zu sehr in der Defensive. Das musste er ändern. Er wollte es mit einem Überraschungsangriff versuchen. „Sagt mir: Seid Ihr eigentlich Mönch gewesen, oder warum tragt Ihr eine Tonsur?"

„Mon Dieux!" Überrascht sprang Cailliou Lemaire auf. „Es ist nicht das. Ich, ich habe nur Haarausfall an dieser Stelle. Tonsuren, also die echten", jetzt lachte er verlegen und setzte sich wieder. „Also die echten Tonsuren sind deutlich größer. Non, non, ich bin nicht Mönch. Auf gar keinen Fall!"

„Achso – und woher wisst Ihr das mit der Größe der Tonsuren?", fragte Aiden nach.

„Oh, weil, weil: Ich werde so oft auf meine Haare angesprochen. Und französische Mönche stehen hier in England mit einem Bein im Gefängnis, wenn sie in der Öffentlichkeit auftauchen. Hier ist alles protestantisch! Mon Dieux!"

Aiden war sich sicher, dass ihn dieser Mann aus irgendeinem Grund soeben kräftig anlog. Aber ein Dummkopf war er auf keinen Fall; Aiden wollte vorsichtig bleiben.

„Also, mon ami: Hier in England ist die Regierung aufmerksam und streng. Ich möchte nicht in Konflikt kommen mit geltendem Gesetz. Ich hatte nur kurz gedacht, wir wären beide – *religiös*." Mit diesen Worten erhob er sich und machte eine angedeutete Verbeugung, wobei er die rechte flache Hand auf sein Herz legte. Mit einem lauten „Gott segne König George I." ließ er Aiden allein an seinem Tischlein zurück.

Aiden erwiderte diesen Toast nicht, wie es eigentlich üblich gewesen wäre. Stattdessen entfuhr ihm nur ein unpassendes „Adieu," und eigentlich wunderte er sich auch ein wenig: Der Fremde hatte nicht einmal nach *seinem* Namen gefragt. Hatte er Aiden wegen des Bischofs auf den Zahn fühlen wollen? Oder war er sogar ein Sympathisant für die gemeinsame Sache? Aiden wollte vorsichtig bleiben. Die Zeiten waren gefährlich.

Ja, die politischen Verhältnisse wurden zunehmend unruhig und instabil. Gerade auch für Aiden. Seine Welt war schon seit einigen Monaten aus allen persönlichen und beruflichen Fugen geraten. Der Großteil seiner Träume war gleichzeitig mit dem Scheitern der South Sea Company geplatzt. Doch sein Können und Fleiß, so hoffte er, sollten ihn wieder nach oben bringen. Layer hatte ihm am Vortag erzählt, dass seine Eminenz, Bischof Francis Atterbury höchstpersönlich, den fleißigen Schreiberling, den Layer für ihn aufgetan hatte, jetzt endlich kennenlernen wollte.

„Ich hoffe, dass das bald klappt, damit Ihr mir nicht länger auf der Tasche liegen müsst." Wenn Aiden den Gottesmann im Gespräch überzeugen könne, und nur dann, so betonte Layer, dann würde er ihn für weitere Aufgaben befördern, indem er ihn dann zu einem Akolythen der Kirchengemeinde in Rochester weihen würde.

Mit aufgeregt klopfendem Herzen saß Aiden am Mittwoch, dem 3. April 1721, auf Geheiß seines „Förderers" Craig Layer im vorderen Teil des Hauptschiffs der Kathedrale in Rochester. Wenn sich Aidens große Hoffnung heute erfüllte, dann sollte seiner Ernennung zum Akolythen der Kathedrale von Christus und der gesegneten Jungfrau Maria nichts mehr im Wege stehen. Nur aus diesem Grund hatte er sich überwunden, ein Gotteshaus überhaupt auch nur zu betreten. Zwar hatte er sich hier in Rochester schon drei bis vier Predigten des Bischofs angehört, weil ihm Layer so eindringlich von der rhetorischen Genialität des Gottesmannes berichtet hatte. Doch auch Atterburys Predigten hatte er als nicht überzeugend im religiösen Sinne empfunden.

Nein, ein gläubiger Mensch war Aiden Hunter noch nie gewesen. Zu oft hatte ihm, dem katholisch getauften Kind, das Ringen um die einzig wahre Religion im Land schmerzhafteste Erfahrungen zugemutet. Sein eigener Vater war schließlich in diesem Kampf auf dem Schlachtfeld von Killiecrankie verblutet. Vielleicht gab es einfach zu viele Religionen. Seine Grunderfahrung war, dass die Kirchenoberen alles dazu Notwendige unternahmen, dass man Angst vor ihnen hatte. Sie waren es, die sich als die Herren über Leben und Tod aufspielten. Ihr eher grausames und herzloses Verhalten, ihre rigide Gesetzgebung wurde durch einen Schöpfer legitimiert, mit dem noch keiner dieser selbsternannten Richter jemals persönlich gesprochen hatte. Wie konnten sich diese Menschen so sicher sein? Und warum gab es so viele verschiedene Religionen? Sie alle sollten denselben Schöpfer haben? Das war doch einfach unmöglich. Er, als Katholik, gehörte schließlich auch einer der in England verbotenen Religionen an. Der Gedanke an die unselige Reformation, die besonders die Engländer infiziert hatte, ließ unchristlichen Zorn in Aiden aufsteigen. Er versuchte, sich erneut mit den Gedanken an Layers Versprechungen zu beruhigen und abzulenken. „Wenn du zum Akolythen berufen wirst, ist das die nächste Stufe der Beförderung innerhalb unseres Systems zur Vorbereitung des großen, staatsumwälzenden Putsches!" Diesem Aufstand gegen die Mächtigen, diesem heiligen Kampf für *seine* gerechte Sache war er bereit, von jetzt an alles andere unterzuordnen. Befördert werden wollte er auf alle Fälle. Dann würde er sich endlich auch eine bessere Bleibe leisten können und nicht mehr die meiste Zeit mit dem Abschreiben von unverständlichen Schriftstücken oder mit sinnlosem Abwarten vergeuden.

Aiden hatte auf einem der etwa drei Dutzend zum Teil stark beschädigten Stühlen in der Kathedrale Platz genommen. Für die Kirchengemeinde waren diese Sitzgelegenheiten direkt vor den zehn Stufen aufgestellt worden, die, in der Vierung des riesigen Gotteshauses gelegen, hinauf zum Torbogen des sich anschließenden Chorraumes führten. Dessen Eingang, in gotischem Spitzbogen aus Kalksandstein gefertigt, war nachträglich in das ursprünglich romanische Gotteshaus eingefügt worden. An beiden Seiten wurde das steinerne Tor von jeweils vier in Stein gehauenen, lebensgroßen Heiligenfiguren flankiert. Wegen der aufwendigen Renovierungsarbeiten am riesigen Dach, die jetzt schon im sechzehnten Jahr andauerten, mussten immer wieder wechselnde Bereiche des monumentalen Bauwerks gesperrt werden. In diesem noch jungen Jahr 1721 waren bereits zwei Handwerker bei einem Gerüsteinbruch aus großer Höhe in den Tod gestürzt. Der Baumeister der Kirche, den er bei einem geheimen Treffen der

Jakobiten über Craig Layer kennengelernt hatte, hatte Aiden viel über den Bau dieses riesigen Gotteshauses erzählt. Er hatte Aiden vor Wochen einmal mit auf das Dach der Kathedrale genommen und gezeigt, wo und mit welchem Aufwand es in der langen Zeit der Renovierung verstärkt und umgebaut worden war. Aiden, dem in der großen Höhe schwindelig wurde, war froh gewesen, als er danach wieder festen Boden unter den Füßen verspürte. Vom Eingang zum Chor schallend weckte eine schrille, vom Mesner gezogene Glocke Aiden aus seinen Gedanken.

„Introibo ad altare dei" (Ich werde den Altar Gottes betreten), intonierten zwei junge Akolythen und betraten das Hauptschiff des spärlich gefüllten Gotteshauses. Ihnen folgte ein kräftiger, älterer Mann im üblichen Ornat eines Bischofs der anglikanischen Kirche.

„Ad deum qui laetificat iuventutam meam" (Zu Gott, der mich erfreut von Jugend an), antwortete dieser den Akolythen. Über einer langen weißen Albe mit auffällig an den Oberarmen gebauschter Weite trug der Bischof einen ärmellosen, schwarzen Talar, der an der Taille durch ein rotes Zingulum gegürtet wurde. Nach Erreichen des mächtigen, aus Holz geschnitzten Ambos, der jetzt von den beiden jungen Akolythen gesäumt wurde, legte er sein rotes Birett bedächtig auf die Ablage und bekreuzigte sich danach. Mit leiser Stimme murmelte er dabei: „In nomine patris et filii ..." (Im Namen des Vaters, des Sohnes ...) Mehr konnte Aiden trotz seines Platzes in der ersten Reihe nicht verstehen.

Aiden sah heute zum ersten Mal den Bischof aus der Nähe. Bei seinen letzten Besuchen hatte er sich immer nur kurz, die Predigt abwartend, am Seitenausgang des Gotteshauses aufgehalten. Jetzt stand der Bischof nur durch zehn Altarstufen getrennt vor ihm und schaute auf seine kleine Gemeinde herab. Beim Anblick des jetzt sichtbaren kurzen, aber sehr weißen Haupthaars von Francis Atterbury war sich Aiden sicher, dass dieser Mann sich bereits in seinem sechsten Lebensjahrzehnt befinden musste.

Aiden erhob sich von seinem Stuhl, dem Beispiel der ihn umgebenden kleinen Gemeinde folgend. Jetzt folgten einige Gebete und Lobpreisungen des Herrn, die in die Worte der Tageslesung mündeten. Aiden folgte eher den eigenen Gedanken als den gesprochenen

Bibelworten. Bis plötzlich die Stimme des Bischofs die Gemeinde aufforderte, wieder Platz zu nehmen. Die warme, sonore Stimme des Gottesmannes ließ Aiden wieder aufhorchen.

„Liebe Gemeinde: Heute haben wir im Evangelium das Gleichnis vom unbarmherzigen Knecht und Schuldner gehört. Der Herr, so beschreibt es der Evangelist Matthäus wunderbar, vergibt dem Knecht eine große Schuld, die er allein niemals hätte zurückzahlen können. Kaum aber, dass dieser Knecht seine Last unverdientermaßen loswird, geht er hin und lässt seinen Schuldner wegen eines viel geringen Schuldbetrags herzlos ins Gefängnis werfen. Das Verhalten dieses ungerechten Knechts zeigt die Doppelmoral auf, mit der wir zurzeit regiert werden. Unser König, George I. – Lang lebe der König! –, steht bei seinem, also auch unserem Herrgott in großer Schuld, die er in seinem Leben niemals wird abtragen können. Sein böser Kampf gegen das einzig wahre Christentum in unserem Lande, das damit verbundene Morden an uns Jakobiten, das ist seine Todsünde! Eine direkte Beleidigung unseres Herrn. Der König und seine Helfer wissen um diese eigentlich nicht zu vergebende Sünde. Aber sie zeigen keine Reue! Im Gegenteil: Sie foltern und unterdrücken uns weiterhin. Der Herr aber, der ihnen diese Sünden so lange nachgesehen hat, hat uns jetzt auserwählt, macht uns zu seinem Werkzeug gemäß der Schrift des Matthäus 18: 33 und 34, wo geschrieben steht: „Hättest nicht auch Du mit jenem, der gemeinsam mit Dir in meinem Dienst steht, Erbarmen haben müssen, so wie ich mit Dir Erbarmen hatte? In seinem Zorn übergab ihn der Herr seinen Folterknechten, bis er die ganze Schuld bezahlt habe." Für uns ist es heute der Aufruf des Herrn, für die vom rechten Glauben Abgekommenen zu eben diesen Folterknechten zu werden, auf dass sie so ihre Schuld bei unserem Herrn begleichen. AMEN!"

Die kleine Gemeinde erhob sich von ihren Stühlen und antwortete mit einem ebenfalls inbrünstigen „Amen!", dem sich auch Aiden anschloss.

Dann nahm der Bischof einen kleinen Zettel aus seiner Bibel, von dem er laut nur einen kurzen Satz ablas: „Aiden Hunter kommt bitte nach dem Gottesdienst zu mir in die Sakristei." Ohne auf eine Reaktion im Publikum zu warten, bekreuzigte sich der Gottesmann und verschwand mit seinen beiden Begleitern im Durchgang zum Hochchor.

Aiden traf Layer vor dem Haupteingang der Kathedrale.

„Na, hat er wieder gut gepredigt? Ja, unser Francis ist schon ein Meister der Worte", bemerkte der mit breitem Grinsen, bevor er wieder eines seiner schlürfenden Speichelgräusche anschloss. „Ich gehe da schon lange nicht mehr hin. Sht. Schon zu oft gehört. Und Atterbury predigt immer viel zu lange! Aber es ist schon gut, ihn zum Freund zu haben. Er ist hier der wichtigste Mann für unsere gerechte Sache."

In dem Moment, als Aiden Layer in Richtung Sakristei folgte, erblickte er plötzlich wieder diesen schlanken, südländisch aussehenden Mann, der ihn vor knapp zwei Wochen im *Nags Head* angesprochen hatte. Er war eindeutig soeben auch aus dem Gotteshaus gekommen. Als Aiden zu ihm schaute, hob der Mann leicht die rechte Hand, wie zu einem Gruß. Aiden ließ diese Geste unbeantwortet und wandte sich ab. Es musste keiner bemerken, dass er diesen Mann kannte. Auch heute sah der Kerl wieder aus wie ein Mönch, obwohl er das übliche Mönchsornat vermissen ließ. Ein katholischer Mönch, hier im protestantischen England? Aiden war der Mann unheimlich.

„Kommt Ihr jetzt? Der Bischof pflegt nicht zu warten." Layers Worte unterbrachen Aidens Gedanken. In dem Bemühen, einen möglichst gleichmütigen Gesichtsausdruck zu zeigen, folgte er Layer.

Geradezu unterwürfig stellte Layer ihn wenige Minuten später dem Bischof vor, der im Hauptraum der Sakristei in einem aufwendig gepolsterten Ohrensessel saß und etwas Heißes aus einem Becher trank. Aiden bemerkte, wie der Priester beim Eintreten der Vorgeladenen das dampfende Getränk auf die mit Paramenten überbordende Ablage hinter sich stellte. Nachdem der Bischof vom Mesner ein Lavabotuch gereicht bekommen und sich die offensichtlich feuchten Hände an diesem getrocknet hatte, verschwand der alte, hinfällig wirkende Mann wieder, und Layer trat nach vorne.

Nach einer tiefen, höfischen Verbeugung sprach er in unterwürfigem Tonfall, den Aiden vorher noch nie bei ihm vernommen hatte: „Eure hochwürdigste Eminenz, Bischof Francis Atterbury von Rochester. Erlaubt, dass ich Euch untertänigst meinen Mitarbeiter Aiden Hunter vorstelle, der sich um die Stelle eines Akolythen der Gemeinde Christi und der gesegneten Jungfrau Maria hier in Rochester in demütigem Geiste bewirbt. Sht."

„Jaja, schon gut, Layer", sprach der Bischof und hielt Aiden gnädig seine rechte Hand mit dem klotzigen Bischofsring entgegen.

Wie es der Sitte entsprach, verbeugte sich Aiden ebenfalls, ergriff die dargebotene Hand nur ganz leicht von unten und deutete einen Kuss des Ringes an, ohne selbstverständlich diesen selbst mit den Lippen zu berühren.

Ein zustimmendes, nur angedeutetes Lächeln huschte über Atterburys Gesicht. „Es ist eine Ehre, für die Freiheit unseres Landes kämpfen zu dürfen. Und Ihr, Hunter, habt Euch durch Euer Können, das Ihr in den letzten Monaten unter Beweis stellen durftet, diese Ehre endlich verdient. Selbst nach Beurteilung meines strengen Mitarbeiters Mr. Layer habt Ihr Euch qualifiziert, auf höherer Ebene den Kampf gegen unsere Unterdrücker aufzunehmen. Beeindruckt hat mich die Exaktheit Eures Schriftbildes, die vortreffliche Qualität Eurer Schriftstücke, die mir in meinen langen Jahren so noch nie begegnet ist. Darüber hinaus muss ich Eure Schnelligkeit und Euren Fleiß loben. Erst vor Kurzem ließ Layer mich wissen, dass Ihr persönlich am Darién-Projekt teilgenommen habt. Durch Eure Teilnahme an diesem unglücklichen Unternehmen habt Ihr Mut und außerordentliche Fähigkeiten bewiesen. Sonst hättet Ihr nicht überlebt. Danach habt Ihr in London eine erfolgreiche Karriere als Kaufmann durchlaufen." Der Bischof nickte, selbstzufrieden den eigenen Worten zustimmend. „Solche tapferen Menschen brauchen wir für unsere gerechte Sache. Wir Jakobiten sind noch nicht am Ende. Nein, in wenigen Monaten werden wir so weit sein, dass wir unseren –", jetzt schaute er sich im Raum um, als wollte er sicherstellen, keine ungebetenen Zuhörer zu haben. „Hier in diesen heiligen Mauern kann ich laut bekennen, dass wir unseren verhassten König George I. absetzen und durch unseren rechtmäßigen Thronfolger ersetzen werden. Wir werden das Schandmal der sogenannten Glorreichen Revolution aus unserer Geschichte verbannen!" Die Augen des Bischofs funkelten dabei geradezu böse. „Dann wird mit Unterstützung Frankreichs die rechtmäßige Ordnung unseres Landes wieder hergestellt. Auch der Vatikan, das zuverlässige Spanien und sogar Schweden, sie alle werden unseren gerechten Kampf gegen die gottlosen Ketzer im Namen der Menschlichkeit unterstützen." Bischof Atterbury war es gewohnt, sich lange reden zu hören. Nach diesen Worten lehnte er sich auf seinem Stuhl zurück und schloss die Augen.

Dann fuhr er fort, beide Hände auf den Lehnen jetzt zu knochigen Fäusten geballt: „Aber, mein lieber Hunter, noch müssen wir vorsichtig sein. Der Feind lauert an vielen Stellen, und noch ist er zu mächtig! Aber gestattet mir eine Frage." Jetzt entspannte der Priester seine Hände und ließ sich erneut im Sessel zurückfallen. Er atmete einmal hörbar durch. „Mr. Hunter, lässt Eure Tätigkeit als Kaufmann eigentlich auch zu, dass Ihr reist?"

Aiden errötete. In seinem jetzigen Umfeld fühlte er sich so gar nicht mehr als Kaufmann, eher als heimatloser Gefangener. Mit betonter Gleichgültigkeit antwortete er: „Äh, Eure Eminenz, ja, ja doch, das kann ich machen. Ich kann es mir einrichten, wenn meine Reisen mich nicht allzu weit von Rochester beziehungsweise London entfernen und nicht zu lange –"

„Also, Reisen nach Leeds, Edinburgh und Dublin wären möglich?", fragte der Bischof überraschend schnell nach. „Und was wäre mit einer Reise ins Ausland?"

„Eure Eminenz; wann immer auch unsere gerechte Sache eine Reise erforderlich macht, dann bin ich natürlich bereit, meine persönlichen Interessen hintanzustellen. Und sicherlich wird die Mutter Kirche einem treuen Knecht dann auch einen unterstützenden Obolus zukommen lassen."

Der Bischof schaute zufrieden und lächelte gnädig. „Ich bin von Eurer Loyalität und Eurem Willen, unserer gerechten Sache zu dienen, vollständig überzeugt, Hunter." Er wandte sich kurz Layer zu. „Gute Wahl, Layer!"

Danach erhob sich der Bischof aus seinem Thronsessel. „Dann will ich Euch heute mit sofortiger Wirkung zum Akolythen unserer Gemeinde, also im wahrsten Sinn des Wortes zum Lichtbringer der guten und gerechten Sache, weihen. Ich werde Euch mit wichtigen Depeschen, die, wie Ihr ja schon wisst, verschlüsselt abgefasst sind, auf die notwendigen Reisen schicken. Einen kleinen finanziellen Ausgleich der Reisekosten und Unannehmlichkeiten wird es selbstverständlich geben. Aber", jetzt hob der Bischof mahnend den Zeigefinger der rechten Hand in die Höhe, „denkt immer daran:

Diskretion und Zuverlässigkeit sind bei Eurer Mission das oberste Gebot."

Der Bischof schritt jetzt mit langsamen Schritten unter das mächtige hölzerne Kruzifix, das die linke Seitenwand der Sakristei dominierte. Im Abstand von vier Fuß vor diesem imponierenden Werk der Holzschnitzkunst stand eine mit rotem Samtstoff beschlagene Kniebank, die zur Anbetung des Kreuzes einlud. Mit einer ausholenden Bewegung des rechten Arms forderte Atterbury Aiden unmissverständlich auf, auf dieser Bank vor ihm und dem Kruzifix niederzuknien. Aiden folgte der Aufforderung ohne Zögern.

Wie aus dem Nichts war neben dem Gottesmann plötzlich wieder der Mesner aufgetaucht und legte Atterbury eine lange weiße Stola um den Hals. An deren Enden war jeweils eine rote Taube mit Kreuz aufgestickt, die sichtbar machte, dass das sakrale Tuch als irdisches Werkzeug des Heiligen Geistes diente. Im Knien musste Aiden seine Ellbogen auf der Bank abstützen; die gefalteten Hände jetzt in Augenhöhe nach oben ragend. Atterbury legte ihm beide Enden der Stola über die Hände. Dann ging alles schnell. Atterbury sprach im Namen des Herrn einige unverständliche, weil in lateinischer Sprache verfassten Texte, die Aiden gerne ertrug. Es konnte eigentlich nicht schaden, wenn man zusätzliche Segenswünsche zum Schutz mit auf den Weg bekam. „In nomine patris et filii ..." Der Bischof führte mit der rechten Hand weit ausholend das segnende Kreuzzeichen über Aidens Kopf aus. „... et spiritus sancti. Amen." Er bedeutete Aiden aufzustehen. „Gehe hin, und sei ein würdiger Botschafter unserer gerechten Sache!"

Vor der Kathedrale klopfte Layer Aiden lachend auf die Schulter. „Na, Hunter, hat doch gar nicht, wehgetan, oder?" Jetzt prustete er laut. „Schaut nicht so belämmert, Mann, in wenigen Tagen geht es los. Und dann müsst Ihr beweisen, ob Ihr ein ganzer Kerl seid. Denn ich verspreche es: Einfach wird Eure Mission nicht sein. Sonst würde der alte Geizkragen nicht dafür bezahlen."

Aiden dachte bei sich: „Diesem Kerl ist wirklich nichts heilig." Aber offenlegen wollte er seine Gedanken besser nicht. Er war fest davon überzeugt, dass sein Lebensweg ab heute endlich wieder nach oben gehen würde. Bald würde er den Verschlag und die Erniedrigungen durch Layer endgültig hinter sich lassen können.

Schon drei Tage später ließ Bischof Atterbury Aiden durch Layer ausrichten, dass es Zeit für seine erste Reise sei. Aiden suchte den Geistlichen umgehend in seiner prunkvoll ausgestatteten Residenz auf und wurde ausführlich instruiert. Die mehr als einstündige Begegnung, in der ausschließlich der Bischof redete, erregte Aiden sehr. Ging es doch um nichts Geringeres, als mit seiner Hilfe abzuklären, ob es den Jakobiten gelingen könne, das bekannte schottische Fort William am Tag des Aufstandes den Truppen des englischen Königs zu entreißen. Der Bischof erklärte Aiden ausführlichst, warum gerade dieses Fort mit begleitender Garnisonsstadt, an einem strategisch herausragenden Punkt im Nordwesten Schottlands liegend, derart wichtig für die Jakobiten sei. Man habe aus den Fehlern der vorangegangenen Aufstände gelernt. Dazu komme, dass ganz in der Nähe des Forts sich der unwegsamste und höchste Berg des Vereinigten Königreichs, der Ben Nevis, erhebe und damit den Aufständischen als Rückzugsgebiet jede Menge Schutz biete. Aiden musste zugeben, dass er in dieser Region seines Heimatlandes noch nie gewesen war.

„Dass die Schotten die Garnison der englischen Besatzer trotz des Beitritts zum Vereinigten Königreich als Fremdkörper begreifen, ist eine Selbstverständlichkeit", stellte der Geistliche klar. „Niemand hat bis heute das von den Engländern verübte Massaker von Glencoe im Jahre 1692, das ganz in der Nähe stattfand, vergessen!" Atterbury hatte sich in Rage geredet. Er fuhr fort in seinem Vortrag, dass die letzten fehlgeschlagenen Aufstände der Ihrigen vor wenigen Monaten genau dort von den Engländern zum Ende hin nur mithilfe der in Fort William stationierten Truppen gewonnen worden seien. Er zählte auf: „Sheriffmuir 1715, da ist es noch unentschieden ausgegangen! Verdammt, Glen Shiel 1719, da fehlten uns einfach Truppen ..." Dabei sank der Bischof, der an diesem Tag in eine schwarze Soutane gekleidet war, in Gedanken an diese Niederlage in seinem Sessel zusammen, um nach wenigen Sekunden sich wieder aufzurichten und mit neuer Kraft in der Stimme fortzufahren. „Und deswegen, Hunter, deswegen ist Eure erste Mission so wichtig: Wir müssen die Frage von Fort William klären. Ja, diesmal wird der Aufstand besser organisiert sein. Ich rechne sogar mit Truppen aus Schweden, die dort, am Loch Linnhe zu uns stoßen werden!"

Aiden hörte den Gottesmann. Durch ihn fühlte er sich seit Langem wieder einmal verstanden und aufgewertet. Ein Bischof der anglikanischen Kirche, einst katholisch, war mit ihm im Gefühl des Hasses gegen die Besatzer aus England verbunden. Der Hass des Bischofs schien sogar noch tiefer zu gehen als sein eigener. In den letzten zwanzig Jahren als Sekretär, Buchhalter und Kaufmann in London hatte Aiden viele englische Menschen getroffen, die er schätzte, anerkannte, teilweise sogar bewunderte und, wenn er an das Freudenhaus in Kingston upon Thames dachte, auch aktiv geliebt hatte. Damals hatte er seinen religiös-seelischen Ballast über lange Zeit beiseiteschieben können. Er seufzte innerlich bei den Gedanken an all die schönen Mädchen, die er seinerzeit noch großzügig hatte bezahlen können. Seine heutige Barschaft würde nicht einmal für einen schnellen „Handbetrieb" in einer der dafür bekannten Gassen am Stadtrand reichen. Aiden drohte bei diesen erregenden Gedanken seine Aufmerksamkeit für den Prediger zu verlieren; dessen Stimme hörte Aiden nur noch wie ein entferntes Rauschen, das ihn in einem dumpfen Wechsel zwischen Teufels- und Engelszungen umgab. Aiden nahm sich vor, bei der Reise nach Fort William auf alle Fälle den Weg über London und Edinburgh zu nehmen. Über Mittelsmänner würde er eine seiner noch vorhandenen Aktien der South Sea Company in London verkaufen, um damit endlich wieder einmal in ein Freudenhaus, das den Namen auch verdiente, einkehren zu können. Die Vorfreude darauf weckte bei Aiden fast vergessene, aber auf alle Fälle lang unterdrückte Wünsche.

„Achtung, Hunter, jetzt wird es konkret. Passt auf!" Der Gottesmann erhob sich von seinem Sessel, der Aiden immer noch wie ein Königsthron vorkam, und ging zu einer schweren, dunklen Kommode auf der anderen Seite des Zimmers. Er zog eine breite, knarrende Schublade auf und kam mit einem Stapel beschriebenem Papier zurück. „Das hier sind Eure persönlichen Papiere, die aus Euch einen schottischen Kaufmann für Schafsfelle und Wolle machen. Ihr arbeitet für die Engländer, versteht sich, oder? Ihr habt es sicher auch schon geahnt: Um nach Fort William zu kommen, müsst Ihr über Edinburgh reisen. Dort werdet Ihr einen Kutscher sowie einen oder zwei weitere Helfer an Eure Seite gestellt bekommen. In den Papieren findet Ihr die genaue Adresse in der Cranston Street. Denn der Weg nach Fort William ist gefährlich und mit englischem Militär gespickt. Aber Eure Helfer kennen sich aus. Denen könnt Ihr blind vertrauen. Euer neuer Name für die Mission ist Hamish MacGregor. Und denkt daran, Hunter: Dieser Name wird Euch überall die richtigen Türen öffnen. Er ist ein abgesprochenes Zeichen! Dieser Name wurde mit Bedacht gewählt! Denn Hamish ist, wie Ihr vielleicht wisst, die gälische Entsprechung zu Jacob, dem ehrenhaften Namen unseres abgesetzten Regenten selbst, für dessen Wiedereinsetzung wir kämpfen. In der Kombination sehnt sich dieser Vorname geradezu nach einem Familiennamen, der in diesen Tagen einer der beliebtesten in ganz Schottland ist. MacGregor. Der wunderbare Robert Roy, genannt Rob Roy, kämpfte bei drei Aufständen auf unserer Seite, der Seite der Jakobiten; kein Zweifel, dass er immer noch einer der Unsrigen ist!" Der Bischof machte eine kleine Pause und zeigte dann bedeutungsvoll mit dem rechten Zeigefinger nach oben. „Dort oben im Himmel; unser Herrgott, der auf unserer Seite kämpft, ja, auch Er schließt sich unserer Meinung an, dass Rob Roy MacGregor der größte lebende Held Schottlands ist. Zwar muss er sich zur Zeit wieder einmal vor seinen Häschern verstecken – doch unser Herrgott wird dafür sorgen, dass die Zeit des mutigen Kämpfers Rob wiederkommen wird. Er ist ein wahrer Robin Hood Schottlands. Sein Name steht für Fahnentreue! Ihr werdet oft gefragt werden, ob Ihr zu *dem* Clan gehört, zu dem auch Rob Roy Mac Gregor gehört, was Ihr natürlich gegen Eure wahre Überzeugung entrüstet ablehnen werdet. Die Eingeweihten unserer Sache aber, die *fragen* nicht. Wenn sie den Namen Hamish MacGregor hören, werden sie bereitwillig ihre Herzen und die Türen ihrer Wohnungen öffnen." Der Bischof schaute Aiden jetzt mit großen Augen an. Er erwartete eine begeisterte, aber zumindest doch sichtbar positive und zustimmende Reaktion seines Akolythen.

Doch als einzige Reaktion brachte Aiden ein eher unbestimmtes Kopfnicken zustande, womit sich Atterbury aber auch schon zufriedengab. Hätte er die ablehnenden Bedenken seines Gegenübers lesen können – Aidens Karriere als Akolyth wäre zu Ende gewesen, noch bevor sie begonnen hatte. Aiden konnte sich nämlich eines plötzlich aufkeimenden Gedankens nicht länger erwehren: „Eigentlich ist es eine verkehrte Welt", dachte er, „in der ich im Moment lebe. Ein hasserfüllter Gottesmann fordert mich ohne jeden Skrupel zu Lüge und Konspiration auf." Als Konsequenz aus dieser Tatsache musste Aiden folgern, dass der Zweck jedes Mittel heiligte. Für eine gute Sache durfte man ... ja, was denn eigentlich? Man durfte eigentlich alles, und bei dem, was der aggressive Gottesmann predigte, so war sich Aiden sicher, würde der selbst vor Mord und Totschlag nicht zurückschrecken. Wo blieb da die Menschlichkeit? Auf der einen Seite erschrak Aiden ein wenig bei dieser Erkenntnis. Auf der anderen Seite ... Was war denn falsch daran? Wenn er länger darüber nachdachte, dann hatte er schon immer so gehandelt. Ja, verdammt! Er stand zu der Aussage: Der Zweck heiligt die Mittel. *Das* hätte er Marjorie zur Antwort geben müssen, damals, als sie ihn so übel beschimpft und herabgesetzt hatte. Leider war ihm dieser wichtige Satz bei ihrem folgenschweren Zwist nicht eingefallen. Und seit dieser Zeit hatten sie nicht mehr miteinander gesprochen. Unglaublich, dass das schon so lange her war. Vielleicht würde er irgendwann einmal noch die Möglichkeit haben, ihr diese Antwort entgegenzuschleudern.

Ja, er hatte damals ums nackte Überleben gekämpft. Es war dieses verdammte Darién-Projekt gewesen. Dessen unsägliches Ende hatte ihm damals einfach keine Wahl gelassen. Er musste zu Orlas Wohl und später auch zu dem seines Sohnes Sean Kester eine Zeit lang mit den verhassten Engländern kooperieren. Aber er hatte den Kampf um die gerechte Sache nie aus den Augen verloren, wie Marjorie ihm so schändlich vorgeworfen hatte. Aiden fühlte sich in diesem besonderen Moment wieder zwischen Zorn und Sehnsucht schwankend. Es verfestigte sich bei ihm der unbedingte Entschluss, Marjorie auf seiner Durchreise nach Fort William in Edinburgh aufzusuchen. Dieses Mal würde er sich nicht abweisen lassen. Vielleicht könnte er dann auch seine Tochter Catriona endlich einmal wiedersehen; wenn sie nicht schon geheiratet hatte und längst in einer anderen Stadt lebte. Eine quälende Sehnsucht nach Marjorie, aber auch nach Catriona überfiel Aiden erneut.

„Ihr hört mir ja gar nicht zu!" Schrill schnitten die Worte des Bischofs in Aidens Gedanken. „Wir sind ja gleich fertig. Nur noch zwei Dinge. Erstens: die Papiere und zweitens: Eure Bezahlung vorab." Mit diesen Worten händigte ihm der Gottesmann die Papiere aus, die seine neue Identität bestätigten. Dazu Namen und Adressen in Schottland, die Aiden als Kaufmann für Schafswolle kontaktieren konnte, sollte er in Schwierigkeiten geraten. Ein Packen verschlüsselter Botschaften für Kontaktpersonen in Fort William und Umgebung kamen dazu. Selbst wenn der Feind die Papiere in die Hände bekäme, könne dieser den Inhalt nicht verstehen, erläuterte der Bischof und lachte diabolisch auf, wobei er seine gelben Zähne entblößte. Nach dem Einholen ausreichender Informationen über den Feind und dem Abschluss eines Fellhandels, der den Zutritt zu den Kasernen erleichtern würde, dürfe er wieder bei ihm, Francis Atterbury, persönlich vorsprechen. Der Fellhandel mit den Engländern sei bereits von langer Hand eingefädelt worden.

Aiden traute seinen Augen nicht, als der Bischof ihm tatsächlich die Summe von achtzig englischen Pfund als Vorschuss in die Hand drückte und ihn dann zur Tür begleitete.

„Mr. Hunter, oder soll ich Euch schon MacGregor nennen?" Der Bischof lachte kurz auf. „Ihr werdet wohl zwei bis drei Monate unterwegs sein. Ich hoffe auf gute Nachrichten, aber: Bleibt vorsichtig!"

Aiden erwiderte den Abschied des Bischofs mit einem Segensgruß seinerseits, küsste dem Gottesmann zum Abschied in gewohnter Art den Ring und machte sich auf den Heimweg.

Die Dämmerung brach soeben herein. Leichter Nieselregen provozierte Aiden zu einem Fluch, während er das Pfarrhaus verließ und unter einer großen Platane Schutz vor dem Nass suchte. Er zog den Kragen seines schweren Wintermantels nach oben und machte sich auf den Heimweg. Erst heute war ihm klar geworden, welch zentrale und herausragende Stellung Bischof Francis Atterbury für den Kampf der Jakobiten hatte. Er war wohl eine der wichtigsten Schaltstellen in der Organisation des Putsches gegen das englische Königshaus. Aiden wunderte sich ein wenig, dass sich das bei den Engländern noch nicht herumgesprochen haben sollte. Oder glaubten die noch an das Gute im Bischof? Dieser Gedanke wurde von Aiden schnell und mit einem Lächeln verworfen. Vielleicht war es eher so: Sie, die Engländer, ließen ihn gewähren, weil sie ihn, den rebellischen Bischof, der auch noch in ihrem Unterhaus saß, für ungefährlich und dumm hielten. Auf alle

Fälle wurde sich Aiden bewusst: Auch der Feind vernahm die drohende Botschaft seiner Predigten. Eigentlich sollte ein Mann in einem solch hohen Amt seine Zunge zügeln können. Zu offene Bekenntnisse für die gerechte Sache mussten auf Dauer gefährlich werden. Noch war der Feind mächtig.

Aiden war noch keine zwei Minuten auf der Straße unterwegs, als eine kleine Kutsche neben ihm anhielt. Es war einer dieser Einspänner, die aufgrund ihrer Wendigkeit gerne von privaten Besitzern in der Stadt verwendet wurden. Die Tür öffnete sich, und eine Aiden bekannte Stimme sprach ihn an. „Mon Dieux, was für ein unfreundliches Wetter. Monsieur Hunter, kommt. Steigt ein. Ich fahre Euch nach Hause."

Aiden war überrascht. Woher kannte der Mönch seinen Namen?

Der Mann rückte von der Türe ins Kutscheninnere und machte eine einladende Bewegung mit dem rechten Arm. „Kommt, steigt ein. Sonst werdet Ihr in Kürze durchnässt sein. Ich kann Euch nach Hause begleiten."

Aiden saß im Nu in der Kutsche.

„Mon ami, wollt Ihr dem Kutscher nicht sagen, wo er hinfahren soll?"

Aiden nickte wortlos und rief dem Kutscher zu: „Nach Borstal, bitte, zum Marktplatz." Dann schloss er die Tür, und die Kutsche setzte sich langsam in Bewegung.

„Woher kennt Ihr meinen Namen?", war das Erste, das Aiden fragte.

Sein Nachbar lächelte ihn freundlich an. „Atterbury hat Euch neulich in der Kirche persönlich aufgerufen."

„Äh, ja, das stimmt, aber –"

Jetzt unterbrach ihn der Mönch und schlug Aiden freundschaftlich mit der linken Hand auf den rechten Oberschenkel. „Kommt – Ihr braucht Euch nicht weiter vor mir zu verstecken. Ich habe Euch vorhin aus der Bischofsresidenz kommen sehen. Nennt mich bitte Cailliou! Wir stehen auf derselben Seite, Mann."

Aiden wusste nicht so recht, was er sagen sollte. So schwieg er erst einmal.

„Wir arbeiten doch auch mit Atterbury zusammen. Aber ich bin für Frankreich zuständig. Die Aktionen der Jakobiten und ihrer Freunde müssen in Zukunft besser organisiert und abgestimmt werden."

„Dann seid Ihr auch ein Akolyth Atterburys?"

„Oh non, Monsieur. Ich bin, äh, also, die Dinge sind wie folgt: Ich glaube, es ist an der Zeit, Euch einiges von mir zu erzählen. Habt Ihr Zeit?"

Aiden nickte wortlos.

„Sagt Euch der katholische Orden der Kartäuser etwas?"

Aiden verneinte die Frage.

„Schaut, Monsieur Hunter, der heilige Bruno hat im Jahr 1084 unser Kloster als Einsiedelei in der Chartreuse, einer einsamen Gebirgsregion nördlich einer Stadt, die Grenoble heißt, gegründet. Deswegen nennen wir uns Kartäuser. Und natürlich hatte sich der Orden auch von Frankreich nach England ausgebreitet. Ich bin ein hochrangiges Mitglied dieses Ordens in Frankreich. Natürlich darf ich hier in England nicht missionieren. Aber ich bin dabei zu klären, wie unsere Chancen stehen, uns nach dem großen Umsturz hier wieder anzusiedeln. Ja, wir waren in diesem Land einst in vielen Klöstern aktiv. Bis zu jenen unseligen Jahren, in denen Heinrich VIII. wegen seiner Frauengeschichten sich mit Rom entzweite. Er war ein großes – excusez-moi – Schwein und das größte Unglück für unsere Brüder von damals."

„Die Geschichte von Heinrich VIII. kenne ich." Aiden fiel Cailliou ins Wort. „Der Papst stimmte damals seiner Scheidung nicht zu. Da der König aber erneut heiraten wollte, kam es zum Zerwürfnis mit Rom."

Cailliou grinste breit. „Ja, wir Kartäuser haben es damals wie heute genau genommen. Was Gott verbietet, das darf der Mensch nicht tun. Niemand steht über den Gesetzen der heiligen Bibel."

„Und was passierte dann?" Die gekonnte Erzählung Caillous zog Aiden in ihren Bann.

„Heinrich VIII. brachte nun Ende 1534 das Parlament dazu, eine eigene Kirche zu gründen, zu deren Oberhaupt er sich bestimmen ließ. So entstand die anglikanische Kirche und damit zwingend verbunden ihre Loslösung von Rom. Im darauffolgenden Jahr sollten die Kartäuser, die wegen ihres untadeligen Lebenswandels ein großes Ansehen in der Bevölkerung genossen, einen Treueeid auf Heinrich VIII. leisten, den sogenannten Suprematseid. Weil sie diesen aber verweigerten, wurden viele des Hochverrats angeklagt und im Jahr des Grauens 1535 bestialisch hingerichtet. Die dafür übliche – mon Dieux! – Strafe des Todes wurde an den meisten vollzogen; die Mönche wurden aufgehängt, ausgeweidet und dann geviertelt. In anderen Städten ließ man sie in Kerkern einfach verhungern."

„Seitdem gibt es hier in England keine Kartäuser mehr?"

„Oui, das ist die traurige Wahrheit, Monsieur Hunter. Seitdem aber bewahren wir Kartäuser das ehrende Andenken an die achtzehn Märtyrer der Londoner Kartause und all die anderen, die im wahren Glauben für die gerechte Sache gestorben sind. Unsere Rache wird darin bestehen, dass es uns mithilfe der Jakobiten gelingen wird, uns wieder hier im Land anzusiedeln. Wir wollen, wie Ihr auch, den abtrünnigen Regenten und die fehlgeleiteten Religionsgemeinschaften wieder in den Schoß der römisch-katholischen Mutter Kirche zurückführen." Jetzt bleckte der Redner seine blendend weißen Zähne. „Auch Atterbury hat schon signalisiert, dass er mit der anglikanischen Kirche auf den Pfad der Tugend zurückkehren wird. Glaubt Ihr mir jetzt endlich, dass wir beide auf derselben Seite stehen?"

Aiden nickte überzeugt.

Der Mönch schaute ihn erwartungsvoll an. „Wo ist Euer Platz, Monsieur? Was tut Ihr in Eurem Kampf gegen das Böse?"

„Äh, ich darf nicht darüber reden."

„Versteht doch, Monsieur, ich will keine Details wissen, aber wenn die Stunde des Aufstands gekommen ist, dann ist es gut zu wissen, wo man Freunde und Verbündete finden kann."

Aiden überlegte einen Moment. Die Argumente seines Begleiters waren erdrückend. „Ich bin für, äh, Schweden zuständig. Ich werde nach Norden geschickt ..."

„Schottland, das Mutterland von Euch Jakobiten! *Das* ist der wichtigste Teil. Von dort wird der erfolgreiche Aufstand ausgehen, oder? Edinburgh lebe hoch. Ich bin sicher –", Cailliou wollte sich noch weiter über die Schotten auslassen, doch Aiden unterbrach ihn.

„Nein, Fort William, diese Region ist weitaus wichtiger. Dort soll ich ..." Aiden stockte, und war fast ein wenig erleichtert, als Cailliou seinen Satz komplettierte.

„Dort werdet Ihr dann die geheimen, verschlüsselten Depeschen verteilen, nicht wahr?"

Aidens Augen weiteten sich. Der Mönch schien alles zu wissen. Wieso fragte er ihn dann noch? Beunruhigt tastete Aiden nach der rechten Manteltasche, in die er den dicken Packen mit dem Stapel der geheimen Papiere gepackt hatte, um ihn vor dem Regen zu schützen. Das Geld hatte er schon vorher tief in seiner Brusttasche verstaut. Inzwischen stand die kleine Kutsche schon gut zehn Minuten auf dem Marktplatz von Borstal, und der Kutscher wartete geduldig auf weitere Ansagen aus dem Wageninneren.

„Ja, also, da bin ich schon zu Hause. Ich danke Euch, Monsieur, wie war noch Euer Familienname?"

„Lemaire, mon ami. Merkt Euch meinen Namen: Cailliou Lemaire. Ich bin mir sicher, dass wir uns wiedersehen werden. Was glaubt Ihr: Wann wird der Aufstand losgehen? Bestimmt nicht mehr in diesem Jahr, oder?"

„Nein, nicht mehr in diesem Jahr. Atterbury hat von der Mitte des kommenden Jahres gesprochen. Wir werden auf alle Fälle im Sommer losschlagen. Ich werde mich auch freuen, wenn wir uns wiedersehen", antwortete Aiden. Dann schüttelte er mit beiden Händen die dargebotene Rechte von Cailliou Lemaire und schickte sich an, aus der Kutsche zu springen. Doch irgendwo blieb er mit der Öffnung seiner rechten Manteltasche an einem Widerstand in der Kutsche hängen; seine schwungvolle Bewegung aber konnte er nicht mehr abbremsen. Seinem Sprung aus der Kutsche folgend, flog gleichzeitig in hohem Bogen ein aufgedröselter Pack von Geheimdokumenten durch die Luft und segelte auf die klebrig nasse Straße. Eiligst bückte sich Aiden, um die wichtigen Papiere vom nassen Grund zu klauben. Einige Papiere waren dazu noch auf den Kutschenboden gefallen.

Cailliou sammelte die Papiere innerhalb der Kutsche ein und überreichte sie Aiden. „Oh là là, nicht so stürmisch, Monsieur", lachte der Mönch. „Die Papiere könnten noch einmal wichtig für Euch werden. Passt gut darauf auf."

Mit hochrotem Kopf steckte Aiden die Papiere wieder ein, bedankte sich noch einmal bei Cailliou für den Transport und machte sich hastig auf den Heimweg. Bei aller Freundschaft zu dem Franzosen:

Für sein Zuhause schämte er sich zu sehr. Cailliou brauchte nicht zu sehen, in welchen Umständen er seinen Alltag fristete. Als Aiden um die Hausecke am Rand des Marktplatzes verschwand, schaute er ein letztes Mal zurück. Die kleine Kutsche stand noch immer unbeweglich an derselben Stelle, an der er ausgestiegen war. Er winkte ein letztes Mal, zog den Mantelkragen energisch nach oben und steckte danach beide Hände tief in die Manteltaschen. Seine rechte Hand presste er dabei fest auf den so wichtigen Packen Papier.

Am frühen Morgen des 30. April 1721 – es sollte ein trockener, lauer Frühlingstag werden – bestieg Aiden in Rochester die Überlandkutsche in Richtung seiner alten Heimat.

[4] Zurück in der Heimat
Winter 1720/1721

Der Winter von 1720 auf 1721 war in Schottland erneut kalt, nass und hart gewesen. Der Frost, der Flüsse begehbar machte, und mit seinen dünnen, harschigen Schneeteppichen Grenzen aufzuheben schien, hatte schon Anfang Dezember eingesetzt und, von wenigen Unterbrechungen abgesehen, bis Ende Februar 1721 eisig durchgehalten. Die ersten wärmeren Tage im März, in denen die Sonne endlich wieder einmal optimistische Gedanken in die ausgelaugten Köpfe der Bewohner Edinburghs zauberte, wurden von den Menschen mit neuer Unternehmungslust beantwortet. Die Sonntagsgottesdienste waren plötzlich wieder gut besucht. Auf dem Grassmarket im Stadtzentrum Edinburghs nahm die Zahl der Händler durch Jahreszeit und Wetter bedingt ebenfalls schlagartig zu. Endlich konnte man an einer der zugigen Ecken des Areals, das vom nahe gelegenen Schloss optisch dominiert wurde, die ersten belebenden Sonnenstrahlen genießen. Selbst der fast ständig im Schatten liegende einzige Trinkwasserbrunnen der Stadt, der sich an der Verbindung zwischen Grassmarket und West Bow befand, war inzwischen aufgetaut. Schnell wurde er wieder zum Zentrum geschäftigen Treibens.

Im Hafengebiet von Leith, also unmittelbar vor den Toren der Großstadt gelegen, hatte sich Orla im Haus ihres Stiefvaters und ihrer Mutter Skye gut eingelebt. Seit Anfang Oktober 1720 lebte sie nun bei ihrer Mutter. Ihr Stiefvater Bronwyn Hampdon hatte sie in seinem Haus am Victoria Quai in Leith überaus herzlich aufgenommen. Orla hatte sich in der Gesindekammer, die er extra für sie hatte räumen und einrichten lassen, schnell wohlgefühlt. Sie befragte ihre Mutter täglich zu all den Menschen, die ihr vor ihrer Hochzeit mit Aiden hier in Leith wichtig gewesen waren. Aber Skye, die sich sehr bewusst versuchte, aus dem üblichen Dorftratsch herauszuhalten, konnte ihr bei den meisten Fragestellungen nicht weiterhelfen. Auch über ihre ehemaligen Nachbarn, die Familie MacIntyre, waren ihr keine wichtigen Neuigkeiten zu Ohren gekommen. Wenn Skye von Gerüchten Wind bekam, lehnte sie deren Weitergabe stets mit Entschiedenheit ab. Eigentlich wollte sie das Gerede nicht einmal anhören. Die meisten Personen in ihrem Umfeld wussten um Skyes Eigenheit, was das anging, und hielten sich in ihrer Anwesenheit auffallend zurück, um nicht am Ende noch eine Zurechtweisung von ihr zu riskieren.

Wie Orla es schon gegenüber Aiden in Kingston upon Thames angekündigt hatte, schob sie all ihre Bedenken beiseite und machte sich tatsächlich noch im ablaufenden Jahr 1720 auf, um der Familie MacIntyre einen Besuch abzustatten, obwohl es sie in der Tat viel Überwindung kostete, den Ort wieder aufzusuchen, an dem damals ihre „Vertreibung" aus der Heimat begonnen hatte. Farlans Schlag mit dem Kruzifix in Aidens Gesicht, das zugefügte Kainsmal, die ausgestoßenen Verwünschungen; nichts von alldem hatte sie jemals vergessen. Doch damals, vor zwanzig Jahren, hatte sie sich noch *unschuldig* gefühlt. Aber jetzt, wo sie um Aidens Verrat wusste, kehrte sie zurück als Mitschuldige. Würde sie die Wahrheit erzählen können? Wollte sie wirklich alte Wunden aufreißen? Farlan würde sie vielleicht erneut vor die Türe setzen. Als Rileys Vater hätte er jetzt auch jeden Grund dazu. Immerhin war Riley bis heute nicht mehr in seine Heimat zurückgekehrt. Orla zweifelte daran, dass er überhaupt noch am Leben war. Immer wieder schob sie den Besuchstermin vor sich her. Was aber, wenn Riley sich vielleicht doch zu Hause gemeldet hatte? Der Briefverkehr wurde schließlich zunehmend populärer, gerade auch mit Kolonien und fernen Ländern. Am Ende ihres langen Entscheidungsprozesses überwog die Sorge um Riley; dazu kam eine gehörige Portion Neugier, die den größten Teil ihrer Bedenken letztendlich vertrieb. Ja, sie würde sich diesem dunklen Gebiet ihrer Vergangenheit stellen.

Montag, der 8. Dezember 1720, war ein kalter, blasser Wintermorgen, an dem sich Orla Hunter, geb. Drummond, auf den Weg in die ihr so vertraute Gegend der Mitchell Street in Leith machte. Schließlich war sie selbst dort aufgewachsen. Im Haus neben den McIntyres. Ihre Mutter hatte berichtet, dass eine neue Familie ihr ehemaliges Elternhaus großzügig umgebaut habe und es von außen sogar neu gestrichen worden sei.

Orla hatte Herzklopfen, als sie um die letzte Ecke in die Mitchell Street einbog. Langsam schritt sie die Parade der ihr meist noch bekannten, zum Teil aber auch schon erneuerten Hausfronten ab. Und dann erblickte sie die beiden ungleichen Nachbarn. Rechts, in einem frischen Hellbraun gestrichen, das Glas im Giebelfenster erneuert, stand ihr ehemaliges Elternhaus, der „Herrschaftssitz" der Drummonds, wie ihr Vater Archie es so oft liebevoll bezeichnet hatte. Er war damals mächtig stolz darauf gewesen, als Friseur dieses Häuschen für seine große Familie mieten zu können. Es war noch der gleiche Vorgarten, in dem Orla damals mit ihren drei Brüdern zusammen gespielt hatte. Ein neuer, dunkelbrauner, halbhoher Lattenzaun begrenzte jetzt den Garten zur Straße.

Und dann: Orla blieb wie angewurzelt stehen. Links neben ihrem Elternhaus, etwas zurückgesetzt; sie war so überrascht von seinem heutigen Zustand, dass sie das Haus der MacIntyres kaum wiedererkannte. Es war nicht nur die Fassade, die vom Regen verweint Orla entgegenblickte. Auch die schon immer zu kleinen Fenster schienen durch die Erblindung ihrer Glasscheiben jegliches Vertrauen in die Zukunft verloren zu haben. Und da war noch etwas, das Orla den Zugang zum Haus verwehrte: diese befremdliche Unordnung im Vorgarten; eine in Moos und Gras festgewachsene Regellosigkeit, die inzwischen schon damit begonnen hatte, allerlei vergammeltes Fischereizubehör im kleinen Areal mit einem braungrünen Überzug des Vergessens zu bekleiden. Haus und Garten schienen in einem Zustand von Verfall und Agonie gefangen.

Kam sie etwa zu spät? Waren die McIntyres bereits weggezogen? Waren sie vielleicht sogar schon verstorben? Orla kämpfte mit sich. Wollte sie immer noch wissen, was hier passiert war? Sie atmete ein paar Mal tief ein und aus, um sich zu beruhigen. Ja, das Schicksal der Familie MacIntyre interessierte sie, und sie wollte wissen, was passiert war. Dann ging sie mit schnellen Schritten die kurze Strecke durch den Vorgarten und klopfte an die Tür. Sie lauschte einige Sekunden. Dann klopfte sie erneut. Jetzt hörte sie von drinnen eine Frauenstimme. „Komm doch rein, George. Die Tür ist offen."

Orla betrat den Raum. Sie trat unter dem niedrigen Türsturz in die warme Stube, die ein trübes Licht mühsam beleuchtete. Im Raum war es angenehm warm, aber ganz offensichtlich unaufgeräumt. Orla erblickte am Kopfende des alten Küchentisches, auf dem sich allerlei

Geschirr angesammelt hatte, eine alte Frau mit dichtem grauem Haar, das am Hinterkopf zu einem etwas schiefen Knoten zusammengebunden war. Sie saß aufrecht in einem großen Ohrensessel. Ihr schmaler Körper war in eine dicke graue Jacke gehüllt, die aus Schafswolle gestrickt war und ganz offensichtlich ihre besten Tage schon länger hinter sich hatte. Etliche dunkle Flecken und ausgefranste Stellen gaben davon Zeugnis. Unterhalb dieser mächtigen Jacke trug sie eine lange Baumwollhose, die an den Knöcheln mehrfach umgeschlagen war. Ihre Füße steckten in abgeschmirgelten Filzschuhen. Mit suchenden, trüben Augen blickte sie Orla entgegen.

„Ailis, wie geht es Euch?", fragte Orla, obwohl sie ihre ehemalige Nachbarin in ihrem elenden Zustand fast nicht erkannte.

Die alte Dame schien zu erschrecken. „Um Gottes Willen, wer seid *Ihr?* Ich dachte, es ist George, mein Junge."

„Mrs. MacIntyre, ich bin es, Orla; Orla Drummond, die Tochter des Nachbarn."

„Welche Nachbarn denn? Ich habe keine Nachbarn. Die sind alle schon vor Jahren weggezogen von hier. Damals ist eine Orla mit in die Kolonie gefahren. Seitdem habe ich aber nie mehr von ihr gehört."

„Aber ich bin doch aus der Kolonie –"

Mitten im Satz wurde Orla durch das geräuschvolle Öffnen der Haustür unterbrochen, und ein Mann, der etwa gleich alt wie sie war, betrat den Raum. Er zeigte sich überrascht, blieb einen kurzen Moment am Eingang stehen, ging dann aber die wenigen Schritte zum Tisch und stellte seinen Weidenkorb behutsam zwischen das Geschirr.

„Ailis, entschuldige bitte, aber ich wusste gar nicht, dass du heute Besuch erwartest."

„George, mein Junge, da bist du ja. Es ist lieb, wie du dich um deine alte, fast blinde Mutter sorgst."

Orla blickte verunsichert, während ihr George zur Begrüßung die Hand entgegenstreckte. „Ich bin George Ogdan und habe früher hier gearbeitet."

Orla ergriff die Hand, um sie jedoch im gleichen Moment überrascht wieder loszulassen.

„*Der* George Ogdan, der Riley ersetzt hat, als wir alle –" Jetzt unterbrach sie selbst ihren Satz.

„Genau, *der* George bin ich", kam es als Antwort. George trat einen Schritt zurück, um Orla von Kopf bis Fuß zu mustern.

„Und du, du bist – wirklich die Orla, Rileys große Liebe, die dann Aiden geheiratet hat?"

Orla nickte wortlos und merkte, wie sie errötete.

„Aiden? War das nicht der höfliche Kerl von der Fischereigesellschaft, George?", fragte Ailis zurück.

Orla schaute George fragend an.

„Du hast völlig recht, Ailis. Der hübsche, schlanke Kerl mit den guten Manieren, der dich letzte Woche besucht hat, das war Aiden von der Fischereigesellschaft."

„Gibt's den wirklich?", raunte Orla jetzt George zu.

„Natürlich nicht", wisperte der seinerseits, während er sich von Ailis wegdrehte und auch Orla aus der unmittelbaren Nähe der alten Frau wegzog. „Seit dem Tod ihres Mannes vor fast zehn Jahren hat sich die Arme in ihre verwirrte Scheinwelt zurückgezogen. Sie hat sich damals eine Entzündung beider Augen zugezogen, die sie zu allem Überfluss langsam erblinden ließ. Mit der Realität will sie heute nicht mehr konfrontiert werden. Aber: Wir von der Fischereigesellschaft helfen und versorgen sie seitdem."

„Woran ist Farlan denn gestorben?" Orla sprach leise.

„Er ist eines Morgens einfach nicht mehr aufgewacht. Der Tod seines Jungen hat ihm das Herz gebrochen."

„Oh Gott, der arme Farlan!", rief Orla jetzt doch etwas zu laut.

„George, hast du Farlan mitgebracht? Er ist heute schon den ganzen Tag weg."

„Nein, Ailis, der kommt erst morgen Abend wieder. Er ist auf der anderen Seite des Firth of Forth unterwegs. Und du weißt doch: Dann bleibt er immer gut zwei Tage weg. Aber hier ist dein Mittagessen." Mit diesen Worten ging George zu seinem Korb, packte ein in ein Leinentuch gewickeltes Päckchen aus und legte es Ailis auf den Schoß.

„Vielen Dank, mein Junge", bedankte sich die alte Dame artig und wandte sich dann mit suchenden Augen in Orlas Richtung. „Und Ihr, junge Frau, zu wem wolltet Ihr denn eigentlich?"

„Ich glaube, liebe Mrs. MacIntyre, ich habe mich in der Adresse vertan. Entschuldigt bitte mein Eindringen."

„Dann ist es ja in Ordnung. Mein Sohn George wird sie noch zur Türe bringen."

„Danke, Mam, vielen Dank."

George nickte Orla Einverständnis signalisierend zu und begleitete sie zur Türe. Vor dem Haus musste er noch die wichtigste Frage loswerden, die ihn schon so lange umtrieb. „Orla, hast du jemals wieder etwas von Riley gehört?" George schaute sie prüfend an.

„Nein, und um ehrlich zu sein: Genau um diese Frage zu klären, bin ich heute nach langem Zögern hierhergekommen."

„Oh Gott, dann ist er wirklich tot!" George seufzte und atmete tief aus.

„So darfst du nicht reden. Irgendetwas in mir ist fest davon überzeugt, dass er noch lebt und dass wir ihn eines Tages wiedersehen werden."

„Ach Herrje, ihr Frauen: Was in aller Welt gibt euch immer wieder ein so großes Vertrauen in eure Gefühle?"

„Es ist die Erfahrung, George: einfach immer wiederkehrende, bestätigende Erfahrung."

„Na komm, lass dich wenigstens zum Abschied umarmen. Es wird wohl das letzte Mal sein."

„Wenn Riley eines Tages doch noch bei dir auftaucht, dann findest du mich in der Segeltuchfabrik von Mr. Hampdon." Orla schaute George in die Augen.

„Solltest du ihn vor mir finden ...", begann George den Satz.

„... dann find ich dich bei den Fischern im Hafen, stimmt's?", vollendete Orla seinen Satz. Mit einem flüchtigen Kuss auf seine Wange wand sie sich aus Georges Umarmung und ging, ohne sich noch einmal umzudrehen, zurück in Richtung Hafen.

Mit ihrer Mutter tauschte sie sich nur kurz über ihren Besuch bei den MacIntyres aus. Sie wollte lästigen Fragen zur Vergangenheit vorbeugen. Länger besprach sie aber mit ihrer Mutter, welche Arbeit sie eventuell in der Firma von Bronwyn Hampdon übernehmen könne. Denn Orla wollte sich auf Dauer nicht als Almosenempfängerin fühlen müssen, weshalb sie ihren Stiefvater immer wieder erneut um Arbeit in seiner Segeltuchfabrik gebeten hatte. Doch der hatte zunächst standhaft abgewunken. Dann hatte Orla ihre Mutter bei

Bronwyn um Arbeit für sie nachfragen lassen. Jetzt zahlte sich ihre Hartnäckigkeit aus. Nach einigem Zögern und vielen Überlegungen bot Bronwyn am Ende Orla die Stelle als seine private Sekretärin an. So fand ihr üblicher Arbeitstag ab sofort ebenfalls in der geräumigen Schreibstube des Firmenchefs statt.

Als Chef und Eigentümer der Segeltuchfabrik hatte Orlas Stiefvater zunächst für sich die Frage klären müssen, ob er eine solch wichtige Position einer Frau überhaupt zutrauen könne. Nachdem er sich zu einem noch unsicheren Ja durchgerungen hatte, hielt er es dennoch für weitsichtig, mit Orla eine dreimonatige Probezeit zu vereinbaren. Orla stimmte der mündlichen Abmachung sofort zu. Sollte Bronwyn feststellen, dass Orla für den Posten ungeeignet wäre, dann könnte er die Situation jederzeit wieder in den Griff bekommen. Vor Orlas Erscheinen in seinem Haus wären Frauen für Bronwyn Hampdon niemals für die Leitung eines so technischen Bereichs infrage gekommen. Doch überraschend schnell gewöhnte sich der alte Herr an die Gegenwart der wissbegierigen und fleißigen Frau, sodass er sie in den folgenden Wochen und Monaten in all die Dinge in der Firma einweihte, die er bisher allein geregelt hatte. Ohne, dass er es direkt beabsichtigt hatte, verhalf Bronwyn Hampdon Orla somit nicht nur zu einem profunden Wissen über alles, was die Segeltuchherstellung betraf; nein, auch alle wichtigen Arbeitsabläufe innerhalb der Firma, von der Bestellung der Materialien bis hin zum Ablauf in der Produktion, lernte sie verantwortungsvoll zu begleiten. Nur zu den persönlichen Kontakten mit wichtigen Lieferanten, Vorarbeitern und Mitarbeitern nahm er Orla bewusst nicht mit. „Frauen können nicht verhandeln und in einer Sache hart bleiben", war seine Begründung.

Orla dachte über diesen Punkt zwar anders, wollte sich aber auch nicht einmischen oder sogar noch einen Streit mit ihrem Stiefvater provozieren. So nahm sie diese Situation mit Humor. Jedes Mal, wenn er sie aus dem Zimmer schickte, um Männergespräche zu führen, verließ sie es mit den Worten: „Bronwyn, du hast recht: höchste Zeit für mich, mal wieder Frauengespräche zu führen."

Meist schimpfte er ihr dann mit unverständlichen Sätzen hinterher, die immer zum Inhalt hatten, wie unnötig doch Frauengespräche seien und dass es sich nur um Marktgeschwätz handeln könne.

Orla amüsierte es, wenn sie den alten Herrn mit ihrer Ankündigung wenigstens kurzzeitig aufregen konnte.

Bronwyn merkte über die Zeit der Zusammenarbeit, dass er mit Orla nicht nur eine wissbegierige Helferin, sondern auch eine schlaue Beraterin an seiner Seite hatte. Auch wenn er es nicht zugeben wollte, so hatte Orlas frisches Denken ihm schon bei der Lösung von einigen, vorher festgefahrenen Problemen weitergeholfen. Immer häufiger begann der Chef, seine Mitarbeiterin um Rat zu fragen. Die dreimonatige Probezeit war dermaßen schnell vergangen, dass beide Beteiligten sich an diesen übergangenen Termin erst Wochen später erinnerten. Mitten in diese „Ausbildungszeit" bei ihrem Stiefvater platzte Ende März 1721 der unerwartete Besuch ihres Sohnes Sean. Ein wenig schämte sich Orla schon, wie wenig sie im Alltag an ihren Jungen gedacht hatte (Aiden kam nicht einmal mehr in ihren Träumen vor). Ihre Tätigkeit in der Firma, das Erlernen eines ihr bislang völlig fremden Arbeitsbereichs; das alles faszinierte Orla sehr und hatte sie ganz offensichtlich sogar von wichtigen privaten Dingen ablenken können.

Nur an wenigen zu kalten Winterabenden war sie manchmal sentimental geworden; dann hatte ihr Sean, ihr Baby (für sie blieb er immer ihr Baby, aber das durfte sie ihm nicht sagen), wirklich gefehlt. Dann dachte sie an ihn und machte sich ernsthafte Sorgen. Ach ja, *ihr* Sean! Sie nannte ihn auch immer nur Sean, nie Sean Kester, wie es Aiden zu tun pflegte. Und dann stand er plötzlich vor ihr. Und er sah gut aus. Gut genährt, gut gekleidet, gut frisiert. Sein Chef hatte neues Werkzeug für die Vermessungen nach Liverpool bestellt. Er hatte Sean drei Tage freigegeben, ihm aber das Versprechen abgenommen, dass er ihm dann beim Transport von Liverpool aus wieder helfen müsse. Ihr Junge hatte deswegen die Zeit nutzen dürfen, seine Mutter in Leith zu besuchen. Aus seinen Erzählungen konnte Orla schnell entnehmen, dass Sean auf dem richtigen beruflichen Weg war. Er hatte zunächst in Oxford bei John Cossins die Grundlagen der Vermessung und das Bedienen der Gerätschaften erlernt. Sein Lehrherr sei mit seinen Lernfortschritten immer sehr zufrieden gewesen, betonte Sean gleich an mehreren Stellen seines langen und ausführlichen Berichts. Mit den neuen Gerätschaften aus Liverpool würden sie jetzt noch die Stadt

York fertig vermessen. Danach aber, und jetzt bekam Sean leuchtende Augen, warte ein Großauftrag auf seine Firma und John Cossins; sein Lehrherr habe diesen bereits angenommen. Jetzt grinste Sean breit. „Dieser Auftrag beinhaltet, dass wir die komplette Stadt Leeds und ihre Umgebung vermessen und kartografieren, was so viel heißt, sie auf Papier zu bringen", erläuterte der junge Mann seiner staunenden Mutter. „Am Ende werden wir einen neuen und genauen Plan der Stadt Leeds fertiggestellt haben." Er ergänzte, dass ihn das wohl auch zu einem reichen Mann machen würde, was seine Mutter bitte auch seinem Vater Aiden mitteilen solle.

Natürlich fragte Sean Orla auch nach Aidens Befinden, aber sie konnte ihm wahrheitsgemäß keine Neuigkeiten von seinem Vater mit auf den Weg geben. Sie fuhr ihrem Sohn liebevoll mit der rechten Hand durch das volle braune Haar. Ja, vom Äußeren konnte Sean seinen Vater nicht leugnen. Hatte er doch den gleichen zarten Körperbau, dieselbe Farbe der Haare, die er ebenso wie sein Vater (und Vorbild) über die deutlich zu groß empfundenen und leicht abstehenden Ohrmuscheln kämmte. Im Gesicht des Jungen dominierten jedoch ihre, Orlas Augen, aus denen er wissensdurstig und zugewandt in die Welt blickte. Auch die Form des Mundes, der von weichen, kräftigen Lippen gesäumt wurde, waren Erbanteile von ihr. Und darauf war sie wirklich stolz. Ein achtzehn Jahre alter Mann, der sich in der Welt, wie er es auch selbst berichtete, gut zurechtfand.

Ganze zwei Tage hatten sie füreinander Zeit gehabt und zum Schluss noch die Adressen der jeweiligen Poststationen ausgetauscht, mit dem festen Vorsatz, mittels Briefversand zu kommunizieren. Sean hatte in Oxford erfahren, dass es inzwischen möglich war, Briefe zwischen den größeren Städten mit der Postkutsche zu versenden. Beide versprachen, sich in regelmäßigen Abständen brieflich zu kontaktieren. Diese neue Art der Verbindung erfüllte beide mit Vorfreude. Nach dieser wundervollen gemeinsamen Zeit verabschiedeten sich beide mit Tränen in den Augen an der betriebsamen Kutschenstation in Edinburgh. Am Ende des Tages würde Jean seinen Chef in Liverpool treffen, um dann von dort mit viel Gepäck zurück nach York zu fahren. Es war Montag, der 1. April 1721, an dem Orla lange der voll besetzten Überlandkutsche nachwinkte.

Skye hatte schon seit ihrer Verlobung mit Bronwyn vor gut achtzehn Jahren ihren Arbeitsplatz in der Firma ihres Mannes aufgegeben. Sie war mit den Arbeiten im Haupthaus am Victoria Quai, für deren Erledigung ihr ein Stab von dienstbaren Menschen zur Verfügung stand, vollauf beschäftigt. Schließlich würde sie in diesem Sommer auch schon ihr sechsundsechzigstes Lebensjahr vollenden. „In diesem Alter sollte eine Frau nicht mehr arbeiten müssen", argumentierte der fürsorgliche Bronwyn, wenn bei den häufigen Treffen in seinem Salon das Gespräch auf die Tätigkeiten von Frauen kam.

Wie die meisten Frauen der Oberschicht war auch Skye Hampdon im Namen der Wohltätigkeit aktiv. Dabei hatte es eines großen Geschicks ihrerseits bedurft, sich erfolgreich und standhaft den kirchlich geleiteten Aktivitäten zu entziehen. Schon seit Jahren hatte man sie, selbst an hohen Feiertagen, nicht mehr in einer Kirche gesehen. Ihre erklärte und anhaltende Unverträglichkeit gegen Weihrauch und Weihwasser hatte mit den Jahren auch all die skeptischen Mitglieder der Kirchengemeinde beruhigt, die anfänglich noch dachten, dass ihr Verhalten gegenüber der Kirche mit ihrem verstorbenen ersten Ehemann Archie herrühre. Es wurde nach langen Diskussionen akzeptiert, dass Skye ihre Arbeitskraft und ihr Geld ausschließlich der örtlichen Fischereikasse spendete.

Schon in den ersten Tagen ihrer Heimkehr nach Leith hatte sich Orla bei ihrer Mutter nach dem Schicksal der Familie Buchanan erkundigt. Skye hatte ihr erklärt, dass sich der alte Laird nach einem Treppensturz im Gästehaus des Anwesens in der Hillhouse Road, der ihn mit Lähmungen einer Körperhälfte zurückgelassen habe, mit seiner Frau auf den Stammsitz seines Clans am Loch Lomond zurückgezogen habe. Wegen der zunehmenden Geldsorgen infolge des misslungenen Darién-Projekts habe die Familie am Ende auch das Anwesen in der Hillhouse Road verkaufen müssen. Diese ganzen Veränderungen waren schon vor gut zehn Jahren passiert. Seit dieser Zeit wohnten auch Marjorie und Cailean nicht mehr in dieser Gegend. Wohin es die beiden mit ihren zwei oder drei Kindern verschlagen hatte, konnte Skye nicht mit Sicherheit sagen. Nach ihren persönlichen Erfahrungen mit dem alten Laird könne sie nur sagen, dass der Alte am Ende vom Schicksal nur das bekommen habe, was er auch verdient habe.

Einer gewissen Genugtuung in ihrer Stimme konnte sie sich bei diesen Worten, die sie nur einmal gegenüber Orla äußerte, nicht enthalten. Darüber hinaus versuchte Skye, sich mit Mutmaßungen ebenso wie der Weitergabe von Gerüchten zurückzuhalten. Sie zeigte sich meist völlig unwissend und versuchte auf diesem Weg, sich und ihre Familie aus dem öffentlichen Tratsch der Stadt herauszuhalten. Sie behauptete stets, dass ihr Leben einfach zu langweilig und zu normal sei, um für aufgeregtes Geschwätz zu taugen.

Ende März 1721 geriet Bronwyn Hampdon aufgrund einer zunehmenden Entzündung seines Oberkiefers in eine persönliche Notlage. Es war die Zeit herangereift, in der er seine abgenutzten Zahnprothesen aus Elfenbein erneuern lassen musste. Doch er hatte einen sehr wichtigen und teuren Auftrag angenommen. An diesem arbeitete seine Fabrik nun schon seit mehr als acht Monaten. Ersatzteile für zerstörte Masten waren in langen und mühevollen Arbeitsgängen neu nach Maß gefertigt worden; vier große Segel in besonderer Farbgebung samt Zubehör waren ebenfalls hergestellt worden. Dazu kamen jede Menge zerstörter Kleinteile von Wanten und Rahen, die für zwei schwedische Schiffe aus dem Norden Schottlands bestellt worden waren. Bronwyn konnte sich kaum bremsen, wenn er einmal damit angefangen hatte, die Umstände zu erklären, die zur Bestellung der Segel und dem entsprechenden Zubehör geführt hatten. Er selbst war nach Mallaig, einer kleinen Hafenstadt im Nordwesten Schottlands gereist und hatte die großen Schäden an den Schiffen höchstpersönlich aufgenommen.

„Schuld daran sind natürlich wieder einmal diese verdammten Engländer", schimpfte er los. „Vor nicht einmal eineinhalb Jahren haben sie in der Schlacht von Glen Shiel – in den Highlands, ganz in der Nähe von Fort William – die Jakobiten samt Verbündeten vernichtend geschlagen. In wenigen Minuten nur sind an jenem Julimorgen 1719 dreitausend schlecht bewaffnete und durch Hunger geschwächte Männer von der erdrückenden Übermacht einer hochgerüsteten Armee abgeschlachtet und besiegt worden. Nur knapp zweitausend Jakobiten entkamen dem Gemetzel und konnten sich in die Unwegsamkeit der umgebenden Berge flüchten. Aber das war den Engländern noch nicht genug Vergeltung für den Aufstand der Clans. Fast gleichzeitig zur Schlacht griffen englische Kriegsschiffe das Schloss Eilean Donan Castle und die Hafenstadt Mallaig an, beides Orte, die ebenfalls ganz in der Nähe von Glen Shiel gelegen sind. Die schwedischen Schiffe, mit den Jakobiten verbündet, lieferten sich einen heroischen Kampf gegen die englische Übermacht, konnten aber die schweren Beschädigungen ihrer Takelage mit Zerstörung von Masten und Segeln nicht verhindern. Am Ende waren sie froh, nicht gesunken zu sein. Auch wurden die Schiffe von den Engländern nicht geentert. Die Schiffseigner dieser schwedischen Schiffe haben die Wiederherstellung ihrer Schiffe seitdem vorangetrieben. Die Zeit drängt, die schwedischen Schiffe schnell wieder manövrierfähig zu machen, denn sie sind immer noch in Sorge, dass die Engländer von ihrem hochgerüsteten Stützpunkt Fort William aus einen erneuten Angriff auf ihre Flotte wagen könnten. Niemand weiß, wie lange die Engländer noch Ruhe halten. Ein spanisches Kriegsschiff, das seinerzeit mit etwa dreihundert Mann ebenfalls die Aufständischen unterstützte, lief vor der Küste von Mallaig leider auf Grund und sank."

Orla und Skye lauschten der nicht ganz unparteiischen politischen Lehrstunde des Unternehmers, während sie nach dem Abendessen vor dem wärmenden Kamin zusammensaßen.

„Jetzt, wo es mit den Reparaturen losgehen soll", fuhr Bronwyn fort, „genau jetzt zwingt mich diese private Malaise zu einer Reise nach Cardiff! Dort muss ich mich erneut einer Veränderung meiner Schneidezähne unterziehen, die ich schon mehrfach mit Elfenbein überdecken ließ. Doch leider hat sich dieses Elfenbein über meinen oberen Schneidezähnen derartig verändert, dass äh ..." Bronwyn machte eine gedehnte Pause. „Äh, ja, also, dass inzwischen auch mein Geschmack darunter leidet." Jetzt blieb er abrupt stehen, während er sonst bei seinem Vortrag hinter den beiden Frauen im Kaminzimmer auf- und ab gegangen war.

Orla hatte schon seit ihrer Ankunft im Hause Hampdon vor einem halben Jahr einen in fast allen Zimmern wahrnehmbaren unangenehm fauligen Geruch bemerkt. Als sie Skye darauf ansprach, hatte diese angedeutet, dass es leider der Mundgeruch ihres Gatten sei, der das Hausklima auf so bedauerliche Weise belaste. Sie gestand ihrer Tochter, dass sie aus Geruchsgründen inzwischen getrennte Schlafzimmer hätten und Bronwyn deswegen auch immer allein und zu anderen Zeiten als der Rest der Familie speiste. Sie erklärte Orla, natürlich unter dem strengsten Siegel der Verschwiegenheit, dass Bronwyn seine oberen Zähne jedes Mal herausnehmen müsse, wenn er feste Nahrung zu sich nehmen wollte. Die Nahrungsaufnahme dauere bei Bronwyn inzwischen so lange, weil er wegen der Entzündungen der oberen Zahnleiste nur unter großen Schmerzen kauen könne. Das begründe auch seinen sichtbaren Gewichtsverlust in den letzten drei Monaten.

„Ich fahre also nächste Woche nach Cardiff, in meine geliebte Heimatstadt, und werde zur Sanierung meiner Zähne dort wohl drei Wochen verweilen müssen. Ich werde einen wahrhaft famosen Franzosen treffen, der die Geschmacksprobleme, die durch meine obere Zahnreihe verursacht sind, mit einer neuen Technik der Zahnheilkunde ausheilen wird." Jetzt blieb der Neunundsechzigjährige hinter Orla stehen und legte seine Hand fest auf ihre Schulter. „Liebe Orla, der Himmel hat mir dich geschickt. Knapp ein halbes Jahr bist du jetzt erst bei uns in Leith. Die Probezeit als meine Privatsekretärin hast du mit Bravour bestanden. Du hast derart schnell über meine Firma gelernt, dass ich die Zeit für gekommen halte, dich einer ernsthaften Bewährungsprobe zu unterziehen. Eigentlich wollte ich den Transport der Masten, Segel und Wanten hinauf nach Mallaig selbst begleiten. Aber wegen meiner Zähne bin ich nun leider verhindert. Ich sehe mich deshalb gezwungen, dir heute diese wichtige Frage zu stellen."

Bronwyn machte eine bedeutungsvolle Pause, bevor er fortfuhr: „Deine Mutter hat mir ebenfalls zugeraten, dich zu fragen, weil du ohne jeden Zweifel eine mutige und talentierte Frau bist. Und somit frage ich dich, Orla Hunter, ob du den wichtigen Transport zu den Schiffen nach Mallaig an meiner statt begleiten würdest? Du weißt, worum es technisch geht, und du bist auch in der Lage, die Reparatur der Takelage vor Ort zu organisieren. Meine zwei besten Vorarbeiter werden ebenfalls mitkommen. Du kannst diese Bitte selbstverständlich auch ablehnen." Bronwyns Gesichtsfarbe war inzwischen in ein Scharlachrot gewechselt. Man sah ihm die Aufregung an. Dann nahm er die Hand von Orlas Schulter und begann erneut, im Zimmer auf und ab zu gehen. „Selbstverständlich werde ich dir noch die ganzen Details wie zum Beispiel die Bezahlungmodalitäten erklären. Ach ja, auch für eure Sicherheit wird gesorgt sein. Ich habe zwei ehemalige Thief-Taker engagiert, die verhindern werden, dass euch Spitzbuben überfallen. Kailey MacDonald, die Frau des Vorarbeiters George Mac-Donald, wird als Köchin für euer leibliches Wohl sorgen. Sie hat mich schon auf mehreren Reisen begleitet und ist eine sehr patente Frau. Also, wenn du erst einmal Zeit brauchst ..."

Orla benötigte keine Zeit, um sich zu entscheiden. Sie erhob sich von ihrem Stuhl, ging die wenigen Schritte durch den Raum und stellte sich ihrem Stiefvater in den Weg. „Lieber Bronwyn, du kannst erst einmal durchatmen. Dein Vertrauen ehrt mich, und: Ja, ich bin bereit, die für deine Firma so wichtige Auslieferung der Masten und Takelage verantwortlich zu begleiten." Jetzt erst fiel ihr bei der Umarmung des Stiefvaters auf, wie stark der Geruch zugenommen hatte, der den bedauernswerten Bronwyn so gnadenlos begleitete und ihm, wie er es immer wieder betonte, „den Geschmack genommen hatte".

In den folgenden Tagen liefen die letzten Vorbereitungen für den Transport auf Hochtouren. Auf drei großen, mit Planen überdeckten Transportwagen wurden die Teile der Masten verstaut, wobei ein längeres Teil des Kreuzmastes bei der Befestigung Schwierigkeiten machte. Die riesigen, flächigen Segeltücher mussten ebenfalls verstaut und mit Seilen festgezurrt werden. Eine weitere große Kutsche folgte diesen drei Transportwagen mit den vier Begleitpersonen, wobei die beiden ehemaligen Thief-Taker jeweils zu Pferd den Tross begleiteten. Bronwyn Hampdon hatte für die Reise, die über Fort William nach Mallaig gehen sollte, mindestens vier Tage veranschlagt.

Am Dienstag, dem 9. April 1721, verließ der Konvoi Leith und machte sich auf in den unwegsamen Norden Schottlands. Orla führte alle wichtigen Papiere mit sich, die sie vorher mit Bronwyns Hilfe geordnet und in einer Ledermappe untergebracht hatte. Hatte Orla das Reisen mit den schnellen Überlandkutschen von London nach Leith immer für beschwerlich gehalten, so wurden ihre negativen Erwartungen, was Komfort und Geschwindigkeit des jetzigen Transports angingen, vom ersten Tag an noch übertroffen. Zum einen war die Personenkutsche schlecht gefedert und die Sitze unangenehm hart gepolstert. Durch das viele Reisegepäck, das auch innerhalb der Kutsche verstaut werden musste, waren die Sitzplätze dazu noch eng bemessen, was das Schlafen während der langsamen, oft schlingernden Fahrt fast unmöglich machte. Auch lastete die Mitverantwortung für den Transport schwerer auf Orlas Schultern, als sie vor Beginn der Reise gedacht hatte. Immer wieder versuchte sie unterwegs, sich alle Hinweise und Anmerkungen von Bronwyn in Erinnerung zu rufen. Sie wollte keine Fehler machen. Und dann war da noch dieses aufreizend langsame Tempo des Konvois, das ihre Nerven, besonders am Anfang der Reise, stark strapazierte. In ihrer Ungeduld hatte sie nicht geahnt, dass sie derart langsam unterwegs sein würden.

Da die Gruppe der vier Kutschen aus Sicherheitsgründen immer in Rufweite zusammenbleiben sollte, war das langsamste Gefährt im Verbund dasjenige, das das Reisetempo bestimmte. Gerade an Steigungen wurden die unterschiedlichen Kräfte der Zugtiere offensichtlich. Die schnelleren Planwägen mussten oft eine gute halbe Stunde warten, bis auch der letzte Wagen im Schlepp der ausgepumpten Pferde einen weiteren Hügel erklommen hatte. So kam es, dass sie nach einer gefühlt ewig dauernden ersten Etappe Linlithgow Palace im Westen Edinburghs erst am späten Abend erreichten, obwohl sie nur eine Entfernung von knapp dreißig Meilen zurückgelegt hatten. Während die schnellen Überlandkutschen jetzt die Tiere getauscht hätten, mussten die Kutscher am Abend dafür sorgen, dass ihre Vierbeiner über Nacht wieder zu Kräften kamen.

Orla schmerzte der Rücken. Ihre Beine waren verkrampft und der Hunger, der sie noch am Nachmittag gequält hatte, war einem noch größeren Durst gewichen. Sie war froh, sich nach der Ankunft im „letzten zivilisierten Gasthof", den ihr Bronwyn mit genau diesen Worten angekündigt hatte, um nichts mehr als um Wasser und ihre Schlafstätte kümmern zu müssen. Erschöpft fiel sie in der kleinen Kammer, die im gemauerten Haupthaus der Herberge lag, in einen traumlosen Tiefschlaf. Linlithgow Palace hatte ihr Bronwyn als den letzten zivilisierten Außenposten im unwegsamen Clangebiet der Highlands angekündigt. Und er sollte mit dieser Behauptung Recht behalten. Waren hier die Waschgelegenheiten in eigens dafür errichteten Steinbauten komfortabel gestaltet und die Unterbringung der Pferde in abgeschlossenen, stabilen und vor allem regensicheren Ställen organisiert, so ahnte Orla schon, dass die kommenden Tage noch deutlich härter werden würden.

Schon früh am nächsten Morgen verließ der Konvoi Linlithgow Palace, denn es war allen klar, dass ab hier die Strecke in den nächsten beiden Tagen überwiegend bergauf gehen würde. Dass die Strecke dazu noch von Schlammlöchern durchsetzt und schwierig zu befahren war, hatten wohl nur die erfahrenen Kutscher geahnt. Trotzdem blieb es nicht aus, dass am dritten Tag der Reise einer der Planwagen mit zwei Rädern von der Piste rutschte und drohte, vollständig umzukippen. Dabei zerriss ein Teil des ledernen Zaumzeugs, aber alle waren am Ende froh, dass die betroffenen Zugpferde unverletzt geblieben waren. Doch kostete es zusätzliche Zeit, in der der Wagen zunächst abgeladen, dann aufgerichtet, repariert und schließlich wieder neu beladen werden musste. Der abgerissene, aus Leder gefertigte Schweifriemen wurde durch zwei Seile notdürftig ersetzt. So wurde es unmöglich, die für den Abend geplante Herberge am höchsten Punkt der Route in Altnafeadh noch vor Einbruch der Dunkelheit zu erreichen. Die Erschöpfung der Pferde war zu groß. Im Windschatten einer Hausruine am Wegesrand, in deren Nähe auch ein kleiner Bachlauf lebensnotwendiges Trinkwasser spendete, schlugen sie deswegen mitten in der Wildnis ihr Nachtlager auf. Sie errichteten eine Art Wagenburg und waren dem Herrgott dankbar, der dem kalten Regen des Nachmittags endlich Einhalt gebot.

Eine unbequeme, kühle Nacht auf Decken und Strohballen unter Planen im Freien wurde vorbereitet. Es war der erste Moment auf der Reise, an dem sich Orla fragte, ob sie dieses Angebot nicht besser abgelehnt hätte. Den warmen Grog, den Kailey MacDonald dann am offenen Feuer zubereitete, genoss Orla sehr, obwohl sie sonst hochprozentigen Alkohol immer ablehnte. Die Nacht verbrachte sie überwiegend in einer Art Halbschlaf, da sie die Mischung aus Angst, Kälte und Hilflosigkeit nicht so recht zur Ruhe kommen ließ. Doch nicht nur ihr erging es so. Ohne dass jemand hätte geweckt werden müssen, waren alle Wagen kurz nach Sonnenaufgang schon wieder in Richtung Fort Williams unterwegs. Immerhin hatte Kailey vor Aufbruch eine Portion Porridge für jeden „gezaubert", der, obwohl er angebrannt und zäh war, die Lebensgeister der frierenden Reisenden neu weckte.

Zwei Stunden später passierten sie den Ort, den sie eigentlich für ihr Nachtlager vorgesehen hatten. Sie waren am höchsten Punkt der Reise, in Altnafeadh, angekommen. Von hier galt es jetzt, die steile

Abfahrt nach Glencoe zu meistern, bei der sie einen Höhenunterschied von gut fünfhundert Schritten auf schlüpfrigen, gewundenen Wegen überwinden mussten, um danach wieder auf Höhe des Meeresspiegels anzukommen. Das Etappenziel auf dem Weg in den Hafen von Mallaig, den bekannten Verkehrsknotenpunkt Fort William, würden sie pünktlich zum Wochenmarkt erreichen und dort zwei Tage verweilen. Sie würden die Vorräte auffüllen, das Geschirr der Pferde reparieren lassen und erst dann die letzte Etappe in Angriff nehmen.

Ohne weitere Zwischenfälle erreichte die Kolonne am Freitagabend die Unterkunft am nördlichen Ortsrand von Fort William. Orla fiel ein Stein vom Herzen, denn der schwierigste Teil der Gesamtstrecke schien überwunden. Am Eingang zum Hof der Herberge prangte ein großes Schild mit der Aufschrift: *Duncansborough Inn*. Der Name Fort William war erst vor gut zehn Jahren auf Druck der Engländer von ihrer Militäranlage auf den ganzen Ort ausgedehnt worden, was die Alteingesessenen jedoch bis heute ablehnten. Sie wollten sich auf keinen Fall von den englischen Widersachern den Namen ihrer Stadt vorschreiben lassen. Sie lebten weiter in ihrer Welt, und die sollte schließlich immer noch Duncansborough heißen.

Vor siebzig Jahren erst war unter Oliver Cromwell dieser Militärposten wie ein bösartiges Geschwür hier ins Herz der nordwestlichen Clangebiete eingepflanzt worden. Seitdem wuchs dieses Geschwür Jahr für Jahr und hatte von seiner zerstörenden Wirkung, gerade nach den Ereignissen der letzten zwei Jahre, nichts verloren. Im Gegenteil. Mit der Zahl der Opfer auf beiden Seiten wuchs auch der Hass. Seit den letzten Aufständen vor anderthalb bis zwei Jahren blieb der Friede mit den Engländern brüchig. Immer wieder aufflammende Scharmützel zwischen englischen Regierungstruppen und Aufständischen machten die Gegend unsicher. Gerade in den letzten Jahren hatte sich diese Region in den Highlands zur Hochburg des Widerstands entwickelt. Nirgendwo in Schottland führten die Jakobiten einen derart erbitterten Kampf gegen ihre Widersacher wie hier im Nordwesten des Landes. Bisher aber waren fast alle Schlachten durch ein erbarmungsloses Vorgehen des englischen Militärs blutig niedergeschlagen und, wenn auch mit hohem eigenem Blutzoll, von den Engländern gewonnen worden. Bis auf die Handstreiche des in ganz Schottland verehrten Widerstandskämpfers Rob Roy, dem es mit seiner Bande gelang, die Besatzer in der Art eines Robin Hood immer wieder zu überfallen und auszurauben, war es in den letzten Monaten des Jahres 1721 nicht mehr zu größeren Auseinandersetzungen gekommen. Die Wunden der vorangegangenen Kämpfe waren auf beiden Seiten noch frisch; daher war und blieb die Lage in der Region explosiv.

Das *Duncansborough Inn* war eine saubere Herberge. Zwar musste sich Orla mit Kailey ein kleines Zimmerchen teilen. Doch beide Frauen waren froh, nicht in der Gemeinschaftsunterkunft der Kutscher und Begleitpersonen übernachten zu müssen. Die verbliebenen Zimmer waren leider im Moment von durchreisenden Adeligen und deren Tross vollständig belegt. In der ganzen Region um Fort William war diese Herberge am nordöstlichsten Ende der Stadt die Größte ihrer Art. Um nach Mallaig zu reisen, konnte man sich von hier aus direkt auf den Weg machen. Begleitendes Militär sicherte gegen Geldzahlungen auch Überlandkutschen. Dazu unterhielt das Militär noch einen Versorgungsservice von Fort William zu einem eigenen kleinen Fort, das ganz in der Nähe des Hafens von Mallaig gelegen war.

Nach den anstrengenden Tagen gab Orla den Kutschern sowie Vorarbeitern das Wochenende frei. Die Männer vereinbarten untereinander, wer wann die Pferde versorgen und wer das defekte Geschirr zur Reparatur bringen würde. Nur die Thief-Taker mussten ihrer Aufgabe, das wichtige Transportgut ohne Pause zu bewachen, nachkommen. Am Samstagmorgen, dem 13. April 1721, machte sich Orla zusammen mit Kailey, mit der sie sich inzwischen angefreundet hatte, auf den Weg zum Wochenmarkt. Ein Teil der frischen Vorräte an Gemüse und Fisch sollten eingekauft werden. Es herrschte ein reges Treiben in der Stadt. Da ein leichter Nieselregen vom Ufer des Loch Linnhe aus Westen kommend die Stadt überzog, streifte sich Orla den dicken Baumwollmantel über, der den Vorteil besaß, eine große Kapuze, ähnlich der einer Mönchskutte, zu haben. Dieses Kleidungsstück hatte ihr schon während der häufigen Schlechtwetterphasen in London beste Dienste geleistet. Während sie noch mit Kailey besprach, was einzukaufen sei, näherten sie sich dem zentralen Platz der Stadt, der in der Nähe des eigentlichen Forts lag und „die Parade" genannt wurde. Die alte, ehemals katholisch geweihte Duncansborough-Kirche begrenzte das riesige Areal nach Osten hin. Seit der Entmachtung des katholischen Königs aus dem schottischen Geschlecht der Stuarts vor jetzt gut fünfzig Jahren erlaubten die Engländer den Schotten nur noch Gottesdienste nach anglikanischem Ritus.

Direkt hinter der Kirche erhob sich der bekannte, etwa sechshundert Fuß hohe Cow Hill, der auch heute wieder ein viel genutzter Ort zum Drill der englischen Soldaten war. Der grüne Hügel war trotz des schlechten Wetters gespickt mit einer großen Zahl sogenannter Rotröcke, die zu ihrer Ertüchtigung den Hügel immer und immer wieder in voller Montur hinaufstürmen und danach wieder hinabbrennen mussten. Wer nicht zu den schnellsten zählte, dem wurden zusätzliche „Bergetappen" abverlangt. Diese öffentlichen Übungen waren gleichzeitig auch eine sichtbare Warnung an alle Bürger von Fort William: „Schaut her, wir sind mindestens so schnell auf euren Bergen wie ihr selbst!" Die schnelle Flucht der Aufständischen in unwegsamem Gelände war die größte Waffe, auf deren Wirkung die Jakobiten immer wieder neu hofften und nach Überfällen vertrauten.

Eine Zeit lang beobachteten die beiden Frauen das Treiben am Hügel. Laute Kommandos und herrische Befehle der Drilloffiziere hallten bis zu ihnen. Mit Tritten und Schlägen versuchten diese gefürchteten Zeitgenossen, in noch erschöpft kauernden oder sogar schon zusammengebrochenen Soldaten wieder neue Kräfte zu wecken. Das Kommando einer markerschütternden Trillerpfeife beendete das Getümmel am Cow Hill, und nur zwei Minuten später waren die Soldaten wieder in Viererreihen angetreten und in dröhnendem Gleichschritt auf dem Weg zurück in das Fort.

„Ich möchte nicht tauschen und bin froh, nicht zum Militär zu müssen. Die armen Jungs." Kailey zeigte Mitgefühl mit den Rekruten am Berg, obwohl es doch nur Engländer waren. Kailey war gut zehn Jahre jünger als Orla und hatte ihrem George vier Töchter geschenkt. Sie imitierte den Gleichschritt der Soldaten und stapfte, den schweren Weidenkorb mit der rechten Hand schwingend, vor Orla in Richtung der vor ihnen liegenden Marktstände. „Stillgestanden!", rief sie zu sich selbst und verfiel im gleichen Moment in schallendes Lachen. „Was holen wir zuerst?", fragte sie jetzt nach, aber Orla schien ihre Frage nicht gehört zu haben.

Orlas Aufmerksamkeit war plötzlich auf eine Gruppe von vier Personen gerichtet, die in einer Entfernung von gut einhundertfünfzig Fuß vor ihnen den Weg kreuzten. Zwei junge, kräftige Männer trugen auf ihren Schultern jeweils schwere Stoffbündel, während sich die beiden sie begleitenden Frauen an mit Gemüse gefüllten Körben abschleppten. Diese mussten sie nach jeweils wenigen Schritten immer wieder abstellen, um die tragenden Arme zu wechseln. Während die vier den Weg der beiden Frauen kreuzten, blieb Orla überrascht stehen. Diese Frau da vor ihr: Sie erkannte sie sofort! Auch wenn die Person deutlich gealtert war, seit sie sich das letzte Mal gesehen hatten – und in großem Zorn voneinander geschieden waren. Wie lange lagen diese Ereignisse, die auf einem anderen Kontinent passiert waren, inzwischen zurück? War ihr das alles wirklich in einem einzigen Leben passiert? Instinktiv zog Orla die Kapuze ihrer Jacke weiter nach vorne über das Gesicht. Sie musste dieser Frau unbedingt folgen.

Kailey fragte erneut nach: „Wo fangen wir an, was kaufen wir zuerst?"

„Kailey, tu mir bitte einen Gefallen. Gehe schon mal vor, und schaue zuerst nach frischem Fisch. Der ist immer früh verkauft. Lass ihn dir einpacken. Ich komme in Kürze zum Bezahlen nach. Ich muss da erst einmal etwas klären."

Kaileys Gesicht drückte Unverständnis aus.

„Siehst du da vorne die ältere Frau mit dem etwa zwanzigjährigen Mädchen? Ich glaube, dass ich sie kenne. Und das muss ich unbedingt klären, weil ..." Doch eine Begründung konnte Orla nicht liefern, weil es keinen logischen Grund, sondern nur ein starkes Bauchgefühl gab, das ihr befahl, dieser Person zu folgen. Auch der mahnende Gedanke, ob diese Frau überhaupt noch etwas mit *ihr* zu tun haben wollte, wurde dadurch sofort wieder verworfen. Ja, da war etwas Unwiderstehliches in Orla, das ihr keine Wahl ließ; es war der Drang nach Beantwortung so vieler über die Jahre angehäufter Fragen. Es gab kein Zurück mehr. Sie musste dieser Frau unbedingt folgen und sie ansprechen.

Kailey wandte sich zum Gehen und rief, sich noch einmal zu Orla umdrehend: „Bis später am Fischmarkt. Und vergiss mich nicht!"

Orla machte sich an die Verfolgung der kleinen Gruppe. Wenn die Frauen die Körbe absetzten, blieben die Männer ebenfalls stehen und trieben danach die Frauen mit aufmunternden Sprüchen, nicht schlapp zu machen, erneut an. Nach nur wenigen Minuten hatte Orla zu der Gruppe aufgeschlossen. Sie nutzte einen dieser Momente der kurzen Rast, um auf die ältere Frau zuzugehen. Sie zog sich die Kapuze vom Kopf. „Marjorie? Marjorie Bonny Buchanan? Ihr seid es – tatsächlich!"

Im gleichen Moment versteifte sich die Angesprochene. Für zwei Sekunden, die wegen der begleitenden Stille länger wirkten, verharrte sie in ihrer Bewegung; dann bekreuzigte sie sich zweimal rasch hintereinander. „Aiden und du, ihr seid jetzt also auch hier in der Gegend?", presste sie danach schmallippig hervor.

„Nein, nicht *wir* sind hier, sondern *ich* bin allein hier", lautete Orlas schnelle Antwort.

„Mutter, wer ist das bitte?", fragte die junge Frau jetzt dazwischen.

„Das erkläre ich dir später", kam Marjories Antwort. Bevor sie aber fortfahren konnte, fiel ihr Orla ins Wort.

„Also, natürlich bin ich nicht allein hier, aber nicht mit Aiden, der ist nicht mehr ..." Aber wen interessierte eigentlich Aiden im Moment? Orla musste sich sammeln.

„Aber er lebt doch noch, oder?", kam Marjories fast gleichgültig gestellte Gegenfrage.

„Selbst das kann ich im Moment nicht genau beantworten, aber ich hoffe – ja."

Jetzt wurde Orla von der rauen Stimme eines der beiden jungen Männer unterbrochen, der stöhnend bemerkte: „Marjorie, bevor wir hier auf halbem Weg zusammenbrechen: Vielleicht können wir alle Fragen im *Sailors Inn* besprechen. Sonst muss ich nämlich mein Bündel auch erst einmal wieder absetzen."

Marjorie drehte sich zu dem jungen Mann um und schenkte ihm ihr schönstes Lächeln. Sie berührte ihn dabei leicht mit ihrer Hand, fast schien es eine zärtliche Bewegung zu sein. Sie fuhr mit ihrem Zeigefinger ein kleines Stück an seinem muskulösen Oberarm aufwärts und antwortete dann betont freundlich: „Ach, Finley, du hast völlig recht." Und mit einem dann wieder harten Gesichtsausdruck, dem sie ihre Stimme anpasste, fragte sie: „Hast du Zeit, uns ein Stück zu begleiten, Orla?" Ihr Tonfall war noch immer unversöhnlich. Und mit scharfer Zunge fügte sie an: „Cailean wird wahrscheinlich der Einzige sein, der sich freut, dich nach so langer Zeit wiederzusehen. Er hat dich damals wegen der Sache mit Davina eher in Schutz genommen, während ich doch ziemlich enttäuscht von dir war."

„Kommt, ich helfe Euch auch beim Tragen", bot sich Orla an, und so wechselten sich die Frauen danach beim Schleppen der Gemüsekörbe ab. Orla trat nah an Marjorie heran und flüsterte ihr zu, ohne dass jemand es mithören konnte: „Das ist aber nicht Davina, oder?"

In völlig normaler Lautstärke kam die Antwort von Marjorie: „Nein, das ist Catriona, unsere zweite Tochter."

„Und was, äh ..." Orla zögerte, die für sie wichtigste Frage zu stellen. „Marjorie, habt Ihr je wieder etwas von ..."

„Von Davina gehört, willst Du mich *das* fragen, ja? Ist das dein Ernst? Ich finde es schon mutig von dir, dass *du* es überhaupt wagst, mich anzusprechen. Aber dann mich auch noch nach ihr zu fragen ..." Marjorie hatte den Korb wieder abgestellt und war stehen geblieben. Ihre Arme stemmte sie jetzt breit in beide Hüften. Provozierend breitbeinig baute sie sich vor der erschrockenen Orla auf.

„Es ist aber die Frage, die mich seit mehr als zwanzig Jahren umtreibt, die mir oft genug den Schlaf geraubt hat."

Marjories Miene blieb unverändert feindlich und abweisend. Jetzt verschränkte sie die Arme vor der Brust. „Nach über zwanzig Jahren treffen wir uns zufällig wieder, und du fragst mich nach unserer Tochter, die entführt wurde, weil *du* nicht richtig auf sie aufgepasst hast?! Warum bohrst du in der größten Wunde, die ich je hatte?" Ihr Tonfall wurde jetzt unangenehm laut und schneidend: „Und warum bist du nicht einmal früher zu mir gekommen und hast um Entschuldigung gebeten? *Dann* hättest du ein Recht zu fragen. Aber", jetzt machte sie eine kurze Pause, in der sie tief ein- und ausatmete. „Lass den Korb bitte stehen, Orla. Aber ich will dir eine Antwort geben: Ja, Cailean hat Jahre seines Lebens und letztlich auch seine Gesundheit geopfert, um unser Kind wieder nach Hause zu bringen. Er wird dir gerne selbst die ganze Geschichte erzählen. Aber *ich* möchte das nicht. Ich kann und will schon gar nicht mit dir! über diese dunkelste Zeit in meinem Leben reden. Ich bin der Meinung, dass es besser ist, wenn sich unsere Wege hier auch wieder trennen."

Orla war vom Ausmaß der Ablehnung in der Reaktion Marjories überrascht. Sie stammelte leise, fast so, als spräche sie nur zu sich selbst: „Entschuldigung." Und dann, noch etwas lauter, sodass es Marjorie gehört haben musste: „Die Entführung hat auch mir immer leidgetan!"

Aber Marjorie hatte sich schon wieder abgewandt, und als sie den Korb anhob, versuchte Orla sie wenigstens mit einem weiteren Satz zu erreichen. Sie rief jetzt: „Entschuldigung, dass ich eine alte Wunde so unbedacht aufgerissen habe."

Von Marjorie kam keine Reaktion.

Orla drehte sich in Richtung Markt und ging mit Tränen in den Augen in die entgegengesetzte Richtung. Sie war nur einige Schritte gegangen, als sie eine zarte Hand auf ihrer Schulter spürte. Sie drehte sich um und sah Catriona direkt in die Augen. Dass sie das vorher nicht gesehen hatte! Catrionas Augen waren dunkelbraun, während Davina schon immer die strahlend blauen Augen ihrer Mutter hatte.

„Ihr solltet ihr nicht böse sein", sagte die junge Frau mit sanfter Stimme. „Mutter ist zum Thema Davina noch immer sehr erregbar. Sie hat fünf Jahre auf die Rückkehr unseres Vaters warten müssen."

Die junge Frau hatte den Schal, den sie vorher um das Kinn und die Ohren gewunden hatte, inzwischen geöffnet und nur noch um den Hals gelegt. So konnte Orla ihre braunen Haare und ihre Ohren sehen, und für eine flüchtige Sekunde schoss es Orla durch den Kopf: „Beide Ohren zu groß und das rechte noch abstehend. Wie bei Aiden ..." Doch flüchtige Gedanken werden nicht von ungefähr flüchtig genannt. Orla war schon im nächsten Satz von den Worten der jungen Frau abgelenkt, die ihr noch etwas zu sagen hatte.

„Mama hat es nie verwunden, dass wir derart verarmt sind. Mein Vater ist dazu leider schwer krank. Er kam schon angeschlagen aus Schweden nach Hause. Doch seit den schlimmen Ereignissen vor anderthalb Jahren kann er kaum noch laufen, und dazu ist auch noch sein rechter Arm gelähmt. Er hat mir übrigens von Euch erzählt und dabei erwähnt, dass er Euch etwas zu sagen hätte. Deswegen meine Bitte: Ihr solltet ihn unbedingt aufsuchen." Zu diesen Worten nickte sie eindringlich, drehte sich um und rannte ihrer Mutter hinterher.

Orla schaute ihr nach. So sah sie, wie Catriona ihren Lauf doch noch einmal unterbrach und sich ein letztes Mal zu Orla umdrehte.

Dann formte sie mit beiden Händen einen Trichter vor dem Mund und rief: „Im *Sailors Inn,* da hinten, ganz in der Nähe. *Sai – lors – Inn!*"

Orla hob die rechte Hand, und sie winkte noch, als die junge Frau ihr schon wieder den Rücken zugedreht hatte.

Den ganzen Tag ging Orla die aufwühlende Begegnung mit Marjorie nicht mehr aus dem Kopf. Noch Stunden später war sie von der ruppigen Ablehnung, die sie erfahren hatte, betroffen. Sie war am Vormittag weiter mit Kailey einkaufen gewesen, wobei sie sehr unkonzentriert gewesen war, was Kailey zu neugierigen Fragen bezüglich Marjorie gedrängt hatte. Aber Orla hatte wenig Lust verspürt, sich gegenüber ihrer Mitreisenden zu erklären. Nach ihrer gemeinsamen Rückkehr in die Herberge hatte sie selbst kurz etwas gegessen und sich danach zu einem einsamen Spaziergang entschlossen. Sie musste sich über einige Dinge klar werden. Nur dann würde sie sich auch angemessen verhalten können. Aber was war schon angemessen? War Marjories Reaktion bei ihrer Begegnung angemessen gewesen? Orla würde diese Frage mit einem klaren Nein beantworten wollen. Aber es war nur zu offensichtlich, auch wenn sie sich etwas anderes gewünscht hätte: Selbst nach mehr als zwanzig Jahren waren die alten Wunden nicht verheilt. Und das, obwohl Orla schon damals Marjorie und Cailean erklärt hatte, warum sie zum Zeitpunkt der Entführung Davinas nicht hatte helfen können. Leider war Marjorie bis heute unversöhnlich geblieben. Hätte Orla Riley, der damals am schwarzen Fieber erkrankt war, sterben lassen sollen? Dann hätte sie in der Kolonie ebenfalls ihr Leben verloren. Emily, die Köchin, hatte ihren Kampf um das Kind stellvertretend für sie mit dem Leben bezahlt. Ja, sie war Marjories Dienstmagd gewesen, aber sie hatte doch auch so etwas wie Freundschaft mit ihrer Herrin verbunden. Oder unterlag sie da einer Selbsttäuschung?

Sie erinnerte sich an eine alte Wahrheit, die sie von ihrer Mutter gelernt hatte: „Zorn zerstört jedes Mitgefühl." Ja, das wusste Orla nur zu gut! Sie kannte es auch von sich selbst. Oh ja, Marjorie war immer noch zornig auf sie; das hatte sie heute mehr als deutlich erfahren. Und vielleicht war es Marjorie ja genauso ergangen wie ihr selbst mit ihrem Zorn gegenüber Aiden? Aus anfänglicher Enttäuschung war zunächst ein über die Jahre immer wieder unterdrückter, leichter Groll geworden, der sich dann aber, Jahr für Jahr und Stufe um Stufe, zum tiefen Zorn gegenüber ihrem Ehemann aufgebaut hatte und in ihrem wütenden Ausbruch aus der ehelichen Gemeinschaft gipfelte. Vielleicht hatte sich Marjories Zorn gegenüber ihrem Versagen auch erst in der langen Zeit des Wartens auf die Rückkehr ihrer Tochter aufgebaut? Für einen kurzen Moment konnte sie Marjorie verstehen. Dann wanderten ihre Gedanken zu Aiden.

Was der wohl im Moment machte? Orla ertappte sich dabei, ihre Entscheidung zur Trennung noch einmal einer selbstkritischen Prüfung zu unterziehen. Nein, ihre Entscheidung war nicht vorschnell getroffen. Er hatte sie schließlich geschlagen. Und das war einfach unverzeihlich. Gedankenverloren hatte sie die große Straße nach Mallaig erreicht, die sie überqueren musste, um zurück zu ihrem Gasthof zu kommen.

Das laute Gewieher eines Kutschenpferdes riss Orla aus ihren Gedanken. Sie blieb stehen und ließ mehrere Kutschen an sich vorbeifahren. Sie war überrascht, wie viele Gefährte plötzlich auf der großen Straße in Richtung Mallaig unterwegs waren. Sie musterte aufmerksam die unterschiedlichen Fuhrwerke, von denen sie den Eindruck hatte, dass sie im Konvoi unterwegs waren. Neugierig beobachtete sie den Verkehr. Die meisten der offenen Transportwagen waren mit Gütern für den Wochenmarkt vollgepackt. Dazwischen fuhren schnelle Einspänner, deren zugezogene Gardinen keinen Blick auf die vermutlich noblen Insassen zuließen.

Jetzt näherte sich ein Transportwagen, dessen Pferd schon hier am Startpunkt der Reise einen äußerst müden und abgekämpften Eindruck machte. Die Rückensilhouette des mageren Kleppers verlief waagerecht, stieg aber auch am Hals nicht an, sodass die wachen Ohren des Tieres die einzigen Teile waren, die diese Linie nach oben überragten. Der Kutscher musste schon jetzt seine Stimme bemühen, um das Pferd in Schwung zu halten. Gott sei Dank, dachte Orla noch, dass der Wagen nicht so voll beladen war, als sie erschrak und schnell einen Schritt vom Straßenrand zurücktrat. Neben dem Kutscher auf dem Kutschbock erkannte sie ohne jeden Zweifel Marjorie, die in eine dicke Decke gehüllt, gerade auf den Kutscher neben ihr konzentriert war. Wenn Orla richtig geschaut hatte, war der Kutscher auch *der* junge Mann, der heute Vormittag von Marjorie mit dem Namen

Finley angesprochen worden war. In früheren Zeiten hätte sich Orla durch Rufen oder Winken bemerkbar gemacht. Doch heute ließ sie den Wagen passieren. Danach war sie sich auch sicher, dass Marjorie sie nicht bemerkt hatte.

„Jetzt sind wir auseinandergegangen und haben nach so langer Zeit nicht einmal Adressen ausgetauscht", ging es Orla durch den Kopf. Aber: Wozu auch? Wollte sie wirklich einen zweiten Versuch machen, mit Marjorie ins Gespräch zu kommen? Orla beantwortete diese Frage für sich mit einem raschen Nein. Würde Marjorie sie nach dem Treffen am heutigen Tag jemals aufsuchen wollen? Auch hier war ihre Antwort erneut ein glattes Nein. Vielleicht aber waren ja Catriona und Cailean noch in der Stadt geblieben? Sie dachte an Catrionas dringliche Aufforderung, den Vater zu besuchen. Wenn sie sich richtig erinnerte, hatte Catriona ihr das *Sailors Inn* zugerufen. Das sollte sich doch finden lassen. Orla begann, über einen Besuch bei Cailean nachzudenken.

Das *Sailors Inn* lag in einem heruntergekommenen Bereich von Fort William, nicht weit vom Markt entfernt, am Fuß des Cow Hill gelegen. Im Erdgeschoss war eine Gaststätte untergebracht, die am Sonntag, dem 14. April 1721, schon um die Mittagszeit gut besucht war. Vielleicht lag es am trockenen und warmen Wetter, das die graue Gegend am östlichen Stadtrand von Fort William mit optimistischem Sonnenlicht überzog. Schnell ziehende, von Westen kommende Wolken verrieten jedoch, dass das Wetter jederzeit wieder umschlagen konnte. Orla betrat die überhitzte Gaststube und fragte den Wirt nach Cailean Buchanan.

„Der sitzt dort hinten am Fenster. Es ist der Kerl mit dem Arm in der Binde und dem dicken Knotenstock."

Orla zog ihren warmen Wollmantel aus und kämpfte sich durch die in Gruppen stehenden Besucher in Richtung der Sitzplätze am Fenster durch. Nach wenigen Momenten stand sie dann vor ihm. Wenn sie ihn so auf der Straße getroffen hätte – sie hätte ihn wohl nicht mehr wiedererkannt. Vor ihr saß ein alter Mann, der seinen linken Unterarm auf einen schweren Gehstock stützte, auf dem er auch seinen rechten Arm, der von einer um den Hals geknoteten Tuchbinde gehalten wurde, abgelegt hatte. Das Gesicht war von einem massiven grauen Vollbart überwuchert, der einen recht ungepflegten Eindruck machte. In früheren Zeiten hatte Cailean stets großen Wert auf gute Rasur gelegt. Das Kopfhaar im selben Grau fiel Cailean heute in fettigen Strähnen bis auf die Schultern. Sein früheres Markenzeichen, der selbstbewusste, klare Blick, war vergangen; trübe gewordene, blaugraue Augen blickten mit einer Traurigkeit in die Welt, die bei Orla sofort Mitleid weckte.

Ausgerechnet Cailean Buchanan, der immer ein großes Maß an Überheblichkeit und Standesdünkel ausgestrahlt hatte, war jetzt in einem so erbärmlichen Zustand. So, wie er jetzt vor ihr saß, war er ein Abbild der Verarmung weiter Teile des schottischen Adels. Er gehörte wohl zu dem Teil der Oberschicht, der den missglückten Versuch Schottlands, eine eigene Kolonie in Übersee zu gründen, so teuer bezahlt hatte. Doch die Verarmung hatte nur den Teil des Adels getroffen, der nach der Staatspleite Schottlands nicht mit den Engländern kooperieren wollte. Daneben gab es noch den anderen Teil der hohen Herrschaften, der sich seine politische Unabhängigkeit hatte abkaufen lassen. Dieser Teil hatte seine Schlösser und Landsitze behalten können, denn im Gegenzug zu der Entscheidung, ihr eigenes, schottisches Parlament aufzulösen, wurden sie für *ihre* Schulden von der englischen Krone abgefunden. So hatten sie ihr Eigentum zwar erhalten, aber ihre parlamentarische Unabhängigkeit aufgegeben. Seitdem bestimmten die Engländer die Spielregeln der Politik, nach denen sich Schottland zu richten hatte. Ein weiterer Grund für die Jakobiten im Land, einen erneuten Aufstand gegen die englischen Eindringlinge zu planen. Zu diesen Gewinnlern in der größten finanziellen Krise Schottlands gehörte die starr konservative Familie Buchanan ganz sicher nicht. Die hatten sich mit dem Erbfeind England niemals ausgesöhnt. Das alles fiel Orla in Sekundenschnelle wieder ein, als sie den ehemals so stolzen Sprross der Familie Buchanan in diesem erbärmlichen Zustand erblickte.

„Hallo, Cailean, ich bin es: Orla Hunter. Darf ich mich zu Euch setzen?"

Der alte Mann (er wirkte älter, als er mit seinen 47 Jahren eigentlich war) schien einen Moment innezuhalten und schaute dann zu Orla auf. „Oh Gott, Orla ich freue mich, wirklich." Cailean ruckelte auf seinem Stuhl vor und zurück. Dabei versuchte er, sich zu erheben.

„Ach bitte, bleibt doch sitzen. Ich hole mir einen Hocker.“

„Ja, ja doch, äh, danke, Orla. Ich habe gehofft, dass du irgendwann kommen würdest. Catriona hat mir von eurem heutigen Treffen und Marjories Reaktion berichtet.“

„Und Ihr sitzt hier so ganz allein?“

„Ja, der Rest der Familie ist schon gestern zu unserem Häuschen in Mallaig aufgebrochen. In Mallaig ist jetzt so etwas wie unser neuer Stammsitz entstanden.“ Cailean lachte bitter und schaute danach Orla prüfend in die Augen. „Eigentlich ist das, was ich ein Häuschen nenne, nur eine kleine Hütte. Und die haben wir nur vom Landlord selbst geliehen bekommen. Die zwei Zimmer sind zu klein, als dass wir alle in ihnen Platz finden könnten. Ja, selbst unsere Töchter wohnen nicht mehr dort. Und ich bin froh, hier im Haus eine Bleibe gefunden zu haben.“ Jetzt atmete Cailean tief durch.

„Was ist denn aus Cameron House, Eurem ursprünglichen Stammsitz am Loch Lomond, geworden?“

„Oh Gott, das ist eine ganz traurige Entwicklung. Wir mussten wegen unserer Schulden im Lauf der Jahre alles verkaufen. Seit dem Tod meines Vaters vor zwei Jahren bewohnt meine Mutter Elisabeth dort noch eine kleine Gesindewohnung. Aber selbst die wird nach ihrem Tod den neuen Eigentümern zufallen.“ Cailean stöhnte, als würden ihn körperliche Schmerzen quälen. „Aber wir sind standhaft geblieben. Wir haben nicht –“

„Ich weiß, ich weiß“, unterbrach ihn Orla und ging zwei Schritte zum Nebentisch, um sich von dort einen kleinen Schemel zu besorgen. Dann nahm sie neben Cailean Platz. Sie wollte vermeiden, dass er sich aufregte. Sie klopfte ihm aufmunternd auf den Oberschenkel.

„Cailean, Ihr wisst, warum ich heute zu Euch komme?“

Cailean nickte stumm, ohne Orla anzuschauen. Er blickte durch die schmutzige Scheibe auf die vor ihm liegende, im Moment sonnendurchflutete Straße.

„Darf ich Euch also fragen?“

Mit immer noch auf die Straße gerichtetem Blick nickte Cailean zustimmend.

„Wo ist Davina heute?“

Schnell drehte Cailean seinen Kopf zu Orla und ein warmes Lächeln huschte über sein faltiges, verwildertes Gesicht.

„Sie wohnt schon bei ihrem Verlobten in Mallaig, und sie wird ihren Schweden wohl im Sommer heiraten. Sie ist eine selbstbewusste junge Frau geworden, die weiß, was sie will. Da ist sie ihrer Mutter sehr ähnlich. Und damit unterscheidet sie sich stark von ihrer Schwester Catriona, die ein ruhiges, zartes Mädchen ist, das sein Herz am rechten Fleck hat. Sie hilft ihrer Mutter, wo sie kann, besonders bei der Gartenarbeit, die ihre Mutter eigentlich hasst! Aber offiziell werden wir als Pächter seines Gartens vom Landlord selbst bezahlt.“

„Da ist die Situation Eurer drei Frauen auch keine leichte, oder?“

Cailean nickte. „Catriona ist wohl noch zu unreif, als dass ihr Männer schon den Hof machen, und eigentlich bin ich auch froh darüber. Sie ist somit eine große Hilfe für ihre Mutter und verdient auch schon selbst Geld als Haushälterin unseres Landlords. Weißt du, Orla: Da haben Marjorie und ich zwei Kinder; wie kann es sein, dass die so verschieden sind? Die gleichen Eltern und dann so unterschiedliche Kinder.“ Er schüttelte ungläubig den Kopf.

„Cailean, seit zwei Jahrzehnten weiß ich nichts über das Schicksal von Davina. Würdet Ihr mir von ihrer Befreiung erzählen?“

Bei dieser Frage straffte sich der Oberkörper des kranken Mannes; er hob seinen Kopf und schaute Orla jetzt mit rotgeränderten Augen, die einen feuchten Glanz bekamen, wieder direkt ins Gesicht.

„Oh ja, natürlich. Das mache ich gerne. Aber es ist eine lange ...“ Eine Hustenattacke unterbrach seine Antwort.

„Cailean, fangt einfach an“, ermunterte ihn Orla geduldig.

„Ja, also, äh, ich habe Davina eigentlich schnell finden können. Aiden hat mir damals die wichtigsten Hinweise gegeben, wo ich sie aufspüren könnte. Wo steckt *der* eigentlich? Marjorie sagte mir, dass er nicht mit dir unterwegs ist. Seid ihr getrennt?“ Prüfend schaute er Orla an. Die zögerte mit ihrer Antwort.

„Ja, das ist aber eine eigene Geschichte. Ich erzähle sie Euch später. Ich will unbedingt erst einmal hören, wie Davinas Rettung verlief.“

„Damit bist du wirklich eine Ausnahme, Orla. Wenn ich anfange, meine Geschichte zu erzählen und was in den langen fünf Jahren alles passiert ist, dann will das in meiner Familie inzwischen keiner mehr hören! Dann heißt es sofort: ‚Du hast uns die ganze Geschichte schon so oft erzählt. Wir wollen es nicht schon wieder anhören müssen. Bitte, verschone uns mit deinen Erinnerungen!'"

„Nein, bitte Cailean, ich bin wirklich sehr gespannt; bitte erzähl."

Mit dieser erneuten Aufforderung schien Cailean richtig aufzublühen. Seine fahle Gesichtsfarbe rötete sich merklich. Er saß jetzt aufrecht, und fast überkam Orla der Eindruck, er wolle sich jeden Moment erheben, um all die Dinge in die Welt zu *rufen*, die er unter schwierigen Umständen hatte durchleben müssen, die ihn bedrückten und die er Tag für Tag auch weiterhin nur mit sich allein würde ausmachen müssen. Es waren Geister, und ja: Es waren auch Dämonen dabei, die ihn peinigten und jagten.

Cailean begann mit einer Frage, die Orla überraschte. „Weißt du, wie es sich anfühlt, jemanden zu töten? Nein, ich muss von vorne anfangen, Orla", unterbrach er selbst seinen Gedankengang. In der folgenden Stunde redete bis auf ganz wenige Zwischenfragen nur Cailean Buchanan.

„Alles begann damit, dass ich mich damals vom Dämon des Alkohols befreien konnte", begann er seinen Bericht. Dann erzählte er von seinem Entschluss, nach Schweden zu segeln, davon, wie er dort Verstärkung fand, sein Kind im damals schwedischen Bremen endlich entdeckte und durch eine List befreien konnte. Dann sei der schlimme Brand gewesen, der sein Schiff in Bremen zerstörte und bei dem der Brandstifter, ein Piratenkapitän mit dem Namen Viggo Jaw, ums Leben kam. Danach, so habe er gehört, habe sich dessen Frau selbst getötet, da sie Verlust von Tochter und Ehemann nicht habe aushalten können. Aber er, Cailean, habe sich deswegen nicht schuldig gefühlt. Es sei schließlich um sein eigenes Fleisch und Blut gegangen. Aber dann seien Kämpfe notwendig geworden; Kämpfe auf dem Schlachtfeld der Schweden gegen Russen. Das sei eine schlimme Zeit gewesen, obwohl er nie ernsthaft verletzt worden sei. „Aber einen Stich in den Hals des Gegners –" Dann unterbrach er sich selbst. „Nein, Orla, lass uns darüber nicht weitersprechen! All diese dramatischen Ereignisse."

Jetzt machte Cailean eine erschöpfte Pause. Es sei auch viel Gutes geschehen, von seinen politischen Aktivitäten in Schweden bis zur endgültigen Neubeschaffung eines Schiffes für die Heimkehr; eigentlich sei die ganze Aktion ein Wunder gewesen, das er aber überlebt habe. Cailean Buchanan schilderte seiner aufmerksamen Zuhörerin jede Menge Details seiner Jahre im schwedischen Exil. Irgendwann aber sank er erschöpft auf seinen Stuhl zurück. „Ich brauche eine Pause", stöhnte er. „Aber aus Schweden bin ich damals noch als gesunder Mann nach Hause gekommen", fügte er an.

„Wer, um Himmels willen hat Euch dann so zugerichtet? Was ist mit Eurem Arm passiert?"

„Das waren die Engländer. Nachdem die Spanier uns Jakobiten vor gut einundhalb Jahren Verstärkung geschickt hatten, haben wir uns kurz danach gegen die englische Marine verteidigen müssen. Wer denen den Plan der Spanier und Schweden verraten hatte, uns zu unterstützen, weiß ich bis heute nicht. Ich weiß aber, dass die Spanier seinerzeit vom Vatikan bezahlt wurden. Woher aber die Engländer von dieser Aktion erfuhren, noch bevor uns die Franzosen helfen konnten, bleibt mir ein Rätsel."

„Und Ihr wart in die Kämpfe verwickelt?"

„Eigentlich nur indirekt. Ich war zu dieser Zeit in Eilean Donan Castle, als diese verdammten Engländer uns plötzlich angriffen. Wir haben uns mit unseren kleinen Kanonen gewehrt, aber wir hatten keine Chance gegen deren Bewaffnung. Sie haben uns einfach von See aus sturmreif geschossen. Beim Einsturz der Südwestmauer bin ich dann verschüttet worden. Ich lag mehrere Stunden unter Schutt und Steinen begraben. Mein Arm war mehrfach gebrochen und funktioniert seitdem nicht mehr. Aber ich habe ja noch eine linke Hand." Wie zum Beweis reckte Cailean seinen linken Arm mit drohender Faust in Richtung Zimmerdecke. Auch versuchte er jetzt, seine Erregung in den Griff zu bekommen und seiner Stimme einen festen, drohenden Klang zu geben: „Doch auch meine Beine wurden schwer verletzt, und seit dieser Zeit kann ich nur noch sehr schlecht gehen. Deswegen bleibe ich auch hier in Fort William in der Herberge, während meine Frau Männerarbeit verrichten muss. Aber sie hat Hilfe." Da brach seine Stimme abrupt ab und Orla hatte plötzlich Angst, dass Cailean anfangen könne zu weinen. Aber dann hatte er sich gesammelt und sprach: „Ja, und ich schaue hier, was ich so tun kann." Erneut machte

Cailean eine kurze Pause und wirkte jetzt erschöpft. „Sag mal, kannst du mir die Treppen hochhelfen, zu meinem Zimmer?"

Orla war von Caileans Bitte überrascht; hatte sie ihn doch immer nur als stolzen Mann in Erinnerung, der sich in vergangenen Tagen nie von einer Frau hätte helfen lassen. „Wie Umstände doch Menschen verändern …", dachte sie. Gleichzeitig schaute Cailean sie mit einem Blick an, den sie nicht zu deuten wusste. Sie half ihrem erschöpften Gegenüber beim Aufstehen und begleitete ihn auf seinem mühsamen Weg die ausgetretene Holzstiege Stufe für Stufe nach oben. Orla fiel auf, mit welcher Kraft des linken Armes er sein Gewicht auf den dicken Stock brachte, um sich dann Stufe um Stufe nach oben zu stemmen. Dann stand er schwer atmend vor seiner Zimmertür. Er öffnete diese mit einem großen Schlüssel, den er die ganze Zeit an einem Lederband um seinen Hals getragen hatte. Nachdem er umständlich die schwere Holztür geöffnet hatte, bedeutete er Orla, ihm zu folgen. Bevor er hinter Orla die Tür wieder schloss, blickte er noch einmal prüfend über den Flur, wie um sicherzugehen, dass ihnen niemand gefolgt war. Schnaufend lehnte er sich danach von innen mit dem Rücken an die Tür. Er wirkte angespannt, aber trotzdem aufgekratzt. Dann sprach er mit gepresster, leiser Stimme: „Orla, was ich dir jetzt erzähle, ist absolut vertraulich, verstehst du?"

Orla stand vor dem niedrigen Fenster seiner Stube, das ebenfalls zur Straße zeigte und blickte auf die heruntergekommenen Fassaden der gegenüberliegenden Häuserreihe. Sie nickte stumm. Dann drehte sie sich zu Cailean um.

„Schau, *mein* Zimmer hier ist die Kommandozentrale der Jakobiten im Nordwesten unseres wunderbaren Heimatlandes. Ich weiß, dass Aiden und du unserer Sache positiv gegenüberstehen. Ich will dich auch nicht mit Details langweilen, aber du solltest Folgendes wissen: Ich habe meine Zeit in Schweden dazu genutzt, um dort Verbündete für unseren Krieg gegen die Engländer zu gewinnen. Und einige unserer Freunde – ich nenne bewusst keine Namen – begleiten inzwischen hohe Ämter im Herzen der englischen Verwaltung."

Orla hörte gespannt zu, wunderte sich aber ein wenig, dass Cailean ihr unbedingt hier und heute diese Dinge erzählte, obwohl er doch schon über eine Stunde angestrengt auf sie eingeredet hatte.

„Du wirst davon gehört haben, dass die Schweden in einen großen Krieg verwickelt sind, den sie den Großen Nordischen Krieg nennen. In dem ist auch England ein Gegner. Gemäß dem Motto ‚Der Feind meines Feindes ist mein Freund‘, werden wir Jakobiten im Moment auch von den Schweden unterstützt. Bei den ersten Friedensverhandlungen im Mai 1718 zwischen Schweden und Russland, bei dem es auf den Ålandinseln in der Ostsee um einen Separatfrieden zwischen den beiden Ländern ging, wurde von schwedischer Seite beschlossen, uns Jakobiten gegen die Engländer zu helfen. Leider ist dann ein halbes Jahr nach diesen Verhandlungen der schwedische König auf dem Schlachtfeld gefallen, was die Friedensverhandlungen hat stocken lassen. Der Krieg scheint inzwischen wohl zugunsten Russlands auszugehen. Aber Fakt ist, dass wir Jakobiten auch weiter auf die Unterstützung der Schweden hoffen können. Ohne mich selbst loben zu wollen, so ist diese Unterstützung überwiegend mein Verdienst. All das habe ich in den fünf Jahren meines Aufenthaltes dort erreichen können. Und deswegen laufen auch die Fäden hier bei mir zusammen.“

„Cailean, ich bin wirklich sehr beeindruckt, was Ihr alles erreicht habt. Aber, mit Verlaub, warum erzählt Ihr mir das?“

„Weil ich deine Hilfe gut gebrauchen kann. Ich weiß, dass du eine loyale und vor allem auch tapfere Frau bist.“

„Aber wie sollte ich Euch helfen können?“

„Indem du Botschaften weitergibst. Du bist hier für alle Engländer unverdächtig. Deswegen werden sie dich nicht kontrollieren.“

„Und wie soll ich das machen?“

„Indem du verschlüsselte Botschaften mit nach Edinburgh nimmst und sie gewissen Leuten aushändigst. Von dort gehen sie dann nach Rochester, einem weiteren Kommandozentrum unserer Bewegung.“

Jetzt horchte Orla elektrisiert auf. „Ja, ich weiß. Es ist der dortige Bischof, der sich für euch einsetzt, nicht wahr?“

„Du kennst Atterbury?“ Cailean war verblüfft.

„Ach, wisst Ihr, kennen wäre zu viel gesagt. Ich habe aber bereits von ihm gehört.“ Orla erwähnte Aiden bewusst nicht, um lästige Fragen zu vermeiden.

„Weißt du, Orla: Marjorie ist heute nach Mallaig gefahren, aber ich bin mir sicher, dass die Engländer sie kontrollieren werden. Du hast mir vorhin erzählt, dass du mit deinem Schiffszubehör für meine schwedischen Freunde auch dorthin unterwegs bist. Vielleicht könntest du eine verschlüsselte Depesche auch für sie mitnehmen. Denn eins sage ich dir: Wenn wir binnen Jahresfrist nochmals aus der Deckung kommen, dann mit solcher Wucht, dass wir den Feind schlagen und zermalmen werden, egal, wo er sich uns entgegenstellt. Diesmal sind wir besser vorbereitet als beim letzten Mal. Zusätzlich zu den Schweden wird Frankreich auf unserer Seite stehen." Er wollte Orla noch so viele Dinge erklären, aber sie verwies auf die bereits weit vorangeschrittene Zeit.

Er gab ihr einen Brief, den sie an einen schwedischen Mittelsmann mit dem Namen Mads Gyllenborg in Mallaig übergeben sollte. Die Depeschen für Edinburgh versprach sie, auf ihrem Rückweg abzuholen. Sie verbarg das wichtige Dokument unter ihrem Mantel, umarmte Cailean ein letztes Mal und machte sich mit aufgewühlten Gefühlen auf ihren kurzen Weg zurück in die Herberge.

[5] Der lange Weg nach Europa
Herbst 1720

Die weitere Entführung der *L'Entreprise* war in dieser regennassen Nacht vom Donnerstag, dem 30., auf Freitag, den 31. Oktober 1720, ohne jeden weiteren Zwischenfall verlaufen. Die drei Farbigen, die den armen Godric Parker auf dem Gewissen hatten, ließ Riley zunächst wegen des Mordes in das Schiffsgefängnis auf dem zweiten Unterdeck verbringen. Riley wollte sich noch überlegen, welche gerechte Strafe für diese verrohten Mordgesellen ausgesprochen werden sollte. Am liebsten würde er sie einfach auf einer kleinen, unbewohnten Insel aussetzen. Und Mulligard gleich mit dazu. Dieser heuchelnde Mörder! Aber noch brauchte er ihn. Doch der Tag der Abrechnung mit diesem gewissenlosen Mistkerl würde noch kommen. Noch an der Leiche von Godric Parker hatte er seiner Eloise fest versprochen, den Mord an ihr zu rächen. Vergessen würde er diesen Schwur niemals! Und Mulligard würde diese Rache nicht überleben.

Ohne, dass die Piraten eine sichtbare Reaktion an Land in der noch schlafenden Bucht ausmachen konnten, segelte die gekaperte *L'Entreprise* im Schutz der Dunkelheit und des Regens, der sie wie ein Vorhang einhüllte, aus dem Hafen von Fort Dauphin und wandte sich nach Westen, in Richtung des vereinbarten Treffpunkts mit der *Esmeralda*. Diese war auch schon seit Stunden auf dem Weg an die Nordküste der kleinen Île de la Tortue. Dort würde die Mannschaft umgehend mit den Vorbereitungen für die Überquerung des Atlantiks beginnen. Riley freute sich auf ein letztes Wiedersehen mit seiner Piratencrew. Mehr als zwei bis drei Tage sollten sie nicht benötigen, um die *L'Entreprise* zur Abfahrt bereit zu machen. Ganz sicher hatte die Crew der *Esmeralda* schon wichtige Vorarbeiten für eine schnelle Beladung der *L'Entreprise* getroffen.

Bei Riley hatte sich seit Beginn der Unternehmung eine große innere Spannung aufgebaut. Mehr als zwanzig Jahre war es her, dass er die Heimat verlassen hatte. Ob seine Eltern noch lebten? Was war aus Aiden geworden, mit dem er einst so eng verbunden gewesen war, dass er ihn Bruder genannt hatte, obwohl sie nur Cousins waren? Wenn der noch lebte, dann würde er ihn wegen seines Verrats zur Rechenschaft ziehen. Sein eigener „Bruder" hatte ihn damals schließlich an die Piraten verkauft! Wie oft hatte er sich seitdem den Moment der Rache ausgemalt ... Riley war sich dabei in einem Punkt sicher: Er würde Aiden töten müssen. Aber hatte nicht auch Orla ein gehöriges Maß Schuld am Verrat von damals? Sie hatte Aiden am Ende doch noch dermaßen den Kopf verdreht. Und das, obwohl sie sich eigentlich ihm, Riley MacIntyre, versprochen hatte. Natürlich waren die Zeiten auch schwierig und fordernd gewesen. Für Frauen vielleicht noch mehr als für Männer. Und ja, Orla hatte ihm damals das Leben gerettet, als das schwarze Fieber ihn angefallen hatte. Diese Tatsache würde er ihr nie vergessen.

Aus Briefen, die andere Piraten erhalten hatten, hatte er auch Kenntnis vom Schicksal der zweiten schottischen Expedition gewonnen. Verdammt! Auch der zweite Versuch, New Edinburgh an der Landenge von Panama zu errichten, war damals im Kugelhagel der brutalen Spanier dramatisch gescheitert. Ein zweites Mal hatten wohl über eintausenddreihundert Frauen, Männer und Kinder die Unternehmung mit ihrem Leben bezahlt.

Riley selbst hatte nie daran gedacht, einen Brief zu schreiben. Schreiben war nicht seine Sache. Er war eher ein Mann der Tat, gegebenenfalls auch der Worte; aber Schreiben – nein, das konnte und das wollte er nicht! So war es ihm in all den langen Jahren seines Lebens als Pirat nie auch nur in den Sinn gekommen, eine Botschaft nach Schottland an seine Eltern zu senden. Wann auch und wie überhaupt hätte er das bei seinem unsteten Leben tun können?

Jetzt aber war es so weit: Er würde alle Menschen zu Hause überraschen. „Seht her! Hier bin ich wieder! Ich bin froh, euch nach so langer Zeit wiederzusehen!" Das waren die Worte, die er sich immer wieder selbst vorsprach. An diese Worte glaubte er. So würde die Heimkehr zu seinen Lieben zum Triumph über das Schicksal, das es so lange Jahre nicht gut mit ihm gemeint hatte. Bei denen aber, die ihm übel mitgespielt hatten, würde er unverhofft als Racheengel auftauchen und sie vernichten! Ja, jetzt war es nur noch ein Zeitraum von wenigen Wochen, die ihn von der Erfüllung seines großen Wunsches nach Wiedergutmachung trennte. Zum ersten Mal stellte sich Riley die Frage, warum er in all den Jahren zuvor den Plan einer Heimkehr nicht energischer verfolgt hatte.

„Na Käpt'n, was schaust du so düster? Haben wir nicht allen Grund, uns zu freuen? Welche dunklen Gedanken sind es, die dich im Moment heimsuchen?" Leddy Gowen, einer der Jüngsten in seiner Mannschaft, hatte die Offiziersmesse betreten.

Riley mochte den rotblonden Hitzkopf, den er schon seit dessen Kindheit in seinem Umfeld aufwachsen sah. Der Junge war schottischer Abstammung, und seine Eltern waren beide beim ersten Versuch der schottischen Koloniegründung am schwarzen Fieber verstorben. Auf abenteuerlichem Weg war der damals Dreijährige auf der dänischen Insel Sankt Thomas zu Kapitän Aniston und den Piraten gekommen. Aniston, und das war wohl das einzig Gute, was dieser Mann jemals auf Erden getan hatte, hatte sich damals über den lebhaften Jungen gefreut und ihn wie ein eigenes Kind angenommen. Als Ersatz für seine leibliche Mutter hatte Aniston dem Knaben damals seine Dienerin Milena Ebimbe, die für die Wäsche zuständig war, an die Seite gestellt. Zwischen den beiden hatte sich über die Jahre ein inniges Verhältnis entwickelt, das dem zwischen einer leiblichen Mutter und ihrem Kind gleichkam. Milena Ebimbe hatte immer wieder betont, dass sie als freie Farbige bereit sei, wenn es denn notwendig würde, für die geächteten Piraten oder für „ihren Sohn" ihr Leben zu geben. Diese starke Frau war für Riley ein weiterer lebender Beweis dafür, dass es richtig war, dass sie als Piraten die Sklaverei ablehnten.

„Hey, Käpt'n, die große Feier zu unserem Abschied am Strand hat bereits begonnen. Jetzt ist noch Zeit, den anderen Lebewohl zu sagen. Denkst du, dass wir irgendwann zurückkommen in unsere Heimat, die Île à Vache?"

„Ach, Leddy, meine Heimat ist Schottland, wie sie es übrigens auch für deine Eltern war. Ich bin jetzt schon so alt, dass ich wohl nicht mehr in das gefährliche Piratenleben zurückkehren werde. Ich bin froh, wenn ich nicht mehr kämpfen muss. Du bist noch jung, du kannst es dir noch aussuchen."

„Oh ja, ich will eigentlich unbedingt zurück auf die Île à Vache. Meine Mutter ist schließlich dort, und ich will sie nicht so lange alleinlassen. Ich bin für Milena verantwortlich. Sie muss sich schließlich auf mich verlassen können, damit niemand sie je wieder versklaven kann. Sie muss bis zu ihrem Tod eine Freie bleiben."

„Du hast recht, Kleiner. Komm, lass uns gehen. Ich habe Durst, und schließlich ist es heute der letzte Abend hier."

Die beiden verließen das Schiff und gesellten sich zum bunten Treiben am Strand. Auch Teile der französischen Mannschaft (man erkannte sie leicht an ihren Uniformen) feierten mit und freuten sich darüber, Europa bald wiederzusehen. An einem der Feuer saß Albert Conteville, sein erster Offizier, mit Knud Hanson, Marty Ross und Amaury Legrange. Als Riley hinzutrat, verstummte das Gespräch, und alle Gesichter richteten sich auf den Kapitän. Riley beschlich ein komisches Gefühl. Hatten die Männer etwas zu besprechen, das er nicht hören sollte?

„Ihr könnt ruhig weitersprechen, nehmt auf mich keine Rücksicht", versuchte er, das Gespräch wieder in Gang zu bringen.

Die auf Palmenstämmen sitzenden Männer schauten sich etwas ratlos an, bis Albert das Gespräch wieder aufnahm. „Käp'n, wir haben gerade über die Route gesprochen, die wir in dieser Jahreszeit nehmen sollten, um das Sturmrisiko klein zu halten."

„Und? Gibt es dazu neue Überlegungen?" Rileys Stimme klang gereizt. Er war überrascht. Eigentlich hatte er den Kurs doch schon vorgegeben. Und das war die nördliche Route, die auf dem kürzesten Weg zur schottischen Küste führen sollte.

„Nun, Käp'n." Albert druckste herum. Riley kannte diesen Gesichtsausdruck bei ihm, wenn er mit einer Sache hinter dem Berg hielt. „Also, wir dachten, dass die weiter südlich gelegene Route uns schneller aus der Gefahrenzone möglicher Wirbelstürme bringt?"

„Um dann *wo* anzukommen?" Riley dämmerte langsam, aus welcher Richtung die gewollte Kursänderung kam.

„Etwas südlicher halt", antwortete Albert ausweichend.

„Gehe ich recht in der Annahme, dass ihr zuerst nach Marseille wollt?"

„Käp'n, wir haben nur mal so nachgedacht." Es war offensichtlich, dass Albert nicht mit der vollen Wahrheit herausrücken wollte.

„Ihr formuliert also den Wunsch von Monsieur Legrange, den er mir gegenüber auch schon geäußert hat. Er bat mich, zuerst seinen Heimathafen Marseille anzulaufen, von wo wir, mit Seidenstoffen beladen, unsere Heimreise nach Edinburgh antreten könnten. Er will dort Geschäfte tätigen, die zeitlich wohl nur noch wenig Aufschub erlauben. Er erwartet Schiffe aus der Levante mit wertvollen Seidenstoffen, richtig?"

„Käpt'n, wenn du doch schon alles weißt, warum machen wir es denn dann nicht so?" Albert klang überrascht.

„Ich war jetzt so lange nicht zu Hause, dass ich nicht erst noch durch die halbe Welt segeln möchte, um endlich meine Familie wiederzusehen."

„Aber Käpt'n, mit den Seidenstoffen, die wir zusätzlich erbeuten," jetzt drehte Albert sich zu Legrange um, und seine Stimme nahm einen fast flehentlichen Tonfall an. „Dieser französische Ehrenmann hat uns eine ganze Schiffsladung mit wertvollsten Stoffen versprochen, wenn wir zuerst nach Marseille segeln. Wenn er versuchen würde, uns dort bei dieser Aktion zu hintergehen, würden die beiden Damen und ein Teil der Mannschaft das nicht überleben! Also –"

„Ich habe doch schon gesagt: Es bleibt bei der direkten Route nach Schottland! Der erbeutete Schmuck sollte uns reichen, um ein gutes Leben –"

Jetzt war es Knud Hanson, der ihn unterbrach. Mit rauchiger Stimme sagte er: „Taron Mulligard, der den Atlantik schon zweimal in West-Ost-Richtung befahren hat, hat gesagt, dass für ihn keine andere Route als die südlichere in Betracht käme." Knud schaute Riley erwartungsvoll an.

Alle Blicke ruhten jetzt gespannt auf dem herausgeforderten Kapitän. Der kratzte sich den Bart und antwortete nach einer kurzen Pause: „So, so, der Steuermann will eine andere Route als ich. Noch aber bin ich, Riley MacIntyre, euer Kapitän und lege hiermit Folgendes fest: Wir nehmen den nördlichen Kurs direkt nach Schottland, basta! Mit Mulligard werde ich noch mal ganz persönlich sprechen." Der aggressive Unterton war nicht zu überhören. „Und lasst euch bitte nicht von dem da beschwatzen!" Abschätzig deutete er mit einer Kopfbewegung in Richtung Legranges, der seinerseits mit unbewegter Miene dem Disput beiwohnte. „Seine Interessen sind nicht die unsrigen. Wohin wir *nach* unserer Heimreise segeln, das werden wir auch erst *dann* neu verhandeln."

Die im Halbkreis sitzenden weiteren Crewmitglieder, eingeschlossen Legrange selbst, zeigten keine Neigung, dem Gesagten noch etwas hinzuzufügen. Riley war zufrieden. Die Mannschaft würde am Ende doch das tun, was er entschied. Um Mulligard aber würde er sich noch höchstpersönlich kümmern müssen. Der würde das Ende der Reise nicht mehr erleben. Dafür würde er sorgen, so wahr er der Kapitän war! Einen Mörder wollte er auch an der Beute nicht beteiligen. Gott sei Dank hatte er in Albert einen Ohrenzeugen, der die Aussage des sterbenden Godrics mit angehört hatte. Riley wandte sich ab. Er hatte Hunger und schickte sich an, nachzuschauen, was da so über dem nahe gelegenen Grillfeuer brutzelte.

Es wurde für die gesamte Mannschaft dann doch noch ein lustiger Abend, wofür auch der zweite Kapitän der *Esmeralda* sorgte, der eine große Sonderration Rum an die Männer verteilen ließ. Die beiden französischen Frauen indes hatten sich in ihrer kleinen Koje, die sie zusammen mit Legrange bewohnten, verbarrikadiert, da sie Angst vor Belästigungen hatten. Sie waren erfahren genug, um die gefährliche Wirkung von zu viel Alkohol auf Männer einschätzen zu können.

Der Abschied von all den Freunden und Bekannten am nächsten Morgen verlief überaus herzlich. Die Ungewissheit, ob man sich in diesem Leben überhaupt noch einmal wiedersehen würde, bedrückte auch die hart gesottenen Piraten. Die Mitglieder der französischen Mannschaft waren, obwohl sie als Gefangene vom Alkoholkonsum ausgenommen waren, guter Stimmung; hofften sie doch, bald ihre geliebte Heimat wiederzusehen. Sie wünschten sich einen Abschied für immer von diesem mörderischen Teil der Welt. Hatten sie doch viel Leid und Tod in Saint Domingue erleben müssen.

Riley wurde nicht müde, in seinen persönlichen Gesprächen zu betonen, dass er plane, in etwa ein bis zwei Jahren auf die Île à Vache zurückzukehren. Das beeindruckend schnelle französische Schiff würden sie aber auf alle Fälle behalten.

Es war Mittwoch, der 5. November 1720, als die *L'Entreprise* sich von der Nordküste der Île de la Tortue löste, um sich bei besten Wetterbedingungen in Richtung Europa aufzumachen.

Riley sinnierte: Länger als ein halbes Leben war er inzwischen nicht mehr in Europa gewesen. Seine Mannschaft brauchte nicht zu wissen, dass er plante, die Leitung des Schiffs in Schottland an Albert zu übergeben. Wenn er bei Abreise richtig gezählt hatte, dann wollten von seiner Mannschaft acht Männer zurück nach Schottland, fünf nach England, zwei in die Österreichischen Niederlande, drei nach Frankreich und vier nach Spanien.

Nachdem sie endlich in Richtung Heimat unterwegs waren, bestand eine von Rileys ersten Handlungen darin, den erbeuteten großen Schatz, den sie Legrange und den Frauen abgenommen hatten (bevor diese ihn an Bord hatten verstecken können), zu sichten. Dieses Erbe Legranges bestand aus einer großen Zahl an Ketten, Ringen, Broschen und mit Edelsteinen besetzten Colliers und Armbändern, die allesamt sehr fein verarbeitet und dadurch wohl auch wertvoll waren. Neben fein gearbeiteten Broschen, die Legranges Mutter offenbar gesammelt hatte (es befanden sich über vierzig verschiedene Broschen im Bestand!), waren auch vergoldete Becher und reichlich Besteck im Erbe des reichen Franzosen vorhanden. Riley zählte die Gegenstände und packte sie danach in zwei Holzkisten zusammen. Albert war eingeweiht und sie verabredeten, die Beute unterwegs gerecht auf alle Männer der Mannschaft zu verteilen.

In den Lederbeuteln, die Legrange ausgehändigt hatte, war bis auf wenige spanische Silbermünzen kein aktuelles Münzgeld gewesen. Apropos Legrange: Riley konnte sich ein breites Grinsen nicht verkneifen, wenn er sich daran erinnerte, wie er mit Albert an seiner Seite gleich am ersten Abend die Kajüte von Legrange und den Damen durchsucht und geplündert hatte. Er hatte Legrange regelrecht mit den Zähnen knirschen hören, als dieser die vier Lederbeutel mit dem Erbe seiner Mutter an Riley abgeben musste. Die beiden Frauen waren erst später puterrot vor Zorn angelaufen, als Albert ihnen die Ohrringe, Ketten und Ringe, die sie am Körper trugen, abnahm. Danach wechselten sie in ein entsetztes, fahles Weiß; dann weinten sie hemmungslos, was Albert aber nicht von seiner bissigen Bemerkung abhielt, dass der Schmuck ihrer Ehemänner nur noch unverdient in ihrem Besitz gewesen sei. So, wie sie ihre Ehemänner verlassen hätten, würden sie jetzt leider auch deren Schmuck und die damit verbundenen schlechten Erinnerungen verlassen. Eigentlich sollten die beiden Damen ihnen dankbar dafür sein.

Riley versteckte mit Albert Contevilles Hilfe die zwei Kisten mit der wertvollen Beute an einem sicheren Ort unter Deck. Riley überließ es dann Albert, der Mannschaft mitzueilen, dass sie unterwegs den Schmuck unter sich aufteilen würden.

Die ersten drei Tage legten sie eine beachtliche Strecke zurück. Riley war begeistert, wie schnell sich das Schiff vor dem Wind bewegte. Albert war als erster Offizier mit Messungen und Berechnungen fast den ganzen Tag beschäftigt. Das Gespräch zwischen Riley und Mulligard war überraschend friedlich verlaufen. Riley hatte mit mehr Widerstand gerechnet. In Rileys Augen war der Steuermann ohne jedes Argument zur Route eingeknickt und hatte den ausdrücklichen Befehl des Kapitäns mit einem einfachen Kopfnicken zur Kenntnis genommen. Jetzt half Mulligard Albert und verrichtete seinen Dienst klaglos. Er ahnte nicht, dass Riley inzwischen wusste, welche Rolle er bei Eloises Tod gespielt hatte. Die Begeisterung über das neue Schiff und die Erwartung, als reicher Mann nach Hause zurückkehren zu können, schienen auch bei ihm keinen Platz für negative Gedanken zuzulassen. Riley war deshalb über Mulligards breites Grinsen nicht beunruhigt, das er bei jedem Blickkontakt mit ihm demonstrativ auflegte. Die Seebestattung von Godric mochte ihm darüber hinaus vielleicht auch noch das Gefühl gegeben haben, einen Mitwisser seines Verbrechens ohne eigenes Zutun auf unauffällige Weise losgeworden zu sein.

Am Abend des vierten Tages auf See – im Logbuch wurde Samstag, der 8. November 1720, eingetragen – beschloss Riley, etwas früher zu Bett zu gehen. Die Reise verlief bisher ohne jede Besonderheit. Selbst das Wetter war ihnen hold, sodass sie bei gleichbleibend guten Bedingungen schnell vorankamen. Riley war heute sogar aus purer Lust einmal wieder mit in die Wanten geklettert. Das ließ ihn jetzt rechtschaffen müde auf seine Bettstatt in der Kapitänskajüte fallen (aus der er Legrange schon vor Erreichen der Île de la Tortue ausquartiert hatte). Den Ausblick aus großer Höhe bei herrlichem Sonnenwetter hatte er wirklich genossen, obwohl er die körperliche Anstrengung beim Einholen des Großsegels am Nachmittag vor dem kräftigen Regenschauer eher unterschätzt hatte. Jetzt taten ihm die Arme weh, und seine vernarbte Achillessehne rechts schmerzte wie schon lange nicht mehr. Doch er wollte sich nichts anmerken lassen, konnte aber wieder einmal ein leichtes Humpeln nicht vermeiden. So verließ er früh die Offiziersmesse und begab sich zu Bett. Er fiel sofort in einen auffallend angenehmen und ruhigen Schlaf.

Der Traum, der ihn nach kurzer Zeit überkam, war derart schön, dass er hoffte, er würde nie enden. Er war tatsächlich zu Hause angekommen. Wie früher so oft schlug er zweimal fest und ungeduldig mit der flachen Handfläche an die ihm vertraute Tür seines Elternhauses. Sein grober Seesack ruhte noch auf seiner linken Schulter. Er hörte die aufgeregte Stimme seiner Mutter: „Geduld, Geduld! Herrgott, wenn ich es nicht besser wüsste, dann würde ich annehmen, dass bei der Art zu klopfen unser Junge vor der Türe …" Das, was die Frau mit dem vollen grauen Haaren und dem wachen Blick nach dem Öffnen erblickte, machte sie sprachlos.

Riley ließ sein Gepäckstück von der Schulter rutschen und fasste seine Mutter mit beiden Händen um die schlanke Taille. Er hob sie empor und presste die fassungslose Frau an sich, sodass sie den Stand verlor. Laut schluchzend schlang Ailis MacIntyre beide Arme um den Hals des verloren geglaubten Sohnes und begann ihn wechselseitig auf die haarigen Wangen zu küssen.

„Du – bist – zurück! Ich – wusste – es! Ich wusste es, dass du eines Tages zu mir zurückkommen würdest!", stammelte sie.

„Mutter – oh Mutter!" Riley stellte die Frau, die er größer in Erinnerung hatte, wieder auf ihre Beine und fasste sie jetzt an beiden Händen. Ohne, dass er es hätte kontrollieren können, liefen ihm dabei dicke Tränen über das Gesicht.

„Du wirst hungrig sein nach der langen Reise", meinte seine Mutter. „Und du hast abgenommen, oder?"

Jetzt musste Riley lächeln. Da war sie – die wohl universellste Liebeserklärung aller Mütter dieser Welt an ihre Kinder! Diese Sorge legten Mütter tatsächlich nie ab. Für Riley war die Frage nach seinem Hunger schon immer eine der fürsorglichsten Gesten seiner Mutter gewesen. Es war ihre indirekte Art gewesen, ihm mitzuteilen: Ich liebe dich! Und: Ich weiß, was du brauchst. Riley wäre enttäuscht gewesen, hätte es damals auch nur einen Tag gegeben, an dem seine Mutter nicht nach seinem Hunger gefragt hätte. Wie schwer die Zeiten jemals gewesen sein mochten; es war Ailis immer wieder gelungen, mit Einsatz und Fantasie die hungrigen Mäuler ihrer Familie zu stopfen.

Und jetzt stand er – nach so langer Zeit – endlich wieder *der* Frau gegenüber, die er über alles liebte und bewunderte. Ailis drehte sich um und ging vor ihm ins Haus. Riley bückte sich, um seinen schweren, aus Segeltuch gearbeiteten Sack mit all seinem Hab und Gut aufzunehmen, als er einen festen Schlag im Rücken verspürte. Er verlor das Gleichgewicht und sackte nach vorne. Im Reflex versuchte er noch, seine Hände vor den Körper zu bekommen, was ihm aber nicht mehr gelang. Mindestens zwei, vielleicht sogar mehrere fremde Hände rissen seine Arme auf den Rücken und zogen sie gleichzeitig schmerzhaft nach oben.

Der Aufprall mit dem Gesicht auf dem nahen Boden war überraschend weich, aber der scharfe Schmerz in beiden Schultern ließ Riley erkennen, dass er nicht mehr träumte. Er war plötzlich hellwach. Er versuchte sich zu wehren, die Last abzuschütteln. Aber er bekam kaum noch Luft, da eine starke Hand sein Gesicht ins Kopfkissen presste und festhielt. Das Gewicht von zwei ausgewachsenen Männern auf dem Rücken verhinderte ein seitliches Ausweichen. In aufkommender Panik versuchte Riley wieder, die Arme freizubekommen, was gleichzeitig aber den Schmerz in beiden Schultern fast unerträglich werden ließ.

Dann hörte er eine bekannte Stimme: „Wir wenden nur so viel Gewalt an, wie wir brauchen, um dich festzunehmen. Also?“

Riley versuchte erneut, den lähmenden Druck auf seinen Schultern loszuwerden.

„Los, Albert, bind ihm die Hände auf dem Rücken zusammen, damit er sich nicht weiter wehrt.“

„Mulligard, was soll dieser Überfall? *Ich* bin hier der Kapitän ...“ Der Druck auf seinen Schädel und die Atemnot erstickten weitere Worte im Ansatz. Gleichzeitig band ihm eine zweite Person mit einem festen Seil die Hände gekonnt auf dem Rücken zusammen.

„MacIntyre“, und jetzt stiegen die beiden von seinem Rücken. „Du warst schon viel zu lange unser Kapitän. Aber das ist jetzt, Gott sei Dank, vorbei! Und wenn du dich weiter wehrst, schlage ich dich tot, verstanden?“ Jetzt drehte ihn Mulligard wie einen Sack auf den Rücken.

Riley prustete und kämpfte keuchend und hustend um die Entspannung seiner verkrampften Luftröhre. Dann blickte er sich um. Was er im flackernden Schein einer Fackel erkannte, war die Tatsache, dass in seiner Kajüte drei Männer standen. Da war zunächst Mulligard, der sich mit seiner rechten Hand immer noch aggressiv auf seinem Oberkörper abstützte. Dazu Albert, sein erster Offizier, und Amaury Legrange, der, eine Pistole auf ihn richtend, mit überheblich grinsender Miene im Türrahmen lehnte.

„Albert, warum machst du das?", fragte Riley ungläubig. „Macht ihr jetzt gemeinsame Sache mit den Franzosen? Und Mulligard: Ich warne dich! Nimm deine Drecksfinger von mir." In aufkommender Wut versuchte Riley, Mulligard anzuspucken, der ihm jedoch als Antwort blitzschnell eine derbe Ohrfeige gab.

Dann zischte er Riley an: „Ich an deiner Stelle wäre etwas friedlicher. Sonst kriegst du Dresche, wie du sie dein ganzes Leben noch nicht bekommen hast. Wir haben abgestimmt. Die Mehrheit der Mannschaft hat sich gegen deinen Kurs ausgesprochen und sich unserer Planung angeschlossen. Deine Zeit als Kapitän ist hiermit vorbei! Leider war die Mehrheit auch dagegen, dich einfach an die Fische zu verfüttern. Du solltest also dankbar sein."

Riley atmete immer noch schwer. „Was habt ihr vor? Ihr wisst, was auf Meuterei steht?"

Riley hatte nicht mit einer Antwort auf diese Frage gerechnet, als sich Amaury Legrange von der Tür meldete. „Monsieur, wir haben Euch jetzt oft genug gebeten, auch auf unsere Wünsche einzugehen, aber mit Eurem schottischen Dickkopf habt Ihr die ganze Mannschaft gegen Euch aufgebracht. Außerdem wollen die meisten sich nicht mit ein wenig Geld und Schmuck abspeisen lassen, wenn später noch die kostbare Seide dazukommen kann. Erst dann ist es so viel für jeden von ihnen, dass sie sich nach dieser unblutigen Unternehmung zur Ruhe setzen können. Das hatte ich Euch aber auch schon erklärt, Monsieur MacIntyre. Doch Eure Männer sind eben schlauer als Ihr." Mit diesen Worten steckte er seine Pistole wieder in den Gürtel und verließ die Kajüte.

Albert Conteville und Taron Mulligard zogen Riley in den Stand und beförderten ihn, grob vor sich herstoßend, in einen abschließbaren

Raum auf dem zweiten Unterdeck. Ein weiterer Seemann wurde gebeten, mit der Fackel den Weg zu weisen.

„Verdammt, die drei Mörder von Godric haben sie auch freigelassen", dachte Riley grimmig, bevor sich die schwere Gittertür jetzt hinter ihm schloss.

Nachdem sich die Meuterer schon wieder einige Schritte wegbewegt hatten, kam Taron Mulligard noch einmal zurück. Er griff zwei Gitterstäbe in Rileys Kopfhöhe und rüttelte wild daran. „Hey, MacIntyre, ich muss dir vor deinem Tod noch eine erotische Geschichte von einer jungen farbigen Frau erzählen. Die wird dich interessieren." Dann schlug er noch einmal mal fest gegen die Stäbe und ging hämisch auflachend davon. Dann wurde es wieder dunkel.

Riley war immer noch in Schockstarre. Um ihn herum nur noch Dunkelheit und Stille. Doch: Etwas war zu hören. Das wiederkehrende rhythmische Ächzen des hölzernen Schiffsrumpfes, der gegen den nie endenden Schlag der Wellen ankämpfte. Hier in diesem Loch lag er sicher etliche Fuß unter der Wasseroberfläche. Übler Gestank drang aus dem hinteren Teil des Gefängnisses zu ihm. Seine Hände drohten abzusterben und beide Arme schmerzten ihn immer noch bis in die Schultern. Verdammt! Dieser Franzose war schlauer, als er gedacht hatte. Er hatte sogar Albert, Taron und den größten Teil seiner eigenen Mannschaft zu einer Meuterei beschwatzen können und diese Idioten würden erst wieder aufwachen, wenn er sie vollends überwältigt hatte. Ob Albert so dumm war, diesem gerissenen Kerl auch noch das Versteck des Schmucks zu verraten? Riley selbst hatte das Heft des Handelns aus den Händen verloren. Er saß hier erst einmal fest in diesem dreckig feuchten und kühlen Loch, das er sich wohl auf absehbare Zeit noch mit den Ratten würde teilen müssen. Riley suchte krampfhaft nach einem Ausweg.

Einige Stunden mochten vergangen sein, seitdem die Meuterer Riley festgesetzt hatten. Immer noch stand dieser in seiner Zelle. Aus Angst vor dem Schmutz am Boden hatte er es nicht gewagt, sich zu setzen. Endlich hörte er Schritte auf dem Gang. Der neue Tag war wohl langsam am Erwachen, denn von der Gangdecke vor der Zelle fingen etliche Holzspalten an, erste staubgefilterte Strahlen Tageslicht in seine ausweglose Situation zu lassen.

Es war Albert, der sich in Begleitung von Bente Harmsen, der eine brennende Fackel trug, Rileys Gefängnis näherte. „Wenn du dich beruhigt hast, mache ich dir die Fesseln los", versprach er, ohne Riley anzuschauen.

Riley sandte wütende Blicke in Alberts Richtung, die der jedoch ignorierte.

Die Fackel, die Bente trug, erhellte die düstere Szenerie. Jetzt konnte Riley erkennen, dass drei schmutzige Heusäcke, die quer im Raum lagen, wohl als Betten für die vorherigen Gefangenen gedient hatten. Zwei Holzschemel und ein etwa armdicker Holzknüppel waren darüber hinaus die einzigen Gegenstände in seiner neuen Behausung.

„Den haben wir extra hier drin gelassen, damit du dich gegen die Ratten wehren kannst", erläuterte näselnd und ein wenig gehässig Bente, als er Rileys fragenden Blick bemerkte, mit dem dieser den kräftigen Stock betrachtete.

„Kann man jetzt wieder normal mit dir reden?", fragte Albert in betont ruhigem Tonfall nach.

„Das hättest du vor der Meuterei tun sollen, Albert. Du weißt, dass du dich mit einem verdammten Mörder zusammentust."

„Ach komm, Riley, an deinen Händen klebt auch jede Menge Blut ..."

„Ja, aber nicht von unschuldigen Frauen!" Jetzt brüllte Riley fast. „Und ich habe gedacht, du wärst mein Freund! Aber dir geht es nur darum, dir jetzt auf meine Kosten die Taschen zu füllen."

„Nein, das ist nicht der Fall!" Alberts Stimme klang scharf, aber trotzdem beherrscht. „Riley, ich bin Franzose. Hast du mich je gefragt, was *ich* will? Welche Träume *ich* habe?"

„Hör auf mit so einem Unsinn! Du hättest jede Menge Zeit gehabt, mit mir zu reden. Warum also hast du es nicht getan? Ich verrate es dir." Jetzt klang Rileys Stimme schneidend. „Jeder von uns hat seinen ganz persönlichen wunden Punkt, der damit zu tun hat, *warum* er bei den Piraten gelandet ist. Doch: Über den redet man nicht! Dieses Geheimnis interessiert nämlich niemanden, verstanden? Nie-man-den!"

„Dreh dich um und halte still. Ich mache dir jetzt die Fesseln los."

Riley tat, wie ihm befohlen, und nach wenigen Sekunden waren seine Hände wieder frei. Jetzt drehte er sich erneut zu Albert um, während er seine Handgelenke massierte und die fast taub gewordenen Finger vorsichtig bewegte. Obwohl das schwere Gitter beide Männer trennte, trat Albert einen Schritt nach hinten, um nicht in die Reichweite von Rileys Armen zu kommen.

„Siehst du, Riley, das unterscheidet uns beide. Mit meinen echten Freunden habe ich über alles gesprochen, was mein Herz bedrückt. Aber ich will jetzt auch nicht über unsere Freundschaft reden, sondern es geht darum, ob du dich kooperativ zeigst. Wenn du versprichst, nicht aus deinem Gefängnis hier auszubrechen, dann verspreche ich dir im Gegenzug, dass wir dich nicht aussetzen, sondern nach Europa mitnehmen, damit du deine Heimat wiedersehen kannst. Und was du später mit Mulligard machst, ist mir dann auch ziemlich egal. Ich für meinen Teil werde in meine Heimatstadt Beaucaire an der Rhone zurückkehren und mit meinem Geld die Schneiderei meines Vaters weiterführen. Aber dafür brauche ich die Stoffe von Monsieur Legrange."

„Wach auf, Albert, wieso sollte der Franzmann dir helfen? Du bist Abschaum für ihn!"

„Riley, du denkst viel zu eng: Bin ich dein Freund? Oder bin ich dein Feind? Im Leben gibt es aber nicht nur Schwarz oder Weiß. Im Moment bin ich weder Freund noch Feind, sondern habe eigene Interessen. Auch wenn du es nicht glauben willst: Man kann auch mit seinem Feind starke gemeinsame Interessen haben! Vielleicht will Legrange mir helfen, weil er mich brauchen kann? Schließlich bin auch ich ein ‚Franzmann' (er sprach das Schimpfwort betont breit und verächtlich aus), mit dem er, von Marseille aus, intensiven Handel treiben will. Er kannte sogar meinen Vater. Ja, er ist mit seinen Stoffen regelmäßig zu den großen Messen in Beaucaire an die Rhone gefahren. Wenn er also dort seinen Handel wieder aufbauen will, kann er genau da einen Mann wie mich gebrauchen. Ich könnte ein äußerst hilfreicher Mittelsmann vor Ort sein. Aber das muss dich ja nicht weiter interessieren."

Riley war sprachlos.

In die Stille schnitt Alberts erneute Frage. „Also: Bekomme ich dein Ehrenwort?"

Jetzt rüttelte Riley mit beiden Händen an den Gitterstäben. „Wach auf, Albert! Der Franzose täuscht dich! Er wird euch betrügen, bevor ihr euch auch nur einmal umdreht."

Albert schüttelte unwillig den Kopf. „*Ich* bin jetzt hier der Kapitän, und Amaury Lagrange betrügt mich nicht. Und weiter will ich damit mit dir nicht reden." Er gab Bente ein Zeichen zum Gehen. Bevor er sich ein letztes Mal umdrehte, fragte er nochmals nach: „Unsere Abmachung steht?"

Riley nickte stumm. Er wollte seine Niederlage nicht noch direkt aussprechen müssen. Aber was sollte er sonst tun?

Nach spätestens drei Tagen in Kerkerhaft war Riley klar geworden, dass er hier unten im Schiffsbauch die lange Überfahrt nach Europa nicht überleben würde. Spätestens in zwei Wochen würden die ersten Symptome der Mundfäule auftreten, deren Schmerzen schon so manchen gestandenen Seemann um den Verstand gebracht hatten. Er musste etwas unternehmen. Bis am vierten Tag nach der Meuterei tatsächlich Albert, der sich jetzt zum Kapitän hatte bestimmen lassen, persönlich nach ihm schaute, hatte er einen Plan gefasst.

„Albert", begann er seine Rede in unterwürfigem Tonfall. „Ich muss dir leider Recht geben. Ich habe viele Fehler gemacht, aber – können wir nicht einen Vertrag schließen?" Albert schaute misstrauisch und reichte Riley einen Blechnapf mit Schiffszwieback und Graupen durch die Gitterstäbe.

„Was willst du mir vorschlagen?"

„Albert, nur du weißt es: Ich brenne auf Rache an Mulligard. Er hat meine Eloise ermordet. Er ist ein gewissenloser, gefährlicher Bursche ..."

„Den ich aber als Steuermann mindestens noch bis Frankreich brauche. Basta!"

„Aber was ist dann? Wenn ich keine frische Luft sehe, dann sterbe ich hier auf dem Unterdeck. Du weißt nur zu gut, dass frische Luft die Mundfäule verhüten kann. Deshalb will ich dir folgenden Vorschlag machen: Ich darf jeden Tag vier Stunden der Mannschaft bei den Routinearbeiten an Deck helfen. Wenn es sein muss, klettere ich auch in die Wanten ... Ich halte mich dadurch gesund und beweglich und bekomme nicht so schnell die Mundfäule, die mich, wenn ich hier unten bleiben muss, gnadenlos zerstören wird."

„Warum, in aller Welt, sollte ich das tun?", fragte Albert zurück.

„Weil ich dich dafür bezahlen werde. Und zweitens: Weil ich keinen Fluchtversuch unternehmen werde und dich auch niemals wegen Meuterei oder Piraterie vor ein Gericht zerren werde."

Jetzt lachte Albert auf. „Ich werde niemals meinen Fuß auf schottische Erde setzen. Ich werde in Frankreich mithilfe von Amaury als erfolgreicher Kaufmann und Edelmann in meiner Heimatstadt leben. Ich brauche dein Geld nicht mehr zu meinem Glück."

„Und den Mörder meiner geliebten Eloise soll ich ungestraft entkommen lassen? Hast du sie nicht auch gemocht? Du hast sie täglich bei mir erlebt. Wo ist dein Gewissen geblieben?"

„Ich *brauche* Taron Mulligard noch!"

„Ja, noch brauchst du ihn", fuhr Riley heftig dazwischen. „Aber wenn wir erst in Frankreich sind, dann brauchst du ihn nicht mehr. Ich verspreche dir hiermit, dass ich ihn nicht eher bestrafen werde, bis du es mir persönlich erlaubst."

Albert zeigte sich von Rileys Worten beeindruckt. Er rieb sich nachdenklich mehrere Male mit der rechten Hand die wuchtige Bartwölbung am Kinn und blieb dann nahe vor dem Gitter stehen. Er dämpfte seine Stimme. „Also gut, ich werde dir Arbeit an der frischen Luft geben. Im Gegenzug hast du mir als Ehrenmann zugesagt, auf jedweden Fluchtversuch zu verzichten. Mulligard bleibt unangetastet, bis ich dir erlaube, deine Rache auszuleben. Eloise hat es verdient, dass ihr Tod gesühnt wird, wenn überhaupt Mulligard ihr Mörder war ..."

„Verdammt, du hast doch selbst die letzten Worte von Godric Parker mitgehört, in denen er Taron Mulligard beschuldigt hat. Im Angesicht des Todes hat der doch nicht mehr gelogen."

„Ach, es war einfach zu wenig, um das zu beurteilen. Aber du wirst die Wahrheit schon noch herausbekommen."

„Dann gilt unsere Abmachung, Albert?"

„Unsere Abmachung gilt, wegen der Freundschaft, die uns einst verband. Aber Riley: Lass dich nicht provozieren, wenn die Mannschaft dich bei der Arbeit verhöhnt. Ich für meinen Teil werde dich vor der Mannschaft auch provozieren und meinen Sieg gegenüber dir ausleben, klar?"

„Du kennst mich, Albert. Provokation: Das Wort kenne ich gar nicht."

Albert lachte laut auf. „Eben deswegen, Riley!"

Die Tage kamen, und die Tage gingen. Riley musste seinen Dienst an Deck verrichten und erntete jede Menge Spott von dem Teil der Mannschaft, der ihn nicht näher gekannt hatte. Der andere Teil hielt sich mit abfälligen Kommentaren gegenüber dem Gefangenen zurück; sie mieden eher den Kontakt. Die Gehässigen genossen es besonders, einen ehemaligen Kapitän jetzt niedere Tätigkeiten wie Deckschrubben und Latrinenreinigen verrichten zu sehen. Doch Riley nahm alle Kommentare klaglos hin. Er arbeitete hart und versuchte auf diesem Weg, seine Muskulatur, die in den letzten Wochen eher schwächer geworden war, wieder aufzubauen. Vor einem aufziehenden Sturm war er sogar mit den Stärksten der Mannschaft erneut in die Wanten geklettert, um in luftiger Höhe entschlossen die schweren Segel einzuholen. Die narbige Achillesverse rechts dankte ihm diese Stunde Arbeit am Rande seiner Kräfte erneut mit starken Schmerzen. Taron Mulligard lief ihm nicht über den Weg.

Wenn Riley auf Albert traf, war dieser stets distanziert und auffallend grob im Umgang mit ihm. Nach zwei Wochen körperlicher Arbeit auf See fühlte sich Riley physisch deutlich besser, und auch die Phasen voll dunkler Gedanken, die ihn in seinem Gefängnis von Zeit zu Zeit einholten, hatten an Häufigkeit und Intensität abgenommen.

Zum ersten Mal seit seiner Absetzung als Kapitän erspähte er die beiden französischen Frauen auf dem Vorderdeck. Mit seinem Schrubber arbeitete er sich vorsichtig in deren Richtung vor. Von den Offizieren sah er niemanden an Deck. Nur etliche Matrosen waren (wieder einmal) dabei, der täglichen Arbeit des Deckschrubbens nachzukommen.

Myla Amboise erschrak, als sich Riley plötzlich zu ihr umdrehte. Sie wich einen Schritt zurück. „Oh là là, Monsieur le Capitaine, ich bin überrascht …"

Amelia, ihre junge blonde Freundin, wirkte gefasster. „Er ist doch gar kein Kapitän mehr, unser lieber Monsieur – wie war noch mal Euer werter Name?", fragte sie spöttisch nach.

„MacIntyre, Riley MacIntyre, verehrte Miss Brennan", gab Riley mit einer leichten Verbeugung zurück.

„Oh, er weiß noch unsere Namen", stieß die junge Frau mit einem Lachen hervor. „Gott sei Dank müssen wir vor ihm jetzt keine Angst mehr haben. Ja, Myla, er hat sich zum zahnlosen Tiger gewandelt."

„Ihr werdet es noch nicht wissen", fuhr Myla fort, während der Wind ihr das dunkelbraune Haar von hinten in das Gesicht blies. „Wenn der Kurs stimmt, den wir schon seit zehn Tagen halten, dann werden wir in spätestens zwei Wochen in Marseille ankommen. Dort muss Amaury noch Geschäfte abwickeln, bevor wir dann endlich unsere alte Heimat in Frankreich wiedersehen. Ihr werdet dann leider in einem Gefängnis versauert sein. Man wird sehen, wie lange Ihr – "

„Meine liebe Myla", unterbrach sie an dieser Stelle ihre Freundin in scharfem Ton. „Du willst hier doch nicht über Dinge plaudern, die nicht für seine Ohren bestimmt sind."

„Oh, du hast recht, Amelia. Da wird es schließlich noch die Verhandlung geben, in der die Strafe für Monsieur, äh, ehemals Capitaine, noch festgelegt wird. Ob er diese Reise also überleben wird, steht noch nicht fest. Komm, lass uns gehen, Amelia. Der Wind ist etwas zu frisch geworden. Und außerdem habe ich Hunger." Die beiden drängten sich an Riley vorbei und ließen ihn ohne ein weiteres Wort stehen.

Riley war durch das Gesagte aufgewühlt und verunsichert, ließ es sich aber nicht anmerken. Irgendetwas musste Legrange den beiden Damen verraten haben. Und freundlich war der ihm nicht gesonnen. Er musste unbedingt mit Albert darüber sprechen. Aber den hatte er seit einer Woche nicht mehr gesehen. Pünktlich an jedem Mittag wurde Riley, jeweils von zwei Matrosen eskortiert, wieder in seiner Zelle weggeschlossen. Allein die Aussicht darauf, auch am nächsten Tag wieder Frischluft genießen zu dürfen, verhinderte, dass sich Riley gegen die überhebliche Art seiner Begleiter und ihre schmähenden Worte handgreiflich zur Wehr setzte.

Riley hatte viel Zeit zum Nachdenken. Ob ihn die Mannschaft mehrheitlich zum Tode verurteilen würde? Oder würden vielleicht nur die Offiziere abstimmen? Er musste seinen Körper noch stärkeren Belastungen unterziehen. Dann würde er bald zu alter Stärke zurückgefunden haben. Er musste sich vorsehen. Inzwischen pflügte die *L'Entreprise* die Wellen des für die Jahreszeit zu zahmen Atlantiks mit Eleganz und Schnelligkeit. Das Wetter war ihnen bisher auf der gesamten Überfahrt hold geblieben. Zwei kleinere Stürme hatten ihrem windschnittigen Segler wenig anhaben können. Obwohl an der Navigation nicht mehr aktiv beteiligt, konnte Riley ermessen, wie präzise und schnell das Schiff seinen konstanten Kurs über das große Meer durchhielt. Die beiden Frauen hatten nicht umsonst mit der Schnelligkeit des Schiffes geprahlt. Je näher der Moment der Landsichtung kam, desto unruhiger wurde Riley. Inzwischen waren sie seit der Abfahrt von der Île de la Tortue sicherlich mehr als drei Wochen unterwegs. Aber ganz genau konnte es Riley nicht mehr sagen. Sein Zeitgefühl war aus dem Takt geraten. Er erwartete, dass sie spätestens in einer Woche irgendwo auf die Küste Europas treffen würden.

In der folgenden Nacht erwachte Riley schweißgebadet in seinem Gefängnis. Er hatte einen schlimmen Traum gehabt. Albert und seine Männer hatten ihn hier unten im Elend einfach alleingelassen. Erst hatte er noch gerufen, dann geschrien und getobt; doch am Ende war er weinend und schluchzend auf die Knie gefallen, um nur noch kraftlos an den Stäben seines Gefängnisses zu rütteln. Aber kein Lebenszeichen der Mannschaft ertönte, um seine aufkommende Panik zu beruhigen. Er schien der letzte Überlebende auf einem Geisterschiff zu sein – mit der Besonderheit, dass das Schiff irgendwo vertäut an Land lag. Die Mannschaft war wohl mit der Übereinkunft von Bord gegangen, ihn seinem langsamen, aber sicheren Tod zu überlassen. Gab es denn keine Wachen an Bord? Wenigstens die müssten ihn doch gehört haben.

Riley tastetet nach dem schweren tönernen Wasserkrug. Das Wasser, das noch frisch und kühl wie aus einem Brunnen schmeckte, holte ihn gänzlich aus dem Traum, in dem er noch gefangen gewesen war. Jetzt endlich hörte und fühlte es Riley auch wieder. Da war das fast zärtliche Geräusch, das ihn in seinem tristen Gefängnis mutmachend umgab; das vertraute Rauschen, das die den Schiffsrumpf liebkosenden, flachen Wellen hervorriefen, während der Nachtwind das Schiff in sanftem Auf und Ab beständig vor sich hertrieb. Die Anstrengung des Holzes, das Knarren der Wanten, unterbrochen von gelegentlichem Knallen des Segeltuchs, wenn der Wind sich anschickte, Luft zu holen; all das beruhigte Riley in dem Moment, in dem er begriff, dass er nicht allein war. Sie waren noch unterwegs mit ihm. Der Geplagte dankte seinem Schöpfer, und es gelang ihm, nach kurzer Zeit erneut in einen tiefen, jetzt aber traumlosen Schlaf zu fallen.

Das Getrappel von Füßen auf dem Deck über ihm weckte Riley. Die gedämpften Stimmen wurden plötzlich vom Schrei des Matrosen im Krähennest unterbrochen, ein alles durchdringender Schrei, der sich von außen nach innen durch das komplette Schiff seinen Weg bis in die Tiefe seines Gefängnisses bahnte.

„Land in Sicht! Laaand! Gott sei gedankt! Land in Sicht!"

Grölender Jubel brandete in allen Winkeln des Schiffs auf. In das Gefühl der Erleichterung mischte sich bei Riley im gleichen Moment eine erhöhte Wachsamkeit und aufkommende Angst. Die Tage der Entscheidung nahten. Den ganzen Vormittag hatte er gewartet, dass er zur Arbeit an Deck abgeholt würde, aber nichts war geschehen. Man hatte ihm auch kein Essen gebracht.

Stunden später merkte Riley, dass das Schiff an Fahrt verlor und schließlich irgendwo festmachte. Dann hörte er Rufe in einer kehligen Sprache, die er nicht verstand. Mehrfach rief er nach den Wachen, aber er bekam keine Antwort. Es musste schon langsam auf den Abend zugehen. Riley ging nervös in seinem Käfig auf und ab, als Albert und ein weiterer Matrose sich endlich näherten.

Albert selbst trug den Blechnapf mit dem immer gleichen Inhalt aus gammeligem Schiffszwieback, der mit Graupen vermischt war, und reichte ihn Riley durch die Gitterstäbe. „Verdammt, Mann", begann er. „Heute war so viel los, da haben wir dich fast vergessen."

„Los, sag schon, Albert. Wo sind wir?"

„Verdammt, Taron, dieser Idiot, hat sich leider verrechnet bei seiner Kursbestimmung. Wir sind viel zu weit südlich gesegelt. Wir sind doch heute tatsächlich an der nördlichen Westküste Afrikas angekommen, in Casa Branca. Ich weiß nicht, ob Mulligard verlernt hat zu navigieren. Eigentlich sollten die Breitengrade doch kein Problem sein. Mit den Längengraden hat er sich noch stärker verrechnet. Na, egal!"

„Und was habt ihr jetzt vor?", fragte Riley dazwischen.

„Ich habe mich mit Amaury Legrange beraten, und wir haben Folgendes festgelegt: Wir legen zunächst in Casa Branca an und besuchen dort die Portugiesen. Wir können frisches Trinkwasser gebrauchen. Dann geht es weiter nach Marseille. Zusätzlich wollen wir in Casa Branca noch nach wertvollen Teppichen und Stoffen schauen. Wenn wir gute Ware finden, dann könnte das ein Zusatzgewinn unserer

Reise nach Marseille sein. Und jetzt verrate ich dir noch ein Geheimnis: Legrange und ich sowie die beiden reizenden Damen und ein kleiner Teil der Mannschaft werden in Marseille das Schiff verlassen. Mein Nachfolger als Kapitän wird dann – Taron Mulligard. Er wird mit dem Rest der Mannschaft von Marseille über London zurück nach Hause segeln."

„Das machst du nicht! Nicht Taron!" Rileys Stimme war schrill. Panik klang durch. „Weißt du, was der mit mir macht?"

Albert versuchte, mit einem gelassenen Gesichtsausdruck zu reagieren. „Ich habe mit ihm ausgemacht, dass wir dich in dem Moment in Marseille an Land absetzen, in dem er sich nach London aufmacht."

„Albert! Du schützt einen Mörder?"

„Riley, ich bin auch verantwortlich für die Mannschaft. Und nicht nur für deine Rachepläne. Die Jungs stocken in Marseille die Mannschaft auf und machen sich dann – diesmal ohne dich – wieder auf den Heimweg. Das ist doch so in Ordnung, oder?"

„Und was habt ihr dann mit mir vor, Albert? Die Frauen haben da so eine Andeutung gemacht. Es würde eine Verhandlung geben und dass ich diese Reise nicht überleben würde?" Riley schaute Albert prüfend an.

„Um ehrlich zu sein: Viele Freunde hast du wirklich nicht mehr an Bord. Seit Legrange der Mannschaft erklärt hat, wie du sie mit dem spanischen Bargeld betrügen wolltest, sind auch deine letzten Mitstreiter nicht mehr auf deiner Seite."

„Wie bitte, ich habe euch betrügen wollen?"

„Ja, natürlich! Von den zehntausend spanischen Peseten hast du niemandem etwas erzählt, oder? Nicht einmal mir! Du hast versucht, uns zu hintergehen, du Betrüger! Du hast uns glauben lassen, es seien nur Edelsteine und Schmuck und so weiter von Legrange erbeutet worden. Aber als wir unser Versteck geleert haben ..."

„Du hast waaas? Bist du denn völlig von Sinnen?"

„Hör einfach zu. Legrange hat mich überzeugt, dass er am besten beurteilen könnte, ob du nicht schon wertvolle Gegenstände der Beute unterschlagen hättest. Und tatsächlich: Da finden wir doch diese Riesenmenge an spanischen Peseten, die er dir auch schon gegeben hatte. Mir hast du erzählt, es sei kein Bargeld an Bord. Pah!" Albert machte eine abwertende Handbewegung.

„Mir hast du nur die Kisten gezeigt. Und wo bitte finden wir das geraubte Geld? Nein, nicht in den Kisten, die wir beide versteckt haben, sondern in einem Ledersack unter deiner Bettstatt. Du wolltest all das viele Geld für dich allein. Jetzt verstehe ich auch, warum du so eilig nach Schottland –"

„Gar nichts verstehst du, du Idiot!", unterbrach ihn Riley in ohnmächtiger Wut. „Merkst du nicht, dass das ein genialer Trick von Legrange ist, um uns zu entzweien? Er will mich fertigmachen, weil ich ihn so derb niedergeschlagen habe. Aber: Er wird dich betrügen, und du wirst es nicht einmal merken. Er lügt! Er ist ein gerissener Hund!" Riley wusste nicht mehr, wie er Albert noch von seiner Unschuld überzeugen konnte. Denn er erreichte den einstigen Freund nicht mehr mit seinen Worten, da dieser sich nur kopfschüttelnd abwandte und Riley allein zurückließ. Riley brüllte ihm jetzt hinterher: „Welchen Tag haben wir heute? Und was wird jetzt mit mir?"

Albert blieb kurz stehen und drehte sich zu Riley um. „Heute ist Freitag, der 5. Dezember 1720, Riley, und ich jedenfalls stehe zu meinem Wort, und schaue, was ich noch für dich tun kann."

Seit diesem Tag war es für Riley mit Arbeiten an Deck vorbei. Er saß jetzt wieder in seiner Kerkerhaft fest und hatte viel zu viel Zeit, über seine eventuell noch verbleibende Lebensspanne nachzudenken. Leddy Gowen besuchte ihn von Zeit zu Zeit. Er war einer der wenigen gewesen, die sich noch bereit erklärt hatten, dem Gefangenen Nahrungsmittel und Waschwasser in die zunehmend übler stinkende Zelle zu bringen. Mit der Ladung in das Deck über ihm kamen auch wieder neue Ratten. War Riley bisher von diesen Viechern fast völlig verschont geblieben, so hielten mit den Ballen gerollter Teppiche und Stoffe auch sie Einzug in die unteren Decks. Besonders die neu gebunkerten Mehlvorräte schienen von den gefräßigen Begleitern durchsetzt. Riley fing an, seine territorialen Rechte in der Zelle tatsächlich mit dem Knüppel zu verteidigen.

Nach zwei Tagen, in denen es mächtig im Deck über seiner Zelle gerumpelt hatte, legte das Schiff wieder ab. Leddy berichtete, dass sie jede Menge an kostbaren Teppichen und Stoffen eingekauft hätten und dass Legrange ihnen versprochen habe, mit Albert zusammen den

Schmuck an die Mannschaft verteilen zu wollen. Der Jubel sei groß gewesen nach dieser Mitteilung. Riley seufzte gequält.

Hektisch waren die schweren Ballen durch die zwei Luken an Deck in das über ihm gelegene Zwischendeck geworfen und verstaut worden. Riley war mehrfach erschrocken, wie hart die Ladung auf den Deckenbalken seines Gefängnisses aufgeschlagen war. Einige Bretter hatten sich dadurch sogar verschoben. Das brachte ihn auf eine Idee. Das fahle Licht, das durch Lücken der Decke von oben kam, erhellte mit milchig trübem Schein notdürftig seine Zelle. Riley machte sich jetzt auf die Suche nach verschobenen und vielleicht gelockerten Brettern am Dach seines Gefängnisses. Er nutzte dazu den Holzknüppel, immer sorgsam darauf achtend, diesen nicht zu zerbrechen. Mit ihm testete er die Festigkeit der Lücken. Und tatsächlich: Im hinteren, stinkenden Teil der Zelle konnte er jetzt relativ leicht zwei Bretter des Zellendachs auseinanderschieben. Er vermied bei seiner Tätigkeit klopfende Geräusche, weil er wusste, dass die im ganzen Schiff zu hören sein würden. Langsam, Inch für Inch, hebelte er die Lücke so groß, bis er sicher sein konnte, später auch mit seinem Körper durch diese freie Stelle zu passen. Wie schwer die Ladung war, die sich jetzt noch seitlich neben dieser Lücke türmte, würde er erst dann testen können.

Riley kämpfte jeden Tag aufs Neue gegen seine Angst an, hier auf dem Unterdeck einfach alleingelassen zu werden. Es fiel ihm immer schwerer, nicht völlig aus dem Gleichgewicht und in Panik zu geraten. Was gab ihm noch Zuversicht auf ein Entkommen? Das, was ihm in dieser Situation half, war der Gedanke, für *wen* er bereit war, all diese Strapazen hier auszuhalten. Und da gab es nur drei Personen: seine Eltern und – Orla. Es war die mit der Erinnerung verknüpfte Hoffnung darauf, diese geliebten Personen unbedingt wiederzusehen. Seine Mordgelüste motivierten ihn im Vergleich dazu weitaus weniger, obwohl er intensiv darüber nachdachte, ob es ihm überhaupt noch vergönnt sei, diese Rache je ausleben zu können.

Eines Abends erschien tatsächlich Taron Mulligard allein an seinem Gefängnis. Rileys erster Blick konzentrierte sich darauf, ob Mulligard bewaffnet war. Das war offensichtlich nicht der Fall. Mit unbewegter Miene reichte er Riley das Essen durch die Stäbe. Dann sprach er mit leiser Stimme, sodass Riley an den Stäben stehen bleiben musste.

„MacIntyre, ich habe von Albert gehört, dass du informiert bist, dass wir bald in Marseille anlanden werden. Ich werde dann wohl zum Kapitän dieses Schiffs bestimmt werden. Ich weiß auch, dass du inzwischen rausbekommen hast, dass wir –", jetzt machte er eine Pause und sein Gesicht verzerrte sich in ein breites, diabolisches Grinsen. „Äh, dass wir ein wenig Spaß hatten mit deiner kleinen Eloise, bevor sie, ach je, so unglücklich stürzte und zu Tode kam. Der blöde Godric soll dir vor seinem Tod noch verraten haben, wie viel Spaß wir alle mit deiner kleinen farbigen Braut hatten. Warum hat er nicht einfach sein Maul gehalten?"

Riley versuchte sich zu beherrschen, doch er merkte deutlich, wie ohnmächtiger Hass in ihm hochkochte. „Halt dein Maul und geh mir aus den Augen!", knurrte er aggressiv.

„Aber, aber, wer wird denn so unhöflich sein, wenn ich schon komme, um dich endlich einmal aufzuklären."

„Halt deine Fresse, Taron!"

„Na, du zwingst mich ja geradezu, dir die Einzelheiten zu erzählen. Ich weiß auch, dass dir die Geschichte gefallen wird. Hoffentlich erregt sie dich nicht zu sehr." Jetzt lachte Mulligard hämisch auf.

Das war der Punkt, an dem Riley sich nicht mehr beherrschen konnte. Er sprang nach vorne und versuchte, durch die Gitterstäbe hindurch Mulligard zu packen. Sein Napf mit Essen polterte dabei zu Boden.

Mulligard musste mit diesem Angriff gerechnet haben und war behend einen Schritt nach hinten ausgewichen. Er klatschte vor Freude in die Hände und lachte erneut auf. „Du bist keine Gefahr mehr für mich. Und du hast auch deiner Eloise nicht helfen können. Gut für uns, du Versager! Deine Kleine mit dem saftigen Hintern hat schön gequiekt, als wir sie uns vorgenommen haben. Ja, jeder durfte mal ran. Und die anderen haben sie festgehalten und ihr Schreien erstickt. Danach habe ich ihren Kopf einmal fest auf die Planken geschlagen. Dann war sie endlich still. Aber es musste ja wie ein Unfall aussehen. Deswegen haben wir sie nach unserem Spaß wieder angezogen und ins Wasser befördert. Die Kleine hatte eben Pech mit uns! Sie war zur falschen Zeit am falschen Ort."

„Du wirst noch dafür büßen!", zischte Riley hasserfüllt.

„Siehst du, MacIntyre, das habe ich mir gedacht, dass du rachsüchtig bist. Aber jetzt hör mir mal genau zu: Ich habe Albert zwar gesagt, dass ich dich an Land lasse, aber in Wahrheit wirst du bis zu deinem Tod diese Zelle hier nicht mehr verlassen."

„Du bist ein Scheißkerl, Mulligard!"

„Stimmt, MacIntyre, aber der Zweck heiligt doch die Mittel. In Marseille werden wir übrigens zuerst in eine Quarantänestation am Stadtrand transportiert. Ist seit über zweihundertfünfzig Jahren schon so. Also eigentlich nichts Neues. Erst wenn dann alle gesund geblieben sind, dürfen wir in die Stadt rein und uns frei bewegen. Im Moment gibt es wieder die wildesten Gerüchte um neue Pestfälle in Marseille. Und jetzt frage ich dich, MacIntyre: Wie leicht kann es da passieren, dass man vergisst, einen Gefangenen mit in die Quarantänestation zu nehmen? Und glaube mir, das werde ich schon hinbekommen, das mit dem Vergessen. Wahrscheinlich habe ich dann sogar selbst gesehen, dass du aus der Quarantäne heraus verschwunden bist. Ich werde es zumindest bezeugen. Dazu kommt, Riley", bei diesen Worten trat er nah an das Gefängnis heran und zischte boshaft: „Was glaubst du, wie du nach vierzehn Tagen ohne Wasser und Nahrung aussiehst?"

„Ich wünsche dir die Pest an den Hals!", brüllte Riley unvermittelt los und trat voller Zorn gegen die Eisenstäbe.

„Na dann!" Unter lautem, hämischem Lachen verließ Taron Mulligard den Gang vor der Zelle und stieg durch die Luke nach oben.

Zwei Tage nach Mulligards Besuch stand Albert plötzlich vor Rileys Gefängnis. „Wir sehen uns heute wohl das letzte Mal, Riley, und ich wollte mich auf alle Fälle von dir verabschiedet haben." Albert grinste breit.

„Du lässt mich im Stich?", fragte Riley nach. „Mulligard war hier und hat mir meinen Tod vorhergesagt. Er hat auch zugegeben, dass er Eloise geschändet und getötet hat, dieses Schwein. Er will dafür sorgen, dass ich nicht mit in die Quarantäne genommen werde."

„Riley, das habe ich mir schon gedacht. Deshalb habe ich eine Hilfe für dich organisiert."

„Und was heißt das?"

„Nun, das heißt, dass ich Leddy Gowen als persönliche Aufgabe übertragen habe, dich hier aus dem Gefängnis zu holen und persönlich dafür zu sorgen, dass du mit in die Quarantäne kommst und dort auch versorgt wirst."

„Warum machst du das?"

„Vielleicht, weil ich doch noch ein wenig Gerechtigkeitssinn habe und dir helfen will. Du hast es nicht verdient, hier unten einfach zu verrecken."

Riley ahnte, dass er Albert heute ein letztes Mal sehen würde. „Ich danke dir, dass du mir trotz allem noch hilfst. Und ich wünsche dir aufrichtig, dass dein weiteres Leben so verläuft, wie du dir das vorstellst. Trotzdem kann ich nicht verstehen, wieso du mich derart verraten konntest."

Albert trat an die Gitterstäbe und wollte Riley auf die Schulter klopfen. Doch der wich dieser Berührung aus. „Ich wünsche dir, dass du überlebst und in deine Heimat zurückkehren kannst. Du bist kein Schlechter, aber einfach ein schottischer Sturkopf! Du siehst immer nur dich selbst!"

„Und deswegen hast du mich …?" Riley blickte Albert fragend an, merkte aber schnell, dass der nicht gekommen war, um zu diskutieren. „Albert, ich hätte noch zwei Fragen: Was ist mit dem ganzen Schmuck und unserer Beute passiert?" Riley wollte nicht, dass Albert ihn schon wieder so schnell mit seinen negativen Gedanken hier unten allein ließ. Alberts Besuch schaffte es auf eigenartige Weise, seinen Lebensmut und seinen Glauben an das eigene Überleben neu zu entfachen. Riley lechzte nach Ansprache und Zuspruch, wie eine trockene Pflanze sich nach lebensnotwendigem Wasser sehnt.

„Legrange hat übrigens Wort gehalten. Er hat die Ware in Casa Branca mit dem Geld bezahlt, das du –"

„Ich habe kein Geld versteckt!", fiel Riley Albert schroff ins Wort.

„Egal, wie auch immer", lenkte Albert ein, um keine weitere Diskussion aufkommen zu lassen. „Den Rest des Geldes wie auch den ganzen Schmuck haben wir dann, wie versprochen, an die Mannschaft verteilt. Also hat er uns nicht betrogen, wie du vorhergesagt hattest. Das ging so schon alles in Ordnung." Es entstand eine kleine Pause, bis Albert erneut begann. „Ich hatte jetzt eigentlich die Frage nach deinem

Anteil erwartet. Und du wirst sicher nicht überrascht sein, dass du als Betrüger zu recht leer ausgehst."

„Albert, warum nur hast du die Seiten gewechselt?", stöhnte Riley.

„Weil du ein alter, unbeweglicher Dickkopf bist und dich nicht mehr auf neue Situationen einstellen kannst. Aber – lass mich ausreden, Riley; dann erkläre ich dir, wie es von jetzt an weitergehen soll: Die Stoffe und Teppiche aus Casa Branca gehören jetzt uns, aber das ganze Zeug muss bis zum Ende der Wartezeit in Marseille auf dem Schiff bleiben. Wir müssen zuerst an einer der Inseln festmachen, die vor dem Hafeneingang von Marseille gelegen sein sollen. Auf dieser Insel wird ein Sanitätsrat an Bord kommen. Der kontrolliert mit seinen Männern das Logbuch, ob wir in Häfen unterwegs waren, die Pesterkrankungen gemeldet haben. Dann wird die komplette Mannschaft auf Symptome von schweren Erkrankungen untersucht. Danach wird sogar stichprobenmäßig auch die Ladung kontrolliert. Stoffe gelten als gefährliche Ladung, weil in ihnen Ratten versteckt sein können. Wenn alle gesund sind, dann dürfen wir in das große Lazarett auf dem Festland. Wenn wir aber Krankheitsfälle hätten, dann müssten wir in einem kleinen Lazarett auf einer der Inseln bleiben. Aber egal, wie es kommt. Diese Wartezeit wird Quarantäne genannt, weil sie früher immer vierzig Tage gedauert hat, doch wir hoffen, uns spätestens nach einundzwanzig Tagen schon wieder frei bewegen zu können, um dann die Waren in Marseille zu verkaufen.

Damit Amaury uns nicht betrügt, wird ihn Marty Ross begleiten, das Geld kassieren und den Verkauf kontrollieren. Bis zum Ende des Verkaufs bleiben dazu die beiden Frauen unsere Geiseln. Wenn Amaury ihnen in der Zwischenzeit neue Papiere besorgt hat, werden sie unter falschem Namen hier nach Frankreich einreisen. Ja, die beiden haben noch mächtig Angst und Respekt vor ihren Ehemännern. Irgendwann werden die beiden Damen auf Saint Domingue, so hoffen sie zumindest, als arme Opfer der aufständischen Sklaven wohl für tot erklärt und von ihren Männern hoffentlich gebührend betrauert. Gut, und was war noch deine letzte Frage?"

Riley räusperte sich. „Was habt ihr mit den drei Farbigen gemacht, die Godric erschossen haben?"

„Die haben wir auf Bitten der Frauen bei den Portugiesen in Casa Branca abgesetzt."

„Oh Mann, sieht so die Sühne für Godrics Ermordung aus?"

„Komm, Riley, Godric war kein Heiliger! Und es macht die Welt nicht besser, wenn für die versehentliche Tötung eines Menschen drei weitere Menschenleben geopfert werden, oder?"

Riley war mit einer schnellen Antwort auf diese Frage überfordert. Deshalb fuhr Albert fort: „So, jetzt weißt du über alles Bescheid. Bis du deine Rache an Mulligard umsetzen kannst, bin ich wahrscheinlich längst zurück in meiner Heimatstadt Beaucaire an der Rhone und bin ein biederer Kaufmann geworden." Mit einem kehligen Lachen klopfte er zum Abschied noch einmal leicht an einen der Eisenstäbe, die beide Männer trennte, und mit einem letzten „Mach's gut" ließ er Riley endgültig allein.

Nur wenige Stunden später erreichte die *L'Entreprise* eine der Marseille vorgelagerten Inseln. Schon seit der ersten großen Pestepidemie im 14. Jahrhundert hatte die Hafenstadt Marseille die Vorsichtsmaßnahmen einer sogenannten Quarantäne eingeführt. Jedes Schiff bekam zunächst einen Lotsen an Bord, der bestimmte, an welcher Insel das Schiff festmachen musste.

Am Quai von Ratonneau, der östlichsten der sogenannten Frioul-Inseln, nur eine gute Seemeile vor dem alten Hafen Marseilles gelegen, machte die *L'Entreprise* am 10. Dezember des Jahres 1720 fest. Riley bekam die Landung akustisch mit, was ihn zunehmend mit Spannung erfüllte. Mulligard war ein ernst zu nehmender Gegner, der vor keiner List zurückscheute, um ihn am Ende zu töten.

Riley konnte mithören, dass etliche französisch sprechende Männer das Schiff betraten und mit ihren Kontrollen anfingen. Schon eine gute Stunde später hatten sich die Männer bis auf das Deck über ihm vorgearbeitet und überprüften nun die Ladung. Dabei rollte ein Ballen mit gewickelten, handgeknüpften Teppichen genau über die von Riley so mühsam geöffnete Stelle am hinteren Deckenabschnitt seiner Zelle. Riley fluchte leise in sich hinein. Dann begann er, auf sich aufmerksam zu machen. Mit schwacher, aber trotzdem ausreichend lauter und hustender Stimme rief er jetzt mehrfach: „Hilfe, ich sterbe, warum hilft mir denn keiner?" Und – er hatte Erfolg.

Die Männer auf dem Lastendeck über ihm riefen jetzt ihrerseits zurück, um danach in eine aufgeregte Diskussion zu verfallen, deren Inhalt Riley nicht verstehen konnte. Er hatte sein erstes Ziel erreicht. Wenige Minuten später hörte er, wie sich mehrere Personen über die Leiter an der Luke auf den Weg zu ihm machten. Was die Männer dann im Schein ihrer Fackeln erblickten, gefiel ihnen überhaupt nicht. Riley lag rücklings, mit verrenkten Armen auf dem Boden seiner Zelle. Die Haare lagen nass und wirr um das Gesicht mit den tief liegenden Augen, dem verwilderten roten Vollbart und der schweißigen Stirn. Als Riley den Schein der Fackel näher kommen sah, begann er erneut mit schwacher Stimme zu stöhnen: „Wasser, ich brauche Wasser, ich verdurste hier."

Der leitende französische Kontrolleur war wohl einer der berühmten Sanitätsräte aus Marseille. Man konnte ihn an seiner französischen Uniform mit dem Medizinerabzeichen auf den Oberarmen erkennen. Angewidert drehte der sich jetzt zu Mulligard um, der ihn mit zwei weiteren Personen begleitete. Noch mehr Menschen drängten aus der Luke auf den Gang. In gebrochenem Englisch blaffte der Franzose den überraschten Mulligard an. „Ihr gesagt, alle gesund, nix Krankheit. Und was hier? Der Mann Fieber, vielleicht Pest?"

Mulligards Stimme wurde laut und drohte jetzt sogar, ins Schrille zu kippen. „Monsieur, nur ein wenig Wasser und der Kerl, nur ein Verbrecher, ist wieder gesund."

„Non, Monsieur Mulligard, keine Quarantäne an Land! Non, non! Haben gesehen? Hütten gemacht aus Holz auf Insel hier. Ihr alle auf Insel bleiben! Warum Ihr mich lügen? Hier unten ganz schlechte Luft, böse Miasma! Mon Dieux!"

Mulligard versuchte es mit Beschwichtigung. „Ja, hier stinkt es, aber der Kerl ist gesund!"

„Oh, Monsieur. Ich kennen Pesthauch! On dit: Miasma! Man darf die Kranke nicht schauen in die Augen, weil sonst man ist auch mort, auch tot! Mon Dieux! Lass uns gehen. Allez, allez vite! S'il vous plaît!" Mit diesen Worten forderte er alle Begleiter mit den Armen vor sich herscheuchend auf, das verseuchte Deck schnell wieder zu verlassen.

Aus dem Augenwinkel bemerkte Riley, dass ganz am Ende der Besuchergruppe auch der junge Leddy stand und entsetzt in seine

Richtung schaute. Leddy ließ die flüchtenden Männer an sich vorbei zur Leiter drängen. Dann forderte er Bente Harmsen, der mit einer Fackel neben ihm stand, auf, ihm zu folgen. Mit schnellen Schritten kam er zum Gefängnis, griff in die Tasche seiner Baumwollhose und holte den Schlüssel für das Verließ hervor. Er öffnete die Tür und kniete sich furchtlos neben Riley hin. „Käpt'n MacIntyre, ich bin's. Leddy. So, jetzt gibt es erst einmal etwas zu trinken." Verwundert nahm er zur Kenntnis, dass der Krug noch ausreichend mit frischem Wasser gefüllt war. „Käpt'n, hier ist, Gott sei Dank, noch genug Wasser." Seine Augen weiteten sich, als er sah, wie behend sich Riley plötzlich aufsetzte.

„Ich wollte sichergehen, dass wir alle auf der Insel bleiben müssen", erläuterte Riley dem verdutzten Leddy. „Wenn ich Mulligard aus den Augen verliere, dann wird er davonkommen."

„Ich verstehe die Zusammenhänge nicht", stöhnte Leddy und wandte sich zum Gehen.

„Warte noch einen Moment, ich will dir alles erklären", bat Riley den jungen Mann. „Außerdem brauche ich deine Hilfe!" Und dann erzählte er Leddy von Mulligards Mord an seiner Frau Eloise und warum Albert ihn gebeten hatte, auf ihn aufzupassen. Auch die Sache mit Legranges verleumderischen Behauptungen stellte Riley klar.

Als Leddy endlich die Zelle verließ, versprach er Riley, mit der Mannschaft zu reden. Er würde wiederkommen und auf keinen Fall die Insel ohne Riley verlassen. Dann schloss er Riley wieder ein und verschwand mit Bente Harmsen, der ebenfalls jedes Wort mitgehört hatte. Riley blieb aufgewühlt, aber auch hoffnungsvoll in seinem Gefängnis zurück.

Dann begann für Riley eine nervenzehrende Zeit des Wartens. Der Tag nach der Landung in Marseille kam und verging, ohne dass sich auch nur eine Person um ihn gekümmert hätte. Wo blieb sein Essen? Wo das frische Wasser? Leddy hatte doch versprochen …

Lautes Gepolter und Stimmengewirr an der Luke im Gang weckten Riley. Es musste früher Morgen sein. Dann erkannte Riley, dass zwei Männer einen dritten Mann trugen. Sie ließen ihn zu Boden fallen und öffneten mit einem Schlüssel die Zelle. Im Schein einer Fackel erkannte Riley jetzt auch Bente Harmsen wieder. Er war vor zwei Tagen noch mit Leddy bei ihm gewesen. Den leblos wirkenden

Körper des Liegenden zerrte der Größere der beiden an den Füßen voran in Rileys Gefängnis. Dann gab Bente dem stöhnenden Opfer noch einen Tritt und wandte sich an Riley. In näselndem Tonfall, der sich mit hämischem Unterton mischte, sprach er zu Riley: „Dein Freund hier hat zu viel geredet, und da hat ihn Käpt'n Mulligard mal zur Brust genommen, weil er sich das üble Gerede des Bürschleins nicht länger anhören wollte. Ob der's überlebt, ist noch nicht raus. Ab heute bin ich hier für euer leibliches Wohl zuständig." Jetzt lachte er rau, und von oben herab versprach er Riley, dass er auch nur Essen bekäme, wenn er sich ruhig und unauffällig verhalte. „Und außerdem", quakte er weiter. „Der Schlüssel zu deinem Wohnzimmer ist bei mir auch viel besser aufgehoben als bei Leddy." Wieder trat er abfällig gegen die am Boden liegende Person. Er spuckte verächtlich aus und forderte mit einer Kopfbewegung seinen Begleiter auf, ihm zu folgen. Beide verließen die Zelle.

Jetzt erst konnte Riley Leddy erkennen, dessen rechtes Auge zugeschwollen war und der immer noch leicht aus der Nase blutete. Das fahle Tageslicht, das vom Gang und durch die Decke in die Zelle fiel, beleuchtete das traurige Szenario. Riley wusch Leddy vorsichtig das zerschundene Gesicht mit Trinkwasser und achtete auf seine Atmung. Nach einigen Stunden, es war inzwischen dunkel geworden, kam Leddy langsam zu sich. Unter Rileys Pflege, die einzig darin bestand, dem Verletzten Wasser einzuflößen und ihm das Blut aus dem Gesicht zu wischen, erholte sich Leddy zusehends. Über die Nacht wurde Riley klar, dass der Kleine die durchgemachte Prügelorgie überleben würde. Am nächsten Morgen wartete Leddy schon wieder mit einer Portion Galgenhumor auf, als er bemerkte, dass ihm der vordere rechte Schneidezahn abhandengekommen sei.

„Noch mehr Prügeleien dieser Art und ich esse irgendwann nur noch Porridge", stöhnte er, als die beiden tatsächlich den täglichen Fraß aus Schiffszwieback und Graupen vorgesetzt bekamen.

„Immer noch besser als zu hungern", bemerkte Riley. „Aber sag mal, warum hat dich Mulligard eigentlich dermaßen verdroschen?"

„Weil dieser Verräter Bente Harmsen, der mit mir hier war, ihm unser vertrauliches Gespräch brühwarm erzählt hat. Und dass ich die anderen aufklären wolle ..."

„So ein mieser Kerl!" Riley war wütend.

„Übrigens haben sich Legrange, Kapitän Albert Conteville und die beiden Damen heimlich von der Mannschaft abgesetzt und sich mit einer der Schaluppen des Sanitätsrates an Land bringen lassen."

„Waaas?", rief Riley entsetzt. Wenn die sich mit Wissen des Sanitätsrates von der Insel entfernen konnten, dann gab es ganz sicher Möglichkeiten, mit entsprechendem Schmiergeld die quarantänebedingten Kontrollen zu umgehen.

„Ich habe es mit eigenen Augen gesehen, und da Mulligard dabei hinter mir stand, bin ich mir sicher, dass auch er das mitbekommen hat."

„Vielleicht sogar ein weiterer Grund für ihn, dich mundtot zu machen." Jetzt erläuterte Riley seinem jungen Mithäftling, wie er sich die Flucht aus dem Gefängnis vorstellte.

Jeden Tag arbeiteten sie, solange das Tageslicht die Umgebung erhellte, daran, die schwere Ladung Stück für Stück zur Seite zu schieben, um aus der Zelle heraus in das darüber gelegene Deck wechseln zu können. Leddy war wieder so weit zu Kräften gekommen, dass es ihm gelang, mit Rileys Hilfe auf das Deck über ihn zu klettern. Dort konnte er im Stehen weiterräumen, was ihm wesentlich leichter fiel als die anstrengende Überkopfarbeit vorher. Hörte Riley Bewegung auf dem Gang vor der Zelle, rief er Leddy schnell wieder nach unten. So waren inzwischen etwa sieben Tage vergangen, seit sie zu zweit an ihrer Freiheit arbeiteten, als am Nachmittag lautes Geschrei und Stimmengewirr an Bord des sonst ruhig vertäuten Schiffs aufbrandete.

„Ich will verdammt sein, wenn der hier nicht doch die Pest hat!", schrie einer, und eine ängstliche Stimme erwiderte: „Ihr spinnt doch! Das ist nichts. Und Fieber habe ich schon öfter gehabt!"

„Aber die dicken Stellen hier, komm her und zeig mal. Mann – halte still!"

„Nein, lasst mich, das geht euch gar nichts an!" Jetzt konnte man angestrengtes Keuchen vernehmen, und ein begleitendes Handgemenge. Ohne jeden Zweifel fand da gerade ein Kampf statt.

„Hier, verdammt, das da in deiner Leiste, das kommt doch nicht von ungefähr. Und du warst auch bei denen, die heimlich an Land waren, oder?"

„Nein, ich weiß gar nicht, wovon –" Jetzt waren Geräusche wie Schläge zu hören.

„Au, ihr tut mir weh. Warum schlagt ihr mich? Hilfe, nicht, nein! Ich kann nicht schwimmen, Neiiin!" Jetzt war es offensichtlich, dass da ein Mensch in Todesangst schrie. Ein lang gezogener, gellender letzter Schrei begleitete das Geräusch, das entstand, als ein zappelnder Körper auf die Wasseroberfläche schlug. Gurgelndes Aufpeitschen des Wassers. Japsender Todeskampf und röchelnd panische Luftnot. Riley meinte, noch erstickte Hilferufe gehört zu haben. Dann war es wieder still. Waren sie soeben Ohrenzeugen eines Mordes geworden? Leddy und Riley lauschten immer noch konzentriert in die Stille. Sie hörten Stimmen tuscheln, konnten aber nichts verstehen.

„Habe ich das richtig gehört?" Riley konnte ein Zittern der Stimme nicht vermeiden.

Leddy nickte wortlos. „Dann war es doch nicht nur ein Gerücht, was sich seit dem Hafen von Casa Branca breitmachte. Da erzählte einer, dass in Marseille schon seit einem guten halben Jahr die Pest ausgebrochen sei. Und die sonst so korrupten Kontrollen seien endlich einmal verschärft worden."

„Na, wie genau die Kontrollen sind, hast du ja selbst gesehen", knurrte Riley.

„Was sollen wir machen?", fragte Leddy nach.

„Wir müssen runter von diesem Schiff! Wenn die Angst vor der Pest steigt, wird die Mannschaft unter Mulligards Leitung versuchen, mit dem Schiff zu fliehen. Deshalb sollten wir sofort versuchen, raus aus dem Kahn zu kommen! Unter Umgehung des Stadtzentrums müssten wir uns dann in Richtung Norden durchschlagen."

Jetzt zeigte sich, dass die beiden in den vergangenen Tagen gute Vorarbeit geleistet hatten. Nach nur einer knappen halben Stunde hatten sie sich durch das Frachtdeck gekämpft und es hinaus auf das freie nächtliche Oberdeck geschafft. Beide pumpten die herrlich kühle Abendluft, die aus Nordwesten über ihren Ankerplatz an der Île de Ratonneau wehte, in ihre Lungen. Frischer Lebensmut kam auf.

„Lang lebe Schottland!", zischte Riley, und eigentlich wusste er nicht, warum er genau diesen Spruch gewählt hatte.

„Lang lebe unsere Heimat", zischte Leddy zurück.

Jetzt huschten sie geduckt über das Deck und lauschten wiederholt in die Dunkelheit. Sie konnten keine Wachen an Bord ausmachen.

Die flackernden Lichter der gegenüberliegenden Stadt schienen zum Greifen nahe. Doch an Schwimmen war nicht zu denken, da Leddy, wie er jetzt Riley gestand, einer alten Seemannstradition folgend, Nichtschwimmer geblieben war. „Schwimmen verlängert nur unnötig das Leiden auf hoher See", hatte ihm Kapitän Aniston glaubhaft versichert, und so hatte sich auch Leddy an dieses Prinzip gehalten.

Als die beiden sich jetzt der Gangway näherten, merkten sie, dass es schon zu spät war, um unbemerkt von Bord zu gelangen. Eine Handvoll Matrosen näherte sich dem Schiff. Dahinter kamen noch mehr, und plötzlich hatte Riley die Sorge, dass die komplette Mannschaft schon auf dem Weg zurück zum Schiff sei.

„Ich bin auch dafür, dass wir sofort die Anker lichten", sprach der Erste, und die anderen in der Gruppe stimmten zu.

„Mulligard, der selbst an Land war, hat berichtet, dass sich am Ufer des alten Hafens Leichenberge angesammelt hätten. So etwas hätte er in seinem ganzen Leben noch nie gesehen. Sie versuchen, die Leichen zu verbrennen, aber keiner will die Arbeit machen, und so liegen auf etlichen großen Feuern lauter halb verbrannte, schrecklich entstellte Tote herum. Seuchendoktoren in unglaublicher Verkleidung seien von der großen Quarantänestation in die Krankenhäuser aufgebrochen. Sie trugen wohl vogelähnliche Masken, in deren Schnabel dampfende Heilkräuter dafür sorgen, dass der Pesthauch, das Miasma, nicht auf sie übergreifen kann. Lange, dunkle Umhänge verhindern die Ansteckung der Haut, und ein breitkrempiger Hut verleiht dem Kopf den notwendigen Schutz."

Ein weiterer Matrose ergänzte: „Einige der Pestdoktoren sollen sogar fliegen können. Sie machen Aderlässe, ohne ihre Patienten überhaupt anzusehen. Denn schon Blickkontakt mit einem Erkrankten kann tödlich sein."

„Woher hast du denn diesen Unsinn?", fragte ein Dritter dazwischen, während die Gruppe am Fuß der Gangway angekommen war und dort stehen blieb.

„Unser neuer Käpt'n, Mulligard, hat das erzählt. Und der ist wirklich ein harter Hund. Wenn den schon die Panik befällt und er freiwillig auf einen Besuch bei den Huren verzichtet, dann ist es schon richtig schlimm an Land."

Jetzt schlossen zu der ersten Gruppe der Matrosen noch weitere Mitglieder der Mannschaft auf.

„Na los", rief ein langer Kerl. „Lasst uns alles fertig machen zur Abfahrt, nur weg von hier! Trinkwasser und weiteren Proviant müssen wir sowieso woanders besorgen. Hier ist alles vergiftet. Die Pest wird schließlich auch durch Luft und Wasser weitergegeben. Es sollen bisher seit Mai schon über zwanzigtausend Menschen in der Stadt gestorben sein."

„Richtig! Also, Männer, worauf warten wir noch? An die Arbeit!"

Gerade als der Sprecher die Gangway hinaufwollte, rief einer aus der hinteren Reihe: „Und was ist mit Albert, Legrange und diesen beiden Schönheiten?"

Der Lange antwortete: „Mulligard hat gesagt, dass wir auf die nicht zu warten brauchen. Die haben ihre Verbindungen und haben sich längst in Sicherheit gebracht."

Als das Getrappel auf der Gangway begann, zischte Riley Leddy zu: „Los, zurück in unser gemütliches Heim. Nicht dass der Verräter Harmsen uns noch vermisst." Die beiden Gefangenen hörten die ganze Nacht, wie die Mannschaft der *L'Entreprise* sich auf eine schnelle Flucht aus Marseille vorbereitete.

In den frühen Morgenstunden des nächsten Tages, man schrieb Samstag, den 20. Dezember 1720, ins Logbuch, legte die *L'Entreprise* noch vor Sonnenaufgang vom Quai der Insel Ratonneau ab und segelte in eine unbestimmte Zukunft. Riley und Leddy hatten sich freiwillig wieder in ihr stinkendes Gefängnis zurückbegeben. Sie wollten einen geeigneten Zeitpunkt abwarten, um über den jetzt freien Fluchtweg möglichst bald ihre verseuchte Bleibe für immer zu verlassen. Im Moment waren sie noch froh, vom quakenden Bente Harmsen mit Nahrung und Wasser versorgt zu werden.

Die Entscheidung, wann sie ihr Gefängnis verlassen sollten, wurde ihnen am dritten Tag der Reise, am 22. Dezember 1720, abgenommen. Da erschien am Morgen völlig unerwartet ein schwitzender Taron Mulligard in Begleitung von Harmsen vor dem Gefängnis. Riley war erschrocken, als er den neuen Kapitän sah. Man musste kein Arzt sein, um sofort zu erkennen, dass der Mann schwer krank war.

„Ich brauche deine Hilfe, MacIntyre", begann er mit gepresster Stimme. „Ich weiß nicht woher, aber verdammt will ich sein; wir hatten einen Pestfall an Bord. Es war einer aus der französischen Mannschaft, und wir haben ihn schon gestern über Bord geworfen. Wo doch die Insel hier ohne jede Infektion war. Verdammt!"

„Und wozu brauchst du mich?", fragte Riley zurück.

„Also", begann Mulligard zögerlich. „Ich lasse dich am Leben, wenn du mir bei der Navigation hilfst. Mir geht es im Moment nicht gut, und deswegen brauche ich dich."

„Einem Mörder werde ich nicht helfen!" Rileys Antwort kam kalt und scharf. Leddy schaute ihn mit großen Augen an.

„Wenn du mir nicht hilfst, werde ich dich wegen Meuterei sofort zum Tode verurteilen und hinrichten!" Jetzt tastete Mulligard an seinem Gürtel herum. „Also, ich frage dich zum letzten Mal: Hilfst du mir oder nicht?"

Leddy versuchte, die Situation zu entspannen, aber Mulligard herrschte ihn nur mit einem „Halt's Maul, Kleiner" an und wandte sich erneut Riley zu.

Der antwortete erneut: *Ich* werde dir *nicht* helfen."

Im selben Moment verzerrte sich Taron Mulligards Gesicht zu einer Fratze, während er mit seinen rot geränderten, hasserfüllten Augen Riley anstarrte. „Harmsen, du bist mein Zeuge. Das hier ist Meuterei. Ich geh' und hole meine Pistole. Dann werde ich diesen Mann wegen Befehlsverweigerung standrechtlich erschießen!" Mit diesen Worten wandte er sich ab, und ein verdutzter Harmsen folgte ihm. Mehrfach versuchte er noch, Mulligard einzufangen, aber der hatte kein Ohr mehr für das Quaken hinter ihm.

„Bist du wahnsinnig?", fragte Leddy.

Aber Riley winkte ihn zum Fluchtweg. „Ganz im Gegenteil. Aber jetzt müssen wir handeln. Die Stunde der Entscheidung ist gekommen."

Sie kletterten aus ihrer Zelle und rollten danach einen großen, schweren Stoffballen wieder zurück auf die Öffnung. Dann versteckten sie sich in der Nähe des Niedergangs vom Oberdeck.

Nach kurzer Zeit wurden sie Ohrenzeugen der weiteren Entwicklung. Mulligards Schreien war sicher bis in den hintersten Winkel des

Schiffes zu hören. „Wie konnte das passieren? Fangt mir diese Hunde ein! Ich werde sie nicht erschießen, nein, ich werde sie an der höchsten Rah eigenhändig aufhängen." Minutenlang folgten Flüche und Drohungen, dann kehrte Ruhe ein.

„Irgendwann taucht der hier auf", flüsterte Riley seinem jungen Begleiter zu. Der nickte nur.

Etwa zwanzig Minuten später öffnete sich die Luke zum Oberdeck und Sonnenstrahlen erhellten das dämmrige Grau des Frachtdecks. Dann wollte sich ein Matrose über den Niedergang auf den Weg nach unten machen, aber Mulligard zog ihn zurück. Mit diabolischem Grinsen sagte er: „Halt! Die beiden gehören mir. Sie *müssen* auf dem Frachtdeck sein. Bei der geringsten falschen Bewegung werde ich sie niederschießen. Wartet hier auf mich."

Ungewöhnlich langsam kletterte Mulligard den Niedergang nach unten. Mehrfach hielt er sogar inne, um keuchend durchzuatmen. Er war kaum am Boden angekommen und hatte die Handläufe des Niedergangs noch in den Händen, als ihn der Knüppel, mit dem Riley zuschlug, hart am Hinterkopf traf und ihn ohnmächtig niederstreckte. Riley nahm Mulligards Pistole an sich und kletterte nun seinerseits nach oben. Ratlos und misstrauisch beäugten ihn die Matrosen an Deck und wichen unschlüssig vor ihm zurück.

Riley sprach sie an: „Männer, die Zeiten dieses Tyrannen Taron Mulligard ist abgelaufen. Ihr kennt mich. Ich habe euch nie betrogen, auch wenn anderes von mir behauptet wurde. Ich will wieder euer Kapitän sein und uns aus dieser schwierigen Situation befreien. Heute Abend werde ich euch ausführlich erklären, wie Mulligard meine Frau Eloise ermordet hat. Es gibt Beweise dafür. Ihr schnappt jetzt Mulligard, fesselt ihn und legt ihn hier auf das Deck. Dann warten wir ab, ob er tatsächlich die Pest hat. Erst danach entscheiden wir weiter."

Jetzt kletterte auch der immer noch von der Prügel im Gesicht gezeichnete Leddy über die Leiter ans Tageslicht und wurde von seinen Freunden freudig empfangen. Riley überwachte persönlich die Fesselung und den Transport des inzwischen nur noch halb bewusstlosen Mulligards auf das Deck. Da er womöglich infiziert war, verbot Riley jede weitere Annäherung an den Gefesselten bis auf zehn Fuß.

Danach begab sich Riley in die Offiziersmesse. Er musste sich schnellstens in die Navigation einschalten. Wo waren sie jetzt? Welchen Hafen konnten sie als Nächstes ansteuern? Auf der Steuerbordseite konnte Riley das schmale Küstenband erkennen, an dem sie durch das Mittelmeer momentan wohl in Richtung Südwesten segelten. In der Offiziersmesse traf er auf einen französischen Offizier mit dem Namen Jacques Samur, der sogar recht gut englisch sprach. Der hatte auch schon Mulligard bei der Navigation geholfen. Im Mittelmeer kenne er sich gut aus, versicherte er Riley. Dann erklärte er, dass der nächste große Hafen der von Almería an der spanischen Küste sei. Dort könnten sie Proviant und Wasser auffüllen.

„Sag, wie konnte die Pest nach Marseille kommen, trotz aller Quarantänemaßnahmen?" Riley war neugierig.

Und Jacques konnte berichten. Eine Teilschuld für diese Katastrophe liege auch bei Amaury Legrange, teilte er mit. Ohne Zweifel sei es ein Schiff aus dessen Flotte gewesen, die *Grand Saint Antoine*, die, mit Tuch und Seidenstoffen beladen aus der Levante kommend, im Frühjahr in Marseille eingetroffen sei. Die Tatsache, dass schon einige Menschen an Bord einer unklaren Fieberseuche erlegen seien, wurde nicht als ausreichender Grund gesehen, die strengen Schutzbestimmungen einzuhalten. Der Kapitän habe damals alle belogen und auch Papiere gefälscht. Ja, auch heute noch könne man mit ausreichend Geld die Quarantänebestimmungen des Magistrats von Marseille umgehen. Der Kapitän sei ein gewisser Jean-Baptiste Château, und natürlich sei dieser seinerseits ein guter Freund von Legrange und des amtierenden Bürgermeisters von Marseille. Der habe dann auch vorschnell erlaubt, dass die Ladung nach viel zu kurzer Wartezeit an Land gebracht werden durfte. Der Bürgermeister und weitere Herren des Magistrats seien von Legrange am Verkauf dieser Waren beteiligt worden. Die Verantwortlichen hätten diese wertvolle Fracht auf der großen Messe in Beaucaire weiterverkaufen wollen. Deshalb habe die Zeit massiv gedrängt. Leider hätten dann aber die Ratten aus diesem Schiff die Lagerarbeiter und danach die ganze Stadt infiziert. Seitdem diese Zusammenhänge bekannt seien, hätte die Obrigkeit den Kapitän wegen seiner Verfehlungen im Château d'If eingekerkert. Er, Jacques, glaube aber nicht, dass dem Inhaftierten wirklich die Todesstrafe drohe. Der sei zwar das berühmte Bauernopfer, aber er sei nur inhaftiert worden, um das Volk zu besänftigen. Aber Monsieur Château würde sich mit größter Wahrscheinlichkeit noch vor dem Strang retten können, weil er einfach zu viel über die Verflechtung des Magistrates in diese Vorgänge wisse.

So langsam setzten sich für Riley die verschiedenen Mosaiksteine der Informationen zu einem Gesamtbild zusammen, das ihn schaudern ließ. Wenn die Quarantänemaßnahmen so leicht und derart massiv unterlaufen werden konnten, dann waren sie auch nicht in der Lage, den Schutz der Bevölkerung zu garantieren.

Riley ging nach draußen, um nach Mulligard zu schauen. Aber er traute seinen Augen nicht. Da, wo der Gefangene erst vor Kurzem abgelegt worden war, lagen nur noch ein paar durchtrennte Stricke. Von Mulligard keine Spur. Der Schreck fuhr Riley augenblicklich in alle Glieder. Auf das Äußerste angespannt, schaute er sich auf Deck um. Leere, Ruhe, rhythmischer Wellenschlag. Kein Mensch zu sehen. Nur das Atmen der Segel, das das Rauschen des Wassers begleitete, drang an sein Ohr.

Riley zog die Pistole aus dem Gürtel und spannte den Hahn. Die Waffe im Anschlag bewegte er sich in der Mitte des Decks in Richtung des großen Ruders, das im Moment ohne menschliche Unterstützung mit einem Seil fixiert den Kurs hielt. Wo war der zweite Steuermann hin, der vor Kurzem noch im Dienst war? Plötzlich glaubte Riley, ein leichtes Hüsteln gehört zu haben. Langsam schob er sich jetzt an den Aufbauten vorbei, die mit jeweils zur Außenseite gerichteten Eingängen die steilen Niedergänge zum Mannschaftsdeck einhausten. Als er dabei war, sich vorsichtig zwischen diesen vorbeizuschieben, hörte er von links hinter den Aufbauten die quakende Stimme von Bente Harmsen. „Hey, MacIntyre, schau mal: Hier, hier findest du, was du suchst!"

Riley ging einen Schritt nach vorn und wandte sich mit gezogener Waffe nach links in die Richtung, aus der er Harmsen vernommen hatte. Im gleichen Moment verspürte er von rechts kommend einen scharfen, kantigen Schmerz auf seinem Handrücken, der ihm die Pistole aus der Hand schlug. Instinktiv bückte sich Riley nach vorn, um seine Waffe erneut zu greifen, aber da hing Mulligard auch schon auf seinem Rücken, jetzt seinen Hals mit beiden Armen umklammernd. „Ich mach dich fertig", zischte der Riley ins Ohr.

Der Schwung und das Gewicht Mulligards drückten Riley unwiderstehlich nach vorn und zu Boden. Rileys Waffe aber war außerhalb seiner Reichweite geraten. Riley versuchte nun, um den Gegner abzuschütteln, sich unter ihm weg auf die rechte Seite zu drehen. Doch das gelang ihm nur halb, wobei er erschrocken feststellte, dass er keine Kraft mehr in der rechten Hand fühlte. Panik stieg in Riley auf, während seine Luft zum Atmen immer knapper wurde. Als letzten, verzweifelten Versuch, dem Würgen zu entgehen, schlug Riley seine linke Hand mit ausgestreckten Fingern in einer scharfen Bewegung rechts neben seinen Kopf an die Stelle, wo er Mulligards giftig sprudelnden Atem im Ohr spürte. Und er hatte Glück: Vom Nasenrücken des Würgers gelenkt, schlug der Mittelfinger direkt in Mulligards linkem Auge ein.

Der Schrei des Getroffenen ging damit einher, dass er die bedrohliche Umklammerung löste. Riley rollte sich gedankenschnell nach links und versuchte, wieder auf die Beine zu kommen. Aber da warf sich Mulligard noch einmal mit aller Kraft nach vorn und bekam Rileys Knie zu fassen. Mit beiden Armen hielt er diese jetzt umklammert und versuchte, sich so an Riley hochzuziehen. Dabei keuchte und stöhnte er wie jemand, der unter starker Luftnot litt. Mit einer Gewalt, die Riley sich selbst kaum zugetraut hätte, schlug er jetzt erneut zu. Die Wucht der einzig noch funktionierenden linken Faust traf die rechte Schläfe Mulligards derart hart, dass der daraufhin mit einem gurgelnden Geräusch kraftlos an Rileys Beinen nach unten rutschte. Mit dem letzten Funken Bewusstsein schien sich Mulligard noch einmal mit den Händen am Boden abstützen und den Kopf anheben zu wollen. Umso härter traf ihn jetzt Rileys Stiefel am Hals, was ihn wie einen Sack zu Boden warf.

Riley hatte sich blitzschnell aufgerappelt und war bereit, erbarmungslos auch ein zweites Mal zuzutreten. Doch das war nicht mehr nötig. Was jetzt folgte, waren blutig rasselnde Hustenstöße des schwer Getroffenen, während er zur Seite rollte und sich zusammengekrümmt mit beiden Händen an den Hals griff. Riley wich tief atmend zurück, dann – peitschte ein Schuss über das Deck!

In dessen Folge ertönte die quakend aufheulende Stimme von Bente Harmsen: „Die kleine Drecksau hat tatsächlich auf mich geschossen! Oh, das wirst du büßen!"

Riley löste seinen Blick von Mulligard und sah keine zehn Fuß vor sich Leddy Gowen, mit der noch rauchenden Pistole in der rechten Hand. Der Lauf der Waffe deutete immer noch auf den zeternden Harmsen, der sich, rücklings auf Deck liegend, den blutenden rechten Arm hielt. Was Riley beim ersten Hinschauen nicht gesehen hatte, war das kleine Messer, das zwischen Leddy und Harmsen auf dem Boden lag.

Als Leddy Rileys fragenden Blick bemerkte, sprudelte es nur so aus ihm heraus. „Harmsen, das Schwein, wollte mit dem Messer Mulligard helfen, aber ich war gerade noch schneller an der Pistole. Da blieb mir keine Wahl ..."

„Danke, Leddy, du hast mir vermutlich das Leben gerettet."

Am Boden liegend heulte Harmsen erneut los: „So helft mir doch! Ich verblute. Verdammt, Hilfe! Hätten wir nur noch ein wenig mehr Zeit gehabt, um uns richtig zu bewaffnen; dann hätten wir euch ganz schnell allegemacht!"

Riley schaute zu Mulligard, der immer noch auf der Seite lag, plötzlich aber auffallend ruhig wurde. Dann holte er noch einmal tief Luft und erbrach sich danach in mehreren Schüben. Jetzt fing er an, nur noch leise zu winseln. Als er versuchte, den Kopf zu drehen und dabei anzuheben, konnten seine trüb gewordenen Augen die Umstehenden schon nicht mehr erkennen. Nur zehn Sekunden lang hielt er im letzten Todeskampf den Kopf noch schwankend angehoben; dann fiel dieser mit einem dumpfen Ton zurück auf die Decksplanken. Zu hören war jetzt nur noch leise röchelnder Atem. Inzwischen war der Kampfplatz von vielen Mitgliedern der Mannschaft umringt; die meisten hatte der Schuss an Deck gelockt.

„Verbindet Harmsen", befahl Riley „und dann werft ihr ihn ins Gefängnis. Den Schlüssel dazu trägt er passenderweise noch bei sich."

„Das ist gegen das Seerecht, das kannst du nicht mit mir machen!", versuchte Harmsen jetzt ein letztes Mal verzweifelt, vielleicht doch noch Unterstützung von seinen Mannschaftskameraden zu erfahren. Aber niemand setzte sich für ihn ein.

Leddy war es eine Genugtuung, sich persönlich um die Festsetzung des Verräters kümmern zu dürfen. Er hatte ihm Mulligards Prügel nicht verziehen.

Riley war sich klar darüber, dass er großes Glück gehabt hatte, es nur noch mit einem stark geschwächten Gegner zu tun gehabt zu haben. Hätte er nur fünf Minuten später nach Mulligard geschaut, dann hätte dies vermutlich seinen sicheren Tod bedeutet. Harmsen, dieser Mistkerl, würde dafür büßen.

Der Ruf eines Matrosen, der neben ihm stand, riss Riley aus seinen Gedanken. „Hey, Leute, der atmet gar nicht mehr."

Leddy und ein weiterer Matrose waren schon mit Harmsen in Richtung Unterdeck unterwegs. Der Matrose kniete neben Mulligard nieder und suchte den Puls. „Mensch, der ist tatsächlich tot. Aber – er hat doch nicht etwa die Pest?" Mit schreckgeweiteten Augen sprang er augenblicklich auf und trat ängstlich einen Schritt zurück.

„Kann eigentlich nicht sein; auf der Insel gab es doch gar keinen Pestfall", bemerkte ein weiterer Matrose.

„Mulligard war aber auch an Land gewesen", stellte der Erste dagegen.

Ein älterer Matrose mischte sich jetzt ein: „Jacob und Raimond haben mir berichtet, dass sie einen offensichtlich Pestkranken am helllichten Tag in der Nähe unseres Schiffes getroffen hätten. Richtig schlimm habe der ausgesehen. Angeblich wollte er sich auf unserem Schiff verstecken. Sie hätten ihn dann überredet, mit seinem Boot wieder zurück an Land zu rudern."

Riley erinnerte sich an die laute Szene, die er im Gefängnis mitbekommen hatte. Aber da hatte sich die Wirklichkeit ganz anders angehört. Er nahm sich vor, der Sache später noch einmal nachzugehen. Jetzt wandte er sich Mulligard zu. Aus dessen halb geöffnetem Mund lief ein schmales, rotes Rinnsal, das inzwischen eine kleine Lache unter seinem Kopf gebildet hatte.

„Los, holt ein Leichentuch. Wir müssen ihn sofort bestatten. Und denkt daran: das Deck muss danach gründlich gereinigt werden. Jacques soll auch endlich das Steuer wieder übernehmen."

Riley war erstaunt, dass all seine Anweisungen jetzt ohne weitere Diskussion erledigt wurden. Eine halbe Stunde später war Taron

Mulligard auf seine letzte Reise gebracht, das Deck gesäubert und Jacques wieder am Steuer.

Die beträchtliche Barschaft Mulligards wurde danach sofort unter der Mannschaft verteilt. Sogar Riley bekam noch einen Teil ab, sozusagen eine kleine Wiedergutmachung. Er dankte Leddy für die lebensrettende Unterstützung.

Noch vor Sonnenuntergang sollten sie eigentlich den Hafen von Almería erreichen, in dem sie wohl zwei bis drei Tage würden verweilen müssen, bis sie endlich in Richtung Heimat aufbrechen könnten. Riley hielt noch eine große Mannschaftssitzung ab, in der die Zukunft der *L'Entreprise* und die weitere Route festgelegt wurden. Da jedoch ein Großteil der französischen Mannschaft, zu dem auch der fähige Jacques Samur gehörte, in Spanien bleiben wollte, um von dort aus später wieder nach Frankreich heimzukehren, war zwingend die Entscheidung gefallen, länger in Almería zu bleiben, um die Mannschaft dort zu komplettieren.

Am Tag nach der Ankunft in Almería spürte Riley nach dem Aufstehen Kopfschmerzen und leichtes Kratzen im Hals. Die Anzeichen für eine aufziehende Erkrankung verstärkten sich jedoch so schnell, dass Riley nicht die Zeit für große Überlegungen blieb. Während die Mannschaft Wasser und Proviant auffüllte, war er schon einen Tag später nicht mehr in der Lage, sich aus seiner Koje herauszubewegen. Am Abend war er derart geschwächt, dass er das Bett nicht mehr verlassen konnte. Jetzt begann das Fieber ihn in Wellen durchzuschütteln; er musste sich Gewissheit verschaffen: Mit zittrigen Händen öffnete Riley seine Leinenhose und zog sie mit Anstrengung nach unten. Es bedurfte keiner medizinischen Ausbildung, um die daumendicken, bläulich verfärbten Schwellungen in beiden Leistenregionen zu erkennen und einordnen zu können.

„Oh Gott! Dieses Mal bin ich verloren!"

Er spürte den kalten, gnadenlos tödlichen Hauch der Pest, der seine Kiefer schlottern ließ und drohte, ihm auch noch die Sprache zu rauben. Mulligard hatte ihn infiziert. Nun würde er Eloise *und* ihn auf dem Gewissen haben. Riley befiel ganz plötzlich der Wunsch, dass seine Eltern diese bittere Wahrheit auch erfuhren. Er wollte nicht einfach so verglühen, ohne dass seine Liebsten davon Kenntnis bekamen. Zu diesen wichtigsten Menschen zählte, wie sich Riley in dieser Sekunde zweifellos im Klaren war, auch Orla. Seine geliebte Orla, sie wäre die Einzige, die ihn jetzt noch retten könnte! Damals, als er in der Kolonie am schwarzen Fieber erkrankt war, da hatte Orla ihm das Leben schon einmal gerettet; seine Liebe zu ihr war das Einzige gewesen, was ihn damals hatte überleben lassen. Auch heute klammerte sich Riley wieder an diesen einen Namen: Orla. Seine große Liebe! War ihr Zauber verflogen? Der Zauber, der seinen Lebenswillen, seinen Überlebenswillen auch diesmal nicht erlöschen ließ? Wo sie wohl sein mochte? Oh, Orla!

Er rief Leddy zu sich und bat diesen inständig, ihm den letzten Wunsch zu erfüllen. All sein Hab und Gut sollte Leddy seinen Eltern in Leith zukommen lassen. Im Gegenzug solle Leddy nach dem Tod der Eltern das Haus und das Boot erben. Und einer Frau, irgendwo in England oder auch in Schottland, mit dem Namen Orla Hunter sollte Leddy ausrichten, dass sein letzter Gedanke ihr gegolten habe. Und dass er sie sein ganzes Leben geliebt habe. Leddy weinte, während er mit krakeliger Schrift die wenigen Sätze zu Papier brachte. Riley brachte mit viel Mühe noch eine letzte, von Tränen und Schweiß verwischte Unterschrift zu Papier.

Noch bevor das abendliche Dunkel an jenem 23. Dezember 1720 die Stadt Almería in Gänze überzogen hatte, stürzte Riley MacIntyre in die große Finsternis.

[6] Hamish MacGregor geht auf Reisen
Frühjahr 1721

Obwohl Aiden äußerlich schon ganz in die Person des Hamish Mac
Gregor hineingeschlüpft war, fühlte er sich innerlich auf dem ersten
Teil seiner Reise noch stark der eigenen alten Identität verbunden.
Er würde sich konzentrieren müssen, um bei den Gesprächen und
Verhandlungen in die Rolle eines Fellhändlers hineinzuwachsen. Spä-
testens ab Edinburgh, wenn er offizielle Begleitung an seiner Seite
hatte, sollte er den neuen Charakter überzeugend darstellen können.
Auf der langen Reise dürfte er Zeit genug finden, über Details seiner
neuen Existenz nachzudenken. Er würde sich in einen rauen, groben
Kerl verwandeln müssen. Seine erste Entscheidung aber, nicht über
London und auch nicht durch Cambridge zu reisen, waren noch dem
ängstlich-vorsichtigen Naturell eines Aiden Hunter zu verdanken.

Ja, der Bischof hatte ihn so großzügig mit Geld versorgt, sodass
Aiden sich in frühere, wohlhabendere Zeiten zurückversetzt fühlte.
Den Gedanken, Aktien der South Sea Company in London einlösen
zu lassen, hatte er ebenso wie die Idee, sein vertrautes Freudenhaus in
London aufzusuchen, aus Angst vor wütenden Gläubigern wieder verworfen. Beide Städte umging er östlich, freute sich aber schon auf die
letzte große Stadt im Norden Englands. In Newcastle upon Tyne sollte
es das beste Freudenhaus des Nordens geben. Der Ruf dieses Etablis-
sements war geradezu legendär. Dort erwartete er niemanden mehr,
der ihn als ehemaligen Verkäufer der South-Sea-Company-Aktien
hätte wiedererkennen können. Um ein ungewolltes Wiedererkennen
zu verhindern, hatte Aiden sich richtig Mühe gegeben: Sein Gesicht
war durch einen grauen, aber recht schütteren Vollbart verändert,
was die Blässe in seinem Gesicht zusätzlich betonte. Aiden hatte aber
das Gefühl gewonnen, dass der Bart ihn männlicher und härter wirken ließ. Ohne die sonst übliche Perücke war sein Erscheinungsbild
zusätzlich ein gänzlich anderes. Für die Reise hatte er sich ein großes,
schwarzes Barett zugelegt, das er stets über ein Ohr zog (immer über
das rechte, weil größere Ohr), während er darauf achtete, dass auf der
Gegenseite seine hinter dem Kopf zusammengebundenen Haare die
freie Ohrmuschel abdeckten. Wer Aiden Hunter als Börsenhändler in

Erinnerung hatte, der würde ihn im neuen Gewand des Fellhändlers Hamish MacGregor kaum wiedererkennen.

Nach einer fünftägigen Reise, in der er mehrfach umsteigen musste, erreichte er Newcastle upon Tyne. Ganze drei Tage blieb er in dieser pulsierenden Stadt, bei der er den Eindruck gewann, dass der Staub der Kohleminen ihre Farbe im Wesentlichen bestimmte. Schon in Rochester war ihm zu Ohren gekommen, dass es in dieser Stadt im Nordosten Englands eines der besten Hurenhäuser des ganzen Königreichs geben sollte. Die Tatsache, dass ein städtisches Gremium um den Bürgermeister dieses Haus in Eigenregie betrieb und an den Einnahmen kräftig beteiligt war, sollte zumindest hygienische Mindeststandards garantieren. Angeblich wurden die Frauen und Mädchen, die sich als Huren anboten, sogar registriert, bevor ihnen eine Arbeitserlaubnis für den großen Bordellkomplex in der Woodbine Street erteilt wurde. Sie wurden sogar von einem eigenen Surgeon zu Krankheiten im Genitalbereich befragt. Präservative aus gewaschenen Tierdärmen wurden angeblich kostengünstig an die Freier verkauft. Waschtröge auf den Fluren ermöglichten sogar ein Ausspülen der Präservative, sodass sie, wenn es die Haltbarkeit hergab, mehrfach verwendet werden konnten. Aiden war aufgrund seiner fast zwanzigjährigen Erfahrung mit Bordellen vorsichtig geworden. Seit seinem ersten, schmerzhaften Kontakt mit dem, was der Volksmund „die Seuche der Venus" nannte, hatte er sein vorher unbekümmertes Sexualverhalten geändert. Zu peinigend war die damalige Behandlung dieser äußerst unangenehmen Lustseuche vor etwas mehr als zehn Jahren in London gewesen.

Aiden war inzwischen mit der Auswahl der Huren deutlich vorsichtiger geworden; er neigte jetzt zu immer jüngeren Frauen, um nicht zu sagen zu Mädchen, denen er in seiner Großzügigkeit im Gegenzug schwangerschaftsungefährliche und, wie er meinte, weniger schmerzhafte Sexualpraktiken anbot. Sein Albtraum war, sich bei irgendeinem dieser herzlosen Surgeons wegen der erneuten Infektion seines lustspendenden Organs der quälenden Behandlung mit Quecksilber aussetzen zu müssen. Der brutale Kerl in London, dessen Salbenbehandlung mit Quecksilberpaste er nach zwei Wochen eigenmächtig abgebrochen hatte, hatte zwar die nässenden Geschwüre an seinem

Penis abheilen lassen und auch die schmerzhafte Schwellung der Leistenlymphknoten beseitigen können; doch der massive Haarausfall und die begleitende Übelkeit hatten ihn am Ende zum Abbruch der Therapie gezwungen. Später hörte er sogar von Todesfällen unter der Therapie mit Quecksilber in den verschiedensten Formen.

Das Bordell in Newcastle, am äußeren Rand des Hafendistrikts gelegen, erfüllte Aidens hochgesteckte Erwartungen. Doch selbst hier im Norden Englands waren die Folgen des Börsencrashs von London zu spüren. Die Verwerfungen an der Börse hatten auch in dieser Region viele Familien in tiefe Armut gestürzt. Das führte dazu, dass sich eine noch größere Zahl von Frauen und Mädchen im Vergleich zu früheren Zeiten allabendlich darum drängte, in diesem Bordell für gutes Geld arbeiten zu dürfen. Am ersten Abend seines Besuchs wunderte sich Aiden noch über den Andrang und die vielen unwürdigen Szenen, die sich abspielten, wenn Frauen der Einlass zum Innenhof und damit auch zum Hausinneren verwehrt wurde. So war ein zusätzlicher, illegaler Ring der Prostitution rund um das Bordell in der Woodbine Street in der unmittelbaren Nähe des Marine Parks entstanden. Bei Regen boten einige der Verzweifelten ihre Dienste in Kutschen an, die dann entlang des Marine Parks standen und die von windigen Geschäftemachern für viel Geld an die Prostituierten vermietet wurden. Bei trockenem Wetter konnte man hinter jedem Busch oder Baum ein kleines Licht erkennen; dann wirkte der Park nach Einbruch der Dunkelheit wie eine spirituelle Zusammenkunft. Doch bei genauem Hinschauen konnte man schnell erkennen, dass im flackernden Schein von kleinen, stinkenden Öllämpchen jeweils Frauen oder Mädchen versuchten, ihre körperlichen Vorzüge ins rechte Licht zu rücken.

Aiden hatte sich nach dem Abendessen in seiner Herberge direkt zum Bordell begeben. Er wurde als reicher Fellhändler, der er vorgab zu sein, mit unterwürfiger Geste des Türstehers durch das Tor in den Innenhof gebeten. Im durch Fackeln erleuchteten Areal suchte sich Aiden eine junge Frau aus und drängelte sich vorbei an Kunden, Aufpassern und wartenden Prostituierten mit ihr ins Hausinnere.

„Dass ihr immer nur die Jungen wollt, zeigt eure Unvernunft", schimpfte ihn eine attraktive Frau mittleren Alters, an der er gerade vorbeidrängte. „Die Kleine hat doch keine Erfahrung! Komm, nimm mich! Ich zaubere mit dir, wie du es bisher noch nie erlebt hast", schickte sie ihre Anmache gleich hinterher.

Doch Aiden hatte sich abgewöhnt, auf diese Art von Sprüchen zu reagieren. Im Grunde genommen war er auch nicht stolz auf sich, dass er für diese Art der Zuwendung bereit war, so teuer zu bezahlen. Um sein oft aufkeimendes schlechtes Gewissen in den Bordellen zu beruhigen, hatte Aiden die Angewohnheit, sich mit den Frauen zu unterhalten, bevor es zum eigentlichen Beischlaf kam. Kaum war er aber mit der jungen Frau, sie mochte nicht älter als sechzehn Jahre alt sein, in einer der Kammern angekommen, als die Kleine schon anfing, sich auszuziehen. Aiden unterbrach sie. Im schummrigen Licht einer Öllampe sah sich Aiden in dem kleinen fensterlosen Raum um. An der rechten Wand ein Strohlager, das mit einem verschmierten Baumwollüberzug abgedeckt war; zwei Holzschemel daneben, wobei sich auf dem einen ein Krug mit Wasser befand.

„Wie heißt du?", fragte Aiden.

„Nenn mich Mary", antwortete die Kleine.

„Und warum machst du das hier?"

Die junge Frau lachte auf und entblößte dabei eine große Zahnlücke in der Mitte des Oberkiefers. „Willst du mi verarschen?"

Schon bei den wenigen Worten, die sie mit Aiden wechselte, überraschte die junge Frau Aiden mit dem Ausmaß ihres Geordie-Slangs, der ihm wie eine Fremdsprache vorkam.

„Ich brauch da Geld, Mann!"

Aiden schaute sie verunsichert an.

„Ja, mein du, mir mach es Spaß mit einem alt Mann wie dir zu vögeln? Meistens bekomm ihr ja kein mehr hoch, oder is das bei dir anders?" Sie schaute ihn provozierend an und schickte sich an, ihre Baumwollbluse auszuziehen.

„Stopp!"

Die junge Frau schaute überrascht.

„Zieh dich wieder an, Mary. Es geht wirklich nicht."

„Werd ich trodem bezahl?", fragte Mary nach.

„Ich gebe dir die Hälfte der vereinbarten Summe, wenn du gehst."

Die Kleine nickte, und Aiden schob sie aus der Kammer. Er konnte nicht sagen, warum er das heute tat; vielleicht, weil dieses magere

Mädchen ihm zum ersten Mal im Leben das Gefühl vermittelt hatte, tatsächlich bei ihr sexuell versagen zu müssen.

Nach zwei langen Minuten, in denen Aiden tief durchatmete, drängelte er sich durch den belebten Flur zurück in den Innenhof. Jetzt konnte eine Zauberin nicht schaden. Er schaute sich suchend um.

„Hey, du da!" Mit diesen Worten drehte er die ältere Prostituierte an der Schulter zu sich, die ihn noch beim Hineingehen beschimpft hatte. „Na, Mary", sprach er sie an. „Du hast vorhin große Worte gewählt. Ich meine das Zaubern und so ... Oder waren das nur leere Versprechungen?"

Die Frau lachte überrascht, antwortete dann aber geistesgegenwärtig. „Oh, du musst ja ein ganz Schneller sein. Das junge Fräulein schon vernascht? Na, dann komm und lass uns mal nachschauen, was da noch geht."

Aiden vergnügte sich die ganze Nacht mit Rita und buchte sie auch noch für die nächsten zwei Nächte. Als er am dritten Tag die Überlandkutsche bestieg, kannte er Ritas Vorleben, die Namen ihrer beiden verstorbenen Ehemänner und das schwierige Schicksal einer alleinstehenden Frau mit vier Kindern in Nordengland. Er versprach, auf seiner Heimreise erneut bei ihr vorbeizukommen.

Die Nachricht von Bronwyn Hampdons Tod hatte sich wie ein Lauffeuer unter den Kaufleuten im Vereinigten Königreich ausgebreitet. Diejenigen, die mit ihm Geschäfte getätigt hatten, trauerten um einen gerechten Handelspartner, bei dem Kompetenz stets mit Ehrlichkeit und Zuverlässigkeit gepaart waren. Die Mitarbeiter seiner Fabrik in Leith beweinten einen großherzigen Chef, dem bei allem Gewinnstreben, das ihm eigen war, doch auch ein großes Maß an Menschlichkeit erhalten geblieben war. Der französische Dentist, der Bronwyn in Cardiff behandelt hatte, musste nach seiner tödlichen Therapie die neue Technik der Zahnimplantationen überdenken, obwohl ihn die Nachricht vom grausamen Tod des behandelten Unternehmers erst einige Wochen nach seiner Rückkehr in Paris ereilte. Skye, Bronwyns untröstliche Witwe, die mit ihm nun schon ihren zweiten Ehemann betrauerte, hatte mit diesem schlimmen Schicksalsschlag gerade zu diesem Zeitpunkt nicht gerechnet. Gewissensbisse fingen an, sie zu quälen. Hätte sie mit nach Wales fahren sollen? Hätte ihre Pflege den Ehemann vielleicht noch gerettet?

Je häufiger vom Tod dieses bekannten und beliebten Mannes erzählt wurde, desto mehr grausame Details seines schrecklichen Endes wurden berichtet. Es gipfelte in der Erzählung, dass Bronwyn Hampdon nach dem misslungenen Versuch des Dentisten, ihm mithilfe einer ganz neuen Technik vier Zähne von Toten in den Oberkiefer einzupflanzen, am Ende, von Schmerzen zermürbt, wahnsinnig geworden sei. Er habe sich nachts, nur mit einem Hemd bekleidet, vom Kirchturm der Saint John's Parish Church in Cardiff in den erlösenden Tod gestürzt. Der zerschmetterte Körper soll auf der Wiese vor der Kirche gefunden worden sein. Bronwyns Gesicht soll derart entstellt gewesen sein, dass man ihn zunächst nicht habe identifizieren können. Sein von Entzündungen zerfressener Oberkiefer soll gänzlich gefehlt haben und nie wieder aufgetaucht sein. Die Seelen der verstorbenen Kreaturen, denen die Zähne geraubt worden seien, hätten sich auf diese Weise an dem armen Bronwyn bitter gerächt. Diese Berichte gaben Skye zu ihrer großen Trauer zusätzlich viel Grund zum Nachdenken. Von Verstorbenen Zähne einpflanzen lassen – davon hatte ihr Bronwyn nichts erzählt. Hatte er das nicht gewusst? Durfte man Tote bestehlen, ihnen ungefragt Zähne entnehmen?

Für viel Geld ließ Skye den Leichnam ihres Mannes von Cardiff nach Leith überführen. Hatte sie ihren ersten Ehemann Archie noch in einem billigen Leinensack beerdigen lassen, so ließ sie Bronwyn jetzt in einem eigens für ihn geschreinerten teuren Holzsarg überführen. Der penetrante Gestank, der den kistenähnlichen, rechteckigen Verschlag begleitete, sowie das Heer von Fliegen, die dem Verstorbenen äußerst anhänglich das letzte Geleit gaben, führte nach seinem Eintreffen in Leith bei Skye zu zwei schnellen Entscheidungen. Sie nahm erstens Abstand von ihrem Vorsatz, den Sarg noch einmal öffnen zu lassen, um sich mit einem letzten Kuss von Bronwyn zu verabschieden. Zweitens ordnete sie die Beerdigung innerhalb weniger Stunden nach Eintreffen des Weitgereisten an.

So wurde Bronwyn noch am selben Tag, am 24. April 1721, im kleinsten Kreis, der dem Sarg in gebührendem Abstand zur letzten Ruhestätte folgte, beigesetzt. Vier Friedhofsmitarbeiter, ein junger, auffallend hübscher Reverend, eine Haushälterin und Skye selbst waren die einzigen Zeugen, die miterleben durften, wie der erfolgreiche

Unternehmer Bronwyn Hampdon in seiner geliebten kühlen und feuchten schottischen Erde zur letzten Ruhe gebettet wurde.

Ziemlich genau zwei Wochen nach diesem Ereignis erreichte Aiden die Stadt, in der er den wichtigsten Abschnitt seiner Jugend verbracht hatte. Er erinnerte sich noch gut an den Moment, als er sich auf Anraten seines Firmenchefs zur Teilnahme an der Koloniegründung in Darién entschieden hatte. Das schien alles in einem anderen, früheren Leben passiert zu sein. Zum ersten Mal in seinem jetzigen Leben überkam Aiden das Gefühl, in Leith fremd zu sein. Vielleicht war seine große Liebe Marjorie noch in Edinburgh und diesmal endlich auch für ihn zu sprechen. Er hatte schon zu lange nichts mehr von ihr gehört. Er würde auf alle Fälle versuchen, sie zu treffen.

Wie es Orla wohl gehen mochte? Ob sie in den letzten Monaten etwas von ihrem gemeinsamen Sohn gehört hatte? Sean Kester ... Was der wohl gerade machte? Zu seinem Sohn war der Kontakt gänzlich abgebrochen, was Aiden aber nur selten aufschrecken ließ. Die Zeiten waren eben schwierig, und so musste jeder sehen, wo er blieb. Sean Kester würde sich durchsetzen bei den Landvermessern, und Orla würde von Leith aus den Kontakt zu ihm halten. Also lohnte es nicht, sich jetzt schon zu viele Gedanken über Dinge zu machen, die er momentan nicht beeinflussen konnte.

Aiden erreichte nach einer letzten, kurzen Etappe seine Heimat um die Mittagszeit. Er dirigierte den Kutscher zuerst nach Edinburgh in die Cranston Street, wo er die Gefährten für die Weiterreise nach Fort William kennenlernen wollte. Die Adresse, letztendlich in einem Hinterhof gelegen, war nicht einfach zu finden gewesen. Nachdem der ungeduldige Kutscher schon zweimal zwischen Market Street und Canongate hin- und hergependelt war, erkannte Aiden endlich den durch eine hellbraune Holztür verschlossenen Zugang zu dem Hinterhof, in dem sich die Wohnung befinden sollte, die als Treffpunkt ausgemacht war.

„Mensch, Hamish, wir warten schon ein paar Tage auf dich." Ein kräftiger, untersetzter Mann mit dunkelbraunem Vollbart griff mit beiden groben Händen Aidens ausgestreckte Hand und zog ihn seitlich über den Hinterhof zu einer geöffneten Haustür. Dann entließ er Aidens zarte Hand aus seinen derben, schwieligen Händen, klatschte

Aiden mit seiner Pranke leicht auf den Rücken und schob ihn in die kleine Wohnung. „Ich bin Brendan, Brendan Bubbels, und da hinten", jetzt zeigte er auf einen jungen Mann, der sich an der hinteren Wand des kleinen Wohnraumes gerade von einem Stuhl erhob und mit ausgestreckter Hand auf Aiden zukam, „das ist unser jüngster Mitstreiter Jack Graham. Wir sind aus Rochester informiert worden, dass du dort schon Ende April aufgebrochen bist. Und heute ist schon Donnerstag, der 9. Mai! Es wird Zeit, dass wir aktiv werden. Wenn wir die Ergebnisse aus Fort William nach Rochester melden, sollten wir mit unseren ausländischen Verbündeten so weit sein, dass wir vielleicht schon im Spätsommer zuschlagen können. Atterbury ist ungeduldig. Er ist unter Druck geraten und wird wohl bespitzelt. Aber es ist so, wie es ist. Jetzt komm erst mal rein, Hamish. Hast dir wahrscheinlich noch ein paar schöne Tage gemacht, was?"

Aiden errötete leicht. Er fühlte sich ertappt. Dann begrüßte auch er Jack mit einem herzlichen Händedruck.

„Jack ist übrigens unser Kutscher." Brendan schien der Wortführer des Duos. „Er ist erst dreiundzwanzig Jahre alt, kennt aber im Norden unseres Landes jeden auch noch so kleinen Pfad. Ich bin dagegen schon fast doppelt so alt, aber meine Schafe halten mich jung!" Brendan lachte rau. „Vor allem weiß Jack auch, wo die Engländer seit einem Jahr am häufigsten Straßenkontrollen durchführen. Ja, er ist eine Weile sogar als Kutscher für das englische Militär unterwegs gewesen", fügte er hinzu.

Aiden ergänzte: „Männer, wir müssen vorsichtig sein. Und wir werden nur mit kleinem Gepäck reisen."

Brendan schaute Aiden ungläubig an. „Oh, Hamish, da muss ich dir aber widersprechen. Hast du schon mal einen Wollhändler gesehen, der mit kleinem Gepäck reist?"

Aiden fühlte sich schon wieder von Brendan ertappt. „Ja, da hast du natürlich recht. Schließlich sollen wir ja auch Wolle einkaufen, oder?" Jetzt schaute er Brendan fragend an.

„Na klar doch! Ich kenne die meisten der Fell- und Wollhändler im Norden. Ich bin einer von ihnen. Deswegen haben wir überhaupt diese Verkleidung für dich gewählt, Hamish. Wenn du Fragen zum Geschäft hast, dann frag mich einfach." Er schlug Aiden freundschaftlich auf die Schulter. „Und jetzt lass uns mal einen Plan entwerfen, wie es weitergeht."

Aiden erklärte den Männern, dass er zwei bis drei Tage zur Vorbereitung der Abreise brauche. Brendan bat ihn daraufhin, ihm schon einmal die drei Briefe zu geben, die Atterbury für die Organisatoren in Edinburgh vorgesehen hatte. Aber so oft und so sorgfältig Aiden auch die gut behütete Post durchsah; er konnte nur *einen* Brief finden, der für Edinburgh vorgesehen war.

Brendan war beunruhigt. „Und du hast wirklich keinen verloren, Hamish?" Er schaute Aiden mit scharfem Blick an.

„Nein, auf keinen Fall, ich habe die Papiere wie ein Heiligtum gehütet!", widersprach er vehement.

„Na gut, dann ist es eben das erste Mal, dass Atterbury einen Fehler macht. Und wir haben ja wenigstens den einen."

Aiden überkam das Gefühl, Brendan unterlegen zu sein. Bis heute hatte er sich als Chef dieser kommenden Mission gefühlt, aber jetzt merkte er, dass er seinen Auftrag hier in seiner Heimat noch zu wenig durchdacht hatte. Ein wenig war er froh, dass ihm Atterbury so gute und informierte Helfer an die Seite gestellt hatte. Ein wenig ärgerte ihn aber auch die unterschwellige Bevormundung durch Brendan.

„Ich habe heute Mittag noch einen wichtigen Termin hier in Edinburgh, ganz in der Nähe", meldete sich Aiden erneut zu Wort.

„Der hat aber mit unserer Mission wenig zu tun", wusste Brendan, und grinsend fügte er hinzu: „Sonst wüsste ich von dem Termin." Mit diesen Worten schaute er Aiden um Zustimmung heischend an und ergänzte: „Natürlich hast du noch ein Recht auf Eigenleben, Hamish. Aber, ich sage dir: Pass auf dich auf! Die Spitzel unserer Gegner gibt es auch hier in Edinburgh, und so manches Frauenzimmer kooperiert mit den Engländern. Und dass Frauen geschwätzig sind, brauche ich dir hoffentlich nicht zu erklären, oder?"

Aiden ärgerte sich über Brendans Worte. Zum Ersten, weil er sich abermals durchschaut sah, und zum Zweiten hatte er es nicht nötig, sich von einem ungehobelten Schaf- und Wollhändler belehren zu lassen. Er murmelte eine Antwort, in der Familie und Tante vorkamen, aber in Brendans und auch in Jacks Miene meinte er, Unglauben erkannt zu haben. Er endete mit dem Satz, in den er all seine

Überzeugungskraft legte. „Auf alle Fälle muss ich in der Hillhouse Road eine alte Tante von mir besuchen. Und ich weiß noch nicht, wann ich zurück bin."

Jetzt war es Jack, der ihm antwortete. „Komm nicht zu spät, und lass alle Wertsachen hier. In den dunklen Ecken einer Großstadt treibt sich nachts jede Menge Gesindel herum."

Ein kurzes „Mach' ich" gab Aiden zurück und zog seinen dicken Mantel an.

Aiden war froh, nach dem langen Sitzen in den verschiedensten Kutschen sich wieder selbst zu bewegen. Er atmete tief ein und aus und genoss die kühle Brise, die, von der Bucht kommend, die Stadt durchzog. Das Stadtbild war ihm immer noch vertraut, obwohl er schon so lange nicht mehr hier gewesen war. Trotzdem benötigte er gut zwanzig Minuten, bis er von der Cranston Street am Rand der Altstadt die ihm so bekannte Adresse in der Hillhouse Road erreicht hatte.

Leicht geschwitzt stand er vor dem großen, eisernen Tor, das er, entgegen früheren Gepflogenheiten, heute geschlossen vorfand. Er wartete zwei Minuten, um seinen Puls zu beruhigen. Dann läutete er die Torglocke. Ein gebeugter, älterer Herr trat aus der Tür des Haupthauses und schleppte sich humpelnd zum Tor.

„Ihr wünscht bitte?", fragte er, ohne dabei Anstalten zu machen, das Tor zu öffnen.

„Ist Lady Marjorie Buchanan zu Hause?" Aiden sprach so bestimmt, wie er nur konnte, denn heute würde er sich nicht fortschicken lassen. Und er wusste schon genau, was er ihr zu sagen hatte, bevor er mit ihr … An diesem Punkt musste er sich bei seinen Gedankenspielen immer zurückhalten. Vielleicht war sogar ihr Ehemann Cailean zu Hause.

„Oh, mein Herr, da muss ich Euch aber enttäuschen. Die Familie Buchanan hat dieses Anwesen schon vor langer Zeit verkauft. Wie ich hörte, haben sie sich auf ihren Stammsitz in der Nähe von Loch Lomond zurückgezogen. Und Lady Elisabeth Buchanan ist vor Kurzem in ihrer Wohnung dort sanft entschlafen. Das tut mir also aufrichtig leid für Euch."

Aiden kam nichts Besseres in den Sinn, als ein überraschtes „Mir auch" und ein halbgares „Dankeschön" nachzuschieben. Dann hob er beide Hände in einer Art entschuldigender Geste nach oben, verbeugte sich kurz und machte sich auf den Rückweg zur Cranston Street.

Jack und Brendan waren verwundert, Aiden schon so schnell wiederzusehen. Er habe vom Tod seiner Tante gar nichts mitbekommen, erzählte Aiden, und dieses Mal hatte er auch den Eindruck, dass die beiden ihm glaubten.

Den darauffolgenden Tag, es war Freitag, der 10. Mai 1721, hatten ihm die beiden Begleiter als letzten Tag zum Besuch von Familie und alten Bekannten zugestanden. Er habe auf seiner Rückreise sicherlich noch alle Zeit der Welt, um in Ruhe wichtige Personen seines Lebens zu treffen. Doch die dringenden Vorbereitungen der gemeinsamen großen Sache hingen von seinen Erkundungen ab, die sich sicher nicht so schnell durchführen ließen. Die Zeit drängte.

Aidens erste Adresse war das Haus von Bronwyn Hampdon, wo er auch Orla, seine Frau, vermutete. Schon einige Male hatte er mit Wehmut an sie gedacht, was er sich aber nur ungern eingestand. Er würde ihr freundlich, aber distanziert begegnen; schließlich hatte sie ihn verlassen. Und: Wenn er es genau nahm, dann hatte sie sich schon über Jahre hinweg in vielen kleinen Schritten von ihm entfernt. Aber sie hatten nie darüber geredet. War es falscher Stolz und falsche Scham gewesen, die ihre Verständigung unmöglich gemacht hatte? Vielleicht wäre es besser gewesen, sich schon früher einmal Zeit zur Beseitigung von unausgesprochenen Problemen genommen zu haben. Noch aber fiel es ihm leicht, solche Gedanken auch schnell wieder beiseitezuschieben.

Als Aiden am späten Vormittag bei Skye Hampdon ankam und sie abgemagert und ganz in Schwarz gekleidet auf der Türschwelle erblickte, wusste er sofort, dass etwas Schreckliches passiert sein musste. Aiden blieb den ganzen Nachmittag bei Skye, die froh war, in ihm einen ausdauernden Zuhörer und Gesprächspartner zu haben. Sie schilderte ausführlich den tragischen Tod ihres geliebten Gatten sowie die wichtige Reise von Orla und vergaß auch nicht, den Besuch von Sean bei seiner Mutter zu erwähnen. Sie schien zu ahnen, was Aiden interessierte. Seine Frage, ob Orla einen neuen Partner habe, beantwortete sie mit einem derart entrüsteten Blick, dass er keine weiteren Nachfragen zu diesem heiklen Thema zuließ. Daher wechselte Aiden seine Fragestellung schnell und bat sie, von seinen Adoptiveltern zu berichten. In dieser Angelegenheit zeigte sich Skye informiert und gegenüber Aiden auch auskunftswillig. Sie berichtete vom frühen Tod seines Adoptivvaters, der ihn nach seiner Rückkehr aus der Kolonie so ungerecht verstoßen habe. Aiden fasste sich im Reflex an die rechte Augenbraue. Die Narbe erinnerte Aiden immer wieder an das, was Farlan damals das Kainsmal genannt hatte. Natürlich sprach Aiden dieses Wort niemals laut aus, und aus der Tatsache, dass Skye Farlans damaliges Verhalten kritisierte, schlussfolgerte Aiden, dass Orla seinen Verrat an Riley ihrer Mutter nicht gebeichtet hatte. Innerlich atmete er auf. Die Nachricht von Farlans Tod nahm er ohne großen Schmerz auf. Er hatte ihm die hässliche Narbe auf seiner Braue sowie auf seiner Seele bis heute nicht verziehen.

„Deine Stiefmutter Ailis wird seit dem Tod ihres Mannes vor jetzt zehn Jahren von George Ogdan, der treuen Seele, versorgt. Die Fischereikasse unterstützt ihn finanziell bei seiner Hilfe. Die arme Frau ist nach dem Tod ihres Ehemannes verrückt geworden. Außerdem erblindet sie langsam. Sie spricht mit George wie mit einem leiblichen Sohn, und der korrigiert sie inzwischen auch nicht mehr. Riley scheint sie vergessen zu haben. Aber Farlan, der fehlt ihr doch sehr. Sie fragt fast täglich noch nach ihm und lebt gedanklich in ihrer eigenen, kleinen Welt. Sie ist im April aber auch schon achtundsechzig Jahre alt geworden." Das Schicksal seiner Stiefmutter, an der er immer noch hing, ging Aiden aufrichtig zu Herzen. Er nahm sich vor, sie ebenfalls auf seiner Rückreise zu besuchen.

Bis zum frühen Abend tauschten sich die beiden intensiv aus, aber von seiner eigentlichen Mission in Fort William und seiner Tätigkeit für die Jakobiten erzählte Aiden seiner Schwiegermutter nichts. Sie habe ihn kaum erkannt, als er vor der Türe stand, beichtete ihm Skye beim Abschied; er solle gut auf sich aufpassen und London sehr von ihr grüßen. Das sei eine tolle Stadt, in der sie selbst aber noch nie gewesen sei, trotz der häufigen Einladungen ihrer Tochter.

Die bestellte Kutsche brachte den nachdenklichen Aiden noch pünktlich vor Einbruch der Dunkelheit zurück in die Cranston Street nach Edinburgh. Morgen würde er als Hamish MacGregor einen neuen, wichtigen Abschnitt seines Lebens beginnen.

[7] Die Zeit der Bewährung
April 1721

Für Orla und ihren Transportkonvoi war der Tag des Aufbruchs nach Mallaig gekommen. Orla hatte bestimmt, dass der Konvoi am Montag, dem 15. April 1721, noch vor Sonnenaufgang aufbrechen sollte, um die Strecke von fünfundvierzig Meilen an einem einzigen Tag zurücklegen zu können. Der erste Teil der gut befahrbaren Straße der, dem Nordrand des Loch Eil folgend, sich direkt nach Westen wandte, war flach und konnte nach Meinung der Einheimischen problemlos auch schon bei Dunkelheit in Angriff genommen werden.

Orla startete mit größerer innerer Anspannung in diese letzte Etappe, als sie sich selbst zugestehen wollte. In Kürze würde sich zeigen, ob sie den aufwendigen Reparaturauftrag der Masten und Segel auch erfolgreich würde anleiten können. Sie war bisher schon überrascht, dass die Gruppe der Männer sie so vorbehaltlos als Chefin der ganzen Unternehmung unterstützte. Sie versuchte im Gegenzug, die Männer in die Entscheidungen mit einzubinden, und ja: Sie hoffte auch auf deren Können und Fleiß. Irgendwie schien ein guter Teil von Bronwyn Hampdons Autorität auf sie übergegangen zu sein. Vielleicht hatte der aber auch mit den Männern geredet? Sie durfte Bronwyn auf keinen Fall enttäuschen.

Mit dem Wirt des *Duncansborough Inn* hatte sie vereinbart, auf der Rückreise (hoffentlich schon in drei bis vier Wochen) wieder zwei Nächte bei ihm zu übernachten. Sie wollte schließlich auch Cailean mit seiner Erwartung nicht enttäuschen. Er würde ihr erneut einen guten halben Tag Zeit wert sein. Der Wirt der Herberge beschrieb den Kutschern noch die vor ihnen liegende Strecke. Er warnte sie vor allem vor dem schwierigen Anstieg hinter Glenfinnan mit einem Höhenunterschied von gut dreihundert Fuß und danach noch vor der steil abfallenden, ausgewaschenen Abfahrt in Richtung Mallaig. Den Brief, den ihr Cailean für die Schweden mit auf den Weg gegeben hatte, hatte sie in ihrem Mieder versteckt.

Das Wetter am frühen Morgen war kalt, aber wenigstens regnete es nicht. So kam der Tross gut und ohne zeitraubende Hemmnisse voran.

Selbst den Pass hinter Glenfinnan meisterten Mensch und Tier bestens. Am Mittag hatten sie schon über die Hälfte der Gesamtstrecke bis zum Zielort zurückgelegt. Als sie das Ufer des Loch Ailort erreichten, das bereits den Blick auf die offene See zuließ, entschlossen sie sich endlich zu einer Pause. Ein kleiner Bachlauf, der in Richtung Meer verlief, kam dafür wie gerufen. Unter Verwendung von behauenen Steinen hatten irgendwann einmal hilfreiche Hände am Wegesrand eine provisorische Tränke angelegt. Nur fünfhundertfünfzig Fuß hinter dieser Wasserstelle, am Rande eines kleinen Wäldchens mit Kiefern, Erlen und viel Haselgebüsch, fand der Konvoi zudem vor dem schneidenden Westwind Schutz. Auf moosigem Boden am Wegesrand schien dies die ideale Stelle für die notwendige Rast. Die drei Kutscher spannten ihre Pferde aus und begannen sie mithilfe der beiden Thief-Taker zu tränken. Alle Teilnehmer freuten sich über die Pause, und so wurde viel gelacht und gescherzt. Kailey und Orla zündeten das übliche Feuer zum Kochen an, und schon kurze Zeit später durften sich alle über eine schmackhafte Fischsuppe freuen.

Orla und Kailey waren gerade dabei zusammenzupacken, als sie massives Pferdegetrappel vernahmen. In kürzester Zeit sah sich der kleine Treck von etwa zwanzig berittenen Männern umzingelt. Wie aus dem Nichts war diese Truppe aus dem Wäldchen hinter ihnen gekommen und dann in vollem Galopp zu ihrem Rastplatz gestürmt. Die Männer sahen abenteuerlich aus, und etwa die Hälfte von ihnen versteckte ihre Gesichter hinter Tüchern, die sie umgebunden hatten. Auf den Köpfen trugen fast alle ausgebeulte Filzhüte, wie sie die Hirten im Hochland gerne gebrauchten. Was Orla, Kailey und die Männer aber mit sofortiger Wirkung verstummen ließ, war die Tatsache, dass jeder Reiter mit einer Pistole in der Hand ungastlich auf die Rastenden deutete. Die beiden Thief-Taker zuckten kurz, aber angesichts der Überzahl der Reiter verzichteten sie auf weitere Aktionen. Den Heldentod wollte hier keiner vorschnell sterben.

Auf einem Pferd, das vom gescheckten Fell her eher einer Kuh glich, saß der vermutliche Anführer der Bande. Er war ein großer, massiger Kerl, dessen kräftiger Bauch sich über seinen breiten, dunklen Hosengürtel wölbte. Er war nicht maskiert; unter dem schwarzen, einem Barett ähnlichen Filzhut, fielen dunkelrote lockige Haare bis auf seine

Schulter. Ein mächtiger roter Vollbart verdeckte fast völlig sein rundes Gesicht. Ein offensichtlich zu kurzes Strickwams unter einer verschlissenen Lederjacke ließ Teile seines behaarten Speckbauchs über dem Gürtel hervorblitzen. Wenn er nicht der Anführer war, so musste er zumindest der Wortführer der Truppe sein. Während der Rest seiner Leute schnell einen fast komplett geschlossenen Ring um die Rastenden bildete, ritt der Dicke allein auf Orla und die anderen zu, die sich jetzt langsam erhoben. Nervös mit der Pistole hin und her wedelnd fragte er:

„Sagt mir: Wer ist hier der Boss von euch?"

Orla machte einen Schritt nach vorne. „*Ich* bin das." Orla hatte all ihren Mut zusammengenommen und stemmte dabei mit gespieltem Selbstbewusstsein beide Hände in die Hüften.

Ungläubig schaute der Dicke zwischen den Männern und ihr hin und her. Dann schallte seine kräftige Stimme von oben herab: „So, so, eine Frau als Boss, wollt ihr mich verarschen?"

„Hast du ein Problem mit Frauen?", fragte Orla in gespielt forschem Tonfall nach. Innerlich war sie sich nicht sicher, ob das in der momentanen Situation auch die beste Antwort war. Sie würde ja sehen ...

Der Mann auf dem Pferd drehte sich zu seinen Männern und bemerkte höhnisch: „Sollen wir der Kleinen demonstrieren, dass wir keine Probleme mit Frauen haben?" Gelächter folgte als Antwort.

„Und da ist ja noch so eine kleine Süße", bemerkte der Wortführer und zeigte mit dem Lauf seiner Pistole auf Kailey, die daraufhin sofort hinter dem Rücken ihres Mannes Schutz suchte. „Ja, ich entscheide mich für die Jüngere da", fügte er jetzt an, während einer aus seiner Mannschaft rief:

„Rob, ich will auch mal zuerst wählen dürfen. Immer meinst du –"

„Wie können wir Euch weiterhelfen?" Orlas klare Stimme schnitt dem Kerl das Wort ab.

„Tja, Madam, wer hat euch eigentlich erlaubt, hier unserer Wasser zu trinken?"

„Das Wasser ist für jedermann zugänglich, wie auch das Meer", versuchte es Orla mit einer Antwort.

„Das wäre ja noch schöner", entgegnete der Wortführer. „Das Wasser in dieser Tränke gehört nur uns! Wenn ihr also nicht bezahlen wollt, dann werden wir leider eure Wagen mit all dem Gerät an Bord als Pfand nehmen müssen. Und euch Frauen nehmen wir sowieso mit." Die Miene des Dicken zeigte keinen Anflug von Humor. Er schien es ernst zu meinen.

Orla war verunsichert; ein mulmiges Gefühl stieg in ihr auf. Ihre Stimme fing an, etwas zu vibrieren. „Warum seid Ihr denn so unglaublich ungastlich, meine Herren?"

„Weil ihr Engländer in unserem Gebiet so gar nichts verloren habt."

„Wer sagt Euch denn, dass wir Engländer sind?" Mit einem Schlag fühlte sich Orla sicher; von diesen Männern drohte ihnen keine Gefahr.

„Na, auf euren Wagen, das sieht aus wie, äh ..." Der Dicke kratzte sich am Bart.

„Nach was sieht es denn aus?", fragte Orla jetzt fast amüsiert zurück.

„Ist doch sicher schweres Gerät für das englische Fort drin, oder?"

„Nein, aber ich kann Euch versichern, dass bei schwerem Gerät für die Engländer hier eine bewaffnete Eskorte von mindestens einhundert Mann auf der Straße begleitend unterwegs wäre. Außerdem würde dann auf keinen Fall eine Frau den Transport leiten, oder?"

Die Männer der Reitergruppe schauten ratlos. Die Argumente schienen einfach zu überzeugen.

Der Dicke, den sie Rob riefen, stieg jetzt vom Pferd und ging auf Orla zu. Er steckte die Pistole dabei zurück in seinen Gürtel. „Und wer seid ihr dann?"

Orla setzte ihr freundlichstes Lächeln auf und begann zu erklären. „Wir sind allesamt Schotten, und ich müsste mich schon sehr täuschen, wenn Ihr nicht der berühmte Robert MacGregor seid, der hier nur Rob Roy, der rote Robert, genannt wird, und von dem sich hier alle wahre Wunderdinge erzählen. Ich bin mir deswegen auch sicher, dass wir derselben Sache dienen. Wir bringen Schiffsausrüstung für die schwedischen Schiffe, die von den Engländern vor Jahresfrist zusammengeschossen wurden. Segeltuch und schwere Wanten findet Ihr hier auf unseren Transportwagen. Und wir haben einen gemeinsamen, engen Freund. Es ist Cailean Buchanan, der mich bat, Euch von ihm zu grüßen, falls ich Euch träfe. Und letztlich habe ich Euch heute an Euren roten Haaren und dem Bart erkannt."

Rob Roy setzte bei Orlas Worten sein breitestes Grinsen auf und entblößte dabei seine lückenlosen, weißen Zähne. „Dann seid ihr uns natürlich willkommen. Vergesst einfach unsere unfreundliche Begrüßung. Ihr dürft euren Weg fortsetzen, wann immer ihr wollt."

Der enge Ring der gerade noch so bedrohlichen Belagerung löste sich auf, und während Orlas Kutscher die Pferde wieder anschirrten, führte Rob Roys Gruppe ihrerseits die eigenen Pferde an die Tränke.

„Was die Schweden angeht", begann Rob Roy an Orla gewandt, „die Engländer lassen sie seit einiger Zeit auffallend in Ruhe. Ich wundere mich darüber. Natürlich werden die Engländer wissen, dass sie uns helfen. Ich glaube aber, dass sie im Moment versuchen, die Schweden politisch auf ihre Seite zu ziehen. Und deswegen wollen sie die Schweden nicht unnötig provozieren. Es wird aber höchste Zeit, dass die Schiffe wieder flottgemacht werden, damit Nachschub aus Schweden geliefert werden kann." Jetzt lachte er hämisch auf. „Die Engländer werden staunen, wenn die Schweden plötzlich weg sind. Aber erzählt doch mal: Wo genau kommt ihr her?"

Jetzt erläuterte Orla, dass sie aus Leith seien und das Segeltuch und die Wanten dort in der Fabrik des berühmten Bronwyn Hampdon gefertigt worden seien. Rob Roy fragte Orla noch, ob sie unterwegs englische Truppen gesehen hätten, aber das konnte Orla wahrheitsgemäß verneinen.

Nach einer knappen halben Stunde waren Rob Roy und seine Mannen dann schon wieder in der hügeligen Umgebung verschwunden. Orla schickte ein erleichtertes Stoßgebet zum Himmel, während der Konvoi seinen langsamen Weg nach Mallaig fortsetzte. Ohne größere Pannen würden sie mit Einbruch der Dunkelheit an ihrem Ziel ankommen.

Orla war verwundert, als kurz vor ihrem Zielort der Kutscher, der sich hier gut auskannte, den Hauptweg verließ und einem verwitterten Schild folgte, das auf das *Silver Sands Inn* verwies. Schon nach etwa tausend Fuß kam ein lang gezogenes, heruntergekommenes, einstöckiges Steinhaus in Sicht, dem gegenüber ein breiter Holzschuppen stand. Ein großer Platz mit Wendemöglichkeit zeigte zwischen den Gebäuden an, dass hier der Weg zu Ende war.

„Hier geht es nicht weiter, obwohl es noch zweieinhalb Meilen bis zum Hafen von Mallaig sind", erklärte der Kutscher, während er mit steifen Gliedern vom Bock stieg. „Hier verriegelt der Fluss Morar die kleine Welt", lachte er. „Das ist sicher einer der kürzesten Flüsse der Welt mit einer Länge von nicht einmal zwei Meilen. Aber er regelt den Überlauf des großen Loch Morar in die Hebridensee. Und durch diesen Fluss, dessen Strömung abhängig vom Meeresspiegel ist, führt auch der Hauptweg nach Mallaig. Man sollte deshalb die Furt nur bei Tageslicht und bei Flut queren, sonst kann es schnell ungemütlich werden. Immer wieder bleiben Fuhrwerke stecken oder werden sogar von Wassermassen weggerissen."

Orla war ungeduldig. Sie wollte die Unternehmung endlich sicher am Ziel wissen. Als der Wirt des *Silver Sands Inn* ihr dann auch noch erklärte, dass er das beste und einzige Gasthaus weit und breit hier in der Gegend betreibe, musste sie erst einmal tief durchatmen. Die Vorstellung, in dieser miesen Absteige mehrere Wochen aushalten zu müssen, verdarb ihr die Freude des Ankommens. Der Wirt prahlte sogar regelrecht, dass er auch der Einzige sei, der bis zu zwanzig Gäste beherbergen könne. „In Mallaig übernachtet niemand! Da holt man entweder Fisch ab, oder man lässt sich mit einem Boot auf eine der Inseln bringen."

Als er Orlas ungläubiges und enttäuschtes Gesicht sah, lachte er laut auf. „Mam, warum sollte man in diesem Nest übernachten? Mallaig hat nur etwa dreihundert Einwohner. Und Fremde kommen, wenn überhaupt, mit dem Schiff. Seit einem Jahr liegen jetzt zwei schwedische Schiffe dort, aber man erzählt, dass sie bald repariert werden sollen."

Orla bedankte sich bei dem Wirt, der sich ganz offensichtlich sehr über seine Gäste und das sich abzeichnende gute Geschäft freute. Er verabschiedete sich in die Küche und versprach ein leckeres Essen für alle. Orla schauderte nochmals bei dem Gedanken, in dieser heruntergekommenen Herberge so lange Zeit ausharren zu müssen.

„Und wenn Ihr Fragen habt, Mam, dann zögert nicht, mich anzusprechen."

Zur Feier des Tages gab es an diesem Abend gegrilltes Kaninchenfleisch, das aber nicht für alle reichte und zudem von außerordentlich zäher Konsistenz war. Orla hatte ihre Portion an einen der Thief-Taker abgegeben, der die Spende mit einem dankbaren Lächeln quittierte.

Sie selbst beschränkte sich auf die gebratenen Porridgefladen, die mit Karotten vermischt zwar ebenfalls zäh waren, aber gut sättigten. Der Wirt hatte den Kutschern noch erklärt, dass es das Beste sei, am frühen Morgen bei Flut den Morar zu queren, weil dann das Wasser am ruhigsten sei. Orla und auch die Männerrunde gingen nach dem Abendessen früh zu Bett.

Nach einer kurzen Nacht, in der Orla wegen der zu harten Bettstatt schlecht geschlafen hatte, machte sich der kleine Konvoi kurz nach Sonnenaufgang auf den Weg, um die Furt durch den River Morar unter günstigen Bedingungen zu queren. Ohne Komplikationen erreichte die Wagenkolonne nach einer guten Stunde den Hafen von Mallaig. Orla fragte sich, wo bei den wenigen Häusern, die sie hier sah, das eigentliche Dorf sei. Der Naturhafen von Mallaig zeichnete sich dadurch aus, dass die nordwärts verlaufende Küstenlinie hinter sich eine geräumige Bucht aufwies, deren Öffnung somit nach Norden wies. Dadurch ragte die westliche Seite der Bucht noch eine gute halbe Meile in die See und bildete den äußeren Teil des Hafenbeckens. An der Innenseite dieser Landzunge waren die Kais dieses schön gelegenen Fischerhafens angelegt und entsprechend ausgebaut. Malerisch eingefasst wurde Mallaig von einer überwiegend mit Büschen bewachsenen Hügelkette, die sich bis zu einer Höhe von gut dreihundert Fuß in geringer Distanz entlang der Uferlinie erhob.

Das Hafenbecken dominierten im Moment die beiden großen schwedischen Schiffe, denen man aber auf den ersten Blick ansah, dass sie in einem erbärmlichen Zustand waren. Beide Schiffe waren im äußeren, ruhigeren Bereich des Hafens vertäut, während die kleinen Fischerboote um diese Zeit am Vormittag das Wasser um den inneren, größeren Landungssteg mit Leben erfüllten. Orla wunderte sich, woher die vielen Menschen kamen. Von hier konnten die nicht sein. Sie war sich sicher, dafür einfach zu wenig Häuser und Hütten gesehen zu haben. Sogar vereinzelte, englische Uniformen waren in dem bunten Treiben auszumachen.

Der ortskundige Kutscher winkte die Wagen vorbei am geschäftigen Treiben des Fischmarktes zu den beiden schwedischen Schiffen. Am breiten Pier stieg Orla vom Wagen. Die etwas größere Dreimastbark *Fredsbringare* (Friedensbringer) hatte einen abgebrochenen Großmast, der wie ein Baum wirkte, in den ein Blitz eingeschlagen hatte. Jedwede Takelage war bereits von dem oben verkohlten Teil des Mastes entfernt worden. Die kleinere *Fackla* (Fackel) wies einen abgerissenen Klüverbaum und ein größeres Loch in der Steuerbordseite auf, an dem aber wohl schon Reparaturarbeiten begonnen hatten. Obwohl sich das Deck beider Schiffe schnell mit neugierigen Matrosen belebte, hatte Orla viel Zeit, den Hafen, die Schiffe und die Umgebung in Augenschein zu nehmen.

Nach einer knappen halben Stunde kam geordnete Bewegung auf der *Fredsbringare* in Gang. Der lang gezogene Pfiff eines Bootsmannsmaats kündigte die Ankunft einer Abordnung von Offizieren an, die die Gangway ihres Schiffes würdevoll nach unten schreitend auf das Pier traten. Orla und ihre Begleiter gingen den in helle, blau-weiße Uniformen gekleideten Männern entgegen. Die Begrüßung gipfelte darin, dass ein allgemeines Händeschütteln begann, das durch die Frage eines Schweden abgeschlossen wurde, der sich als Kapitän der *Fredsbringare* mit seinem Namen Mads Gyllenborg vorstellte.

„Ich vermisse meinen guten Freund Bronwyn Hampdon. Wird er noch anreisen?"

Jetzt war es an der Zeit für Orla, die Dinge zu erklären. Sie stellte sich als Vertreterin von Mr. Hampdon vor und konnte den kurzen Unglauben, der über das Gesicht des Kapitäns huschte, nicht übersehen. Sie betonte noch einmal, wie gut sie sich auf diese schwere Arbeit vorbereitet hätten und dass bei Fragen und Unstimmigkeiten sie diejenige sei, welche die Probleme lösen wolle.

Ihre kurze Rede wurde mit einem Lächeln der schwedischen Offiziere belohnt, die ausgewählt worden waren, weil sie alle des Englischen mächtig waren. Am Ende dieser Begrüßung bat Orla noch den Kapitän um ein Vieraugengespräch, dem er freundlich zustimmte. Kapitän Mads Gyllenborg nahm Orla mit auf sein Schiff, wo sie in der Kajüte des Kapitäns an einem prächtigen, reich verzierten Holztisch Platz nahmen. Orla war beeindruckt vom vornehmen Ambiente des schwedischen Schiffs.

Mads Gyllenborg eröffnete das Gespräch. „Wir Schweden sind glücklich, da wir nun endlich guter Hoffnung sind, in absehbarer Zeit zurück in unsere Heimat segeln zu können. Welche persönlichen Fragen habt Ihr noch an mich, Mrs. Hunter?"

Orla hatte sich schon während ihrer Wartezeit im Hafen die notwendigen Fragen ins Gedächtnis gerufen. „Sehr geehrter Herr Kapitän", begann sie noch etwas zögerlich. „Die Zeiten sind politisch unruhig und nicht ganz ungefährlich. Stört es Euch eigentlich nicht, dass so viele Engländer hier in der Gegend sind? Ich habe im Hafen etliche Uniformierte –"

„Liebe Mrs. Hunter", unterbrach der schlanke Mann mit dem dichten, blonden Haar und dem gepflegten Vollbart ihre Rede. „Das ist ja kein Wunder, denn in etwas mehr als einer Meile Entfernung auf der anderen Seite der Bucht, wo auch der örtliche Adel wohnt, gibt es eine kleine Kaserne der Engländer. Ja, sie sind wirklich wehrhaft. Und, schaut, mit den Engländern ist das so: Vor einem Jahr noch waren wir verfeindet. Und schaut: Die Situation hat sich geändert. Politisch ist mein Land im Moment neutral. Und solange ich hier an keinen kriegerischen Auseinandersetzungen aufseiten der Jakobiten teilnehme, lässt man mich in Ruhe. Die Engländer wissen, dass wir unsere Schiffe reparieren wollen, nur um nach Hause zu segeln." Jetzt zeigte Mads Gyllenborg ein undefinierbares Lächeln.

„Dann werdet Ihr nicht zurückkommen, um, äh, den Jakobiten zu helfen?"

Erstaunt schaute Gyllenborg sie an und zog die Augenbraue hoch.

„Nun, schaut: Diese Entscheidung treffe nicht ich. Dafür ist die schwedische Krone zuständig. Im Moment bin ich gehalten, mich aus allen kriegerischen Handlungen herauszuhalten. Wie sollte ich auch?" Jetzt lächelte Gyllenborg etwas hilflos. „Und, was mich anbetrifft: Wir haben demnächst hier ein Treffen mit einem Führer der Jakobiten. Es wird ein gewisser Hamish MacGregor erwartet. Und, schaut: Er soll auch mit den Engländern reden und versuchen, diesen schon so lange schwelenden Konflikt zu befrieden. Es liegt also nicht in meiner Hand, wie sich dieser Konflikt letztendlich entwickelt."

„Dann verhandelt Ihr gar nicht mit Cailean Buchanan?", platzte es aus Orla heraus.

„Oh, Ihr kennt Cailean? Doch, doch – natürlich rede ich auch mit ihm, dem alten Hitzkopf. Er ist eigentlich ein halber Schwede, aber das ist eine ganz andere Geschichte."

Orla wurde aus den Worten ihres Gegenübers nicht so richtig schlau. Zum einen störte sie das überhebliche, wiederholte „Schaut …", und außerdem hörten sich seine Worte nicht nach einem Bekenntnis zum Kampf der Jakobiten an.

„Ist dieser MacGregor mit dem bekannten Rob Roy verwandt?", fragte sie nach.

„Oh, das weiß ich nicht genau. Wahrscheinlich gehört er irgendwie zu dessen Clan, aber sonst wohnt er wohl weit weg; er kommt aus Rochester."

Orla zuckte beim Ortsnamen innerlich zusammen. Rochester stand bei ihr als Synonym für Aiden. Ihre Gedanken schweiften kurz ab. Wenn Aiden wüsste, dass sie hier für die Jakobiten unterwegs war; wäre er nicht richtig stolz auf sie?

„Wollt Ihr während der Arbeiten nicht Gast auf meinem Schiff, der *Fredsbringare,* sein?"

Die Worte des Kapitäns weckten Orla aus ihren Gedanken und elektrisierten sie gleichzeitig.

„Hier in Mallaig gibt es keine Herberge. Ihr spart Euch so zwei Stunden Weg täglich, denn ich gehe davon aus, dass Ihr alle wohl im wunderbaren *Silver Sands Inn* gestrandet seid?" Jetzt lächelte er mitfühlend.

„Kann ich dieses großzügige Angebot wirklich annehmen?"

Ihr Gastgeber versicherte ihr, dass es den Schweden eine Ehre sei, sie zum Gast zu haben.

Als beide sich erhoben, um das Gespräch zu beenden, fiel Orla etwas ein, was sie beinahe vergessen hätte. „Ich habe noch ein geheimes Schreiben meines guten Freunds Cailean Buchanan dabei. Schaut: hier." Mit diesen Worten überreichte sie dem überraschten Kapitän die mehrfach gefaltete Depesche, die sie sich bereits am frühen Morgen in der Schoßtasche ihres langen Rocks zurechtgelegt hatte. Über ihr kopiertes „Schaut" musste sie innerlich lächeln.

Mit deutlichem Stirnrunzeln nahm Mads Gyllenborg das geheime Dokument an sich.

[8] Die Rache kehrt heim
April 1721

„Er ist tot!"

Leddy Gowen sah sich von Teilen der Mannschaft umringt, als die Vormittagssonne, die schon über die Stadtmauern von Almería geklettert war, ihr am Kai vertäutes Schiff in ein warmes Gelb tauchte.

„Was sollen wir tun?", näselte Marty Ross in die betroffene Stille.

„Lasst ihn uns schnell über Bord werfen. Dann kriegen wir keine Probleme", meldete sich Jack Perkins zu Wort, der auch zu den Erfahrenen in der gestrandeten Mannschaft der Piraten zählte.

„Von wegen: keine Probleme", antwortete Leddy aufgebracht. „Wir werfen denen einen Pesttoten ins Hafenbecken und haben dann keine Probleme? Das sollten wir lieber nicht tun!"

„Dann müssen wir ihn erst einmal da lassen, wo er jetzt ist." Martys klarer Vorschlag überzeugte jetzt auch die anderen.

„Und kein Wort zu den Hafenbehörden, klar? Sonst schicken die uns gleich wieder aufs offene Meer hinaus. Wir brauchen aber erst einmal dringend Frischwasser und Proviant." Leddy hatte inzwischen, obwohl er mit seinen dreiundzwanzig Jahren noch zum jüngeren Teil der Mannschaft zählte, schon wegen seines beherzten Widerstands gegen Mulligard und Harmsen eine Führungsposition innerhalb der Mannschaft eingenommen. Die anderen nickten zustimmend.

„Leddy", Jack Perkins ergriff erneut das Wort. „Wir brauchen vor allem einen neuen Kapitän. Und das muss ziemlich schnell gehen, bevor Legrange mitbekommt, dass wir noch in der Nähe sind. Falls jemand unangenehm nachfragt, müssen wir behaupten, dass wir im Auftrag von Amaury Legrange handeln."

Leddy versprach daraufhin, die Offiziere in der Mannschaft noch einmal zu einem klärenden Gespräch vor dem Landgang in die Offiziersmesse zu rufen. So geschah es, und Leddy wurde die Aufgabe übertragen, sich bei der Hafenbehörde um einen neuen Kapitän zu kümmern. Wer hätte schon beim Verlassen der Île de la Tortue damit rechnen können, dass sie alle Personen verlieren würden, die in der Lage gewesen waren, den Kapitänsposten auszufüllen? Albert Conteville und

Amaury Legrange waren in Marseille geblieben, Mulligard und Mac-Intyre an der Pest verstorben. Nicht einmal einen guten Steuermann hatten sie noch, da Jacques Samur nach Frankreich zurückkehren wollte. Leddy hoffte inständig, dass nicht noch weitere Männer sich mit der Pest infiziert hatten. Er würde in Legranges Namen einen neuen Kapitän suchen, ihn mit Geld aus der Beute bezahlen und dann nach London aufbrechen. Inzwischen wollte sogar die Hälfte der Mannschaft in London bleiben. Auch die wenigen Franzosen, die noch mit den Piraten vor der Pest geflohen waren, fanden die Idee verlockend, auf diese Weise der tödlichen Seuche, die sich bestimmt auch noch in weitere Teile Frankreichs ausbreiten würde, zu entgehen. Dazu hatten sie mit den Piraten ausgehandelt, dass auch sie am Verkaufserlös der kostbaren Teppich- und Tuchwaren beteiligt würden. Es war bekannt, dass gerade diese Waren sich in London und auf der gesamten britischen Insel größter Beliebtheit erfreuten. Von dort aus wäre es ein Leichtes für sie, wieder in ihre Heimat Frankreich zurückzukehren. Wie die Piraten sich dann für eine Heimreise wieder organisierten, sollte nicht mehr ihr Problem sein.

Leddy dachte an seine Mutter auf der Île à Vache, die fest mit seiner Rückkehr rechnete. Aber er ahnte spätestens seit heute, dass dies ein schwierigeres Unterfangen werden würde, als er es sich gedacht hatte. Ob er nicht doch erst den letzten Willen von Riley MacIntyre in Schottland erfüllen sollte?

Die Hafenbehörde hatte keine Einwände gegen den Aufenthalt der *L'Entreprise;* man glaubte den Ausführungen von Leddy und den anderen, dass man von der Quarantäneinsel Île de Ratonneau vor Marseille vor der Pest flüchtend abgereist sei, aber dass die Kapitäne und der Reeder selbst freiwillig das Schiff verlassen hätten. Die Navigation bis hierher nach Almería war in der Tat kein Problem gewesen.

Was dann geschah, bezeichnete Leddy später als den biblischsten Moment seines jungen und so gar nicht christlich geführten Lebens als Pirat. Sie lagen inzwischen schon den zweiten Tag am Kai von Almería. Ins Logbuch hatte Leddy soeben Donnerstag, den 25. Dezember 1720, eingetragen. Wehmütig hatten sie am Vorabend an die Trinkgelage zu Hause zurückgedacht, die sie so oft am Weihnachtstag gefeiert hatten. Man musste nicht religiös sein, um Weihnachten gebührend zu begehen. Aber in diesem Jahr war die Stimmung ob der ungewissen Zukunft ihres Schiffes gedrückt gewesen.

Während die Vorbereitungen für eine bald geplante Weiterreise nach London noch auf Hochtouren liefen, öffnete sich am späten Vormittag die Tür von Rileys Kajüte wie von Geisterhand. Auf dem Flur erschien ein kaum wiederzuerkennendes Abbild von Riley MacIntyre. Der trug nichts als eine dreiviertellange Baumwollhose; der Oberkörper war nackt. Die rotblonden, mit grauen Strähnen durchzogenen langen Haare rahmten sein Gesicht und fielen ihm fast bis auf die Schultern. Sein Gesicht ließ für die, die ihn jetzt so antrafen, keinen Zweifel daran zu, dass ein ehemals Toter leibhaftig vor ihnen stand. Eigentlich war die Grundstimmung der Mannschaft noch nachdenklich, weihnachtlich. Dass sie stattdessen gerade Augenzeugen einer Auferstehung wurden, die das Osterfest vorwegnahm, überforderte die meisten. Ungläubig glotzten sie auf das, was sie vor sich sahen: Riley stand schwankend und direkt vor ihnen, aber er schien sie nicht wahrzunehmen. Die rot geränderten Augen waren weit aufgerissen; sie schienen auf Dinge fokussiert, die sich nicht im Hier und Jetzt abspielten. In den nach unten gezogenen Mundwinkeln klebten kleine, schaumige Speichelreste; die fischartig auf- und zuklappende Mundöffnung schien Worte in einer fremden Sprache formulieren zu wollen; Rileys Kehle jedoch entrang sich bei jedem angestrengten Atemstoß zunächst nur ein rasselndes Pfeifen. Umrahmt wurden die blassen, schmalen Lippen von einem verwilderten, dunkelrot-grau schimmernden Vollbart, der die ausgeprägte Hohlwangigkeit des Mannes kaschierte. Getrocknete, weißlich schimmernde Spucke war in mehreren, kleinen Streifen im bärtigen Dickicht wiederzufinden. Über den Augen leuchtete die schweißige Stirn in einem fahlen Weiß und gab dem Antlitz immer noch einen drohend-fiebrigen Glanz.

Die ersten beiden Matrosen, die ihn so vor sich sahen, fielen auf die Knie, bekreuzigten sich wiederholt und riefen: „Er ist auferstanden! Ein Wunder ist geschehen! So schaut doch!"

Im Nu füllte sich der Gang mit Männern, die wild gestikulierend Riley den Weg versperrten. Durch den Lärm alarmiert, kletterte Leddy die steile Treppe nach unten und stieß im Flur die aufgeregten Männer beiseite. Als er jetzt Riley mit eigenen Augen erblickte, der von einem seiner schmutzigen nackten Füße auf den anderen trat, entfuhr ihm ebenfalls ein Ausruf des Schreckens: „Heiliger Jesus, ist das wirklich ...?" Dann brüllte er, so laut es seine Stimmbänder zuließen: „Ruhe!", und fast gleichzeitig entstand eine geradezu gespenstische Stille.

In die Stille hinein war einzig Rileys Japsen zu hören, und bei jedem Ausatmen wurde ein Wort zunehmend verständlicher: „Wasser, Wasser", doch niemand reagierte. Die Worte schienen auf geheimnisvolle Weise die umstehenden Männer zu lähmen. Nach zwei weiteren mühsamen Atemstößen quoll es dann, wenn auch noch stockend, aus Riley heraus: „Wasser – hat – mich – gerettet. Wasser ..." Als Riley jetzt bei dem Versuch, einen Schritt nach vorne zu machen, stark schwankte, war das der Punkt, an dem es Leddy gelang, sich aus der eigenen Erstarrung zu lösen.

„Einen Schemel, los, bringt schnell einen Schemel für unseren Käpt'n! Und Wasser, bringt frisches Trinkwasser! Los jetzt! Worauf wartet ihr noch?"

Es war der Weckruf, den die Männer gebraucht hatten. Im Nu war jetzt ein Schemel da, ein anderer Mann warf eine Wolldecke über Rileys Schultern, während Leddy auf Riley einredete. Woher er jetzt käme und wie es ihm ginge und was er jetzt tun wolle. Doch Riley blieb in seiner Welt gefangen. Leddys Fragen und das Gerede der Kameraden erreichten ihn nicht. Mit anhaltendem Unverständnis im Blick wanderten seine Augen scheinbar emotionslos vom einen zum anderen – und danach wieder zurück. Als Antwort kam wiederholt nur dieses eine Wort: „Wasser".

Als man ihm einen Becher reichte, wollte er zunächst nicht trinken. Doch dem Drängen von Leddy nachgebend, begann er dann: Nicht gierig schlürfend, wie alle erwarteten, nein, geradezu bedächtig, Schluck für Schluck goss er das Lebenselixier in sich hinein. Dazwischen immer wieder nur das Wort: „Wasser".

„Er ist verrückt geworden. Richtig verrückt! Die Pest hat er besiegt, aber das böse Miasma, der Pesthauch, hat seinen Geist mit sich genommen. Er wird nie mehr –"

„Ach, halt doch den Mund mit deinem Aberglauben!", schnitt Leddy jetzt dem jungen Matrosen das Wort ab, der die Situation auf seine Weise erklären wollte. „Das ist alles Quatsch! Er hat überlebt, weil ich ihm genug Wasser in der Kammer gelassen habe."

„Wir müssen die Kammer mit Feuer ausräuchern. Los, holt Kräuter gegen die Pest", zeterte der junge Matrose erneut. „Und dann ein Feuer!"

„Quatsch! Sonst brennt ihr hier noch das Schiff nieder. Kein Feuer und basta!"

Jetzt drängelte sich der dicke Marty Ross, schon immer ein Freund von Riley, durch die Männer nach vorne und fragte Leddy: „Was sollen wir mit ihm machen?"

„Er ist verhext. Wir müssen ihn loswerden, sonst reißt er uns alle mit in den Tod!", zeterte der junge Matrose, der soeben noch das Feuer vorgeschlagen hatte. Die anderen schienen ihm zuzustimmen.

Leddy überkam plötzlich die Sorge, dass die Stimmung der Männer von geschockt schnell in bedrohlich für Riley umschlagen könne. Der aber saß immer noch auf seinem Stuhl und starrte reglos in die Runde.

„Er ist ein Todesengel. Wir müssen ihn – "

„Du hast recht!" Leddy schnitt dem inzwischen in Panik geratenen Matrosen das Wort ab. Er sprach jetzt extrem laut, um dadurch seiner Stimme mehr Gewicht zu verleihen. Er übertönte damit auch das lauter werdende bedrohliche Stimmengewirr.

„Und nochmals: Du hast recht. Wir müssen Riley von Bord bringen, sonst zieht er uns alle mit in die Tiefe!"

Zustimmendes Gegrummel.

„Ross wird mir helfen. Wir beide bringen ihn an Land und werden ihn dort los. Und kein Wort von euch gegenüber den Behörden. Und erst recht kein Feuer in seiner Kajüte, klar? All sein Hab und Gut aber muss ebenfalls vom Schiff verschwinden."

Marty Ross reagierte schon, ohne dass ihm Leddy sagen musste, was er zu tun hatte. Er verschwand in Rileys Kajüte.

Leddy zog Riley an den Händen in den Stand und griff ihm dann stützend unter die Arme. Der Ring der Umstehenden öffnete sich zögerlich, und Schritt für Schritt führte Leddy Riley in Richtung der steilen Treppe zum Deck. Reflexartig stieg zuerst Riley und direkt hinter ihm Leddy, den Vordermann vor sich her nach oben schiebend, an die frische, warme Luft auf dem Deck. Als die beiden endlich die Gangway erreichten, um das Schiff zu verlassen, holte Marty Ross die beiden ein. Der Dicke keuchte schwer.

Auf der Kiste mit Rileys gesamten Habseligkeiten lag ungeordnet ein großer Knäuel von Wäschestücken, die wohl alle Riley gehörten. Auf der Gangway drehte Marty die Kiste plötzlich mit einem Ruck zur Seite und ließ den ganzen Kleiderwust mit einem Mal ins Hafenbecken kippen.

Unsicher betrat Riley jetzt nach langer Zeit wieder festen Boden. Leddy, der ihn wieder stützte, hatte ihm die Wolldecke in einer Art Kapuze über den Kopf gezogen, um Rileys krankes Äußeres so gut wie möglich vor kritischen Blicken zu verbergen. Dann lief er los.

Marty keuchte hinter ihm her: „Weißt du, wo wir hinmüssen?"

„Nein, aber erst einmal nur weg vom Hafen hier. Hinter den ersten Häusern fragen wir dann nach."

„Und du sprichst Spanisch?" Martys Stimme klang überrascht.

„Natürlich nicht, aber frag halt nach einem Hospital, Ross: Hos-pi-tal!"

Und so machten sie es dann auch. Nach einer knappen Stunde des Umherirrens mit mehreren Pausen landeten sie endlich im Nordwesten vor den Mauern der Stadt Almería. Hinter dicken Steinmauern befand sich neben einem Kloster das Hospital. Eine Seuchenstation, aber Gott sei Dank, zurzeit ohne jeden Pestfall. Leddy versuchte, dem jungen Mönch an der Pforte heftig gestikulierend klarzumachen, dass er jemanden brauche, der die englische Sprache verstand. Wieder verging viel Zeit, und Leddy wunderte sich über Rileys Durchhaltevermögen.

Nach einer halben Stunde erschien ein schlecht gelaunter, dafür gut genährter Ordensbruder. Als er verstand, dass Leddy über Geld reden wollte, besserte sich seine Laune schlagartig. Parallel dazu schienen sich seine anfänglich verkniffenen Augen, von zunehmendem Interesse getrieben, zu weiten. Als er von Leddy verstanden hatte, dass der Erkrankte sehr reich sei und das Geld bei sich trage, leuchteten seine Augen schon wie zwei große Kugeln. Geradezu freudig erregt starrte er jetzt Leddy an, als er zur Antwort gab: Ja, natürlich sei er bereit, sofort im Namen der Menschlichkeit für diesen plötzlich von Gott gesandten Fremden die Tür zu öffnen. Eine Anzahlung müsse er aber leider schon vorab verlangen. Sein Englisch war lausig schlecht, aber Leddy konnte ihn verstehen. Wenn er das Wort Geld im Munde führte, begannen die Augen des guten Mannes jedes Mal freudiger zu leuchten.

Als Leddy mit einem silbernen Perlenohrring aus Rileys Kiste die geforderte Anzahlung beglich, tropfte Speichel aus den Mundwinkeln des Mönchs. Der gottesfürchtige Pförtner war ebenfalls Augenzeuge, faltete die Hände, blickte zum Himmel auf und schickte wohl ein Dankgebet an seinen Schöpfer.

Jetzt komme das Wichtigste, erläuterte Leddy und stellte Pförtner und Mönch nebeneinander vor sich auf. Dieser Kranke sei ein auserwählter Pilger, der im Namen des Herrn unterwegs sei. Er habe auf seinem jahrelangen Weg dermaßen viel Gutes getan, dass der Herr ihn sogar die Pest habe überstehen lassen. Er habe den Auftrag Gottes, von der Pilgerreise in seine Heimatstadt Edinburgh zurückzukehren, um die Ungläubigen dort zu vertreiben. Bei dem Wort ungläubig bekreuzigte sich der Ordensmann wiederum gleich mehrfach. Ross zeigte sich von Leddys Worten ebenfalls tief beeindruckt. Beinahe hätte auch er sich vor Ergriffenheit bekreuzigt. Jetzt brachte Leddy seine Aussage auf den Punkt: Wenn der Orden das viele Geld ohne Gegenleistung an sich nähme, würde ein Fluch das Kloster samt Hospital binnen Monatsfrist mit der Pest überziehen. Wieder schlug der Mönch das Kreuzzeichen gleich mehrfach, was der Pförtner ihm gleichtat, obwohl er sicher nicht verstanden hatte, was Leddy gestenreich ausgeführt hatte. Beide nickten jetzt zu seinen Worten. Wenn sie den Kranken einkleideten, pflegten und gesund entließen, dann hätten sie so viel Geld, um damit einen Neubau dem Kloster hinzufügen zu können. Leddy erwähnte gegenüber den beiden nicht, dass Marty Ross und er über die Hälfte des Kisteninhalts von Riley unterwegs in ihre eigenen Hosentaschen umgefüllt hatten. Marty war der Meinung gewesen, sie könnten den Schmuck besser gebrauchen als die frommen Menschen im Kloster, denen ja schließlich Eitelkeit fremd sein sollte. Letztendlich seien diese frommen Menschen zur Genügsamkeit erzogen worden.

An der Seite, zwischen dem temperamentvollen Redner und seinen Zuhörern, stand Riley ruhig und scheinbar ohne Emotionen. Inzwischen schlotterte er ein wenig unter seiner Decke. Aber immer noch irrte sein leerer Blick mit dem Unverstand eines Kindes von einem zum andern.

„Wenn ihr ihn dann gepflegt, genährt und gekleidet habt, solltet Ihr um jeden Preis dafür sorgen, dass er schnell und sicher nach Edinburgh gelangen kann. Der Herr", jetzt faltete Leddy theatralisch seine Hände und wandte den Blick zum Himmel. „Der Herr wir Euch in dem Moment ein passendes Schiff schicken, vielleicht ist es aber auch nur eine Kutsche. Aber in dem Moment, in dem dieser Mann den Boden seiner Heimatstadt wiedersieht und küsst, wird hier in Euren Mauern ein großes Wunder geschehen." Gestenreich und bereits mit einem leichten Zittern in der Stimme setzte er jetzt den Schlusspunkt. „Der Herr in seiner großen Güte vertraut auf Euch!"

Der Ordensmann, ebenfalls von großen Erwartungen ergriffen, bestätigte den imaginären Bund mit einem kräftigen: „Amen", dem sein Begleiter ein säuselndes: „Danket dem Herrn!" hinzufügte.

Jetzt verabschiedeten sich Leddy und Marty von Riley, und als das schwere Holztor ihren Kapitän samt Wertsachen verschlang, machten sich die beiden auf den Rückweg.

„Bist du katholisch?", fragte Marty, nachdem sie ein paar Schritte gegangen waren.

„Nicht, dass ich etwas davon wüsste", gab Leddy grinsend zur Antwort.

„Aber es war wohl das Letzte, was wir für unseren ehemaligen Kapitän Riley MacIntyre tun konnten." Jetzt schaute er seinen Begleiter vielsagend an. „Ich, für meinen Teil, kann nur feststellen: Irgendwie war ich ihm das auch schuldig."

Ohne die Begleitung des Schwerkranken konnten sie auf ihrem Rückweg zum Hafen jetzt schnell ausschreiten, sodass sie nach kurzer Zeit wieder ihr Schiff erreichten. Über Rileys Verbleib vereinbarten sie Stillschweigen.

„Schade, wie gerne hätte er seine Heimatstadt wiedergesehen", seufzte Leddy.

„Ja, ich glaube auch, dass die heiligen Männer im Kloster sehr lange auf dein versprochenes Wunder werden warten müssen", gab Ross mit leichter Ironie in der Stimme zur Antwort.

„Da hast du recht, Ross, aber bei dem vielen Geld, das Riley noch hat, hoffe ich, dass sie auf meine Worte hören und ihn wenigstens neu einkleiden. Hoffentlich geben sie ihm bis zu seinem Tod auch immer gut zu essen." Jetzt machte Leddy eine kleine Pause. „Glaubst du auch, dass der Teufel ihm die Seele abgekauft hat?"

Marty schaute Leddy fragend an. „Und der hat ihn dafür die Pest überleben lassen?"

Leddy nickte: „Na ja, er hat ganz offensichtlich die Pest besiegt, aber mit seinem Verstand, seiner Seele dafür bezahlt! Und ich kenne nur einen, der Seelen sammelt. Das muss der Leibhaftige gewesen sein!"

Jetzt nickte Marty zu Leddys Worten und bekreuzigte sich. „Ja, er hat die Pest überstanden, was nur ganz wenigen vergönnt ist. Lass uns schauen, dass die Mannschaft sich beruhigt. Und wenn wir einen neuen Kapitän haben, Leddy, sollten wir bald von hier verschwinden. Zuerst nach London, dann nach Hause. Ich habe Heimweh nach unserer Insel!"

Wenn Riley später gefragt wurde, an was er sich in der Zeit seiner schweren Erkrankung erinnern könne, dann schüttelte er meist hilflos den Kopf. Nein, an diese Zeit hatte er keinerlei Erinnerungen. Die fiebrigen Tage in seiner Kajüte, dann seine „Auferstehung", sein barfuß durch Almería irrender Weg zum Hospital, gestützt und begleitet von Leddy und Marty, selbst die ersten Tage der Pflege: Davon war rein gar nichts in sein Bewusstsein gedrungen. Demgegenüber waren ihm die Gefühle, die Stimmungen und die Traumbilder, die ihn an die Hand genommen, ihn an die Grenze vom Leben zur Ewigkeit gezogen hatten, deutlich im Gedächtnis geblieben. Sie blieben klar und präsent wie soeben Erlebtes.

Sein Blick in die Vergangenheit fing immer wieder damit an, dass er die Beulen in seiner Leiste als Zeichen des eigenen bevorstehenden Todes erkannte. War die Rückschau auf die Zeit davor später oft lückenhaft oder ungenau, so begann die Eindeutigkeit seiner Erinnerungen auch später immer wieder im genau gleichen Moment. Genau in dem Augenblick, als er seine Rache an Mulligard vollendete, war es diesem Schurken noch gelungen, ihn anzustecken. Riley hatte später noch häufiger darüber nachgedacht, ob er diese Tatsache als Strafe des Himmels annehmen sollte. Schließlich hatte er aus Rache getötet, und ja, Mulligard hatte damals auch noch nicht gehen wollen. Um ein Haar hätte er es noch geschafft, Riley mit sich in den Tod zu reißen. Der Albtraum begann immer wieder genau an dieser Stelle.

Die Möglichkeit, diese Krankheit zu überwinden, war eigentlich nicht gegeben. Die Pest würde sehr bald seinen sicheren Tod bedeuten!

Das war die nackte, elende Wahrheit gewesen. Wer hätte ihm jetzt noch helfen können? Trotz der Verzweiflung, die mit dieser Erkenntnis in Riley aufgestiegen war, blieb sein Überlebenswille ungebrochen. Was sprach dafür, nicht aufzugeben? Er dachte an seine Eltern. Als ihn vor zwanzig Jahren die Piraten in der Kolonie gefangen genommen hatten, hatte er angefangen, täglich mit seinen Eltern „zu sprechen". Der Trost, den er durch diesen Kontakt erfahren hatte, hatte ihn damals die Angst besser in den Griff bekommen lassen. Auch jetzt wieder, in dieser aussichtslosen Situation, sah er seine Mutter vor sich. Ailis, die in ihrer Fürsorge Unübertroffene! Sie lächelte und bedeutete ihm, dass sie auf ihn warte. Er durfte sie nicht enttäuschen. Und Farlan, der Mann, von dem er die Stärke und den Mut geerbt hatte. Auch der wartete auf seinen Sohn, denn inzwischen war das Holz seines Bootes so morsch wie seine Knochen, aber die See ließ keine Schwäche zu. „Halte durch, Vater", brüllte er noch im Traum, in dem er Farlan mit den Wellen kämpfen sah. Und dann gab es da noch eine Person, die er liebte und die ihn ebenfalls erwartete. Warum sonst hatte sie ihm so intensiv zugewinkt? Orla. Allein ihre Existenz hielt seinen Überlebenswillen im Angesicht des Todes aufrecht! „Ich bin auf dem Weg zu dir!", schrie er, während sein Schiff Orla am Strand begleitete, aber dem Ufer nicht näher kommen konnte. Jetzt blieb Orla erneut stehen, winkte ihm freudig zu, eine Hand zum Trichter geformt an ihrem Ohr – ein sicheres Zeichen, dass sie ihn nicht hörte, nicht verstehen konnte –, nur kurz, um dann enttäuscht mit den Schultern zu zucken und sich abzuwenden. „So hör doch!", brüllte Riley erneut. „Ich bin bald bei dir!"

Er konnte doch jetzt nicht aufgeben. Er sah sie zum Greifen deutlich vor sich, klarer als in all den Jahren zuvor. Er erkannte ihre ewig jungen Augen, die Sommersprossen, das Lachen ihrer verführerischen Lippen. Deswegen konnte er einfach noch nicht gehen! Ihr Bild hatte ihm am Ende die Kraft gegeben, nicht zu zerbrechen. Doch dann war auch ihr Bild wie das seiner Eltern nach und nach in weißer Gischt und dunklen Wolkenbänken verschwunden. Der Horizont fing an, sich aufzulösen und strömte mit den Fluten des Meeres zusammen.

Riley beugte sich mühsam vor. Die Elemente hatten sich vereint. Verbündeten sich Himmel und Flut jetzt gegen ihn? Dann wurde es plötzlich still. Nur noch dumpf vernahm er die Laute, die an sein

Ohr drangen. Er war offensichtlich über Bord gegangen und unter die Wellen geraten. Noch konnte er die Wasseroberfläche in der Nähe ausmachen – sein getrübter Blick nach oben bewies ihm aber, dass er sich, auf dem Rücken liegend, langsam vom Licht entfernte, im kalten Nass dem dunklen Grund fast schwerelos entgegenschwebte. Doch er verspürte keine Atemnot, keine Angst. Er hatte das Atmen eingestellt. Als er den Kopf leicht zur Seite drehte, sah er einen riesigen dunklen Schatten zu sich hinabtauchen. Und dann konnte er es erkennen: Ein riesiges, gütig dreinblickendes Auge, es musste das eines Buckelwals sein, tauchte eine Armeslänge neben ihm auf. Wie ein Walfischjunges, das von der Mutter mit dem Kopf gelenkt wird, die damit gleichzeitig den kindlichen Atem regelt, so spürte Riley plötzlich die Flosse des Wals unter seinem Rücken; nicht kalt oder unangenehm, sondern weich und fürsorglich verhinderte sie sein weiteres Versinken im Dunkel. Dann, immer schneller zum Licht strebend, schob das Tier mit sorgfältig bemessener Kraft Rileys reglosen Körper nach oben. Mit einem letzten zärtlichen Wurf katapultierte der Buckelwal den Körper hoch in die sonnendurchflutete Luft, in der ihn zwei riesige weiße Albatrosse mit ihren Schnäbeln packten, um ihn danach über den weichen Dünen des rettenden Ufers fallen zu lassen.

Ein lang gezogener Schrei begleitete Rileys Aufprall im weichen Sand.

„Vorsicht! Du siehst doch, dass er sich noch nicht halten kann. Seine Muskulatur ist noch zu schwach." Es waren eindeutig menschliche Stimmen, die jetzt an Rileys Ohren drangen. Keine Stimmen, die er kannte. Keine Stimmen, die er verstand; sprachen sie doch in einer fremden Sprache. „Los, los, ruft Padre Pius", riefen die beiden Ordensmänner. „Na los, wo ist Padre Pius?"

Nur kurze Zeit später kam der Pater schwitzend angetrabt. Er hatte schon nicht mehr daran geglaubt, dass dieser schottische Pilger sich jemals wieder von seinem Krankenlager erheben würde. Doch den lang gezogenen Schrei, der das Kloster bis in den letzten Winkel durchdrungen hatte, den hatte auch er selbst während der Sext, dem Mittagsgebet, in der Kapelle vernommen. Im selben Moment ahnte er, dass der Herr Wunderbares mit ihnen vorhatte. Pflichtgemäß beendete er seine Andacht. „Alter alterius onera portate" (Einer trage des anderen Last). „Et sic adimplebitis legem Christi" (So werdet ihr das Gesetz Christi erfüllen). Er bekreuzigte sich mehrfach, raffte seinen Talar und eilte zu Rileys Kammer.

Schon auf den ersten Blick bemerkte der Gottesmann, dass der Kranke heute seine Umgebung bewusst wahrnahm. Er lag auf dem Rücken, aber die jetzt mit Leben gefüllten Augen wanderten interessiert zwischen den Personen hin und her, die sein Bett umstanden. Padre Pius schob den kräftigen Helfer am linken Bettrand zur Seite und beugte sich über Riley. Er bekreuzigte sich erneut; zwei kleine Schweißtropfen fielen dabei von seiner Stirn auf Rileys Brust. Die Augen des Paters füllten sich mit Tränen der Freude. Er begann, auf Riley einzureden: „Nach den langen Wochen der Dunkelheit hat dir der gütige Gott heute deinen Geist wiedergegeben! Auf dass du deine Mission erfüllest. Halleluja!"

Riley hörte die Worte, konnte aber deren Sinn nicht erfassen. Wieso stand ein Pater an seinem Bett? Ganz offensichtlich freute sich der Gottesmann derart, dass er, sich zu den anderen umdrehend, in die Hände klatschte und auf Spanisch rief: „Ein Wunder ist geschehen. Der Herr hat Großes mit uns vor! Lasst uns einen Dankgottesdienst abhalten."

„Halleluja", frohlockten die Mönche im Chor. „Der Herr ist gnädig!"

Riley lag getrennt von all den anderen Kranken des Hospitals in einer kleinen Kammer, die am Verbindungsgang zwischen Kloster und Hospital lag. Seine Stimme, die Riley jetzt zum ersten Mal nach langer Zeit erhob, war so kratzig, dass der arme Pater etwas Zeit brauchte, um dessen Frage zu verstehen. „Welchen Tag haben wir heute?"

„Es ist das Jahr des Herrn 1721, und wir feiern den Monat März, genauer gesagt den dritten Tag eines Monats, in dem das Leben neu beginnt. Halleluja!"

„Oh Gott", rief Riley aus. „Ich muss zurück zu meinem Schiff. Wie bin ich hierhergekommen?"

Der Pater legte seine Hand beruhigend auf Rileys Unterarm und versprach, ihm alle Fragen später zu beantworten. „Halleluja!"

In den folgenden Tagen wich Padre Pius Riley kaum von der Seite. Er schickte die Pflegekräfte aus dem Raum, um ihn anfänglich sogar höchstpersönlich zu füttern. Bei dieser Art der intensiven Zuwendung, über die sich Riley jeden Tag mehr wunderte, war es nicht überraschend, dass er schnell wieder zu Kräften kam und schon eine Woche nach seiner Erweckung zum ersten Mal allein den Kreuzgang des kleinen Klosters betreten konnte. Er atmete tief durch und genoss den warmen, süßen Duft der Blüten, der in ihm wehmütige Erinnerungen an seine Insel in der Karibik weckte. Den langen, holprigen Monologen des Paters hatte er entnommen, dass er für einen Pilger mit einer besonderen Bestimmung gehalten wurde. Woher dieser Eindruck stammte, hatte er nicht verstanden, aber er wollte auch nicht zu intensiv nachfragen. Vielleicht war er Opfer einer Verwechslung, aber solange es ihm dabei derart gut ging, würde er lieber schweigen und sich fügen. Bei einem seiner zunehmend länger dauernden Ausflüge hatte er sich auch einmal in die großen Krankensäle des Hospitals „verirrt". Aber der Gestank, der Schmutz und das Leid der Menschen, die dort, jeder für sich, ums Überleben kämpften, hatten ihn schnell in seine Oase der Ordnung und der Zuwendung zurückkehren lassen. Er ertappte sich dabei, dass er, der Ungläubige, seinem Schöpfer ein aufrichtiges Dankgebet zuraunte. Es war in ihm erstmals ein Gefühl der Anerkennung für Ordensleute und deren Wirken entstanden, das am tiefsten Grund seiner Seele verankert war; es war von dort in sein Bewusstsein aufgestiegen und äußerte sich jetzt in einer warmen Freundlichkeit gegenüber den ihn betreuenden Menschen. Warum hatte er in seinem früheren Leben eigentlich immer nur auf Ordensleute herabgeschaut?

Er konnte es nicht fassen: Padre Pius kam an einem Montag zu ihm gelaufen und jubelte: „Der Herr hat es gefügt: Wie angekündigt. Es ist ein Schiff im Hafen, dass dich, der du deine Pilgermission erfüllen musst, mit nach Liverpool nehmen wird. Es ist die *Bonaventura*. Wir haben sogar einen teuren Kajütenplatz für dich gebucht. Von Liverpool aus ist es dann nicht mehr weit bis zu deiner Heimatstadt Edinburgh. Halleluja!"

Ungläubig vernahm Riley die Worte, und über die Antworten auf seine wiederkehrende Frage, wie er sich bedanken könne für all die Liebe und Zuwendung, musste er immer wieder staunen. Die Genügsamkeit und Bescheidenheit der Ordensleute beschämten ihn. Der fromme Pius äußerte gegenüber Riley nur eine einzige Bitte, die er Riley mit besonderer Inbrunst ans Herz legte. Riley müsse unbedingt den Boden seiner Heimatstadt küssen, damit der Bund, den das Kloster mit dem Herrn geschlossen habe, dann auch seine Erfüllung finde. Mit diesen Worten überreichte der überglückliche Mann Riley eine schriftliche Bestätigung des Kapitäns der *Bonaventura*, dass das Schiff ihn bis Liverpool mitnehmen würde.

Die Worte des Paters machten auch Riley glücklich. Er nahm sich vor, nie mehr abschätzig über Ordensleute zu reden. Noch Monate und Jahre nach seinem tränenreichen Abschied vom Klosterhospital dachte Riley an diese Zeit zurück. Nach all den Rückschlägen und Niederlagen in seinem bisherigen Leben hatte der Weltenlenker wohl ein Einsehen gehabt und ihn mit dem Wunder seiner Gesundung entlohnt. Es wäre falsch zu behaupten, dass Riley durch diese Erfahrung plötzlich ein gottgläubiger Mensch geworden wäre. Nein, das nicht, aber eine gewisse Aussöhnung mit seinem Schicksal prägte seit dieser Zeit sein Weltbild.

Als er auf Deck der *Bonaventura* stehend die trutzige maurische Alcazaba von Almería im Meeresdunst verschwinden sah, beschloss er, nach vorne zu blicken. Ihn verbitterte etwas die Erkenntnis, dass all seine persönlichen Reichtümer, die er zum Neuanfang in seiner alten Heimat gut hätte brauchen können, von seiner Mannschaft gestohlen und vermutlich aufgeteilt worden waren. Gott sei Dank aber hatten sie ihn wenigstens vor das Klosterhospital gelegt, wie Padre Pius ihm berichtet hatte. Jetzt musste er zu Hause wieder bei null anfangen. Seine Eltern würden ihn aufnehmen und für ihn sorgen. Ja, zuallererst würde er seine Eltern in den Arm nehmen, dann bei den Nachbarn vorbeischauen und erfragen, wo Orla ... Dachte er an Orla, so fiel ihm auch wieder Aiden ein, sein Cousin, den seine Eltern adoptiert hatten und der es ihm in der Kolonie so übel gedankt hatte. Ja, dieser Mistkerl hatte ihn an die Piraten verraten und ihm dazu noch seine große Liebe Orla weggeschnappt. Da war noch eine Rechnung offen! Und Aiden würde danach nicht mehr zu den Lebenden zählen. Er würde diesen Verräter bestrafen und aus der Welt schaffen. Schottland würde um einen Dreckskerl ärmer und die Welt ein Stückchen besser werden. So wahr er Riley MacIntyre hieß. Dieser Mensch hatte seine Strafe wahrhaftig verdient.

Riley verließ bei einbrechender Dunkelheit das Deck und begab sich in seine Kajüte, die er sich mit drei spanischen Matrosen teilen musste. In der Kajüte hing ein alter Spiegel. Als er hineinschaute, erschrak er. Er war schon immer schlank gewesen, aber jetzt war er abgemagert. Die Kleidung, die die Mönche für ihn im Hospital besorgt hatten, waren zwar gewaschen, was aber nichts daran änderte, dass sie doch deutlich zu weit geschnitten war. Ein dünner Gürtel um seine Hüfte sollte verhindern, dass die graue Baumwollhose ihm vom Leib rutschte. Auch das gleichfarbige Leinenhemd hing an ihm wie an einem Stück Holz. Nachdem er „erwacht" war, hatte er sich auch von seinem zotteligen Vollbart getrennt. Er hatte das Angebot der Mönche angenommen und sich ihrem Rhythmus des Rasierens alle sieben Tage angeschlossen. Die erste Rasur war schmerzhaft verlaufen; der Ordensbruder, der Riley nach einem Dampfbad des Gesichts (über kochendem Wasser) in der Küche des Klosters den umfangreichen Wildwuchs mit einer scharfen Messingklinge zuerst gekürzt hatte, um dann die verbliebenen Stoppeln durch Abschaben zu entfernen, hatte mit seinen Schnitten auf Wangen, Kinn und Hals schmerzhafte Erinnerungen hinterlassen. Riley war dankbar dafür, dass sich die Ordensbrüder nur alle sieben Tage rasieren ließen – bis dahin waren die ersten Schnitte schon wieder fest genug verheilt. In den Genuss von angenehm riechendem Zedernöl war er jedoch nur nach der ersten Rasur gekommen, was er als Entschädigung für die durchgemachten Pein dankend angenommen hatte.

Riley fühlte noch einmal über sein Gesicht; die letzte Rasur war auch schon wieder vier Tage her. Bei der Berührung einer verkrusteten Schnittwunde unter dem Kinn zuckte er kurz zusammen. Dieses Maß an Hohlwangigkeit hatte er noch nie zuvor an sich gesehen. Seine wachen Augen wirkten unnatürlich groß und lagen in dunklen Höhlen. Sein sonst meist sonnengegerbtes Gesicht wies jetzt eine ungesunde, pergamentfarbene Blässe auf, die ihn selbst erschreckte. Er wandte sich ab. In dem Zustand würden seine Eltern Mühe haben, ihn zu erkennen. Ja, seine Eltern ... Jetzt trennten ihn nur noch Tage von der Heimkehr, die er sich schon so oft ausgemalt hatte.

Die weitere Reise bis nach Liverpool verlief ohne Komplikationen. Er hatte das Gefühl, dass ihm die frische Seeluft guttat und er sich gut erholte, obwohl das Essen an Bord zum einen schlecht und zum anderen sehr gering ausfiel. Als die *Bonaventura* in die Hafenanlagen am Fluss Mersey einfuhr, überkam Riley erneut ein tiefes Gefühl der Dankbarkeit. Er dankte seinem Schöpfer, dass er ihn die Pest hatte überstehen lassen. Eine Gnade, die nur wenigen vergönnt war; dessen war sich Riley nur zu bewusst.

Pflichtgemäß erfüllte er die Bitte des fürsorglichen Paters. Als er bei herrlichem Sonnenschein am Morgen des 4. Aprils 1721 nach gut zehntägiger Schiffsreise zum ersten Mal nach so langer Zeit wieder englischen Boden betrat, kniete er nieder und küsste die Erde. Wovon Riley nie erfuhr, war der erstaunliche Zufall, dass zur gleichen Stunde an diesem Donnerstag der erste schlimme Pestfall im Hospital von Almería auftrat, in dessen Folge sich der schwarze Tod in einer breiten Schneise durch Kloster und die sich anschließende Stadt wälzte.

Da Riley kein Gepäck mitführte, war er auch als einer der Ersten von Bord gegangen. Er würde sich zunächst einmal orientieren, wo er die Überlandkutschen in seine Heimat finden konnte. Mit all seinen Sinnen sog er die Atmosphäre dieses großen Hafens ein. Das Englisch, das ihn jetzt umgab, begeisterte ihn, und am liebsten hätte er auf jeden Ruf und all die Wortfetzen, die sein Ohr erreichten, geantwortet, nur um zu zeigen: „Ich bin wieder hier; Hallo – ja, doch: Ich kann euch verstehen! Ja, ich bin einer von euch, und ich *verstehe* euch." Was er an diesem Morgen nicht verstand, war die Tatsache, dass so viele Menschen mit derart verkniffenen Gesichtern im Hafen unterwegs waren.

Doch dann war mit einem Schlag seine gute Stimmung auch wieder verflogen. Denn was seine Augen jetzt mit ansehen mussten, war für Riley, seit er dieses Elend zum ersten Mal auf Sankt Thomas miterlebt hatte, geradezu der Inbegriff des Bösen: Sklavenhandel! Eine Gruppe von etwa vierzig bis fünfzig farbigen Männern, an den Knöcheln mit dicken Ketten untereinander verbunden, schlurften mit kleinen Schritten am Kai entlang in Richtung eines Großseglers. Begleitet wurde diese erste Gruppe von vier Sklaventreibern, die fast pausenlos auf die Gepeinigten einschlugen. Hinter dieser ersten Gruppe folgte eine zweite mit Frauen und Kindern, die an den Händen mit dünnen Seilen zusammengebunden waren. Dahinter ahnte man weitere Gruppen. Ein schier nicht enden wollender Elendszug! Jetzt bedauerte es Riley, dass die Sprache der Weißen auch die seine war und er in den Augen der Farbigen auch nur einer dieser weißen Unmenschen war.

„Los, du Affenarsch, beweg gefälligst deine lahmen Beine."

Bei diesen verächtlichen Kommentaren hätte sich Riley am liebsten die Ohren zugehalten.

„Mann, trödle nicht so! Auf, komm schon! Wir wollen nicht den ganzen Tag vergeuden, um euch auf die Schiffe zu verfrachten."

Wer hatte diesen ungehobelten Sklaventreibern eigentlich solche Macht gegeben?

„Geht das nicht ein bisschen schneller hier?"

Warum war in der Gemeinschaft, in der Riley die letzten zwanzig Jahre gelebt hatte, ein farbiger Mensch gleichwertig zu den Weißen gewesen, aber hier nicht?

„Hier, du Hund!"

Und woher kam eigentlich dieser abgrundtiefe Hass, der ohne Grund und ohne jeden Unterschied die Farbigen quälen und vernichten wollte? Zwischen all den widerlichen Rufen hörte man immer wieder das Klatschen der Gerten und Holzstöcke auf die nackten Körperteile der Gefangenen.

„Los, stell dich nicht so an. Das kann doch gar nicht weh getan haben!" Der lange Kerl an der Spitze des Trupps lachte dreckig.

„Entschuldigung, Sir, wohin werden diese armen Kerle denn transportiert?" Riley sprach diesen Typen direkt an.

„Ich glaube, dass dieser Trupp, mit all den Frauen und Kindern dahinter nach Rhode Island in Amerika gebracht wird. Tja, wir verwöhnen diese Kerle hier viel zu sehr. Bekommen die Frauen zur Zucht gleich mitgeliefert." Wieder lachte er rau und hatte wohl das Gefühl, einen guten Witz gemacht zu haben. Vielleicht war er ein wenig enttäuscht, dass Riley nicht mitlachte. Wie zum Ausgleich seiner Stimmung schlug der Kerl jetzt mit seiner Gerte grundlos auf einen gerade vorbeischlurfenden farbigen Alten. „Der hat's verdient", bemerkte er danach fast amüsiert, und aus seiner Stimme klang die Freude an der eigenen Macht. „Warum die so einen alten Kerl überhaupt noch mitnehmen, verstehe ich nicht."

„Und wieso genau nach Rhode Island?", fragte Riley nach.

„Na, weil dort die Nachfrage im Moment am größten ist und somit die besten Preise erzielt werden, Mann! Da muss es eine Plantage neben der anderen geben! Unglaublich! Aber ich war noch nicht selbst dort."

„Habt Ihr nicht Mitleid mit diesen armen Menschen hier?"

Bei dieser Frage drehte sich der Kerl überrascht zu Riley um und bleckte seine lückenhafte Zahnreihe.

„Bist du ein Priester oder so? Das sind doch gar keine vollwertigen Menschen. Das ist eine Rasse, die irgendwo zwischen uns und den Affen angesiedelt ist." Bei diesen Worten rotzte er verächtlich vor Riley aufs Pflaster.

Riley sah ein, dass er diesen Kerl besser nicht angesprochen hätte. Wortlos wandte er sich ab. Diese verdammte Vorstellung von der Verschiedenheit der Rassen. Da war sie wieder! Riley hatte schon des Öfteren davon gehört und sich im gleichen Moment aber auch erinnert: In der ganzen Welt waren Piraten geächtet; doch eine grundsätzliche Haltung hatten sie den zahlreichen Frömmlern voraus: Bei ihnen gab es keine unterschiedlichen Rassen Unter all diesen Menschen gab es natürlich ebenfalls Gute und Böse, Freunde und Feinde, was sich aber nicht an deren Hautfarbe oder Herkunft festmachen ließ. Ein wenig Heimweh nach der Île à Vache erfasste Riley. Er hörte noch, wie der Sklaventreiber ihm nachrief: „Wenn du hier in Liverpool bleiben willst, musst du dich daran gewöhnen; wir sind hier der größte Hafen Europas für den Sklavenhandel!"

Bei dem, was er hier gerade gesehen hatte, glaubte Riley dem Kerl sofort. Er wollte inzwischen nur noch weg; weg von diesem unsäglichen Sklaventransport und diesen kalten Menschen! Durch das Gedränge fragte er sich durch zu dem Platz, an dem die Kutschen für die Überlandfahrten abgingen. Lust auf weitere Übernachtungen in Liverpool hatte er sowieso nicht. Schließlich warteten seine Eltern auf ihn. Seine Vorfreude und Anspannung waren schon so groß, dass er so schnell wie möglich diese Stadt verlassen wollte.

Für die Strecke von den Docks im Hafen bis zur Senke des Everton Parks benötigte er gut anderthalb Stunden, auch, weil er unterwegs mehrfach nach dem Weg fragen musste. Aber endlich hatte er die fast drei Meilen lange Strecke hinter sich gebracht und stand in einer Senke, hinter der das Gelände mit einer breiten Freifläche von Wiesen und Buschland steil anstieg. Hier war eine größere Haltestelle für Überlandkutschen angelegt worden. Zuerst war er fälschlich an eine Kutsche geraten, deren Kutscher ihm im schlimmsten schottischen Dialekt klarmachte, dass er nach York fahre.

Als sich Riley vom Kutscher abwandte, sah er ihn plötzlich vor sich; keine fünfzehn Fuß von ihm entfernt. Da stand tatsächlich Aiden Hunter vor ihm, jung und mit entschlossenem Blick, fast unverändert, wie vor zwanzig Jahren. Er war gut gekleidet und hantierte umständlich mit drei langen Stangen, die ihm soeben aus der Hand geglitten waren. Riley starrte den jungen Mann an. Er war fassungslos. Jetzt hörte er einen älteren Mann, der hinter der Kutsche hervortrat, rufen: „Sean, pass bitte auf, dass sich die Haltestangen nicht verbiegen."

Riley musste über sich lächeln. Was hatte er erwartet? Dass der Kerl dort auch noch Aiden hieß? Er schüttelte irritiert den Kopf, aber er konnte seinen Blick nicht lösen: Die beiden Männer banden jetzt die Stangen auf dem Dach der Kutsche fest. Dazu packten sie ein großes Gerät in die Kutsche, das wie ein übergroßer Winkelmesser aussah. Riley überlegte, ob er den jungen Mann ansprechen sollte. Die Ähnlichkeit zu Aiden war schon sehr groß, aber was sollte er sagen?

Während Riley noch überlegte, wurde ihm die Entscheidung abgenommen. Die beiden Männer waren eingestiegen, und das große Gefährt setzte sich langsam in Bewegung. Riley war von sich selbst überrascht, dass er beim Anblick dieses Mannes so wenig Zorn und Rachegelüste empfunden hatte, und er erklärte es sich damit, dass er ja sofort gewusst habe, dass dieser fremde junge Mann mit dem *echten* Aiden Hunter nur eine zufällige Ähnlichkeit gemeinsam hatte. Und den jungen Aiden Hunter, den hatte er wirklich sehr gemocht, ja, er hatte ihn sogar bewundert. Heute konnte er sich das eingestehen. Aber Aiden, der Verräter – dessen Zeit würde in Kürze kommen!

Riley fragte sich nach seiner Kutsche in Richtung Schottland durch, und war am Ende froh, noch den letzten, zugegeben teuren Platz nach Edinburgh ergattern zu können. Die große Überlandkutsche, die von vier Pferden gezogen wurde, war so teuer, dass er dafür das letzte Geld, das Riley noch von Padre Pius aus Almería besaß, aufbrauchte. Aber die Aussicht, schon nach knapp zwei Tagen endlich wieder zu Hause zu sein, ließ ihm keine Wahl. Dazu kam, dass er heute nur mitgenommen wurde, weil er kein Gepäck hatte und ein älterer Fahrgast erkrankt war. Eine längere Wartezeit mit notwendiger Übernachtung in Liverpool konnte er dadurch vermeiden. Dass man derartige Gelegenheiten, die einem das Schicksal einräumte, nie ausschlagen sollte, hatte Riley überdies in seinem langen Leben verinnerlicht.

Nach zwei Tagen war es dann so weit. Die Kutsche, die schnell unterwegs gewesen war, rollte am Nachmittag des 6. Aprils 1721 in Edinburgh ein. Von der Endstation im Herzen Edinburghs schleppte sich Riley, so schnell er eben konnte, nach Leith in die Mitchell Street. Er musste unterwegs mehrfach erschöpft und wegen seiner Kurzatmigkeit stehen bleiben. Nach fast einundzwanzig Jahren, die seit dem 18. Juli 1698 vergangen waren, seit seinem Aufbruch in die Kolonie, stand Riley schwer atmend und schwitzend endlich wieder vor seinem Elternhaus.

Er war erschüttert, als er Stück für Stück den heruntergekommenen Zustand des Hauses wahrnahm und ihm erst danach all die Holzteile im Garten auffielen, die schon durch Witterung zu Skulpturen geformt, teilweise aber auch von Gras überwachsen fast wie alte Grabsteine wirkten. Teile des ehemaligen Bootes – Riley erkannte es an der Farbe – lehnten am Haus, als wären sie dereinst vor Erschöpfung dort zusammengebrochen.

Riley ließ seinen kleinen Reisebeutel zu Boden fallen. Er ging die wenigen Schritte zur Tür und schlug zweimal mit der flachen Hand dagegen. Wenigstens die Haustüre fühlte sich unverändert vertraut an. Es war noch die gleiche Tür, die er vor über zwanzig Jahren das letzte Mal hinter sich geschlossen hatte. Doch diesmal blieb eine Antwort aus. Er rüttelte vorsichtig an der Tür und stellte fest, dass sie verschlossen war. Unruhe kam in ihm auf. Was, wenn seine Eltern schon verstorben waren? Was sollte er jetzt tun? Ja, es war sicher eine gute Idee, die Nachbarn zu befragen. Die mussten wissen, was mit seinen Eltern los war.

Riley ging zum Nachbarhaus und klopfte an die Tür, die ihm früher so oft von Orla geöffnet worden war. Jetzt öffnete eine Frau, die deutlich jünger war als er und ihm mit freundlichem Gesicht entgegensah.

„Guten Tag", begann er nervös, von einem auf den anderen Fuß tretend. „Hier wohnt nicht mehr Familie Drummond, oder?"

„Ach Gott", entgegnete die Frau fröhlich. „Die wohnen schon seit langen Jahren nicht mehr hier. Die drei Söhne sind in die Kolonie gefahren, und die Mutter hat nochmals geheiratet. Ist ja auch gut für eine alleinstehende Frau, wenn sie durch Eheschließung wieder versorgt wird. Die Tochter soll auch geheiratet haben, aber Genaues weiß ich nicht."

„Und Ihr sagt, dass alle drei Söhne in die Kolonie gefahren sind?"

Sein Gegenüber nickte. „Ja, einer mit der ersten Unternehmung, und der ist auch zurückgekommen; soll dann nach Aberdeen geheiratet haben. Die beiden anderen, die mit dem zweiten Aufgebot nach Darién gesegelt sind, gelten jetzt seit zwanzig Jahren als vermisst."

„Wie ich ...", entgegnete Riley, worauf die Nachbarin einen ungläubigen unterdrückten Schrei ausstieß und sich bekreuzigte.

„Oh Gott, so kommt doch erst einmal herein. Meine Männer werden bald von der Arbeit im Hafen nach Hause kommen. Ihr seid also einer der Drummond-Jungs?"

„Äh, nein, das nicht. Ich bin der Sohn Eurer Nachbarin Ailis, Ailis MacIntyre." Jetzt zeigte er in Richtung seines Elternhauses.

Im selben Moment schloss die Nachbarin demonstrativ die Tür hinter sich bis auf einen Spalt. Sie schien plötzlich verunsichert und verschränkte die Arme vor der Brust. „Aber Ailis *hat* doch einen Sohn. Mir ist nicht bekannt, dass sie noch auf einen zweiten aus der Kolonie wartet." Sie schaute Riley prüfend an.

„Ihr Sohn heißt aber nicht etwa Aiden?" Rileys Frage kam schnell.

„Nein, der heißt George und kümmert sich wirklich rührend um die arme Frau."

„So, George, hm, ja, eigentlich wollte ich auch nur fragen, wo ich meine Eltern eventuell finden kann? Ich war immerhin mehr als zwanzig Jahre –"

„Ach, ich weiß nicht, wie ich es sagen soll: Euer Vater ... ist schon vor über zehn Jahren gestorben. Und seitdem ist Ailis, leider muss ich das so sagen: verrückt geworden. Allein würde sie nicht mehr klarkommen. Aber, wie gesagt: George, ihr Sohn, macht alles, was so ..." Jetzt unterbrach sie sich. „So schaut doch, Mister – wie ist eigentlich Ihr Name?"

„MacIntyre, Riley MacIntyre."

„Dort drüben! Die beiden kommen wie gerufen. Schaut nur!" Sie zeigte mit großen Augen und ihrem ausgestrecktem Arm in Richtung Straße. „Die kommen sicherlich vom Essen in der Fischereigesellschaft."

Riley bedankte sich kurz, drehte sich auf dem Absatz um und lief den beiden entgegen. Seine Mutter erkannte er kaum wieder. Er sah eine gebrechliche, alte Frau, die gebeugt in langsamen kleinen Schritten, sich mit beiden Händen am Unterarm eines Mannes abstützend, die Straße entlangkam. Am Eingangstor zum Vorgarten hatte er die beiden erreicht. Er versperrte ihnen den Weg. Die Blicke der Männer trafen sich, und ein aufblitzendes Erkennen durchfuhr beide.

George brachte nur ein „Das kann ich nicht glauben" hervor. „Du bist es wirklich? Riley, der Totgeglaubte?"

Riley nickte zu seinen Worten: „George Ogdan, Mann, jetzt weiß ich, wer mich hier seit Jahrzehnten vertritt." Dann wandte er sich seiner Mutter zu, die einfach stehen geblieben war und Riley gar nicht wahrnahm. Den Blick nach unten gerichtet, geduldig und still , stand sie da und wartete, was geschehen würde. Riley ging vor ihr in die Knie . Er musterte das faltige Gesicht seiner Mutter, aber entgegen seiner Hoffnung konnte er in ihm kein Erkennen, keinen noch so kleinen Funken der Freude ausmachen.

„Sie sieht verdammt schlecht. Lass uns erst mal nach drinnen gehen, Riley."

Riley ließ die beiden vorangehen, und während George, die stumme Mutter am Arm, die Tür öffnete und hineinging, rechnete Riley nach. Ja, seine Mutter war vor wenigen Tagen achtundsechzig Jahre alt geworden, aber dass sie so hinfällig geworden war, traf ihn mitten ins Herz. Inzwischen hatte George die Mutter in ihren Sessel gesetzt, in dem sie Tag für Tag die meiste Zeit zubrachte.

„Wir haben Besuch, Ailis. Dein Sohn Riley, der so lange weg war, ist nach Hause gekommen."

Ailis zeigte keine Reaktion der Freude. Stattdessen blickte sie sich suchend in ihrem Wohnzimmer um. „Hat er denn auch Farlan mitgebracht? Der war jetzt auch schon so lange fort. Und er wollte mich doch zum Gottesdienst begleiten. George, mein Sohn, was ist jetzt?" Ihre Stimme klang ungeduldig.

Riley war unfähig, etwas zu sagen.

„Ailis, Riley ist gekommen, aus der Kolonie zurück. Du hast ihn doch schon so lange erwartet."

„Riley war doch letzte Woche schon hier. Aber auf Farlan bin ich jetzt direkt böse. So lange nicht nach Hause zu kommen, ist wirklich ungehörig."

George schaute mit fragender Miene zu Riley und zuckte wortlos mit den Schultern. Ein hilfloses Zucken, das wie eine Entschuldigung wirkte und gleichzeitig „Da kann man leider nichts machen" ausdrückte.

Riley hatte sich inzwischen wieder gefangen. Erneut kniete er sich jetzt vor seine Mutter, ergriff ihre Hände, die begonnen hatten, nervös am Schürzenrand zu nesteln. Beruhigend hielt er jetzt ihre Hände zwischen den seinen. Unaufgeregt fing er an, mit ruhiger Stimme zu ihr zu sprechen.

„Mutter, ich bin wieder da. Es tut mir leid, dass ich so spät komme ..."

Jetzt huschte ein Lächeln über das faltige Gesicht der alten Frau.

„Ich kann dich zwar nicht sehen, aber diese Stimme kenne ich. Du musst mein Sohn Riley sein, der auch schon lange nicht mehr zu Hause war. Ja, die Jungen, die drängen in die Welt hinaus, aber umso schöner, dass du heute hier bist! Dein Bruder George passt gut auf mich auf. Wenn ihr Farlan am Hafen seht, dann –"

„Dann sagen wir ihm, dass er sich verdammt noch mal beeilen soll und dass du auf ihn wartest," fiel ihr George ins Wort.

Es wurde ein langer Abend, an dem sich die beiden Männer austauschten. Riley erfuhr vom Tod Bronwyn Hampdons und dass Orla in der Firma eine wichtige Funktion übernommen habe. Sie sei wohl von Aiden getrennt, berichtete George Ogdan, und war von Rileys scheinbar gleichgültiger Reaktion auf diese Nachricht überrascht. In Wahrheit aber hatte diese Nachricht in Riley ein tiefes Gefühl der Zufriedenheit ausgelöst, und ihm war in gleicher Sekunde klar: Wo immer sich Orla jetzt befand: Er würde sie finden und um ihre Liebe kämpfen!

„Wie weit ist es eigentlich bis zu diesem Hafen von Mallaig?", fragte er deshalb nach.

„Es werden so um die hundertsechzig Meilen sein. Mir hat Skye vor Kurzem erzählt, dass auch Aiden dort oben für die Jakobiten aktiv werden soll. Er wird wohl in Fort William in geheimer Mission unterwegs sein."

Rileys Gedanken verdunkelten sich, wenn er an Aiden dachte: „Ich bin froh, dass du von meiner geheimen Mission keine Ahnung hast." Erneut überkamen ihn Zorn und Rachegelüste. Doch wenn er ehrlich vor sich selbst war, war das Gefühl, das ihn stärker antrieb, seine Sehnsucht nach Orla. Wenn er an seine schwere Zeit zurückdachte, dann wurde ihm einmal mehr klar: Zum Überleben hatten ihm Liebe und Hoffnung geholfen. Gegen diese Gefühle kam ihm jetzt seine Rachsucht sogar als unpassend und übertrieben selbstbezogen vor. Konnte Rache wirklich ein Problem lösen, oder diente sie nur der Befriedigung seiner niederen Triebe? Auch wenn er jetzt noch keine endgültige Antwort auf diese Frage geben konnte, so war ihm doch schon klar geworden, dass er ein viel besseres Gefühl durch Liebe als durch Rache erreichen könnte.

[9] Hamishs letzte Etappe
Mai 1721

Brendan Bubbels hatte die Abreise nach Fort William gut vorbereitet. Er war ein Mann, der ungern etwas dem Zufall überließ. Sicherlich war gerade diese Eigenschaft ein Grund dafür, dass er als Schafszüchter schon so lange Zeit erfolgreich war.

„Wir müssen in Fort Williams einen alten Freund besuchen, der dort die Fäden in Händen hält. Er ist wichtig für die Rekrutierung und Positionierung unserer Kämpfer."

Brendan instruierte Aiden. Der nickte zwar zu den Worten Brendans, aber er musste sich große Mühe geben, seinen Verdruss über die gefühlte Bevormundung durch seinen Helfer zu verbergen. „Wer hat hier eigentlich das Sagen?", fragte er sich immer wieder selbst. Doch er konnte und wollte es auch nicht auf eine Machtprobe ankommen lassen. Seine Zeit würde schon noch kommen.

„Hamish, du weißt, dass du als Freund der Engländer reist. Niemals, wirklich niemals will ich von dir negative Reden über die Briten hören. Auch nicht hinter geschlossenen Türen! Hast du verstanden?"

„Na klar", knurrte Aiden. „Ich bin doch nicht blöde. Atterbury hat mich doch ebenfalls schon genauestens instruiert. Schließlich soll ich die englische Armee mit Fellen beliefern, aus denen Decken für die Offiziere im Fort gefertigt werden sollen. Dabei werde ich alles Wichtige erfahren, Brendan. Mach dir mal nicht zu viele Gedanken. Spätestens nach zwei Wochen habe ich alles in Kenntnis gebracht, was wir wissen müssen." Diese selbstbewusste Rede war er sich jetzt einfach schuldig gewesen.

Seine beiden Begleiter schauten sich mit hochgezogenen Augenbrauen an, und Jack beendete das kurze Gespräch mit einem: „Na, dann ist ja alles gut. Lasst uns zu Bett gehen. Die Nacht ist kurz."

Brendan erläuterte Aiden noch, dass sie knapp zwei Tage bis zum Erreichen des Ziels benötigen würden.

Am Freitag, dem 10. Mai 1721, verließen die drei mit der von Brendan bestens präparierten Kutsche bei Sonnenaufgang Edinburgh. Jack gab mit der Peitsche den Pferden von Anfang an zu verstehen, dass er nicht zum Bummeln bereit war. Ohne jede Besonderheit kamen sie schon am frühen Abend des ersten Tages in der geplanten Herberge an. Die Hälfte des Wegs war damit geschafft.

Aiden hatte sich unterwegs nur wenig mit Brendan ausgetauscht und stattdessen nochmals die Briefe sortiert, die er an Mittelsmänner unter einem Codewort abgeben sollte. Er selbst konnte diese Briefe nicht verstehen, da sie verschlüsselt abgefasst waren. Inzwischen störte ihn das aber nicht mehr. Seine Laune am ersten Abend war so gut wie schon lange nicht mehr. So zügig und komfortabel konnte Reisen eben auch sein.

Brendan erklärte Aiden, dass er mit englischen Kontrollen am zweiten Tag der Reise rechnete und dass Aiden sich mit Antworten knapp und kurz halten solle.

„Wer ist dieser Kerl, dass er meint, mir Verhaltensmaßregeln geben zu können?", dachte Aiden bei sich, und beinahe wäre seine gute Laune gekippt, wenn nicht doch noch das unerwartet gute Abendessen die Stimmung gerettet hätte.

Am zweiten Tag der Reise verließen sie früh die Herberge. Mit dem für Jack üblichen scharfen Tempo folgten sie der Hauptstraße durch die hügelige Landschaft der Highlands. Immer wieder neu gruppierte kleine Wäldchen, die überwiegend aus Eichen, Erlen und Birken bestanden, schienen sich mit der vorbeiziehenden Buschlandschaft aus Haselgestrüpp zusammengetan zu haben, um mit ihrer überraschenden Farbvielfalt des beginnenden Frühsommers die Reisenden zu erfreuen. Nur vereinzelt überragten auch Kiefern und Lärchen den sonst eher niedrigen Bewuchs. Die Wäldchen schienen nicht den Mut aufgebracht zu haben, die Hänge der begleitenden Bergketten bis weit nach oben zu besiedeln. Sie hatten sich offensichtlich damit abgefunden, nur das untere Viertel der Hügel und Berge erobern zu können, nur eben so weit, wie der moorige Untergrund an die felsige Grundlage heranreichte.

Das frische Grün des gerade ausgetriebenen Blattwerks glimmerte über dem Gelbbraun der mit dunkelgrünen Inseln durchsetzten moorigen Wiesen. Das den Weg säumende, aus den sattgrün leuchtenden Wiesen herausragende wilde Steppengras in mildem Graugelb ergänzte das Farbenspiel der Natur. Wie Inseln in einem riesigen See schien es immer noch im Tod der Vorsaison verharren zu müssen. All diese wunderbaren Eindrücke ließ Aiden achtlos vorbeiziehen. Zum einen, weil er glaubte, die Landschaft ausreichend gut zu kennen; zum anderen aber auch, weil er sich gedanklich erneut auf seine Rolle als Hamish MacGregor einzustellen versuchte. Dagegen erschien ihm das Farbenspiel der Natur einfach als zu banal und unwichtig.

Am späten Vormittag trabten die Pferde langsamer, weil Jack ihnen nach einem leichten Anstieg eine ruhigere Gangart erlaubte. Der Fahrweg, dem man gerade in diesem Bereich die häufigen Ausbesserungsarbeiten anmerkte, verlief nun in einem flachen, breiten Tal und wurde über die komplette Strecke vom kleinen Fluss Orchy begleitet. Kurz vor einem besonders kniffligen Teil der Wegstrecke, in der das heute zahm wirkende Wasser auf einer wackeligen Holzkonstruktion überwunden werden musste, waren sie plötzlich da: Von hinten waren sie in gestrecktem Galopp der Kutsche nachgejagt, hatten sie überholt und Jack, dem Kutscher, bedeutet, anzuhalten. Ihre im Volksmund der Schotten als rote Mäntel verspotteten Uniformen wiesen sie eindeutig als englische Reiter aus. Die Soldaten waren höflich und verhielten sich korrekt. Selbst die Pistolen hatten sie in ihren Gürteln belassen. Sie glaubten zu wissen, dass ihnen von den Überlandkutschen keine Gefahr drohte. Trotzdem kontrollierten sie die drei Reisenden, ihre Dokumente und das Gefährt äußerst sorgfältig. Sie ließen jede der großen Kisten, die mit viel Aufwand auf dem Dach und am Heck der Kutsche festgemacht worden waren, abladen, öffnen und sich den Inhalt zeigen. Hatte die Kontrolle selbst nur etwa zwanzig Minuten gedauert, so brauchten die drei Männer danach eine gute Stunde, bis sie die Kisten wieder fluchend und auf die Engländer schimpfend, an ihren vorgesehenen Stellen reisefest verzurrt hatten. Schweißgebadet und immer noch verärgert, aber trotzdem erleichtert, dass es bei der Kontrolle keine Probleme gegeben hatte, setzten sie danach ihren Weg weiter fort. Aiden war zufrieden mit sich; hatte er doch Brendan Bubbels als erfahrenem Schafzüchter die Gesprächsführung überlassen.

Müde und etwas später, als sie gedacht hatten, erreichten sie Fort William und machten im *Duncansborough Inn* Quartier.

Am nächsten Morgen schlug Brendan Bubbels vor, den Mann zu besuchen, bei dem im Nordwesten Schottlands für die Jakobiten die „operativen Fäden" der Verschwörung zusammenlaufen würden. Er habe mit diesem alten Haudegen schon mehrfach Kontakt gehabt. Dieser hätte sehr gute Beziehungen nach Spanien sowie nach Schweden. Der erfahrene Adelige habe die Unterstützung durch die Schweden erst möglich gemacht. Dazu sei er einer der wenigen, welche die verschlüsselten Briefe selbst lesen und verstehen könnten. Die Engländer würden ihn aber sicher wegen seiner Gebrechlichkeit unterschätzen.

Zu Fuß machten Brendan und Aiden zunächst einen Abstecher zu dem mit demonstrativer militärischer Macht gesicherten Fort und Hauptstützpunkt der englischen Soldaten.

„Ist ja gesichert wie eine Bank", bemerkte Aiden beeindruckt, als er allein am Haupttor vier bewaffnete „Rotröcke" als Wachen ausmachte.

„Besser", gab Brendan besserwisserisch zurück.

„Was ist besser?", fragte Aiden nach.

„Na, ich meine, dass die hier besser bewacht sind als jede Bank im ganzen Königreich. Lass dir mal nachher von Cailean erklären, wie gesichert ..."

„Hast du gerade den Namen Cailean genannt?"

„Ja, Mann, das ist der Kerl, von dem ich dir dauernd erzähle und den wir gleich besuchen werden."

„Der heißt doch nicht etwa Cailean Buchanan?"

Jetzt war es Brendan, der zu Aiden herumfuhr und ihn mit großen Augen ansah. „Du kennst ihn? Ist das wahr? Ja, der Mann heißt tatsächlich Cailean Buchanan ..."

„Und er war mit mir in der Kolonie von Darién! Seine Frau heißt Marjorie, und dann gibt es da noch zwei Töchter, habe ich recht?"

Brendan nickte beeindruckt.

„Na los, worauf warten wir dann noch? Lass uns gehen. Mal sehen, ob er mich nach all den langen Jahren überhaupt noch wiedererkennt."

Die beiden Männer machten sich auf den Weg. Aiden erzählte Brendan davon, dass Cailean schon persönlich in Rochester gewesen sei, um Kontakte zu aufrührerischen Kreisen auch in dieser Region des Vereinten Königreichs zu knüpfen. Er habe ihn damals leider verpasst, ließ er verlauten, ohne auf die weiteren Umstände einzugehen. Die Erzählungen von Craig Layer in Rochester ergaben plötzlich Sinn, und langsam erkannte Aiden die Größe des Netzwerks. Teil davon zu sein erfüllte ihn plötzlich mit Stolz.

Vor der Gaststätte *Sailors Inn* herrschte heute, an einem gewöhnlichen Dienstag, dem 14. Mai 1721, schon um zehn Uhr ungewöhnlich rege Betriebsamkeit. Irgendetwas war anders als sonst. Als Aiden und Brendan näher kamen, sahen sie, dass ein Einspänner mit verzierter Pritsche, eindeutig das Fuhrwerk eines Bestatters, vor der Gaststätte stand. Das schon in die Jahre gekommene Gefährt passte zu seinem Zugtier, einem abgemagerten Muli, das, mit zwei großen schwarzen Schleifen an Mähne und Schwanz dekoriert, den Trauernden wohl ein Zeichen von Mitgefühl vermitteln sollte.

Brendans Miene verdunkelte sich. Er drängte sich durch die Wartenden mit einer Schnelligkeit, die Aiden ihm kaum zugetraut hätte. Er konnte nur mit Mühe folgen. In der Gaststube war Brendan dann mit wenigen Schritten am Tresen. An diesem sperrigen, dunklen Holzteil lehnte der Bestatter, erkennbar an seinem schwarzen, zerschlissenen Anzug, einem großen schwarzen Hut auf dem Kopf und einer weißen Leinendecke in seinen Händen. Damit fuchtelte er wild gestikulierend vor dem Gesicht seines Gegenübers herum. Das musste der Wirt der Gaststätte sein, der auf der anderen Seite des Tresens die verbale Attacke des Bestatters abwehrte.

„Doch, doch", zeterte der Bestatter mit dem schmalen Vogelgesicht und den listig blitzenden Augen. „Ich muss einen Vorschuss haben, sonst nehme ich ihn nicht mit."

„Seine Frau wird dich bezahlen. Du kannst dich darauf verlassen, Spiky. Bisher hat sie immer alles bezahlt."

Die kräftige Stimme Brendans unterbrach den Disput. „Was ist passiert, Donovan?"

Der so Angesprochene wandte sich Brendan zu, und seine Miene hellte sich im gleichen Moment merklich auf. „Hey, Mann, hast du's noch nicht gehört, Brendan? Cailean ist tot!"

„Waaas?" Wie ein Entsetzensschrei schallte Brendans Stimme über den Tresen. „Wie konnte das passieren?"

„Na ja, ich war nicht dabei, aber es muss mitten in der Nacht passiert sein. Da ist er die große Treppe, die sein Zimmer mit der Gaststube verbindet, heruntergestürzt und hat sich dabei wohl das Genick gebrochen."

Brendan wirkte betroffen. „Hatte er getrunken?"

„Nein, jeder hier weiß, dass Cailean schon seit Jahren keinen Alkohol mehr angerührt hat. Nein, ich glaube einfach, dass er im Kopf verwirrt war, und da er dazu noch sehr gebrechlich war ... Schade, war ein netter Kerl, der viel erlebt hat." Donovan wollte sich wieder auf Spiky einlassen, aber Brendan fasste ihn am Arm und fragte erneut eindringlich nach.

„Hatte er Besuch gestern Abend?"

Donovan musste nachdenken.

„*Ich* habe niemanden bei ihm gesehen. Der Laden war aber auch voll. Cailean ist wie immer gegen elf Uhr nach oben. Ich habe um halb eins abgeschlossen und bin dann nach Hause gegangen."

„Und du hast keine Einbruchspuren gefunden?"

„Mensch, Brendan, du nervst mich mit deiner Fragerei. Nein, keine Einbruchspuren, aber ..." Jetzt machte Donovan eine kurze Pause. „Das Fenster zum Hof war offen, muss ich wohl vergessen haben zu schließen. So, und jetzt –"

„Eine letzte Frage noch, Donovan: Wo ist die Leiche jetzt?"

„Ich habe ihn von der Treppe weg ins Hinterzimmer gezerrt. Dort liegt er noch auf dem Boden. Aber deswegen zetert Spiky ja mit mir herum. Er will einen Vorschuss, weil er einen zweiten Mann bezahlen muss." Donovan klang angespannt.

„Ist schon gut. Danke für die Informationen, Donovan. Sein Zimmer ist oben links das erste, stimmt's?"

„Ja, er lebte allein hier im Haus. Du kannst dich nicht verlaufen, Brendan."

Brendan wandte sich vom Tresen ab und raunte Aiden zu: „Lass uns mal Cailean anschauen."

Aiden befand sich noch in einer Art Schockstarre. Da hatte er sich so auf Cailean gefreut

„Wo lebt eigentlich seine Frau Marjorie, wenn er hier allein gelebt hat, Brendan?", fragte Aiden nach.

„Erklär ich dir später. Zuerst schauen wir ..."

Dann standen sie auch schon neben dem Toten, der übel zugerichtet aussah. Aiden musste den Toten lange anschauen, um hinter dem zotteligen Bart und all den blutunterlaufenen Schrunden und Schwellungen im Gesicht jenen Cailean wiederzuerkennen, dessen Bild aus der Vergangenheit ihm immer noch sehr lebendig vor Augen war. Dann stöhnte er: „Verdammt, er ist es wirklich."

Brendan, der neben der Leiche gekniet hatte und Caileans beide Hände gründlich untersucht hatte, erhob sich jetzt nachdenklich. „Es ist schlimm! Er wurde ermordet! Und das vom – *Jäger!*" Das Wort „Jäger" sprach Brendan mit besonderer Ehrfurcht aus.

Aiden überkam das Gefühl, dass Brendan plötzlich Angst hatte. „Woher willst du das wissen?" Er versuchte, zuversichtlich zu klingen.

„Ich weiß es halt! Und er wurde gefoltert." Brendans Antwort kam patzig. „Schau hier", fügte er nahtlos an und zeigte auf Caileans linke Hand. „Hier, am Ringfinger fehlt ihm der Fingernagel. Er wurde abgerissen. Ein untrügliches Zeichen des Jägers."

Aiden schauderte. Er wollte sich die Einzelheiten der Folter lieber nicht ausmalen. Stattdessen versuchte er, etwas abzulenken. „Hoffentlich passiert es mir nie, dass ich vom Jäger zum Gejagten werde", murmelte er halblaut vor sich hin.

„Ja, ich hoffe auch für dich, dass du diesen Jäger hoffentlich nie kennenlernen wirst, mein lieber Hamish! Lass uns mal Caileans Zimmer anschauen."

Beide gingen die steile Stiege in den ersten Sock. Die Zimmertüre war weit geöffnet. Innen herrschte ein schreckliches Durcheinander. Wäschestücke, Papier, zerbrochene Gläser. Das Zimmer sah aus, als sei es von einem Wirbelsturm heimgesucht worden.

„Der Jäger hat etwas gesucht", brummte Brendan nachdenklich.

„Und dann haben sie den armen Cailean ein wenig in die Zange genommen, oder?"

„Hamish, ich mag mir die Zange des Jägers gar nicht vorstellen", antwortete Brendan lakonisch. „Solange wir nicht wissen, ob Cailean vor seinem Tod geplaudert hat, müssen wir zuerst einmal seine Familie und all die anderen warnen." Die beiden gingen die Treppe hinunter zurück in den Schankraum. Brendan drängelte sich wieder zu Spiky.

Er griff in seine Hosentasche und gab dem Bestatter einige Münzen. Der machte große Augen.

„Das muss als Anzahlung reichen. Du wäschst den Toten und hüllst ihn dann in ein gutes Leinentuch. Danach gibst du ihm eine Bestattung erster Ordnung, mit Reverend und einigen ordentlichen Gebeten, hast du mich verstanden? Ich bin in ein paar Tagen mit seiner Frau zurück, und dann bekommst du den Rest der Bezahlung. Mach dich an die Arbeit."

Der Bestatter lupfte leicht den schwarzen Schlapphut und machte eine unterwürfige Verbeugung. Dann drängelte er sich, ohne sich noch einmal zum Wirt umzudrehen, nach draußen.

Brendan und Aiden liefen zur Herberge zurück. Sie trafen alle Vorbereitungen, um am nächsten Tag nach Mallaig aufzubrechen.

Die Fahrzeit von Fort William nach Mallaig nutzte Brendan Bubbels, um Aiden noch Hintergrundinformationen zur Vernetzung der örtlichen jakobitentreuen Gruppierungen zu geben. Er wusste, dass er Aiden grundsätzlich trauen konnte, doch Gefahr ging seiner Meinung nach von Aidens Überheblichkeit und Gutgläubigkeit aus. Ja, er würde diesen im Kampf unerfahrenen Großstädter sogar als naiv bezeichnen. Brendan empfand Naivität bei Kindern süß und liebenswert, bei Frauen verlockend, aber bei Männern, die damit sich und ihre Umgebung in Gefahr brachten, war ihm diese Form von Geistesschwäche (seine Definition von Naivität) eigentlich nur verhasst!

„Ich kann dir zeigen, wo Marjorie in Mallaig wohnt", begann er seine Erläuterung, „Ihre Hütte steht an der dem Hafen gegenüberliegenden Seite der Bucht von Mallaig. Sie wohnt hinter den drei in Reihe gebauten Herrschaftshäusern, die sich im Besitz von James Graham, dem 1. Herzog von Montrose, befinden. Du kannst sie also nicht verfehlen. Seit einem Jahr wohnt sie dort. Seit dem Tag, als Cailean ihre gemeinsame Wohnung in Fort William beim Kartenspiel verlor."

„Oh Gott, wie konnte das passieren?"

Jetzt erzählte ihm Brendan, was er von dem ganzen Skandal der Buchanans mitbekommen hatte. Vermutlich war Cailean damals das Opfer professioneller Betrüger geworden. Er habe irgendwann beim Glücksspiel seine große Chance gewittert, aber das Gegenteil sei dann eingetreten. Da die ganze Familie danach völlig mittellos gewesen sei, habe Marjorie eine schlecht bezahlte Stelle als Gärtnerin bei James Graham angenommen. „Hast du von diesem Drecksack schon gehört?", fragte Brendan nach.

Wahrheitsgemäß musste Aiden verneinen.

„Er ist damals extrem reich geworden, weil er mit den Engländern zusammengearbeitet hat. Er ist übrigens der Todfeind unseres Helden hier, Rob Roy MacGregor."

„Von dem habe ich schon des Öfteren gehört. Ein Kämpfer durch und durch!"

„Also, dieser Scheißkerl von Herzog, ein Mensch, der sich alles nimmt, was er will, hat Marjorie als Gärtnerin eingestellt. Seitdem hat sich hier der Volksmund über die beiden das Maul zerrissen; angeblich habe Marjorie eine Affäre mit dem Mistkerl gehabt."

„Das glaube ich nicht; das kann gar nicht sein!", platzte es aus Aiden heraus und seine Stimme klang entrüstet.

Brendan schaute ihn belustigt an. „Da hat aber einer eine hohe Meinung von den Weibsleuten, was?", frotzelte er.

Aiden ärgerte sich, mit diesem Satz vorgeprescht zu sein. Er versuchte, seine schnelle Reaktion zu begründen.

„Nein, äh, ich weiß, dass Marjorie ihren Mann immer geliebt hat, und nach all dem, was er für sie getan hat ..." Jetzt machte Aiden eine kleine Pause.

Brendan sah ihn nur vieldeutig, aber ohne Zweifel amüsiert an.

Aiden setzte noch einmal nach. „Er hat schließlich die gemeinsame Tochter aus Schweden geholt – "

„... die aber bald einen Schweden heiraten wird und mit ihm dann vermutlich nach Schweden zurückgehen wird."

Aiden schüttelte ungläubig den Kopf. Er nahm sich vor, mit unbedachten Äußerungen vorsichtiger zu sein.

Brendan wusste nichts über Catriona Buchanan zu berichten, und so wechselte er jetzt auch das Thema. „In Mallaig gibt es nur einen offiziellen Gasthof, aber dort werden wir nicht absteigen. Ich habe einen Freund, der eine kleine Hütte auf der entfernten Seite der Hafenbucht besitzt. Die ist zwar klein, aber dort können wir ganz diskret unterkommen. Ist übrigens auch ganz in der Nähe von Marjories Hütte gelegen. Dazu kommt, dass der offizielle Gasthof auch zu weit außerhalb des eigentlichen Ortes liegt."

Aiden ließ Brendans Worte unkommentiert. „Schon komisch", dachte er bei sich. „Ich fahre in einen abgelegenen Ort, und das Schicksal hat es so gefügt, dass ich dort meine Frau und dazu noch meine Geliebte treffen kann." Wenn er an Orla dachte, so überwog im Moment sein Bedauern über ihr Zerwürfnis. Seine innere Stimme hatte sich immer wieder gemeldet und ihm bestätigt, dass Orla mit ihrer Kritik an ihm leider richtig lag! Sie hatte ihm, weiß Gott, immer wieder seine Frauengeschichten verziehen. Er war es am Ende selbst gewesen, der das wertvolle Porzellan der Liebe mit einem Schlag hatte in tausend Teile auseinanderfliegen lassen. Die bittere Wahrheit für ihn war: Er selbst hätte an Orlas Stelle genauso gehandelt, nur vielleicht schon Jahre früher. Natürlich konnte sie sich das auch nur leisten, weil sie sich Bronwyns Hilfe sicher sein konnte. Ob sie schon von seinem Tod gehört hatte?

Die dunkle Karosse rumpelte weiter über die heute trockene Piste in Richtung Mallaig. Beide Männer in ihrem Inneren hingen ihren Gedanken nach, während Jack die Pferde wieder zur Eile trieb. Aiden wunderte sich, wie verschieden doch seine Gefühle gegenüber Orla im Vergleich zu jenen waren, die er für Marjorie hegte. Er liebte Orla immer noch; da gab es keinen Zweifel! Diesen Platz in ihrem Herzen hatte sie sich von Anfang an verdient: ihre warme Herzlichkeit, ihre ehrliche Fürsorge, ihr Dasein als Ehefrau und Mutter. Inzwischen kam ein Gefühl dazu, das erst seit der Trennung in ihm aufgestiegen und ihm bewusst geworden war. Es war das Gefühl der Vertrautheit. Er sehnte sich ganz einfach nach Orla, weil sie schon so lange zu ihm gehörte. Die Gewissheit, dass es einst einen Menschen gegeben hatte, der bereit gewesen war, so viele Jahre treu an seiner Seite auszuhalten, hatte bei ihm dieses schöne Gefühl wachsen lassen. Langsam aufkeimend aus einem Kern, der Liebe hieß. Er selbst war es gewesen, der diese Vertrautheit zerstört hatte. Denn dieses Gefühl hatte etwas mit Treue und Zuverlässigkeit zu tun – mit den Eigenschaften, die manche sogar Tugenden nannten und die er sein Leben lang (wie er heute bedauernd einräumen musste) gering geschätzt hatte. Besonders das Wort Tugend hatte in seiner Wahrnehmung oft den Beigeschmack von

Dummheit und Langweile ausgestrahlt. Er nahm sich vor, zu diesem Thema Orla einen Brief zu schreiben.

Seine Gedanken sprangen von Orla zu Marjorie. Wie verschieden er dagegen doch seine Liebe gegenüber Marjorie empfand! Diese Frau zog ihn sexuell an wie keine zweite! Vom ersten Moment an, als er sie gesehen hatte, bewunderte und begehrte er sie. Aber dieser Wunsch hatte in all den langen Jahren ihrer Beziehung (oder nannte man das, was sie hatten, vielleicht besser ein Verhältnis als eine Beziehung?), also in dieser ganzen elend langen Zeit, eigentlich nur in ganz wenigen Momenten eine echte Erfüllung erfahren. Marjorie hatte nie zu *ihm* gehört. Er hatte sie in wenigen, kurzen Momenten besessen, aber zu ihm gehört hatte sie wohl nie. Hatte sie seine Liebe je erwidert? Aiden wusste es nicht. Immerhin hatten sie eine gemeinsame Tochter. Sie war das Zeichen ihrer Liebe, ihre heimliche Verbindung geblieben. Wenn er sich in Erinnerung rief, mit welcher Kraft er immer wieder um Marjorie gekämpft hatte, dann fragte er sich schon, warum sie ihn so unversöhnlich über eine so lange Zeit derart herzlos verstoßen konnte. Ja, er begehrte sie immer noch, die schönste Frau, die ihm je begegnet war. Aber das Kämpfen musste irgendwann ein Ende haben. War Caileans Tod vielleicht ein Zeichen dafür, dass eine gemeinsame Zukunft mit Marjorie plötzlich im Bereich des Möglichen war? Bei diesem Gedanken beschleunigte sich sein Puls, und er begann, sich auf seinem Platz unruhig hin und her zu wenden.

„Na, hoffentlich keine Laus im Pelz?", bemerkte Aidens Mitfahrer lachend und imitierte in übertriebener Heftigkeit Aidens Bewegungen. Der revanchierte sich mit einem gequälten Lächeln. „Jetzt kann es nicht mehr lange dauern. Von der Zeit her dürfte einer Querung des Flusses Morar nichts im Wege stehen. Bei Ebbe ist der Fluss zu reißend."

Aiden nickte zwar, hatte aber keine Ahnung, wovon Brendan da sprach. Hauptsache, sie kamen bald an. Er war gespannt auf das Treffen mit Marjorie.

Und tatsächlich: Keine Stunde später passierten sie die Furt über den Morar, um kurze Zeit danach den Hafen von Mallaig zu erreichen. Am Kai bogen sie ab, um auf die andere Seite der Bucht zu kommen. Aus dem Fenster konnte Aiden die beiden schwedischen Schiffe sehen, an denen ganz offensichtlich gearbeitet wurde. Aiden war von der Größe der beiden Schiffe beeindruckt.

„Wohin fahren wir jetzt?", fragte Aiden.

„Zuerst zu unserer Unterkunft. Dann aber schnell zu Marjorie Buchanan. Ich bin gespannt, ob sie schon von der Katastrophe gehört hat", antwortete der gut aufgelegte Brendan.

Eine kappe Viertelstunde später hatten sie ihre Unterkunft erreicht. Schnell war die Kutsche abgeladen, und die Reisekisten wurden in den Zimmern verstaut.

Aiden war unkonzentriert. Zweimal hatte er Kleidung in der Kutsche vergessen. Zuerst war es sein großes schwarzes Barett, und als er dieses geholt hatte, fiel ihm auf, dass er auch noch seinen warmen Wintermantel in der Kutsche hatte liegen lassen. Er war gedanklich bei Marjorie. In Kürze würde er vor ihr stehen. Eine halbe Ewigkeit hatte er sie nicht mehr gesehen. Ob sie sich freuen würde, ihn zu sehen? Die Erinnerungen an Marjorie erregten ihn. Die Stimme Brendans riss ihn aus seinen Gedanken.

„Hier stehen die zwei Kannen mit Lampenöl", erklärte der gerade die Details zu ihrer Wohnung.

Sie würden wohl gut eine Woche hier wohnen bleiben. Das kleine Holzhaus mit nur zwei Zimmern lag auf einem kleinen Plateau etwa hundert Fuß über dem momentan ruhigen Wasserspiegel der Bucht von Mallaig. Es war ein angenehm warmer, windstiller Nachmittag, und Aiden genoss für einen Moment die schöne Aussicht in Richtung des offenen Meeres. Von dort oben wanderte sein Blick über den kleinen Ort selbst, am Hafen entlang über das zurzeit völlig ruhige Wasser der Bucht, sprang über die Masten der schwedischen Schiffe bis hin zum weiten Horizont in der Ferne, an dem er die unscharfen Konturen von zwei Inseln im aufziehenden Dunst des Meeres auszumachen glaubte.

„Wir müssen los!" Kurz und knapp kam Brendans Anweisung. „Jack bleibt hier. Der kümmert sich noch um die Pferde."

Aiden und Brendan machten sich auf den Weg.

„Ich kenne die Frau nicht persönlich", bemerkte Brendan, während sie einem steilen Trampelpfad folgten, der sie von ihrem Holzhaus auf kürzestem Weg zurück auf die Uferstraße brachte. Den weiteren

Weg, den sie mit der Kutsche zur Überwindung der Höhe genommen hatten, kürzten sie dadurch deutlich ab. Sie kamen an den drei großen Herrenhäusern vorbei, die prunkvoll nebeneinander thronend mit ihrer trutzigen Größe das Bild der Uferstraße vor dem steil ansteigenden Hintergrund dominierten. Nur wenige Schritte weiter, von einem dichten Haselgebüsch zur Hälfte verborgen, konnte man ein kleines Holzhaus sehen. Im Kontrast zu den benachbarten mächtigen Herrenhäusern wirkte diese Wohnstatt besonders klein.

„Hier sollte es sein. Hier wohnt sie", bemerkte Brendan und klopfte an die Tür. Doch es kam keine Antwort.

Aiden hielt die Luft leicht an und meinte, seinen eigenen Herzschlag im Ohr pulsieren zu hören. Heute, am 16. Mai 1721, gut fünfzehn Jahre nach ihrem letzten Treffen würde er in wenigen Sekunden ...

Nach mehrfachem Klopfen bemerkte Brendan: „Sie ist wohl nicht zu Hause. Wir versuchen es später noch mal."

Aiden atmete hörbar aus.

„Ich habe inzwischen auch einen ziemlichen Hunger. Komm, wir gehen zuerst in den Ort. Da soll es eine sehr gute Gaststätte direkt am Hafen geben. Ich könnte jetzt frischen Fisch vertragen!"

Aiden stimmte zu, obwohl seine Enttäuschung im Moment riesig war. Dann würden sie Marjorie eben auf dem Rückweg aufsuchen. Hatte auch seinen Vorteil, wenn man gesättigt die Geliebte besuchte ...

Die beiden Männer schlugen die entsprechende Richtung ein. Einige Kutschen und Fuhrwerke kamen ihnen jetzt vom Hafen entgegen. Sicher waren das Händler aus der Umgebung, die noch die letzte Stunde Helligkeit für ihren Heimweg nutzen wollten.

Nach wenigen Schritten blieb Brendan stehen und deutete auf ein größeres, abseits des Weges gelegenes Gebüsch. „Geh schon mal vor, Aiden. Ich komme gleich nach." Dazu machte er eine Geste, anhand der Aiden verstand, was Brendan vorhatte.

Er nickte kurz und ging nun mit ausholenden Schritten allein weiter. Hinter der nächsten Biegung des Wegs sah er plötzlich vier Rotröcke nebeneinander laufend ihm entgegenkommen. Die englischen Soldaten waren wohl auf dem Weg zurück in ihre Kaserne, die anderthalb Meilen weiter entlang der Bucht liegen sollte, wie ihm Brendan schon erläutert hatte. Dort würden sie noch diese Woche vorbeifahren, um wichtige Fragen zur Truppenstärke und Struktur der Kaserne zu erfahren. Offiziell führten sie angekündigte Verhandlungen über Schaffelle für die Armee. Heute suchte Aiden mit englischen Soldaten eigentlich noch keinen Kontakt. So wich er an den Wegesrand aus, wandte dem Militär bewusst seinen Rücken zu und gab durch seine Haltung vor, aufmerksam die Bucht zu inspizieren.

Wenige Sekunden später wurde Aiden derart ruppig von hinten angerempelt, dass er alle Mühe hatte, seinen Körper abzufangen und nicht vom Weg die Böschung hinabzustürzen. Als er sich zornig umdrehte, blickte er in das feixende Gesicht eines Soldaten.

„Oh, verdammt", rief der jetzt laut aus, als er Aidens grimmigen Blick wahrnahm. An seine Kameraden gewandt sprach er weiter: „Dieser ungehobelte Herr hat mich soeben angerempelt und will sich nicht entschuldigen. Was sagt man dazu?"

Ein zweiter aus der Riege meldete sich. „Komm, lass ihn in Ruhe. Du willst dich doch nicht an einem alten Mann vergreifen, oder?"

Der Pöbler ging jetzt einen Schritt auf Aiden zu.

„Ich habe dich hier noch nie gesehen. Hast du vielleicht Papiere dabei?"

Aiden reagierte schnell und versuchte, selbstbewusst zu klingen. „Ich bin auch gerade erst hier angekommen und soll übrigens mit Euren Vorgesetzten verhandeln. Es geht um Felle für Eure Winterausrüstung, Sir!"

Irritiert wandte sich der Pöbler wieder seinen Kameraden zu. „Habt ihr davon schon gehört?"

Der Soldat, der seinen Kameraden zur Mäßigung aufgefordert hatte, meldete sich erneut zu Wort. „Ja, ich habe davon schon in Fort William gehört. Wir sollen Felle für unsere Betten bekommen, damit wir uns hier in den langen Wintern nicht mehr den Hintern abfrieren."

Der Pöbler wandte sich wieder an Aiden. „Okay, Sir, und wer seid Ihr bitte?" Seine Stimme klang plötzlich höflich.

„Ich bin der bekannte Fellhändler Hamish MacGregor, und ich werde in der nächsten Woche tatsächlich noch weitere wichtige Gespräche in Fort William führen. Wenn Ihr Euch jetzt wie ein Gentleman benehmt, werde ich davon absehen, mich in Fort William über Euch zu beschweren."

Ein weiterer, noch sehr junger Soldat mit reichlich entzündeten, dicken Pickeln im Gesicht fühlte sich zu einem Kommentar berufen. „Wir werden in einigen Tagen auch nach Fort William zurückkehren und –"

Der Pöbler fuhr herum und schnitt mit einem herrischen „Halt's Maul" dem jungen Kerl augenrollend das Wort ab. „Mr. MacGregor will das alles gar nicht wissen! *Ich* aber will wissen, ob der Kerl nicht mit diesem Rob Roy MacGregor verwandt ist und ob er nicht weiß, wo wir ihn finden können." Jetzt schaute er Aiden böse an.

„Mein Herr, ich stehe fest an der Seite Englands, sonst würden ihre Vorgesetzten sicherlich keine Geschäfte mit mir tätigen, oder? Und bei einem so häufigen Namen wie MacGregor ist man mit den wenigsten dieser Menschen direkt verwandt."

In dem Moment hörte Aiden hinter sich die markige Stimme von Brendan Bubbels: „Gibt es hier Probleme?" Er trat zwischen Aiden und den Pöbler.

Aiden wich jetzt erleichtert zwei Schritte zurück.

„Nein, aber wer seid *Ihr* denn?"

„Mein Name ist Brendan Bubbels, und ich begleite diesen Gentleman hier bei seiner Reise zu den englischen Militärs, um ein Geschäft mit Fellen abzuwickeln."

Jetzt schien der Pöbler überzeugt und stammelte so etwas wie eine Entschuldigung.

Eigentlich war die Situation gerade dabei, sich komplett zu entspannen; noch aber versperrte die kleine Gruppe den Weg, als Aiden überrascht die Augen aufriss: Keine zehn Schritte von ihm entfernt kamen zwei ganz in Schwarz gekleidete Frauen aus Richtung Mallaig auf sie zu. Beide Frauen trugen ärmliche Kleidung mit Schürzen über den schmal und lang geschnittenen schwarzen Arbeitsröcken. Eine der beiden war abrupt stehen geblieben, als sie auf Aiden aufmerksam wurde. Aiden erkannte sie sofort. Es traf ihn wie ein Blitz aus heiterem Himmel. Sein Herz begann zu rasen; er bekam plötzlich Ohrensausen und lief rot an. Am liebsten hätte er beide Arme nach ihr ausgestreckt, aber stattdessen blieb er wie versteinert stehen. Er formte die Lippen zu einem tonlosen „Bitte nicht!", aber es war schon zu spät.

Marjorie hatte bereits ihren Rock gerafft und rannte jetzt auf ihn zu. Dann fing sie an zu weinen und schluchzte: „Aiden, wie schön, dich zu sehen. Sie haben ihn tatsächlich ermordet. Cailean ist tot! Was soll ich jetzt nur machen?" Mit diesen Worten fiel sie Aiden um den Hals.

Der war zu einer Säule erstarrt, unfähig, seine große Liebe zu umarmen; im Gegenteil; mit beiden Händen wehrte er die Frau ab und versuchte, sie von sich zu stoßen. „So helft mir doch, Bubbels!", herrschte er Brendan an. „Das ist eine verwirrte Frau. Sie muss mich verwechseln."

Brendan war für einen Moment unschlüssig. Dann zog er Marjorie mit roher Kraft weg von Aiden. „Gnädige Frau", redete er jetzt auf Marjorie ein, deren Blick keine Sekunde von Aiden wich. „Ihr verwechselt diesen Mann. Sein Name ist Hamish MacGregor."

Die Enttäuschung in Marjories Augen brach Aiden fast das Herz, aber er hatte in dieser Situation einfach so reagieren müssen. Zum ersten Mal schaute Marjorie jetzt Brendan an, der sie immer noch an den Schultern gepackt hielt. „Oh, bitte ja, entschuldigt, ich muss mich getäuscht haben, aber die Ähnlichkeit …" Ihr eigenes Schluchzen unterbrach sie. „Diese Ähnlichkeit …" Jetzt entfernte sie sich rückwärtsgehend zwei, drei Schritte von Brendan, schüttelte erneut ungläubig den Kopf, ergriff die Hand der zweiten Frau und drehte sich weg. So schnell, wie sie erschienen waren, so waren die beiden Frauen an Aiden, Brendan und den Soldaten vorbei und auch schon wieder hinter der nächsten Biegung verschwunden. Fürs Erste schien dieser wahrlich ungewöhnliche Zwischenfall beendet.

Aiden fühlte sich bemüßigt, etwas Klärendes zu sagen, während er seine Kleidung abklopfte, als sei durch Marjories Kontakt eine Verschmutzung entstanden. „Was Schmerz und Trauer doch aus einem Menschen machen können."

Die vier Soldaten hatten die Szene aufmerksam, aber kommentarlos beobachtet. Der Pöbler ließ sich noch von Brendan und Aiden die Papiere zeigen, aber dann war auch für ihn der Fall erledigt. Mit einem kurzen militärischen Gruß verabschiedeten sich die vier und ließen Brendan und Aiden endlich weitergehen.

Brendan wartete eine gute Minute, bevor er Aiden zuraunte: „Dich kann man auch nicht eine Minute allein lassen!"

Eigentlich wäre Aiden jetzt am liebsten hinter Marjorie hergerannt und hätte diese schreckliche Situation aufgeklärt, aber Brendan wandte ein, dass er die Soldaten nicht ein zweites Mal treffen wolle. Außerdem wisse man jetzt, dass Marjorie schon Kenntnis habe von Caileans Tod. Deshalb reiche es, wenn man sie nach dem Abendessen besuchen würde.

Die Gaststätte *Corners Inn,* in prominenter Lage am Hafen von Mallaig gelegen, war mit Einbruch der Dämmerung noch wenig besetzt. Die beiden Männer wählten einen Tisch mit Blick auf das Hafenkai. Von dort hatten sie windgeschützt einen guten Blick nach draußen auf das noch geschäftige Treiben rund um die Boote. Netze wurden geflickt, Kübel und Holzbretter wurden für den nächsten Fang gesäubert. Überall standen kleinere Grüppchen von Personen zusammen, um immer wieder die Ereignisse des zu Ende gehenden Tages zu besprechen. Nach einer halben Stunde gesellte sich Jack zu den beiden. Die englischen Soldaten waren ihm nicht begegnet.

Aidens Stimmung besserte sich deutlich nach der reichhaltigen Fischsuppe, die er mit großem Appetit verschlungen hatte. Auch der Grog tat seine positive Wirkung. Aiden fühlte die starke Anspannung, die ihn seit Marjories Auftauchen ergriffen hatte, langsam von sich abfallen. Wenn er Marjorie den Hintergrund seines abweisenden Verhaltens erklärte, würde sie ihn verstehen. Darin war er sich plötzlich sicher. Den Wunsch nach weiteren Bechern dieses „Glücksgetränks" verbot Aiden sich und den anderen mit der Begründung, dass sie ja noch bei Marjorie vorbeigehen wollten.

Inzwischen war es draußen dunkel geworden. Um zwei Tische, deren nähere Umgebung von jeweils einer Öllampe erhellt wurde, hatte sich eine bunte Mischung Einheimischer zusammengefunden. Einige verließen die Runde schnell wieder nach nur wenigen eingeworfenen Worten. Andere sogen an ihren Pfeifen, bliesen grobe, graue Ringe aus Rauch in die Dunkelheit und beschränkten sich aufs Zuhören. „Wie Motten", dachte Aiden. „Diese Menschen sind wie Motten, die das Licht und die Hoffnung auf ein wenig Geselligkeit in dieser kargen und einsamen Gegend zu den Tischen hinzieht."

Dann bildete sich plötzlich eine Gasse, und zwei Personen kamen aus dem Dunkel an den Tisch. Aiden fiel zunächst der groß gewachsene Mann ins Auge, der den bekannten schwedischen, bis zum Knie reichenden langen Marinerock mit der breiten weißen Lederschärpe und dem passenden Gürtel trug. Besonders auffallend an ihm war ein mächtiger, weit nach vorne ragender schwarzer Dreispitz mit breitem weißem Rand, der den hochgewachsenen Träger noch größer erscheinen ließ. Unter dem Hut zeigte sich ein scharf geschnittenes, kantiges Gesicht, das von einem blonden Vollbart eingerahmt wurde. Die wachen Augen fixierten gerade einen Mann, der mit dem Rücken zu Aiden stand. Der Schwede redete auf den Mann ein, der zustimmend nickte. Jetzt fiel Aidens Blick auf die Frau, die hinter dem Schweden ins Licht des Tisches trat. Und zum zweiten Mal an diesem so besonderen Tag, dem 16. Mai 1721, bekam Aiden vor Freude Herzrasen. Er sprang vom Stuhl auf und deutete wortlos auf die Frau.

Er stammelte: „Orla, das ist, äh, war, äh, ist *meine* Frau Orla!"

Brendan lachte laut auf. „Du kennst wohl alle hier, was?"

„Das nicht, aber die, die kenne ich wirklich!"

„Komm, setz dich wieder. Wir haben doch erst einen Grog getrunken, Mann, Hamish, beruhige dich!" Brendan versuchte, an Aidens Unterarm ziehend, diesen wieder zum Sitzen zu bewegen.

Doch Aiden blieb gebannt stehen. Er konnte seinen Blick nicht von Orla wenden. Neben dem groß gewachsenen Schweden wirkte sie zierlich in ihrem grünen Leinenkleid, dessen Rock bis zu den Knöcheln reichte. Die geöffnete, eng anliegende, graue Strickjacke gab den Blick frei auf den eckig geschnittenen Ausschnitt des Kleides, dessen Rand mit schmalem Rüschenband gesäumt war und Orlas zarten Brustansatz ahnen ließ. Aiden konnte sich nicht erinnern, Orla jemals mit einer so kurz geschnittenen Frisur gesehen zu haben. Sie wirkte auf ihn heute direkt jungenhaft. Sie war neben den schwedischen Offizier jetzt ebenfalls an den Tisch getreten und legte in einer Geste, die Aiden als besitzergreifend empfand, beide Hände auf den Unterarm ihres Begleiters. Dabei schaute sie zu ihm auf; Aiden spürte seinen schnellen Puls bis in beide Ohren drängen. Dieser verdammte Mistkerl war doch mindestens zehn Jahre jünger als Orla! Unverändert schien Orla diesen Kerl mit einem Blick anzuhimmeln, aus dem Aiden die reine Bewunderung ablas. Im selben Moment verspürte er den quälend scharfen Stich der Eifersucht in seiner Brust. „Ich muss mit ihr reden", murmelte er und machte Anstalten, nach draußen zu gehen.

Aber Brendan sprang jetzt ebenfalls vom Stuhl auf und hielt Aiden am Arm fest. Er verstellte Aiden den Weg. „Bist du verrückt, Hamish? Hast du es auf ein Duell abgesehen, wenn du den Kerl jetzt hier in aller Öffentlichkeit angehst?"

Aiden zögerte einen Moment, doch dann schüttelte er Brendans Hand ab, schob ihn beiseite und ging los. Bis er sich durch die inzwischen gut gefüllte Gaststube den Weg nach draußen gebahnt hatte, war es jedoch schon zu spät. Als er durch die große Eichentür ins Freie trat, konnte er nur noch zusehen, wie Orla an der Hand des Schweden in einer Kutsche verschwand und ihr der Offizier in das Gefährt folgte. Der Mann, mit dem der Schwede geredet hatte, schloss die Tür hinter den beiden und sprang auf das Trittbrett, das nebst Haltegriff am hinteren Ende der Kutsche montiert war. Im Nu war die Kutsche im Dunkel verschwunden.

„Verdammt", fluchte Aiden halblaut und wollte sich nicht vorstellen, was die beiden demnächst miteinander vorhatten. „Verdammt, Skye, meine Frage nach einem neuen Partner war doch berechtigt", dachte er grimmig und erinnerte sich nur zu gut an die Unterhaltung mit seiner Schwiegermutter in Leith. Er hatte Skyes besonderen Blick noch gut im Gedächtnis, mit dem sie weitere Nachfragen zum Thema Orla und andere Männer unterbunden hatte. Dass er die wichtigsten Frauen seines Lebens nach so langer Zeit in diesem kleinen Ort am Rande der bewohnten Welt wiedersehen sollte, hatte er zwar geahnt, aber dass auch andere Männer plötzlich eine Rolle spielen könnten, hatte er nicht bedacht. Eifersucht war ihm bisher fremd gewesen. Aiden nahm sich vor, sich von diesem plötzlichen Dorn in seinem Herzen nicht beherrschen zu lassen. Er würde aber nicht eher aus Mallaig abreisen, bevor er nicht mit beiden Frauen ausführlich gesprochen hatte. Seine Zukunft würde sich hier in Mallaig klären!

Als er an seinen Tisch zurückkehrte, hörte er Brendan stöhnen: „Was für ein Glück, dass die beiden weg sind. Das hätte übel enden können. Hamish, du kannst uns alle nicht einfach so in Gefahr bringen, klar!"

Aiden nickte etwas kleinlaut. Da war ihm Orla so nahe gewesen wie schon lange nicht mehr. Keine zehn Fuß hatten zwischen ihnen gelegen; und doch war sie unerreichbar geblieben.

„Du musst dich mit ihr verabreden, damit ihr euch heimlich treffen könnt. Dann dürft ihr von mir aus machen, was ihr wollt", fügte Jack hinzu und schaute Aiden vieldeutig grinsend an.

„Ach, es geht nicht um das, was du denkst", versuchte Aiden aufzuklären, aber ein Blick in Jacks feixendes Gesicht genügte, um zu erkennen, dass weitere Belehrungen völlig sinnlos waren.

Die Männer bezahlten und machten sich auf den Heimweg. Aidens Begleiter fanden, dass es schon zu spät und daher unschicklich sei, jetzt noch einer Frau die Aufwartung zu machen. Tiefe Enttäuschung machte sich in Aiden breit, die sich auch nicht legte, als er sich eine gute Stunde später schlaflos auf seinem Bett hin- und herwarf.

Dann überkam ihn die erlösende Idee. Er sollte Marjorie allein besuchen. Es war ein Wink des Schicksals, dass die anderen heute Abend nicht mitgehen wollten. Was hätte er schon Persönliches oder gar Intimes zu Marjorie sagen können, wenn diese ungehobelten Kerle dabei waren?

Vorsichtig und mit dem Bestreben, möglichst jedes Geräusch zu vermeiden, zog sich Aiden wieder an und schlich aus dem Haus. Die Haustüre lehnte er nur an. Er schlug den längeren Kutschenweg ein, weil er auf diesem fast rennen konnte und somit schneller warm würde. Der steile Trampelpfad war ihm zu unfallträchtig. Dazu wollte er auf keinen Fall verschmutzt bei Marjorie ankommen.

Die Vorfreude trieb ihn zur Eile. Nach nicht einmal zehn Minuten hatte er sein Ziel erreicht. Vor ihm lag das halb von Gebüsch zugedeckte Häuschen, in dem *seine* Marjorie wohnte. Schwer atmend wartete er zunächst auf die Normalisierung seines Pulses. Wie oft hatte er sich in den letzten Jahren die Worte für den Moment zurechtgelegt, vor dem er genau jetzt stand? Doch genau jetzt war er von Gefühlen überwältigt. Sein Kopf war geradezu übervoll mit Liebe und Sehnsucht, zumindest mit dem, was er dafür hielt; nur: Die passenden Wort waren ihm entfallen. Aber genau jetzt war es ihm auch egal.

Er klopfte leise an die Tür. Keine Reaktion im Innern. Als auch nach dreimaligem Türklopfen die Stille unverändert blieb, schlich Aiden leise und geduckt an der hinteren Längsseite des Häuschens entlang, bis er zum einzigen Fenster kam. Jetzt klopfte er mit den Fingerspitzen an das matte Glas, hinter dem ein dunkler Leinenstoff den Blick in das Innere der Wohnung verhinderte. Erneut trommelte er mit den Fingerspitzen an das Glas.

Jetzt bewegte sich der Stoff, und er konnte schemenhaft Marjories verschlafenes Gesicht erkennen. Sie schien nicht einmal überrascht, ihn um diese Zeit an ihrem Fenster zu sehen, sondern gab ihm mit einem Kopfnicken und den dazugehörigen Handzeichen zu verstehen, dass sie an die Türe kommen werde.

Aiden nickte und setzte sein strahlendstes Lächeln auf. Endlich würde er Marjorie nach so langer Zeit wieder in die Arme schließen können. Er war froh, ohne Brendan und Jack hier zu sein.

Es dauerte noch lange Minuten, bis sich die Tür einen Spalt öffnete und Marjories Kopf darin erschien. Sie schien ihre Haare gekämmt zu haben und hatte sich eine Wolldecke übergeworfen, die sie vor der Brust mit einer Hand zusammenhielt.

„Hallo, Aiden", begrüßte sie ihn flüsternd.

„Hallo, mein Schatz!", antwortete Aiden überwältigt. „Willst du mich nicht reinlassen?"

Aiden hielt das für eine überflüssige, rhetorische Frage, die er verwendete, um höflich zu klingen, und war umso überraschter, als er ein klares „Nein!" vernahm. „Oh, sie ist wohl doch noch böse und enttäuscht vom heutigen Nachmittag", ging es Aiden blitzschnell durch den Kopf, und er versuchte, angemessen auf dieses Nein zu reagieren.

„Schau, Marjorie, lass mich doch bitte erst einmal zu dir, damit ich dir erklären kann, warum ich heute Nachmittag ..., wir kämpfen doch jetzt auf der gleichen Seite. Na komm, lass mich rein."

„Nein, Aiden. Ist mir auch alles egal – ich bin nicht allein."

„Aber Marjorie, ich liebe dich, und ich habe mich wegen dir von Orla getrennt. Da kannst du doch nicht –"

Jetzt schnitt ihm Marjorie das Wort ab, da er drohte, lauter zu werden. „Pssst. – Bleib ruhig, Aiden. Lass uns das alles zu einem anderen Zeitpunkt besprechen, aber bitte nicht jetzt und hier."

„Aber ich vergehe vor Sehnsucht."

„Ja, das habe ich heute Mittag gemerkt", kam die kalte Antwort.

In dem Moment hörte Aiden Gerumpel hinter Marjorie, und mit einer brennenden Öllampe in der Hand trat ein verschlafener, nur mit kurzer Schlafhose bekleideter Mann auf den Flur.

Marjorie drehte sich erschrocken um. „Geh zurück ins Bett, Finley. Hier ist alles in Ordnung. Da ist einer vom Weg abgekommen und hat sich verirrt. Ich bin gleich wieder bei dir. Geh schlafen, Finley."

Der Mann gähnte noch einmal, murmelte: „Dann is' ja gut" und verschwand wieder hinter der Tür.

Aiden war wie vom Donner gerührt. Er brachte nur noch ein peinliches „Aber ich liebe dich doch" hervor, was Marjorie mit einem leisen Lachen beantwortete.

Dann erwiderte sie mit leiser Stimme: „Wir werden später noch über uns sprechen, aber nur so viel zum Thema Liebe: Es gibt ganz viele verschiedene Arten von Liebe, aber ich glaube, dass du von *keiner* Art etwas verstehst. Das war bei Cailean doch völlig anders. *Du* hast immer nur genommen, aber nie etwas gegeben. Mach's gut!"

So lautlos, wie sich die Tür geöffnet hatte, war sie nun auch wieder geschlossen. Nur wenige Sekunden danach stand Aiden in völliger Ruhe und Dunkelheit. Es dauerte weitere Sekunden, bis er die Endgültigkeit der Situation verstanden hatte.

Wie ein geprügelter Hund schlich er mit leerem Herzen zurück zu seiner Unterkunft.

[10] Die Woche der Entscheidungen
Mai 1721

Inzwischen waren schon gut vier Wochen vergangen, seit Orla und ihr Arbeitstrupp mit den Reparaturarbeiten an den beiden schwedischen Schiffen begonnen hatte. Sogar die ehemaligen Thief-Taker hatten mit den Schweden eine Bezahlung ausgehandelt und halfen ebenfalls. Da alle Beteiligten um ihre Aufgaben wussten, hatte sich schnell eine gut funktionierende Routine eingestellt. Man arbeitete an sechs Tagen in der Woche. Während Orla fünf Nächte auf der *Fredsbringare* übernachtete, fuhr sie jeden Freitag mit den anderen zurück zum *Silver Sands Inn*. Dort nutzte sie dann den Abend zu Einzelgesprächen mit allen Beteiligten, um auch private Dinge nicht zu kurz kommen zu lassen. Der Kontakt mit ihren Arbeitern war ihr wichtig.

Nach der zweiten Woche war es aus traurigem Anlass ein ganz besonderer Abend in ihrer Gemeinschaft geworden. Ein Kutscher, der aus Edinburgh gekommen war, hatte bei seiner Durchreise die Nachricht vom Tod Bronwyn Hampdons überbracht. Für eine kurze Zeit, in der Orla vor Trauer keinen klaren Gedanken fassen konnte, war es zunächst unklar, ob die Arbeiten an den Schiffen nicht unterbrochen werden sollten. Aber noch spät in der Nacht einigten sich alle Beteiligten darauf, weiter an den Schiffen zu arbeiten. Schließlich war Bronwyn sehr weit weg in Cardiff verstorben. Man müsste erst einmal nachfragen, wo er überhaupt beerdigt würde. Vielleicht war ja Skye nach Cardiff gereist. Alle Beteiligten waren sich aber darin einig, dass Bronwyn gewollt hätte, dass sein Lebenswerk, die Segeltuchfabrik, weitergeführt werde. Und dazu war der Abschluss dieses Auftrags dringend notwendig. So verfasste Orla am 26. April 1721 einen Brief an ihre Mutter und ließ ihn dem Kutscher auf seiner Rückreise zukommen.

Noch etwas hatte sich bei Orla verändert. Obwohl sie versuchte, es nicht zuzulassen, hatte sie sich ein wenig (oder war es nicht schon deutlich mehr?) in den überaus charmanten Kapitän Mads Gyllenborg verliebt. Der hübsche Schwede mit seiner zurückhaltenden, höflichen Art hatte Orla von Tag zu Tag stärker für sich gewinnen können. Orla konnte sich nicht erinnern, wann sie zuletzt vergleichbare Gefühle für einen anderen Mann außer Aiden verspürt hätte. Aiden – nur noch selten dachte sie an ihre gemeinsame Zeit in London zurück. Sie wunderte sich ein wenig über sich selbst. War es das starke Gefühl der Verliebtheit, das der junge Kapitän bei ihr erweckt hatte und damit drohte, Aiden vergessen zu machen? Denn auch Mads Gyllenborg machte keinen Hehl aus seiner wachsenden Zuneigung und Bewunderung für Orla. Seit langen Jahren fühlte sich Orla endlich wieder einmal als Frau wahrgenommen und respektiert. In den letzten Nächten hatte sie sogar sexuell gefärbte Träume erlebt, in denen Mads Gyllenborg eine aktive und zentrale Rolle spielte. Hatte sie sich ihre Verliebtheit anfänglich nicht zugestehen wollen, so genoss sie das Werben von Mads doch jeden Tag mehr. Wenn sie zu zweit und endlich einmal unbeobachtet waren, drängte er auffällig in ihre Nähe. Er gestand ihr, dass er sie gerne anfasse, was bei Orla zwar ein Erröten, jedoch keine Ablehnung hervorrief. Die Vorstellung, von seiner Wärme umarmt und eingefangen zu werden, weckte eigentlich nur angenehme Gefühle in ihr. Doch da gab es den einen Punkt, der Orla immer noch zur Zurückhaltung mahnte. Orla wurde sich in solchen Momenten des großen Altersunterschieds bewusst. Im April hatte sie ihr dreiundvierzigstes Lebensjahr vollendet, was bedeutete, dass sie zehn Jahre älter war als Mads. Ein Kind würden sie beide wahrscheinlich nicht mehr zusammen haben können. Über dieses Thema wie auch über die Frage, ob Orla Schottland für ihn verlassen würde, hatten sie sich noch nie ausgetauscht. Orla wusste jedoch von Mads, dass er Witwer und Vater von zwei Kindern war. Unter der Geburt des dritten Kindes war es dann zu Komplikationen gekommen, die seine Ehefrau und das Neugeborene damals nicht überlebt hatten. Diese Tragödie lag inzwischen drei Jahre zurück. Beide Kinder von Mads Gyllenborg lebten in Stockholm und wuchsen bei den Großeltern auf.

Jeden Morgen begann die Arbeit an den Schiffen pünktlich um neun Uhr. Um diese Zeit spuckte die eigens für den Transport der Arbeiter angemietete Kutsche den ersten Teil der Mannschaft vom *Silver Sands Inn* im Hafen vor der bekannten Eckkneipe *Corners Inn* aus. Im Nu füllte sich dann jedes Mal der Kai vor den schwedischen Schiffen mit Arbeitern, die mit Sägen, Feilen oder Hämmern und lautem Rufen anfingen, Lärm zu machen. Zwischen all den Männern, teils schwedische Matrosen, teils schottische Fischer aus Mallaig, und den eigenen Vorarbeitern bewegte sich Orla und koordinierte die einzelnen Arbeitsgänge. Immer wieder musste sie auf den Schiffen selbst den Fortgang der Arbeiten begleiten und überprüfen. Die erste Woche waren sie noch mit Abtakeln beschäftigt gewesen, aber heute, mehr als vier Wochen nach dem Beginn ihrer Arbeiten, konnte man erkennen, dass sich die Reparaturarbeiten ihrem Ende näherten. Länger als zwei weitere Wochen sollten sie nicht mehr für die Restarbeiten benötigen.

Es war Freitag, der 17. Mai 1721. Orla war müde, da sie am Vorabend eine Einladung wahrgenommen hatte, zu der sie Mads Gyllenborg überredet hatte. Er war mit zehn Offizieren seiner Schiffe in die englische Kaserne eingeladen gewesen, die eine halbe Fußstunde hinter Mallaig nördlich der Bucht lag. Mads wollte Orla unbedingt dorthin mitnehmen. Nach langem Zureden von Mads hatte sie ihm ihre Begleitung zugesagt, obwohl sie kein schickes Kleid für offizielle Treffen eingepackt hatte. Er aber hatte sie lachend überzeugt, dass sie durch ihre Natürlichkeit alle anderen Frauen überstrahlen werde. Am Ende hatte sie dann doch noch seinem Vorschlag zugestimmt und ihn zu dieser wichtigen Besprechung mit den Engländern begleitet. Mads hatte noch aus dem *Corners Inn* eine Kiste frischen Fisch als Gastgeschenk für die englische Kaserne eingekauft. Die Engländer hatten die Einladung ausdrücklich zur Verbesserung der Beziehungen beider Länder ausgesprochen. Es war ein netter Abend in gelöster Atmosphäre gewesen. Die Engländer betonten noch einmal, dass sie den Schweden gegenüber nicht feindselig gesonnen seien, dass sie aber auch davon ausgingen, dass die Schweden keine Jakobiten oder andere Aufrührer unterstützten.

Ausgesprochen überrascht war Orla, als sie auf der englischen Seite Catriona, die Tochter von Cailean und Marjorie, erkannte. Diese hatte ihr, unmerklich für Außenstehende, freundlich zugenickt. Später erfuhr Orla, dass Catriona bereits seit einem halben Jahr mit einem englischen Offizier verlobt sei. Der Kommandeur berichtete, dass es zurzeit in der Region wieder vermehrt aufständische Aktionen gebe und dass sie auf der Hut seien. Man habe sogar Wind davon bekommen, dass ein erneuter, größerer Aufstand geplant sei. Aber man sei zuversichtlich, diese ewiggestrigen Hochlandbauern in die Schranken weisen zu können. Als er zum Schluss einen Toast auf seinen König George I. ausrief, verweigerten die Schweden ihre Zustimmung.

Erst spät waren sie dann auf ihr Schiff zurückgekehrt, sodass die Nacht nur wenig Schlaf zugelassen hatte. Mads hatte Orla nach der Ankunft auf der *Fredsbringare* in einem Anfall von Mut seine Liebe gestanden. Dazu versuchte er noch, sie zu überreden, eine erste gemeinsame Nacht mit ihm zu verbringen. Doch Orla gab vor, unter Kopfschmerzen zu leiden, und auch Mads nahm dieses Nein gelassen hin, hatte er doch, dem kräftigen Genuss von Rum geschuldet, eine derartige Bettschwere, dass sie ihn die erzwungene Einsamkeit am Ende gut ertragen ließ. Vielleicht war er am Ende sogar froh, sich nicht durch mögliches Versagen an entscheidender Stelle blamiert zu haben. Mads Gyllenborg ahnte zudem, dass ihm das Herz dieser schönen und lebhaften Frau, wenn auch nicht heute, so doch sicher schon recht bald zufliegen würde.

Diszipliniert und rechtzeitig stand Orla nun am Morgen danach zur Arbeit bereit auf dem Kai. Sie war gerade noch in ein Gespräch mit ihrem Vorarbeiter George MacDonald verwickelt, als sie mitten im Trubel des Hafenkais Marjorie Buchanan auf sich zukommen sah. Marjories Haare waren straff nach hinten zu einem kleinen Zopf zusammengebunden. In ihrem Gesicht zeichneten sich deutliche Falten ab, die ihr die Sorgen oder aber vielleicht auch nur die Jahre, ins Gesicht gezeichnet hatten. Ihre Kleidung wirkte ärmlich. Eine schwarze Bluse über einem schlichten schwarzen Leinenrock, auf dem sie eine weiße Schürze trug. Es war die Kleidung einer Magd.

„Können wir später noch mal über den obersten Teil des Besanmastes reden, George?"

George nickte und ging die Gangway hoch zurück auf das Schiff.

Orla ging langsam in Richtung Marjorie, die einen zögerlichen Eindruck machte.

„Seid Ihr wegen mir hierhergekommen?", fragte Orla ungläubig.

Marjorie nickte wortlos und schaute etwas verlegen zu Boden. „Ich glaube, dass ich neulich ungerecht zu dir war."

„Ach, Marjorie. Lasst die alten Dinge ruhen. Ich habe mich mit Cailean lange über Davinas Rettung unterhalten –"

„Ja, und jetzt ist Cailean tot!", unterbrach Marjorie Orla.

Die trat erschrocken einen Schritt zurück und schlug beide Hände vor ihr Gesicht.

„Nein! Wie konnte das passieren?"

„Er wurde vermutlich von Spionen der Engländer überfallen, gefoltert und dann wie ein Hund die Treppe hinuntergeworfen. Dabei hat er sich dann das Genick gebrochen."

„Oh Gott, das ist ja schrecklich!"

„Ja, und nun ist es meine Aufgabe, all die zu warnen, die eventuell Depeschen von Cailean ..." Jetzt schaute sie Orla prüfend an, die daraufhin nur wortlos nickte. „Sag dem Empfänger, dass nichts mehr gilt, was in dieser Depesche geschrieben stand. Es ist zu gefährlich geworden. Glaube mir!"

Orla ging einen Schritt auf Marjorie zu. „Ich bringe das in Ordnung", sagte sie leise.

Marjorie antwortete ihr, ebenfalls fast flüsternd: „Da ist noch etwas: Ich wohne dort drüben auf der anderen Seite der Bucht." Sie zeigte in die Richtung. „Siehst du die drei großen Herrenhäuser dort?"

Orla nickte.

„Genau daneben ist meine kleine Hütte. Dort wohne ich allein. Aber stell dir vor: Heute Nacht war Aiden an meiner Tür. Keine Ahnung, woher der kam, aber er wollte unbedingt mit mir intim werden."

„Nein!" Orlas Antwort kam schrill und zu laut.

„Ehrlich, Orla, wie ein läufiger Hund hat er gebettelt, dein Aiden, aber ich habe ihn weggejagt."

„Das war gut so, danke, richtig gut ..."

Dann entstand eine Pause, in der beide Frauen ihren Gedanken nachzuhängen schienen. Als sich ihre Blicke wieder trafen, klang Orlas Stimme rau, als sie nachfragte: „Der Tod von Cailean trifft mich wirklich ins Herz und macht mich sehr, sehr traurig. Ich danke Euch, dass Ihr extra gekommen seid, um es mir zu erzählen. Aber zu Aiden habe ich noch eine Frage: Äh, gab es auch Zeiten, in denen Ihr ihn nicht weggejagt habt?"

„Ach, Orla, es kommt mir vor, als sei das noch in einem anderen Leben passiert", gab Marjorie schnell und kühl zur Antwort. „Ich will mich daran gar nicht mehr erinnern. Ich wollte dir nur sagen, dass ich morgen früh nach Fort William fahre und mich um Caileans Beisetzung kümmern werde. Ich muss darüber hinaus noch weitere Jakobiten treffen und sie warnen. Aber ich wollte auch, dass du weißt, dass Aiden ebenfalls hier ist. Er heißt wohl offiziell Hamish MacGregor. Wenn du ihn siehst, bitte warne ihn vor den Spionen. Mach's gut, Orla."

„Warte, Marjorie! Ich möchte Euch auch noch etwas mit auf den Weg geben." Jetzt klang Orlas Stimme kalt und schneidend. „Erinnert Ihr Euch noch, dass wir beide bei einer Schamanin waren, in einem gottverlassenen Viertel von Edinburgh?"

Marjorie nickte.

„Diese Schamanin, sie hieß Carrioncrow, hat Euch damals gesagt, dass Euer Krafttier die Eidechse sei."

Wieder nickte Marjorie.

„Ich habe lange darüber nachgedacht, wieso es die Eidechse sein sollte ... Jetzt weiß ich es: Jedes Mal, wenn Ihr einen Teil von Euch verliert, tröstet Ihr Euch mit etwas Neuem, von dem Ihr hofft, dass es den Verlust ersetzt, Euch wieder komplett macht. Versteht Ihr mich?"

Marjorie zeigte keine Reaktion auf Orlas Worte.

„Verletzungen zeigen bedeutet für Euch, Schwächen einzugestehen; versteht Ihr immer noch nicht, was ich Euch sagen will? Wenn Ihr den Einen nicht haben könnt, dann tröstet Ihr Euch mit dem Nächsten! Habt Ihr noch nie gehört, dass Euch dieser Ruf seit der Affäre mit Eurem Landlord, diesem James Graham, dem 1. Herzog von Montrose, hier überall vorauseilt?"

Jetzt hob Marjorie beide Hände, als wolle sie einen körperlichen Angriff abwehren. Dann sagte sie: „Nein, noch nie davon gehört!", drehte sich um und verschwand langsam zwischen den Menschen.

Marjories Besuch ließ Orla mit vielen unbeantworteten Fragen zur Vergangenheit zurück. Ihre frühere Herrin, die jetzt nur noch ein Schatten ihrer selbst war, zählte inzwischen ganz offensichtlich zum verarmten Adel. Das stand für sie ohne jeden Zweifel fest. Aber warum hatte sie ihr heute zum ersten Mal gestanden, eine Affäre mit Aiden gehabt zu haben? War es die Mischung aus Neid und Missgunst? Die Lebensumstände von Marjorie und ihr hatten sich doch stark verändert. Wer war heute die Herrin? Und wer die Magd? Die Machtverhältnisse hatten sich fast ins Gegenteil verkehrt. Und jetzt musste Orlas ehemalige Herrin auch noch den schweren Verlust ihres Cailean hinnehmen. Sie wäre eigentlich zu bedauern gewesen, dachte Orla. Aber statt Trauer hatte Marjorie heute nach außen nur ihren unverwundbaren Trotz gezeigt. „Wenn ich heute leide, sollst du, Orla, auch nicht ungeschoren davonkommen". Waren das Marjories Gedanken gewesen, weswegen sie ihr heute erzählt hatte, dass sie und Aiden …? Orla ärgerte sich ein wenig über sich selbst, dass sie Marjorie noch immer so höflich, ja, eigentlich zu unterwürfig angesprochen hatte. Sie würde Marjorie in Zukunft auf Augenhöhe ansprechen.

Während Orla noch über das Treffen mit Marjorie nachdachte, erinnerte sie sich plötzlich wieder an Catrionas Ähnlichkeit mit Aiden; besonders die zu großen Ohren. Aber das konnte auch Zufall sein. Denn gestern Abend, beim Treffen mit den Engländern, hatte ein englischer Offizier seine Frau vorgestellt, die ebenfalls sehr große Ohren hatte. Sie war Orla dadurch aufgefallen, dass sie diese Ohren noch durch ihre Frisur betont hatte. Schließlich konnte nicht jeder Mensch mit großen Ohren mit Aiden verwand sein … Sie war wohl auch noch etwas übermüdet. Wo Aiden jetzt wohl steckte? Warum hatte er nicht zuerst sie besucht? Wusste er eigentlich, dass sie hier arbeitete? Was stand in der Depesche von Cailean an Mads? Sie musste versuchen, all diese Fragen nach der Arbeit zu klären. George wartete schließlich auch noch an Deck auf sie. Nachdenklich, aber auch traurig, machte sie sich auf den Weg.

Zur gleichen Zeit war Marjorie auf dem Weg zum *Corners Inn*, in dem man die notwendigen Absprachen zur Mitnahme in einer Kutsche tätigen musste. Sie hatte sich wegen Caileans Tod vier Tage von der Arbeit freinehmen dürfen, wofür sie ihrem Landlord, dem Herzog von Montrose, überaus dankbar war. Aber das, was Orla ihr noch beim Abschied „mitgegeben" hatte, ärgerte sie mehr, als sie sich eingestehen wollte. Seit wann gab Orla etwas auf das Geschwätz der Marktfrauen? Und sie hatte geglaubt, dass ihr „gutes Verhältnis" zu ihrem Landlord (etwas anderes hätte sie vor sich selbst nie zugeben können) vor der Öffentlichkeit verborgen geblieben sei. Sie hatte James Graham nach jedem Treffen um äußerste Diskretion gebeten. Aber dass ausgerechnet Orla davon so schnell Wind bekommen hatte, ärgerte sie sehr. Gab es etwa undichte Stellen im Hause Graham? Jetzt drängelte sie gerade am betriebsamen *Corners Inn* in Richtung der Kutschenstation vorbei. Auf dem gesamten Areal herrschte reges Treiben. Fischer, Händler, Hungrige und viele neugierige Alte, alle waren an diesem Freitagvormittag, dem 17. Mai 1721, genau hier im Hafen unterwegs.

Da fiel Marjories Auge auf einen langen Kerl, der die meisten um einen Kopf überragte. Ihr erster Gedanke war: „Den habe ich schon mal gesehen!" Der Mann war wohl Mitte vierzig, hatte kurz geschnittenes, rotblondgraues Haar, war hohlwangig und glatt rasiert. Da seine Augen in dunklen Höhlen lagen und er ausgesprochen blass war, sah er krank aus. Man konnte annehmen, dass er von beginnender Auszehrung betroffen war, die besonders oft Menschen in seinem Alter befiel. Der Reisende war offensichtlich gerade einer Überlandkutsche entstiegen, aus der noch weitere Personen kletterten und sich jetzt beim Gehilfen des Kutschers anstellten, um ihr Gepäck in Empfang zu nehmen. Nicht aber dieser Mann. Er entfernte sich langsam von der Kutsche. Sein Gepäck bestand ausschließlich aus einem Lederbeutel, den er sich jetzt über die rechte Schulter warf. Er ließ seinen Blick über die Menge gleiten und blieb abrupt an Marjories beobachtendem Blick hängen. Im selben Moment kam ein Leuchten in seine Augen und er lief in ihre Richtung los. Marjorie merkte, dass der Kerl humpelte, als er, schnellen Schrittes sich durch die Menschenmenge seinen Weg bahnend, eilig auf sie zukam. Sie überlegte nochmals fieberhaft.

„Verdammt will ich sein, wenn das nicht Marjorie Bonnie Buchanan ist, die hier leibhaftig vor mir steht! Oh, Mann, oh Mann, komm her und lass dich drücken."

An der Stimme erkannte auch sie ihn jetzt sofort.

„Riley MacIntyre, der Totgeglaubte!", konnte sie noch äußern, während Riley schon direkt vor ihr stand, seinen Beutel zu Boden fallen ließ und Marjorie mit beiden Armen an sich zog. Voller Inbrunst küsste er sie auf beide Wangen.

Dann ging er einen halben Schritt nach hinten und hielt sie noch an beiden Schultern gefasst. „Lass dich anschauen, toll siehst du aus, wie immer!"

Das Kompliment zauberte ein Lächeln auf Marjories angespanntes Gesicht, und sie errötete leicht.

„Erzähl, Marjorie, wie kommst du hierher? Was macht dein Mann? Ach, weißt du was? Ich lade dich zum Essen ein. Ich habe Nachholbedarf. Hast du etwa zehn Stunden Zeit?"

Rileys frische, jungenhafte Art, die im Kontrast zu seinem Aussehen stand, gefiel ihr, und so antwortete sie flapsig: „Fünf Stunden hätte ich, aber die müssten dann auch wirklich reichen, oder?"

Riley legte lachend seinen Arm um sie und ein paar Minuten später hockten sie im *Corners Inn*. Es gab so viel zu erzählen. Marjorie erzählte von Cailean, von seinem Kampf für die Jakobiten, von seinem Tod, der gerade erst passiert sei. Dass sie um das finanzielle Überleben der Familie kämpfe. Ihr seien die eigentlichen Jakobiten egal. Die Thronfolge sei nun mal so festgelegt. Ja, und sie habe sogar eine Tochter, die mit einem englischen Offizier verlobt sei, der aus Leeds stamme. Und dass Cailean das nicht habe erfahren dürfen, wie so einiges anderes auch nicht. Dabei lachte sie zweideutig, aber Riley meinte schon, sie verstanden zu haben.

„Er möge ruhen in Frieden", fügte er pietätvoll hinzu. Dann begann er mit der Erzählung seines Lebens. Noch in der Kolonie in Darién habe ihn Aiden Hunter, der doch einst für ihn wie ein Bruder gewesen sei, an den Piratenkapitän William Aniston verraten, um Orla für sich allein zu haben. Von Aniston sei er zum Piraten gepresst worden. Viele Überfälle, an Land und auf offener See, habe er oft nur knapp überlebt. Sein Glück bei den Frauen habe er immer wieder genossen, aber dabei nie zur inneren Ruhe gefunden, nie an eine Familiengründung gedacht. Erst zum Schluss seiner Zeit als Pirat habe er mit der jungen farbigen Eloise, einer ganz besonderen Frau, wieder einmal kurz verspüren dürfen, was echte Liebe auszeichnet. Sein Entschluss, nach Hause zurückzukehren, sei ausgelöst durch Eloises tragischen Tod, der ein Mord gewesen sei.

„Ach du lieber Gott!", entfuhr es Marjorie.

Riley war es wichtig klarzustellen, dass er diesen heimtückischen Mord an seiner Frau selbst gerächt habe. Dann berichtete er noch über die Wochen seiner Pesterkrankung und seiner wundersamen Heilung in Almería. In seiner Heimatstadt habe ihn Skye Hampdon informiert, dass Orla, seine große Liebe, hier in Mallaig arbeite. Und dass auch Aiden, der Mistkerl, jetzt hier für die Jakobiten unterwegs sei. Beide habe er noch nicht getroffen. Aber die offene Rechnung mit Aiden wolle er möglichst bald begleichen. „Ich glaube, dass ich hier bald meine Rache ausleben werde. Die Triebfeder, meine schlimme Zeit als Pirat zu überleben und durchzuhalten, war oft der Gedanke daran, mich dereinst an Aiden rächen zu können." Jetzt schien Riley nachzudenken. „Wenn ich ehrlich bin, dann war es manchmal auch die Hoffnung auf Liebe, die mich vieles hat überstehen lassen." Wieder machte er eine Pause. „Aber heute ist erst einmal die Zeit für meine Rache gekommen. Wie oft habe ich an diesen Moment gedacht. Jedes weitere, neu erlittene Unrecht vermehrte seitdem meinen Zorn und meine Rachsucht." Riley hatte sich jetzt in Rage geredet. Der reichliche Genuss des Grogs löste zunehmend seine Zunge.

Marjorie bekam plötzlich Angst bei seinen Worten. Hatte sie ihm doch vor einigen Minuten erst verraten, wo er seinen Cousin Aiden finden könne. Rileys Gesicht erschien ihr plötzlich merkwürdig verzerrt, wie er jetzt so offen über seinen Hass auf Aiden sprach. Die Maske der guten Laune und der gespielten Fröhlichkeit war gefallen. Marjorie wollte das nicht länger aushalten müssen und zuhören, wie Riley sich selbst aufputschte.

„Ich, ich werde ihn mit meiner Pistole in der Hand fragen, ob er sich erinnert, und wenn er lügt, dann lege ich ihn um. Wenn er aber Reue zeigt –" Jetzt brach Rileys Rede ab. „Marjorie, ich muss dir noch etwas Komisches sagen: Rache ist wirklich süß! So heißt es doch immer, ja?"

Marjorie nickte stumm.

„Manchmal, aber eben nur manchmal denke ich, dass die Liebe noch besser schmeckt!" Jetzt grinste er breit, und der Alkohol ließ seine Aussprache undeutlich werden. „Und manchmal will die Liebe mir sogar die Rache ausreden", fügte er hinzu.

„Die Idee ist gut, Riley. Bitte versprich mir, dass du ihn nicht tötest", bat Marjorie und erhob sich von ihrem Stuhl.

„Das kann ich dir nicht versprechen, Marjorie. Ich weiß noch gar nicht, wie ich mich an Aiden rächen soll. Am besten – ja, ich glaube, das mit der Pistole, das sollte , nein, das ist immer noch das Beste! Auf alle Fälle habe ich mich gefreut, dich heute Abend getroffen zu haben." Er erhob sich jetzt ebenfalls schwerfällig von seinem Stuhl.

Marjorie reichte ihm distanziert ihre Hand und murmelte: „Tu's bitte nicht!", drehte sich um und ließ Riley stehen.

Riley trank einen letzten Grog und machte sich auf den Weg in die Richtung, in der er nach Marjories Beschreibung Aidens Unterkunft vermutete. Sein Herz schlug ruhig, gemessen an der Tatsache, dass er losgegangen war, um seinen Rachedurst zu stillen. Wie oft hatte er sich in den vergangenen zwanzig Jahren das Wiedersehen mit seinem verhassten Cousin ausgemalt. Dessen erstauntes und gleichzeitig entsetztes Gesicht genossen, während dieser machtlos in die kalte Öffnung seiner Pistole starren musste. Erst vor zwei Tagen hatte Riley seine Pistole nochmals gereinigt und die Funktion überprüft. Er trug sie in seinem Lederbeutel mit sich. Aber momentan überkam Riley eine bleierne Müdigkeit. Der Alkohol nötigte ihm eine dringende Pause ab. Er war dieses Zeug einfach nicht mehr gewohnt. Und schließlich war es noch früh am Abend. Er setzte sich am Uferweg in das noch warme Gras, und nicht einmal eine Minute später war er bereits eingeschlafen.

Er wusste nicht, wie lange er geschlafen hatte. Als er das *Corners Inn* verlassen hatte, hatte die Sonne noch über dem Horizont gestanden. Inzwischen war die Nacht über Mallaig hereingebrochen. Hatte er geträumt? Nein, er war mit Marjorie Buchanan in der Gaststätte gewesen. Worüber hatten sie sich unterhalten? Jetzt fiel es Riley wieder ein. Er hatte Marjorie seine Rachsucht gebeichtet, und er hatte festgelegt, dass der heutige Abend, die heutige Nacht; ja, dass heute endlich der Zeitpunkt für seine Rache gekommen sei! Er erhob sich. Ihm war kalt. Die Helligkeit der Nacht, die ihm vom Hafen her den Weg auf die andere Seite der Bucht zeigte, erleuchtete den breiten Uferweg derart, dass er zügig ausschreiten konnte. So wurde ihm auch schnell wieder warm. Die flackernden Lichter der zahlreichen Ankerlaternen im Hafenbecken spiegelten sich auf dem Wasser. Welch friedliches Bild, das im Gegensatz zu seinem Vorhaben stand. Hatte Marjorie ihn wirklich gebeten, auf seine Rache zu verzichten? Er konnte sich nicht mehr genau erinnern. Aber die Wegbeschreibung zu Aidens Unterkunft hatte er sich gemerkt. Nach einiger Zeit kam er an den von Marjorie erwähnten drei Herrenhäusern vorbei. Er sollte, nach ihrer Beschreibung, auf dem Weg bleiben, aber danach der ersten größeren Abbiegung nach rechts bergan folgen.

Er war nicht mehr weit von der Abzweigung entfernt, als er zwei schwankende Lichter auf der Mitte des Wegs auf sich zukommen sah. Im Nu schlug er sich in den dunklen Schatten des Ufergebüschs. Er wollte auf keinen Fall hier gesehen werden. Die Wegkreuzung lag keine zweihundert Fuß vor ihm. Genau auf der Kreuzung blieben die drei Männer stehen. Jetzt konnte Riley erkennen, dass es zwei englische Soldaten, erkennbar an ihrer Uniform, und ein Zivilist waren, die diese Gruppe bildeten. Die Soldaten waren mit schweren Musketen bewaffnet, und jeder von ihnen trug eine helle Pechfackel.

„Ich glaube, hier oben", sagte der Zivilist und zeigte auf den abzweigenden Weg.

Dann gingen sie wortlos weiter. Riley folgte ihnen, immer genug Abstand zwischen sich und der Gruppe wahrend. Solange er sie im Blick hatte, konnten sie ihm nicht unverhofft über den Weg laufen.

Nach kurzer Zeit hatte die Gruppe eine kleine plateauförmige Wiese erreicht, an deren entferntem Ende eine durch ein dahinter liegendes kleines Wäldchen gesäumte einzelne Holzhütte stand. War das nicht auch sein Ziel? Riley beobachtete, wie die drei sich berieten. Verstehen konnte er sie nicht. Der Zivilist schien aber der Wortführer zu sein und deutete jetzt auf die Hütte. Nur wenige Schritte vor der Hütte rammten die beiden Soldaten ihre Fackeln in den Boden und nahmen die Musketen von den Schultern.

Riley näherte sich dem Geschehen, indem er am äußeren Rand der Wiese, immer im Schatten der Bäume bleibend, sich Schritt für Schritt an die Hütte heranarbeitete. Was hatten die drei vor? Und war das auch wirklich die Unterkunft von Aiden? War er allein, oder hatte er Begleiter bei sich? Riley konnte nicht anders. Er musste sich Klarheit verschaffen. Die zwei Soldaten standen immer noch abwartend vor der Türe.

Riley war inzwischen im Schatten der Bäume nah an die Hütte herangeschlichen. „Wo ist der Dritte hin?" Da sah er den Mann mit der auffallenden Frisur, der wohl um das Haus herumgeschlichen war, wieder zu den Soldaten treten. „Komisch", dachte Riley. „Irgendwie sieht der Kerl aus wie ein Mönch." Auch wenn die Kleidung nicht richtig passen wollte, so waren es die Haare, ja, die Tonsur mit den auffallend langen Haaren, das war es, was dem Kerl das Aussehen eines Mönchs gab.

„Er ist allein", raunte der Mönch den Rotröcken zu.

„Na, dann wollen wir mal."

Flankiert von seinen Begleitern schlug der Zivilist zweimal mit der Faust gegen die Holztüre. Nach wenigen Momenten öffnete sich die Tür, und ein schlanker, mittelalter Mann trat mit einer Öllampe in der Hand vor die Türe. War das wirklich Aiden Hunter, sein Cousin? Riley konnte die Frage nicht mit Sicherheit beantworten. Vielleicht lag es aber auch an den ungünstigen Lichtverhältnissen, dass er sich nicht sicher sein konnte.

Der Mann mit der Öllampe schien freudig überrascht, als er den Zivilisten erkannte. „Mensch, Cailliou!", rief er erfreut aus, und Riley meinte, Aidens Stimme wiedererkannt zu haben. „Wie kommst du denn hierher?"

„Ich habe dir doch versprochen, dass wir uns wiedersehen", antwortete sein Gegenüber mit auffallend hämischem Tonfall.

Jetzt fiel Aidens Blick auf die beiden Soldaten, und in gleicher Sekunde schien er begriffen zu haben. Sein Gesichtsausdruck wandelte sich von Freude zu reinem Entsetzen. Mit weit aufgerissenen Augen starrte er ungläubig von einem zum anderen. Sicherlich hätte er das gleiche Gesicht gemacht, wenn er ihn, Riley, an der Tür erkannt hätte. Genau diese flackernde Panik in den großen, überraschten Augen hatte Riley sich immer gewünscht und vorgestellt. Doch er empfand seltsamerweise keine Genugtuung bei dem, was er jetzt miterlebte. Lag es daran, dass er selbst die Ursache für Aidens Entsetzen sein wollte? Er musste sich jetzt zusammenreißen und sich auf das Lauschen konzentrieren.

„Willst du uns nicht hereinbitten, Hamish MacGregor? Wir wissen, dass deine beiden Freunde nicht da sind, da *wir* sie heute Abend eingeladen haben. Bis die zurückkommen, sind wir schon unterwegs. Also?" Der Zivilist, sein Vorname musste Cailliou sein, wenn Riley sich nicht verhört hatte, sprach mit einem deutlich französischen Akzent. Er drängte an Aiden vorbei in den Innenraum. Die beiden Soldaten folgten ihm, den Überraschten mit den Musketen vor sich herschiebend.

Riley war verunsichert. Wieso hatte der Zivilist einen fremden Namen genannt? War es doch nicht Aiden? Er musste unbedingt wissen, was in der Hütte geschah. Vorsichtig pirschte sich Riley jetzt an das einzig erleuchtete Fenster der Hütte heran, das sich an seiner, der dem kleinen Wäldchen zugewandten Seite befand. Nach wenigen Augenblicken lehnte er flach an der Holzwand und lugte zunächst nur mit einem Auge in das Innere der Hütte. Gedämpft konnte er trotzdem die Stimmen verstehen.

„Seit wann machst du gemeinsame Sache mit unserem Feind?"

„Du bist ein einfältiger Narr, Hamish, oder sollte ich dich lieber Aiden nennen? Ich habe schon immer, auch in Rochester, für die gute Sache der Engländer gearbeitet."

Riley war sich nun sicher. Das hier war tatsächlich sein Cousin Aiden Hunter! Und an der Tatsache, dass der hier im Moment mächtig in Schwierigkeiten war, gab es auch nicht den leisesten Zweifel. Ja, auch er war über all die Jahre deutlich älter geworden, die Haare grauer und dünner, aber das Gesicht aus der Nähe, das war unverkennbar Aiden, sein Cousin.

„Du bist ein Mistkerl, Cailliou!", zischte Aiden jetzt sein Gegenüber an.

Im selben Moment verpasste einer der beiden Soldaten Aiden mit dem Kolben seiner Muskete einen wuchtigen Schlag in die Magengrube, sodass der überrascht mit dem Oberkörper nach vorne knickte. Ein gurgelndes Geräusch kam aus Aidens Kehle.

„Was fällt dir ein, diesen Mann zu beleidigen, du Zwerg!", herrschte der Soldat den um Luft ringenden Aiden an. Unmittelbar danach schlug der Soldat ein zweites Mal hart zu, diesmal, indem er den Gewehrkolben, den er wuchtig mit der Breitseite von unten nach oben zog, mitten in Aidens noch vorgebeugtem Gesicht einschlagen ließ. Ein knöchernes Knacken war bis vor das Fenster zu hören und ließ Riley zusammenzucken. „Schau unseren Herrn Lemaire gefälligst an, wenn er mit dir redet", fügte der Schläger höhnisch hinzu.

Aiden war jetzt auf die Knie gesunken und hielt sich mit beiden Händen das Gesicht.

„Sei doch nicht so unbeherrscht, Bill", ergriff jetzt Cailliou wieder das Wort. „Du tust ihm doch weh!" Er blickte kalt auf Aiden herab, der in kniender Haltung jetzt nach vorne kippte und das Gesicht, weiter in den Händen verbergend, laut stöhnend am Boden ablegte. Jetzt stieß ihn Cailliou leicht mit der Fußspitze an. „Na los, Hunter, schau mich an, ich muss mit dir reden."

Als Aiden jetzt langsam seinen Kopf hob, konnte Riley erkennen, dass viel hellrotes Blut aus seiner schiefen Nase durch seine Finger lief. Mühsam versuchte Aiden nun, mit beiden Händen auf dem Boden sich wieder im Knien aufzurichten. Auf dem Holzboden hinterließ er dabei verschmierte Abdrücke beider Hände. Cailliou forderte ihn erneut auf, sich zu erheben. Mühsam zog Aiden das rechte Bein nach vorne und stellte den Fuß auf. Danach benötigte er noch zwei bis drei weitere Atemzüge, um sich dann, mit beiden Händen auf dem rechten Oberschenkel abstützend, mühsam wieder in den Stand zu drücken. Wankend stand er jetzt vor Cailliou Lemaire. Der brachte nur ein gemeines „Na, geht doch" hervor und lachte auf.

Aiden versuchte, Cailliou anzuschauen, aber er bot selbst ein Bild des Jammers. Seine Augen waren blutunterlaufen, die graubraunen langen Haare, die Aiden sonst hinter dem Kopf zusammensteckte, hingen jetzt ungeordnet neben seinem Gesicht und gaben den Blick auf seine großen Ohrmuscheln frei. Riley erkannte auch diese großen Ohren sofort wieder. Doch dieser blutende, von Schmerzen durchdrungene Mensch weckte in Riley so gar kein Gefühl des Triumphes mehr. Das konnte doch nicht sein. Verspürte er tatsächlich so etwas wie Mitleid? Hatte Aiden, der Verräter, nicht verdient, was er dort gerade durchmachte?

„Na also, wollen wir doch nicht jetzt schon wehleidig werden, was?", bemerkte jetzt der Zivilist erneut in herablassendem Unterton.

Als Aiden drohte erneut zusammenzusacken, griff der Mönch ihn mit einer Faust in Brusthöhe am Hemd und zog ihn mit einem Ruck wieder nach oben. „Jetzt reiß dich bitte zusammen. Wir sind doch noch ganz am Anfang unseres Verhörs." Dann reichte er Aiden ein Hemd, das er vom Bett genommen hatte. „Los, mach dich sauber. Oh, là, là, wie siehst du eigentlich aus?" Wieder lachte er laut und böse. „Oh oui, du siehst aus wie ein geprügelter Hund, würde ich sagen; da sehe *ich* doch deutlich besser aus, oder?" Jetzt machte er eine kurze Pause.

„Und, non Monsieur, obwohl ich so aussehe; ich war nie und werde auch nie ein Mönch sein! Aber du musst zugeben, Aiden, dass meine

Täuschung und meine falsche Geschichte für dich viel besser waren als deine jämmerliche Vorstellung als Hamish MacGregor. Wer hatte denn diese idée malade?" Er lachte erneut hässlich auf, und aus Respekt lachten die beiden Soldaten mit.

„Da begrüßen dich die Leute auf offener Straße als Aiden Hunter; dazu konnte jeder vernünftige Mensch leicht erkennen, dass du mit deinen zarten Händchen nie und nimmer ein Schaf- und Wollhändler bist. Wer hat sich nur so einen Mist ausgedacht?" Ein weiteres Mal lachte er auf. „So, allez, allez: Dann machen wir uns mal gemeinsam auf den Weg zur Kaserne. Dort werden wir beide uns noch mal ein wenig ausführlicher unterhalten müssen."

Da die drei jetzt Anstalten machten, die Hütte zu verlassen, suchte Riley schnell wieder den Schatten des Wäldchens, um nicht entdeckt zu werden. Schließlich brannten noch die zwei Fackeln vor der Eingangstüre und erhellten die freie Fläche. Deshalb war er auch nicht mehr Augenzeuge einer letzten Bosheit von Cailliou Lemaire. Der griff in seine rechte Jackentasche, und während Aiden sich noch vorsichtig und mit schmerzverzerrtem Gesicht versuchte, das Blut aus dem Gesicht zu reiben, brachte Lemaire ein kleines Holzkästchen zum Vorschein. Vorsichtig öffnete er den kleinen Deckel und sagte zu Aiden: „Schau einmal, was ich hier habe!"

Aiden warf einen Blick in das Kästchen und wich entsetzt einen Schritt zurück. „Nein, das nicht ...", stotterte er.

Doch Cailliou Lemaire nickte nur böse grinsend, schloss den Deckel und steckte das Kästchen wieder ein. Bevor er durch die Tür ins Freie trat, gab er Aiden noch einen Satz mit auf den Weg: „Man nennt mich hier auch den Jäger!"

Normalerweise hätte Orla an diesem Freitag gar nicht auf der *Fredsbringare* übernachtet, aber sie hatten so lange gearbeitet, um die Arbeiten am Besanmast noch an diesem Tag endlich fertigzustellen. So war die Sonne schon über eine Stunde untergegangen, als die Arbeiter endlich mit großem Hallo die Fertigstellung dieses besonders kniffligen Teils ihrer Arbeit feiern konnten. Nach einer guten Portion Grog war Orla dann früh schlafen gegangen. Umso mehr wunderte sie sich, dass sie am frühen Morgen des Samstags, es war der 18. Mai 1721, in ihrer Kammer auf der *Fredsbringare* ungewöhnlich früh vom Bootsmannsmaat geweckt wurde. Eine Frau wolle sie dringend sprechen, und sie habe sich auch nicht abweisen lassen, da es um eine Sache von Leben oder Tod ginge. Sie warte am unteren Ende der Gangway auf sie.

In aller Eile kleidete sich Orla an und beeilte sich, an Deck zu kommen. Am oberen Ende der Gangway stehend, sah sie Marjorie Buchanan schon auf dem Kai nervös hin- und hergehen.

Als diese Orla erblickte, fing sie schon an zu rufen: „Er hat es getan. Er hat es tatsächlich getan!"

Orla hetzte die Gangway hinab. Bei Marjorie angekommen, fragte sie noch müde und gereizt nach: „Schrei doch bitte nicht den ganzen Hafen zusammen. Was redest du? Von wem ist die Rede?"

„*Riley* ist hier in Mallaig!"

Die Aussage schlug bei Orla mit der Wucht eines Blitzes ein. „Nein, das kann nicht sein", antwortete sie im Reflex.

„Doch, es *ist* wahr! Orla, Ich habe ihn gestern selbst gesprochen."

„Oh mein Gott!" Orla musste sich erst einmal sammeln. „Wie geht es ihm?" fiel ihr noch ein.

„Ach, er sieht todkrank aus. Und seine Gedanken waren erfüllt von Hass und Rachsucht."

„Oh Gott, will er sich an mir rächen?"

„Das glaube ich nicht. Er war voller Hass gegenüber Aiden. Hat von Verrat und über Rache geredet. Leider hatte ich ihm sogar beschrieben, wo Aiden zurzeit wohnt."

„Du hast was?" In Orla stieg eine dunkle Ahnung auf.

„Ja, und weil das ganz in der Nähe von mir ist, bin ich heute Morgen schon sehr früh dort vorbeigegangen. Das Häuschen stand offen, von Aiden keine Spur! Aber, was das Schlimmste ist: Am Boden der Hütte, an der Eingangstür und davor – jede Menge Blut. Ich glaube, dass Riley Aiden ermordet hat. Er wird die Leiche nach der Tat wohl beseitigt haben. Deswegen die offene Tür ..."

Die beiden Frauen sahen sich ratlos an.

„Weißt du, Marjorie, wo Riley wohnt? Ist er vielleicht schon auf der Flucht?"

„Nein, er war gestern Nachmittag gerade erst mit der Kutsche hier angekommen. Er hat mir erzählt, dass er sich eine Herberge suchen wolle. Und ich habe ihn zum *Silver Sands Inn* geschickt und ihm auch erklärt, dass das die einzige Herberge weit und breit ist. Vermutlich wohnt er jetzt noch dort. Ich glaube nicht, dass er schon geflohen ist, selbst wenn er Aiden getötet hat. Denn er hat mir erzählt, dass er auch noch mit dir reden will. Er hatte von deiner Mutter die Information, dass du hier arbeitest. Und ich glaube, dass er dich immer noch liebt. Aber Rache an dir kann ich auch nicht mit letzter Sicherheit ausschließen. Also sei zumindest gewarnt, und pass auf dich auf! Hassende Menschen sind unberechenbar und oft ohne jedes Mitgefühl."

„Was soll ich also tun, Marjorie?"

„Versuche, ihn zu finden, bevor er dich findet, und dann rede mit ihm. Vielleicht nimmst du besser auch einen Mann zum Schutz mit. Nur ich habe heute leider keine Zeit, mich um Riley zu kümmern. Ich habe einen Platz in einer Kutsche nach Fort William reserviert, um dort alle Dinge zu regeln, die mit Caileans Tod zu tun haben."

„Du hast recht. Ich mache das, genau so." Orlas Stimme klang fest. „Ich kümmere mich um Riley. Ich versuche, möglichst schnell zum *Silver Sands Inn* zu kommen. Ich gebe vorher nur noch Mads Bescheid."

„Ich wünsche dir viel Glück, und nimm besser eine Begleitperson mit." Nach einer kleinen Pause fuhr Marjorie fort: „Ich wohne in Fort William im *Sailor's Inn,* wo auch Cailean –" Jetzt brach sie ihren Satz ab. „Aber du kennst diesen Ort ja schon von deinem Besuch bei Cailean."

Orla nickte stumm. Marjorie kam mit fragendem Blick auf Orla zu und hatte die Arme leicht geöffnet. Orla brauchte nur ganz leicht zu nicken. Dann umarmten sich die beiden Frauen. Heute schien diese Geste tatsächlich von Herzen zu kommen.

Beim Lösen der Umarmung flüsterte Marjorie noch in Orlas Ohr: „Über den Herzog von Montrose, meinen Landlord, müssen wir beide noch mal reden."

Aiden hatte die schlimmste Nacht seines Lebens hinter sich. Die ganze Strecke von seiner Unterkunft bis zur Kaserne der Engländer hatten ihn die beiden englischen Soldaten mit den schweren Kolben ihrer

Musketen bearbeitet. Wenn er ihrer Meinung nach zu langsam unterwegs war, schlugen sie ihm von beiden Seiten auf die unteren Rippenbögen, was ihm jedes Mal schmerzhaft die Luft raubte. Mehrfach, er konnte sich nicht erinnern, wie oft ihm das in dieser langen halben Stunde des Grauens passierte, war er vor Schmerz und Erschöpfung auf die Knie gesunken. Dann hatten die beiden Prügler ihn unter den Armen hochgerissen und seinen Rücken unbarmherzig mit dem Holz der Kolben traktiert. Diesen gemeinen Kerlen derart schutzlos ausgeliefert zu sein, weckte in Aiden einen Hass, den er selbst nicht für möglich gehalten hätte. Cailliou Lemaire ging hinter dem Gefangenen, und je mehr dieser seine Schergen aufforderte, doch nicht so hart mit dem Gefangenen umzuspringen, desto intensiver sahen diese sich bemüßigt, Aiden mit Worten und Schlägen zu demütigen und zu demoralisieren. Noch mitten in der Nacht hatten sie ihn dann in der Kaserne in eine dunkle Zelle geworfen. Ein Eimer mit kaltem Wasser hatte ihn die Nacht überleben lassen. Die Schergen hatten ihm versprochen, dass die Verhöre durch den Kommandanten der Kaserne und den Jäger ab dem frühen Morgen anstrengend und äußerst schmerzhaft für ihn werden könnten, wenn er nicht entsprechend kooperiere. Sowieso schon von Schmerzen durchdrungen, hatte sich Aiden zusammengerollt und war erschöpft auf dem nackten Fußboden eingeschlafen.

Mit einem lauten Schrei fuhr er hoch, als er eine Hand an der Schulter verspürte, die ihn wachrüttelte. Wie lange er geschlafen hatte, konnte er nicht sagen. Bei der geringsten Bewegung signalisierte sein Körper die Schmerzen, die ihm die Luft nahmen. Die reichlichen Blutergüsse peinigten ihn bei jeder Bewegung.

Zu seiner Überraschung vernahm Aiden eine Frauenstimme, die zu ihm sprach: „Mein Name ist Linda Hazelwood. Ich arbeite hier in der Kaserne. Ich soll Euch säubern, damit der Kommandant, der keinen Schmutz und keine Unordnung duldet, sich überhaupt bereit erklärt, an Eurem Verhör teilzunehmen. Bitte zieht Euer Hemd aus."

Aiden setzte sich am Boden auf und betrachtete die Frau im Schein der Fackel. Sie mochte zwischen dreißig und vierzig Jahre alt sein, war von zierlicher Gestalt und hatte lange braune Haare, die ihr offen bis über beide Schultern fielen. Als sie sich nach vorne beugte, um ihm beim Ausziehen des Hemdes zu helfen, fielen Aiden die großen Ohrmuscheln der Frau auf, und er dachte bei sich: Nicht nur ich habe von der Natur diese Ohren bekommen.

Er stöhnte mehrfach auf, als die Frau begann, seinen blutverschmierten Oberkörper mit einem groben Leinen zu säubern.

Die Frau äußerte mitfühlend: „Ich passe schon auf, aber es sind zu viele blaue Fecken ... Die haben Euch ganz schön übel mitgespielt!"

Aiden reagierte nicht. Um die Stille zu überbrücken, fragte er schließlich: „Sagt, Linda, woher kommt Ihr?"

„Ich bin Engländerin und wohne eigentlich in Leeds."

„Wieso seid Ihr dann hier in Schottland?"

„Mein Mann dient als Offizier der englischen Armee hier bei den Reitern der Kaserne." Jetzt machte sie eine Pause, und Aiden nickte stumm zu ihren Worten. „Ein wenig ist aber auch Schottland meine Heimat" fügte die Frau jetzt hinzu.

„Ach, wie schön", sagte Aiden, um überhaupt etwas zu sagen.

Die Frau unterbrach jetzt ihre Tätigkeit und richtete sich auf: „Nein, gar nicht schön! Mein Vater, ebenfalls ein englischer, hochdekorierter Offizier, starb hier in Schottland bei der blutigen Schlacht von Killiecrankie, und meine Mutter –"

Wären seine Schmerzen nicht so groß gewesen, wäre Aiden vermutlich aufgesprungen. So unterbrach nur ein gequälter Seufzer den Redefluss der Frau. „Ach: Und Eure Mutter verstarb bei Eurer Geburt, Linda, stimmt das?"

Die Frau, die gerade wieder ansetzen wollte, um Aiden weiter zu säubern, unterbrach sich erneut und sagte: „Verdammt, woher wisst Ihr das?"

Aiden war wieder ein Stück in sich zusammengesackt und gab stöhnend zur Antwort: „Ach Linda, wir beide habe mehr gemeinsam, als Ihr glaubt. Mein Vater lag auf demselben Schlachtfeld wie Euer Vater, aber er war Schotte und beide haben sie wohl geglaubt, für eine gute und richtige Sache zu sterben."

„Damit hatte mein Vater ja wohl auch recht –" Das Gespräch wurde von großem Gepolter unterbrochen, und zwei Soldaten in ihren roten Uniformjacken standen in der Tür.

„Warum ist der Kerl noch nicht fertig?", fragte der Vordere mürrisch, der in einer Jacke steckte, die ihm mindestens zwei Größen zu eng angepasst worden war.

Die Frau drehte sich zu dem Soldaten: „Hättet ihr ihn nicht so verdroschen, wären wir schon lange fertig. Ich bin kein Herkules. Ich kann den Kerl nicht heben. Vielleicht wollt ihr mir ja helfen?"

Und tatsächlich: Keine zwei Minuten später war Aiden gewaschen, hatte eine neue Hose und ein sauberes Hemd an. Ein Becher mit frischem, klarem Wasser trank Aiden in einem Zug aus. Das Wasser weckte neue Lebensgeister in ihm. Als Linda weitere zwei Minuten später mit trockenem Porridge zurückkam, glaubte Aiden an ein Wunder. Wenn sie ihn jetzt noch gehen ließen ...

Doch die Wahrheit sah anders aus. Der Albtraum, in den er seit nicht einmal einem Tag geraten war, nahm einfach kein Ende. Zehn Minuten später saß Aiden frisch gewaschen, gekämmt und sauber angezogen im Zimmer des Kommandanten. Hinter dem großen Schreibtisch aus Eichenholz saßen der Kommandant und an seiner linken Seite Cailliou Lemaire. Die beiden Soldaten, die Aiden mit Musketen, an denen jetzt sogar Bajonette aufgepflanzt waren, an beiden Seiten flankierten, waren, Gott sei Dank, nicht die Schergen aus der Nacht.

„Mr. Hunter, oder soll ich Euch lieber Mr. MacGregor nennen? Ihr seid freiwillig zu uns gekommen und wurdet von Eurem, sagen wir: Jäger, höflich gebeten, uns einige Fragen zu Eurer Person und den fragwürdigen Umständen Eures Auftauchens hier in Mallaig zu beantworten."

Aiden schaute die beiden Männer fragend an. Wollten die ihn auch noch verhöhnen? Man hatte ihn hierher geprügelt, schlimmer als jeden Hund. Und jetzt sollte er freiwillig hier sein? Er entschloss sich, den Mund zu halten, obwohl ihn Lemaires aufreizend höhnisches Grinsen zu lautem Widerspruch reizte.

„Nun gut", begann der Kommandeur: „Für das Protokoll: Mrs. Hazelwood, Ihr schreibt bitte mit."

Jetzt erst bemerkte Aiden, dass Linda an einem kleinen Tisch an der schmalen Seite des Raumes saß, einen großen Federkiel in der Hand hielt und die Worte des Kommandanten zu Papier brachte. Sie saß zwar mit dem Gesicht in Aidens Richtung, schaute ihn aber nicht an. Ihr konzentrierter Blick haftete auf dem Papier vor ihr. Ihr dunkles, langes Haar war hinter die Ohren zurückgekämmt und wurde durch einen dunklen Haarreif zusammengehalten. Jetzt schaute Aiden wieder zum Kommandanten.

„Also, für das Protokoll: Mallaig am Samstag, dem 18. Mai 1721: Protokoll geht an Robert Walpole, den Ersten Lord des englischen Unterhauses, mit Sitz in London an der Themse. Vernehmung eines gewissen Aiden Hunter, der auch Hamish MacGregor genannt wird und der wegen des dringenden Verdachts auf Spionage für die Jakobiten zur Unterstützung eines Aufstandes derselben in der englischen Kaserne pflichtschuldigst vernommen wird."

Aiden gingen so viele Dinge durch den Kopf, dass er sich zwingen musste, ruhig zu bleiben. Nach dieser Vorrede übergab der Kommandeur das Wort an Cailliou Lemaire. Der erhob sich von seinem Stuhl und trat auf die andere Seite des mächtigen Schreibtisches und begann im Raum auf- und abzugehen.

„Sehr geehrter Herr Kommandeur: Ich möchte vorab betonen, dass die Verteidigungsmaßnahmen der englischen Krone mit allen englischen Gesetzen übereinstimmen und somit der Vorbereitung eines Prozesses dienen, die der Erste Minister unseres Landes, Robert Walpole, in London gegen alle Aufrührer führen wird. Also auch gegen diesen zu verhörenden Aiden Hunter. Lang lebe der König!"

Der Kommandeur nickte gnädig zu Lemaires Worten. Der fuhr fort: „Ich kenne den zu Verhörenden schon aus meiner Zeit in Rochester, in der ich für die englische Krone unterwegs war, um Schaden von ihr abzuwenden. Der Aufrührer ist ein gebildeter Mann, heißt Aiden Hunter und ist des Schreibens und Lesens mächtig. Das erschwert seine Schuld, da er doch um die Gesetze weiß, die geschaffen sind, dass das Volk dem König diene. Der hier sitzende Aiden Hunter hat unter Führung eines Geheimagenten der Verschwörer mit dem Namen Craig Layer sehr viele Schriften in verschlüsselter Form für die Jakobiten abgeschrieben und verteilt. Inwieweit er selbst die Texte verstehen konnte, muss ich noch in einer persönlichen Unterredung von ihm erfahren. Ich konnte ihm in Borstal, einer kleinen Ortschaft bei Rochester, wo der zu Vernehmende zuletzt wohnte, bei der Fahrt in meiner Kutsche einige dieser verschlüsselt abgefassten Depeschen entwenden und zu unserem Fachmann bringen. Was unsere Gegner, die Jakobiten, bis heute nicht wissen, ist die Tatsache, dass wir mit dem jungen Edward Willes den besten Kenner der Kryptografie, das bedeutet das Erstellen und Lesen von verschlüsselten Texten, in *unseren* Reihen haben. Er hat all die Botschaften, die wir mit etwas ‚Nachhelfen‘, jetzt lächelte der Redner vielsagend, „auch von anderen Aufständischen in unsere Hände bekamen, entschlüsselt und für uns verständlich gemacht. Dieser geniale Priester hat schon vor fünf Jahren die schwedischen Briefe dechiffriert, welche die Verbindung der Schweden zu den Jakobiten aufzeigten. Man nannte diesen Skandal im Jahr 1717, der damals bis in höchste diplomatische Kreise der englischen Regierung führte, die sogenannte Gyllenborg-Affäre."

Aiden hatte von diesen Dingen noch nie etwas gehört und war zunehmend beunruhigt von Lemaires Ausführungen.

„Zu diesem Punkt möchte ich feststellen, dass ein gewisser Mads Gyllenborg, ein Bruder des damals verhafteten Carl Gyllenborg, als Kapitän des schwedischen Schiffes *Fredsbringare* hier in Mallaig vor Anker liegt. Wir haben ihn überprüft, ihm aber keine subversive Tätigkeit nachweisen können. Den Ring der Aufständischen haben wir in Fort William zerschlagen. Der Kopf der Jakobiten dort, ein verarmter Adeliger mit dem Namen Cailean Buchanan, hat vor seinem Tod noch eine Beichte abgelegt und gestanden, dass auch er diesen Aiden Hunter hier, der unter falschem Namen als Hamish MacGregor reist, persönlich kennt, und ja, dass auch er zu den Jakobiten gehört. So komme ich hiermit zum Ende meines Vortrags. Dieser Mann hier ist wegen Hochverrats in London vor Gericht zu stellen. Das Urteil wird mindestens lauten müssen: Tod durch Hängen!"

Aiden hätte losschreien wollen, aber er brachte keinen Ton heraus. Er hörte nur noch, da ein zunehmendes Rauschen sich seiner Ohren bemächtigte, wie Lemaire seine Rede mit einem Dank an den Kommandanten der Kaserne beendete.

Jetzt erhob sich der Kommandant und fragte Aiden direkt: „Stimmt das, was Mr. Lemaire soeben berichtet hat? Und warum seid Ihr unter falschem Namen gereist?"

Der Soldat an Aidens linker Seite stieß ihn leicht an und zischte ihm zu: „Steh auf, wenn der Kommandant dich anspricht."

Aiden erhob sich mühsam. Er räusperte sich. „Ich, äh, ich weiß nicht, was ich sagen soll."

Der Kommandant sprach jetzt die letzten schicksalhaften Worte: „Für das Protokoll: Der Verhörte stimmt ausdrücklich den Worten von Cailliou Lemaire zu und räumt damit seine Schuld ein. Abführen!"

Orla hatte Mads versprochen, ihm die genauen Hintergründe der Dinge später zu erklären. Sie müsse leider sehr dringend in einer wichtigen Sache zur Herberge am Silberstrand des Flüsschens Morar fahren. Wenn sie nach zwei Stunden nicht wieder am Schiff sei, solle er im *Silver Sands Inn* nach ihr suchen. Sie hoffe aber sehr, dass das nicht nötig würde. Er müsse sich nur einen Namen merken: Riley MacIntyre; mit dem würde sie sich heute treffen.

Mads nickte verständnisvoll und ließ für Orla eine Kutsche anspannen.

Eine knappe halbe Stunde später stieg Orla, von schlimmen Vorahnungen gepeinigt, am *Silver Sands Inn* aus der Kutsche. Mit einer zwiespältigen Gefühlsmischung aus Angst und Zuversicht schickte Orla den Kutscher zurück zum Schiff.

Der Wirt des Gasthauses bestätigte Orla, dass mitten in der Nacht ein einzelner Gast mit dem Namen, den sie ihm genannt habe, zu Fuß hier angekommen sei. Der Mann habe angegeben, eine schreckliche Nacht hinter sich zu haben, weshalb er trotz der großen Müdigkeit keinen Schlaf gefunden habe. Er sei dann bei Sonnenaufgang aufgebrochen, um am sogenannten Silberstrand des Flusses Morar Ruhe zu finden. Mit diesen Worten wies der gesprächige Kerl Orla die Richtung, in die sein Gast vor einer guten Stunde gegangen sei.

Der schmale Weg führte hinter der Herberge an einer Baumgruppe vorbei in ein offenes, flaches Gebiet, das sich weit über die sandigen Ufer des Flusses hinausreichend bis zu seiner Mündung ins Meer erstreckte. Über eine gebogene Strecke von anderthalb Meilen wurde der Fluss nur hier von einem weißen Sandstrand gesäumt, der ihn zum Namensgeber der ganzen Region und des Gasthauses gemacht hatte. Der silberne Sandstrand.

Inzwischen war die Sonne schon deutlich über den Horizont gestiegen und ließ das flache Flussufer im versprochenen gelb-silbrigen Farbspiel leuchten. Das zu dieser Zeit flache Wasser des Flusses Morar wirkte in diesem Bereich unnatürlich blau. Nach Westen schloss sich der Blick in Richtung des offenen Meeres an, das selbst aber noch durch eine letzte Flussbiegung verborgen blieb. Der Blick nach Osten wurde von den blaugrünen, dunkelgrau getupften Bergrücken der Gebirgszüge rund um das Loch Morar begrenzt.

Orla glaubte, ihn schon von Weitem erkannt zu haben. Seine Körperhaltung, wie er da am Ufer des Flusses auf einem angeschwemmten, ausgewaschenen Baumstamm saß und mit einem abgebrochenen Ast imaginäre Schriftzeichen in den Sand malte; das erinnerte sie stark an den jungen Riley, den sie vor mehr als zwanzig Jahren zwar nicht geliebt, aber doch sehr gemocht hatte. Sie ging langsam in Richtung dieses Mannes. Als sie noch etwa dreihundert Fuß von ihm entfernt war, schien auch er plötzlich auf sie aufmerksam geworden zu sein. Er erhob sich, ließ den Stock zu Boden fallen und führte die rechte Hand schattenspendend über die Augen, um gegen das gleißende Licht des weißen, sandigen Ufers die Person anzustarren, die auf ihn zukam. Orla bemerkte als Erstes, dass Riley schmaler geworden war. Marjorie hatte mit ihrer Beobachtung recht gehabt. Er sah wirklich krank aus. Sie ging in unverändert langsamen Schritten auf ihn zu. Das Gehen auf dem weichen Sand war mühsam. Riley schien sie jetzt auch zu erkennen.

Im gleichen Moment fing er an, Orla entgegenzurennen. Sie bemerkte, dass er barfuß unterwegs war und leicht humpelte. Der helle Sand spritze unter seinen Füßen und verfolgte ihn mit kleinen silbrig-sandigen Wölkchen. Nach kurzer Zeit hatte er Orla, die abwartend stehen geblieben war, fast erreicht. Ein, zwei Schritte vor ihr hielt er keuchend inne. Keiner von beiden hatte die Arme in Erwartung einer Umarmung geöffnet. Im Gegenteil: Orla hielt ihre Arme vor der Brust verschränkt, während die seinen unschlüssig an seiner Seite schwangen. Ihre jeweils prüfenden Blicke trafen sich.

„Orla, wenn du wüsstest, wie lange ich auf diesen Moment gewartet habe!", stammelte Riley, und jetzt passierte etwas, womit Orla nicht gerechnet hatte. Riley sackte wortlos auf die Knie und begann hemmungslos zu weinen. Er schaute dabei nach unten, auf den Sand und sein ganzer Körper bebte im Schluchzen, das ihn ergriffen hatte. War das die Reaktion eines eiskalten Mörders? Orla war verunsichert. Nach einer Minute des Abwartens bückte sie sich hinunter zu Riley, zog sein Gesicht am Kinn nach oben und blickte ihm in die tränentrüben Augen.

„Hast du dich an Aiden gerächt?"

Mit der Frage wandelte sich Rileys Gesichtsausdruck, und während er sich noch schniefend langsam erhob und sich mit dem Ärmel seines Wollhemds das Gesicht trocknete, fragte er überrascht nach: „Was, was ist aus Aiden geworden? Weißt du etwas Genaueres?"

Orla schüttelte nur den Kopf. „Marjorie hat mir erzählt –"

„Oh Gott, ja, sie muss denken, dass ich das gewesen bin!" Riley wurde laut. „Aber ich war das nicht! Du musst mir glauben!"

Orla entgegnete ihm mit zittriger Stimme, obwohl sie stark klingen wollte: „Aber das viele Blut …, wer sollte das –"

„Die Engländer! Ja, diese verdammten Menschenschinder, und dazu noch ein Mönch, der mitgemacht hat." Rileys Stimme überschlug sich fast. Orla merkte ihm die Aufregung an. „Komm, lass uns zu dem Baumstamm gehen, und ich erzähle dir ausführlich, was geschehen ist."

Die beiden setzten sich in Richtung Flussufer in Bewegung. Schon auf dem Weg dorthin begann Riley mit seiner Erzählung, während der er sich mehrfach direkt vor Orla stellte, sie im Laufen aufhielt und mit den Händen wild gestikulierte.

Ja, er habe fest vorgehabt, sich zu rächen. Aber die Engländer seien ihm zuvorgekommen. Als er mit ansehen musste, wie Aiden zusammengeschlagen wurde, wie er unter diesen Schlägen litt und blutete, habe er einen Schock, eine Änderung seiner Emotion erfahren, die er bei sich nicht für möglich gehalten hätte. Er habe plötzlich Mitleid mit Aiden gehabt. Und dieses Gefühl habe seinen Rachedurst von einer auf die andere Sekunde zerstört. Er habe seinen Cousin plötzlich gesehen als den, der er einst gewesen war: einen jungen Mann, den er damals wie einen Bruder geliebt und bewundert hatte. Und dann habe er auf einmal, mitten in diesem eigentlich herbeigesehnten Moment nur noch einen Menschen vor sich gesehen, der von Schmerzen und Todesangst gepeinigt war! Sein persönlicher Durst nach Rache sei ihm dabei plötzlich unmenschlich und unangemessen vorgekommen. Die Leiden dieses Mannes vor ihm seien derart schlimm gewesen, dass es keiner weiteren Vergeltung bedurft habe.

„Aiden war dabei, all seine Sünden vor meinen Augen abzubüßen." Die Worte schrie er fast heraus vor innerer Erregung. Dann atmete er ein paarmal hörbar durch und musste dabei vor Erschöpfung seinen Oberkörper mit beiden Armen auf den Oberschenkeln abstützen. Danach richtete er sich wieder auf. Er habe sogar überlegt, wie er Aiden helfen könne.

Orla hatte ihm aufmerksam zugehört, und als er diesen „komischen Mönch" genau beschrieb, den sie selbst mit Mads vor zwei Tagen beim abendlichen Besuch in der Kaserne kennengelernt hatte, wusste sie, dass Riley die Wahrheit sagte.

Immer noch standen die beiden nebeneinander, obwohl sie den Baumstamm bereits seit einigen Minuten erreicht hatten. Jetzt erst öffnete Orla die Arme und fiel Riley um den Hals. Der umfasste vorsichtig, fast schüchtern, sein Gegenüber und zog sie vorsichtig und behutsam an sich. Sie weinten beide, ein stilles, wissendes Weinen, aus einer Traurigkeit geboren, wie sie nur erfahrene und empathische Menschen empfinden können.

Riley hatte früher oft versucht zu weinen, aber er hatte es einfach nicht geschafft. Zu lange hatte er sich selbst vorher diese Gefühlsregung verboten. Er dachte an seine Eloise. Erst lange Tage nach ihrem Tod, Riley erinnerte sich genau, hatte er ein erstes Mal um sie geweint. Die Gedanken an Eloise ließen ihn erneut weinen. Aber das musste er heute auch niemandem erzählen.

Nach einigen Minuten, in denen sich beide einfach nur festgehalten hatten, lösten sie sich wieder voneinander. Beide nahmen jetzt erschöpft auf dem Baumstamm Platz. Sie begannen damit, sich nichts weniger als ihr Leben der letzten zwanzig Jahre zu erzählen. Beide waren sie bei diesem Vorgang auch eifrige Zuhörer, sogen die Worte des jeweiligen Gegenübers auf wie ein Schwamm. Orlas Zeit in London, die Geburt des Sohnes Sean Kester. Riley verkniff sich die Frage, ob er ihren Sohn vielleicht in Liverpool gesehen haben könnte. Er erinnerte sich auch an dessen Vornamen nicht mehr. Dann kam die wirtschaftliche Katastrophe der sogenannten South Sea Company. Zu deren Erklärung musste Orla etliche Nachfragen Rileys beantworten, an deren Ende er immer noch ein Gesicht machte, das kein Verständnis von Finanzdingen ausdrückte. Ihr Zerwürfnis mit Aiden erzählte sie etwas unrichtig ohne Erwähnung des wahren Grunds. Gewisse Dramen in einer Ehe sollten nach ihrer Meinung nicht unnötig nach außen getragen werden. Breiten Raum in ihrer Erzählung nahm dagegen ihre Arbeit in der Segeltuchfabrik bei Bronwyn Hampdon ein. Den Besuch bei seiner Mutter Ailis erwähnte sie mit keiner Silbe. Fast schon ein wenig erschöpft, war sie froh, als Riley mit seiner Lebensgeschichte begann. Wie ihn Aidens Verrat (sie zeigte sich überrascht!) in die Hände des grausamen Piratenkapitäns gebracht hatte. Wie er sich nicht aus der Abhängigkeit der Seeräuber hatte lösen können. Dass sie von Sankt Thomas von den Spaniern vertrieben wurden und dass sie die Insel des Glücks vor der Südküste von Saint Domingue fanden. Dass er die Enttäuschung über sein Schicksal an anderen ausließ. Und dass er über all das Böse, das er getan habe, nicht reden wolle. Und ja, er habe auch Gutes getan. Etliche Sklaven befreit, worauf er stolz sei! Er berichtete von Eloise, ihrer Ermordung und endlich von der Chance, ein taugliches Schiff nach Europa zu bekommen. Von der Pest und dass sich noch nicht richtig von dieser Krankheit erholt habe. Und dass er jetzt plane, wie einst sein Vater wieder Fischer auf dem Firth of Forth zu werden.

Die beiden waren dermaßen in ihr langes Gespräch versunken, dass sie nicht bemerkten, wie zwei Soldaten, wovon einer eine Muskete im Anschlag hielt, über das flache Gelände des Flussufers in ihre Richtung gelaufen kamen. Aber es waren nicht die gefürchteten Rotröcke, sondern es war Mads Gyllenborg, der einen bewaffneten Matrosen an seiner Seite hatte.

Als Orla die beiden in ihren blauen Uniformen erkannte, sprang sie freudig auf und rief: „Mads, es ist alles in Ordnung. Riley gehört zu uns. Wir müssen keine Angst vor ihm haben."

Das kantige, ernste Gesicht von Mads Gyllenborg entspannte sich, und er gab seinem Begleiter die Anweisung, die Muskete wieder zu schultern.

Orla rannte jetzt auf Mads zu, fiel ihm um den Hals und küsste ihn demonstrativ innig auf den Mund. Sie war erleichtert, als sie zurückschaute und erkennen konnte, dass Riley zu ihrem Kuss mit Mads lächelte.

„Wir werden uns jetzt um Aiden kümmern, Riley, kommst du mit?"

Der aber schüttelte ablehnend den Kopf, die Hände tief in den Taschen seiner dreiviertellangen Baumwollhose vergraben. Mit dem rechten großen Zeh zog er einen geschlossenen Kreis in den Sand. „Nein, Orla, das wäre sicher zu viel des Guten!" Jetzt lachte er auf. „Aber ich hoffe doch fest darauf, dass du zurück nach Leith kommst und in die Fußstapfen von Bronwyn Hampdon trittst. Oder willst du vielleicht nach Schweden auswandern? *Ich* jedenfalls fahre zurück nach Leith, werde mich um meine Mutter und ihre kleine Welt kümmern und mit meinem Stellvertreter und neuen ‚Bruder' George Ogdan wieder auf Fischfang gehen." Jetzt ging er zu Orla, die immer noch bei Mads stand.

Orla machte die beiden Männer miteinander bekannt. Mads schüttelte freundlich Rileys Hand und fragte bei Orla nach, ob ihre Aussprache schon zu Ende sei.

Bevor sie aber etwas erwidern konnte, gab Riley seine ganz eigene Antwort. „Lieber Mads, gib mir noch kurz die Gelegenheit, ein paar letzte Sätze an Orla zu richten."

Der nickte zustimmend.

Riley wandte sich an Orla. „Orla, in unserer Jugend habe ich geglaubt, deine Liebe mit all meiner Anstrengung gewinnen zu können. Heute weiß ich, dass man sich die Liebe nie verdienen kann. Ich habe mich damals nicht von dir trennen können und musste deshalb auch mit in die Kolonie reisen, obwohl ich meinem Vater damit das Herz gebrochen habe. Dann kamen Aidens Verrat und für mich die Phase, in der ich dich ebenfalls für eine Verräterin hielt; eine Zeit, in der ich mir verbot, an dich zu denken; eine Zeit, in der ich meine Enttäuschung über dich und die Liebe leider mit vielen anderen Frauen ausgelebt habe. Ich habe mich an anderen Frauen gerächt für das, was ich eigentlich *dir* vorzuwerfen hatte: Ja, vielleicht war es so, dass ich mit den Gefühlen vieler Frauen gespielt habe, weil ich mich seinerzeit von dir verraten fühlte."

Riley atmete durch und machte eine kleine Pause. Orla wollte ihn nicht unterbrechen.

„Ich habe lange Jahre keine feste Bindung mehr zugelassen. Ich lehnte es auch ab, eigene Kinder in die Welt zu setzen. War sicher bei meinem Lebenswandel auch richtig so. Als ich dann älter und ruhiger wurde, habe ich tatsächlich für kurze Zeit mit Eloise noch einmal eine aufrichtige Liebe erleben dürfen. Und nach all dem, was du mir eben von dir erzählt hast, ist mir klar geworden, dass auch du älter geworden bist und nicht mehr die Orla bist, die ich vor zwanzig Jahren so überbordend geliebt habe. Ich war vielleicht auch einem idealisierten Trugbild von dir verfallen. Seit meiner schweren Krankheit, die ich nur mit Gottes Hilfe und Barmherzigkeit überstehen durfte, bin ich ein anderer Mensch geworden. Ich kann ohne Bitterkeit anerkennen, dass du eine neue Liebe an deiner Seite hast und unsere Lebenswege inzwischen viel zu verschieden sind, als dass sie noch zusammenpassen könnten. Ich hoffe aber wenigstens auf eine Freundschaft mit dir, wenn wir hoffentlich bald wieder nah beieinander leben. Ich hoffe, dass du nicht nach Schweden …", hier brach er ab, als er auf Mads Gyllenborg schaute. Sein Blick richtete sich jetzt wieder auf Orla. „Ich hoffe einfach, dass du irgendwie in meiner Nähe bleibst. Ich danke euch, dass ihr mir so lange zugehört habt."

Jetzt verabschiedeten sich die drei voneinander.

„Ich bin aus mehreren Gründen froh, dass du nicht zum Mörder geworden bist", meinte Orla noch. Riley nickte nur zu dieser Aussage.

Mads rief jetzt nach seinem Begleiter, der sich in gebührendem Abstand zu ihnen in der prallen Sonne auf dem Sand niedergelassen hatte.

Riley umarmte Orla ein letztes Mal. „Du wirst nie ermessen können, was ich dir dadurch verdanke, dass du in den schwierigsten Momenten meines Lebens meine Hoffnung auf das Leben warst. Ohne dich hätte ich mehrfach nicht überlebt. Ich glaube, dass ich jetzt gut schlafen kann. Ich bin glücklich, dich getroffen zu haben, Orla. Ich bin im Moment so müde und erschöpft, dass ich sicher bis morgen durchschlafen werde. Ab morgen schaue ich mich dann nach einer Gelegenheit um, wie ich auf schnellstem Weg zurück nach Leith in die Mitchell Street komme." Er wandte sich ab und stapfte allein durch den Sand in Richtung Herberge. Nach wenigen Schritten drehte er sich noch einmal um und rief Orla mit einem breiten Grinsen im Gesicht zu: „Und vergiss bitte nicht, meinen Cousin Aiden von mir zu grüßen!"

Aiden hatte eine weitere schlimme Nacht im kleinen Gefängnis der englischen Kaserne hinter sich. Er versuchte, sich in Erinnerung zu rufen, welcher Tag heute war. Wenn er richtig mitgezählt hatte, war es schon Sonntag, der 19. Mai 1721, der zweite Tag seiner Kerkerhaft. Heute würde es wohl zu einer intensiveren Unterhaltung mit Cailliou Lemaire, diesem berüchtigten Folterknecht, kommen.

Aiden hatte Angst. Er hatte zwar Essen (gammeligen Porridge) bekommen, aber noch keinen Bissen davon angerührt. Sein Gesicht war immer noch blutunterlaufen, der Kiefer schmerzte, und der Nasenrücken war beim Abtasten äußerst schmerzhaft – und schief! Lemaire hatte ihn zuletzt am gestrigen Nachmittag aufgesucht, und ihm kurz bestätigt, mit der Vernehmung sehr zufrieden gewesen zu sein. Der Strang wäre ihm schon jetzt so gut wie sicher. Dazu hatte er in freudiger Erwartung dieser Strafe zufrieden gefeixt. „Ich werde mir deine Hinrichtung nicht entgehen lassen, mein Freund!", hatte er noch gehöhnt.

Er müsse sich aber noch einmal mit Aiden unterhalten, um alle Daten seiner Kontaktpersonen zu erfahren. Ob Aiden freiwillig diese Daten preisgäbe, oder ob er etwas nachhelfen solle. Er wolle keine unnötige Zeit vergeuden. Deshalb werde er veranlassen, dass Aiden sämtliche Namen und Adressen, an die er sich aus Rochester und hier aus der Region erinnere, schon einmal seiner Sekretärin zur Niederschrift mitteilen solle.

Heute, am Sonntagmorgen, war es dann so weit. Aiden wurde von zwei Wachsoldaten zur kleinen Vernehmungsstube gebracht. Seine Hände waren auf den Rücken gefesselt. An einem kleinen Tisch saß die Frau, die er schon vor zwei Tagen kennengelernt hatte und die sich als Linda Hazelwood vorgestellt hatte. Die zwei Wachen traten ab, nachdem sie Aiden zusätzlich an den Stuhl gefesselt hatten.

„Mr. Hunter, ich begrüße Euch hier und –"

„Ich freue mich auch sehr, Euch heute wiederzusehen", antwortete Aiden und es war ihm tatsächlich ernst mit dieser Aussage. Wie schon bei der Vernehmung im Beisein des Kommandanten hatte die Frau ihre langen braunen Haare hinter die Ohren gekämmt, wobei ein dunkler Haarreif das glatte Haar einfasste. Wieder musste Aiden lächeln, als er die zu großen Ohren musterte.

Sie bemerkte wohl seinen prüfenden Blick, denn sie sprach unaufgefordert: „Die Ohren sind übrigens ein Erbstück meines Vaters, der von euch Barbaren mit einem stumpfen Schwert auf dem Schlachtfeld von Killiecrankie gemetzelt wurde. Meine Kinder sagen mir aber, und seitdem zeige ich meine Ohren voller Stolz, dass ich die beste Zuhörerin in der Familie bin und mir Gott deshalb diese großen Ohren gegeben habe." Jetzt lächelte sie ihn an. „Euer rechtes Ohr ist dem meinen übrigens nicht unähnlich."

Aiden war berührt von dem, was Linda ihm erzählte. Fast schämte er sich ein wenig dafür, sich für seine zu groß geratenen Ohrmuscheln zu schämen.

„Meine sind auch vom Vater", gab er widerwillig zu. Und plötzlich hatte er eine Eingebung. „Ihr wart nicht in einem Waisenhaus", behauptete er jetzt in direkter Ansprache an Linda. „Ihr seid von Eurer Tante zu einer englischen kinderlosen Familie vermittelt worden, die –" Jetzt zuckte er zusammen, weil Linda vom Stuhl aufgesprungen war und ihm ärgerlich das Wort abschnitt.

„Meine Familie hat sich immer vorbildlich um mich gekümmert! Also passt auf, was Ihr hier sagt, Mann!"

„Es war nicht meine Absicht, Eure Stiefeltern zu verunglimpfen. Bitte, glaubt mir, aber ich hege plötzlich einen schier unglaublichen Verdacht. Linda, Eure Tante hieß Ruthy, und Ihr seid am 17. November 1689 geboren."

Die Frau starrte Aiden fassungslos an. Die Frau starrte Aiden fassungslos an. Dann wurde sie blass und schlug beide Hände vor ihr Gesicht. Nach einem kurzen Moment öffnete sie ihre Hände. „W-wo, wo genau soll das gewesen sein, und wie hieß meine Mutter?", fragte sie mit bebender, leiser Stimme nach.

Ohne auch nur eine Sekunde nachzudenken, antwortete Aiden: „Das war in der Nähe von Glenkindie in der Region Aberdeenshire. Und ich bin mir ganz sicher: *Unsere* Mutter hieß Kendra!"

„Un-se-re Mutter?" Linda starrte Aiden an.

Der wäre am liebsten aufgesprungen, aber die Fesseln hinderten ihn.

„Dann – dann bist du mein Bruder?"

Aiden nickte.

„Sie haben mir aber nie gesagt, dass ich einen Bruder hätte. Sie sagten mir, dass mein Name Linda Miller sei."

„Sie wollten nicht, dass du nach einem Bruder suchst, weil sie deine Lebensgeschichte verändert haben."

„Sind wir wirklich ...?" Linda schaute immer noch ungläubig.

„Ich habe dich nicht vergessen, Linda. Mein Stiefvater hat Anfang der Neunzigerjahre versucht, mit seiner Schwester Ruthy Kontakt aufzunehmen, was aber nicht mehr gelang. Doch es waren auch die schlimmen Jahre, in denen sehr viele Menschen verhungert oder ausgewandert sind. Ruthys Bruder, mein Stiefvater Farlan, hat aber immer gehofft, dass sie irgendwann einmal bei uns in Leith wieder auftaucht, aber leider ..." Aiden machte eine kurze Pause. „Und schau doch: Unsere Ohren sind wirklich ähnlich, und vielleicht hast auch du den kleinen Leberfleck im Nacken, den auch ich und unsere Mutter haben."

Linda kam fast gerannt, zog Aidens Baumwollhemd ein Stück vom Nacken, während der sich nach vorne beugte. Sie ließ das Hemd los und sagte fassungslos: „Das kann kein Zufall sein. Aber im Moment haben wir keine weitere Zeit, das zu besprechen. Gleich kommt Lemaire und will Namen auf dem Papier sehen."

Aiden nickte und fing an zu diktieren. Jeden Namen eines Kunden bei der South Sea Company, der ihm irgendwie einfiel, diktierte er Linda in die Feder.

Die machte große Augen und nach etwa zwanzig Namen fragte sie nach: „Ist das nicht gefährlich für diese Menschen?"

Doch Aiden beruhigte sie mit der Aussage, dass er die meisten Namen eh erfunden habe. Sie seien nirgendwo zu finden ...

Schwere Schritte von Militärstiefeln auf Holzdielen vor der Türe ließen die beiden verstummen. Die Tür öffnete sich, und mit hochrotem Kopf stand Cailliou Lemaire mit zwei weiteren Soldaten im Raum. Ohne Vorbemerkung fing er an zu schimpfen. „So eine beschissene Organisation wie in dieser Kaserne habe ich noch nie erlebt. Jetzt sollst du schon heute, und das sofort, nach Fort William verlegt werden, und ich habe dich doch noch gar nicht persönlich befragt. So eine Schande!" Wütend trat er gegen Aidens Stuhl, der beinahe zur Seite gefallen wäre.

„Na gut, dann holen wir unsere nette Unterhaltung in Fort William nach. Ich habe noch gar nicht gepackt, und jetzt stehen die schon marschbereit am Tor. Los, nehmt den Kerl hier mit, aber legt ihm Handfesseln an. Mit diesen binden wir ihn nachher an meinem Sattelknopf fest. Er wird in meiner Nähe bleiben und den Weg nach Fort William laufen, und wenn ich ihn hinter mir herschleife!"

Dann wandte er sich Linda zu: „Ach, schau mal hier, das sind doch sicher alles erfundene Namen, oder? Ich will eher wissen, ob zum Beispiel dieser Bubbels auch zu euch gehört, oder ist der wirklich unschuldig? Und da gibt es noch einige Namen, die ich persönlich aus dir rauskitzeln werde, mein Lieber." Dann herrschte er die beiden Soldaten an, sie sollten nicht nur dumm in die Welt glotzen, sondern sich beeilen und den Gefangenen ins Freie bringen. Er würde schnell noch packen. Dann träfe man sich auf dem Exerzierplatz.

Linda wandte sich an den Soldaten und sagte ihm, dass Aiden das Papier noch unterschreiben müsse. Er solle seine Hand lösen. Das tat der Soldat pflichtbewusst.

Während Aiden das sinnlose Papier unterschrieb, flüsterte ihm seine Schwester ins Ohr: „Leeds, Kirkstall Abbey. Das Anwesen der Hazelwoods, direkt neben den Ruinen. Merk dir: Kirkstall Abbey!"

Woher nahm seine Schwester die Zuversicht, dass er das hier überleben würde?

Die beiden Soldaten gingen roh mit ihm um, fesselten ihn wieder und stießen ihn vor sich her nach draußen auf den Exerzierplatz, der innerhalb der engen Mauern lag. Aiden war überrascht. So viele englische Soldaten waren hier versammelt, und das Eingangstor war weit geöffnet. Einige der Soldaten ritten ständig zwischen der Stelle, an der der große Fahnenmast mit dem Union Jack stand, und einer Kutsche, die vor dem Haupteingang positioniert war, hin und her. Auffallend war die große Unordnung unter den Reitern, wo doch sonst Disziplin und Ordnung das Leben der Soldaten prägten. Die beiden Wächter standen an Aidens Seite und hielten Ausschau nach Lemaire.

Plötzlich schlug Aiden von hinten ein weiterer Soldat kräftig auf die Schulter und verkündete in markigem Ton: „Da ist ja der Gefangene, den wir abholen sollen."

Aiden stockte der Atem. Verdammt! Diese Stimme erkannte er sofort: Das war doch der dröhnende Bass von Brendan Bubbels! Aiden fuhr herum und erkannte ihn trotz seiner englischen Uniform sofort wieder. Brendans Blick ließ jedoch keinen Zweifel daran, dass Aiden den Mund zu halten hatte.

„Wir sollen aber hier mit ihm auf Lemaire warten", versuchte der eine Wachssoldat noch einzuwenden, doch Bubbels hatte Aiden schon an den Handfesseln genommen und zerrte ihn zum großen Tor.

„Lemaire wartet draußen", röhrte Bubbels noch in seiner unnachahmlichen Art und ging nicht gerade zartfühlend mit Aiden um. Das schien die beiden Begleiter zu beruhigen. Sie wandten sich ab.

Auf dem Platz war immer noch ein Gewirr von Reitern zu sehen, die unkoordiniert durcheinanderritten. Aiden wunderte sich, was hier eigentlich vor sich ging. Bubbels und er hatten das Tor noch nicht erreicht, als von hinten ein schriller Aufschrei zu vernehmen war. Lemaire war es, der völlig aufgelöst losschrie: „Halt! Das sind doch gar keine Engländer. Seid ihr denn von allen guten Geistern verlassen! Das ist ein Überfall! Wo ist Hunter, dieser Scheißkerl? Halt!", schrie er erneut, als er Aiden und Bubbels fliehen sah.

Bubbels ließ Aiden los, zog blitzschnell eine Pistole aus dem Gürtel, zielte kurz, und ein mächtiger Knall durchdrang den Lärm.

„Ahhh, ich bin getroffen. Hiiilfeee!" Lemaire schrie kurz auf, griff sich an die linke Schulter und sank zu Boden.

„Los komm", herrschte Brendan Aiden an.

Doch der riss seine gefesselten Hände von Brendan los, drehte sich um und rannte vor den entsetzten Augen Bubbels' zurück zu dem am Boden liegenden Lemaire, der vor Schmerzen stöhnend auf seiner linken Seite lag. Mit seinen gefesselten Händen konnte Aiden nur wenig tun. Aber das, was er wollte, gelang ihm. Er riss die rechte Seitentasche von Lemaires Rocks auf und hatte auch schon das kleine hölzerne Kästchen in der Hand. Er schob es sich in die rechte Faust und hastete zurück in Richtung Tor.

In dem allgemeinen Chaos hatten die meisten Soldaten den Überblick verloren und verstanden nicht, was sich direkt vor ihren Augen abspielte. Lemaire war durch seine Verletzung nicht mehr in der Lage, ordnend einzugreifen. Aiden erkannte, dass Bubbels schon die Kutsche erreicht hatte. Jetzt konnte er auch Jack dort erkennen, der ein gesatteltes Pferd am Zügel hielt.

Bubbels winkte Aiden erregt zu sich und schrie ihn an, ob er verrückt sei, und er solle endlich auf das Pferd steigen. Bei diesen Worten durchrennte er Aidens Handfesseln und half ihm aufs Pferd. Aiden beeilte sich, um den anderen Reitern, die an der Kutsche auf ihn gewartet hatten und jetzt lossprengten, zu folgen. Wie er später erfuhr, waren das alles Männer, die zu Rob Roys Bande gehörten und deren Ziel es gewesen war, die englischen Soldaten zu verwirren. Aiden hatte keine Zeit, weitere Worte zu verlieren. Im Fenster der Kutsche glaubte er für die Dauer eines Wimpernschlags Orlas Gesicht erkannt zu haben, hielt es dann aber doch für eine Täuschung. Wenn man sich etwas besonders stark wünschte, konnten einem die Sinne schon einmal einen Streich spielen. Aber enttäuscht war Aiden schon, dass er ausgerechnet Orla, wegen der er sich eigentlich hierher nach Mallaig aufgemacht hatte, noch gar nicht zu Gesicht bekommen hatte. Doch für Gedanken dieser Art blieb ihm im Moment keine Zeit. Etliche Reiter in englischen Uniformen sprengten jetzt nach Norden davon, und Aiden musste sein Pferd konzentriert antreiben, um seinen Rettern überhaupt folgen zu können.

Nachdem sich der aufgewirbelte Staub am Kaserneneingang fast gänzlich gelegt hatte und markige Schreie über dem Kasernenhof die Ordnung wiederherzustellen versuchten, sah man einen schwedischen Offizier in blauer Uniform, der eine zarte Frau in langem Kleid am rechten Arm führte, von der Kutsche in den Innenhof der Kaserne treten. Jetzt kamen die beiden an Cailliou Lemaire vorbei, der am Boden liegend zeterte: „Ich bringe diesen Mistkerl um. Ich werde ihn jagen und zur Strecke bringen, egal wo er sich auf der Welt vor mir versteckt."

„Oh Gott, der arme Mann", äußerte Orla im Vorbeigehen, und es war dabei nicht herauszuhören, wen sie eigentlich damit meinte. Sie schaute zu Mads hinauf und lächelte ihn an.

Der grüßte gerade militärisch einen englischen Offizier und fragte in bestem Englisch: „Warum herrscht hier ein solches Durcheinander? Könntet Ihr mich bitte bei Eurem Kommandanten melden?"

Nach dem Treffen mit Riley am Samstag, dem 18. Mai 1721, war Orla deutlich stärker aufgewühlt, als sie sich gegenüber Mads zugeben wollte. Sie war von sich selbst überrascht, wie schwer die Sorgen um Aiden auf ihr lasteten. Sie drängte darauf, vom *Silver Sands Inn* zu Aidens Unterkunft zu fahren, eine Strecke, die ihnen Riley genau beschrieben hatte.

Als sie dort ankamen, trafen sie zwei misstrauische Männer, die angaben, die Begleiter von Hamish MacGregor zu sein. Orla konnte die beiden mit ihrer freundlichen Art dazu gewinnen, mehr über sich und ihre Beziehung zu Aiden zu verraten. Sie seien mithilfe von gefälschten Geheimdepeschen nach Fort William gelockt worden. Deshalb seien sie zu der Zeit, als Aiden festgenommen wurde, weit weg gewesen. Das viele Blut, das auch sie bemerkt hatten, habe sie ebenfalls sehr beunruhigt. Als Orla Rileys Beobachtungen wiedergab, wussten sie Bescheid. Es war der als Menschenquäler bekannte Jäger, in dessen Hände Aiden sich vermutlich momentan befand. Man musste Aiden möglichst bald befreien, weil er unter Folter womöglich noch einige Jakobiten aus der Region in Schwierigkeiten bringen könne. Orla und die Männer waren sich einig, dass sie das nicht ohne Verstärkung hinbekämen. Mads Gyllenborg erzählte, dass in der verschlüsselten Depesche von Cailean gestanden habe, wie er an Rob Roy MacGregor herankommen könne. Er habe das aber aus Vorsicht bisher noch nicht getan und weil er dessen Hilfe auch noch nicht nötig gehabt habe.

Aidens Begleiter mit dem Namen Brendan Bubbels gab Orla dessen Habseligkeiten. Dazu gehörte ein dicker schwarzer Wollmantel mit großer Kapuze, der Orla sehr schwer vorkam; dazu seine Reisekiste, die sie noch von zu Hause kannte. Sie schaute hinein: Ein, wie es aussah, unfertiger Brief, in Aidens Handschrift abgefasst, lag obenauf neben allerlei Reise- und Waschutensilien. Ob das ein Brief an Aidens große Liebe Marjorie war? Orla konnte nicht widerstehen. Sie nahm den Brief aus der gefalteten Hülle. „Meine liebe Orla,“ konnte sie da lesen, und im selben Moment wurden ihre Augen vor Rührung und Erleichterung tränenblind, sodass sie nicht weiterlesen konnte.

Die Männer drängten zum Aufbruch und mahnten zur Eile, weil man nicht wissen könne, wie lange es dauern würde, bis Rob Roy Zeit hätte, ihnen noch hier in Mallaig zu helfen. In Fort William würde die gleiche Aktion ungleich schwieriger und womöglich blutiger werden. Die Idee, mithilfe von schwedischen Matrosen das Fort zu überfallen, wurde schnell als untauglicher Vorschlag wieder verworfen. Brendan gab an, er wisse, wo er Rob Roy erreichen könne. Aber er benötige ein gutes Pferd. Er fuhr mit Mads und Orla zurück in den Hafen, und schon eine Stunde später hatte Mads ihm ein gesatteltes Pferd organisiert. Mit entschlossenem Eifer sprengte Brendan Bubbels auf dem ausgeruhten Braunen davon.

Schon am frühen Abend war er wieder zurück und erläuterte atemlos Rob Roys genaue Vorstellungen zur Befreiung Aidens am nächsten Vormittag. Die kühne Aktion wurde für Sonntag, den 19. Mai 1721, auf den Vormittag festgelegt. Mads und Orla sollten mit einer Kutsche in einiger Entfernung vor dem Haupttor warten, um gegebenenfalls Verletzte damit in Sicherheit zu bringen. Unter dem Vorwand, dass sie den Kommandanten anlässlich der Fertigstellung der Schiffe zu einem Gegenbesuch auf die schwedischen Schiffe einladen wollten, sollten sie weitere Ablenkung und Verwirrung in das Geschehen auf dem Kasernenhof bringen.

Orla wunderte sich, dass auch Mads bereit war, seine Gesundheit für ihren früheren Ehemann aufs Spiel zu setzen. Ihre Zuneigung zu dem höflichen Schweden wuchs von Tag zu Tag. Was würde sie tun, wenn der Tag des Abschieds von ihm kommen sollte? Würde er ihr die entscheidende Frage stellen? Sie wusste noch nicht, was sie darauf antworten würde.

Aiden war inzwischen eine gute halbe Stunde mit Rob Roys Reitern in östliche Richtung galoppiert, als seine Oberschenkel anfingen zu krampfen. Er hob die Hand, um zu signalisieren, dass er eine Pause nötig hatte. Erst nach einigen Minuten, in denen er sich zurückfallen ließ, um seine Muskeln zu beruhigen und die Schmerzen in Griff zu bekommen, schien das die Mehrheit der Reiter bemerkt zu haben. Zwei Reiter in englischen Uniformen kamen zu ihm zurückgeritten.

„Verfolgen die uns wirklich so lange?", fragte Aiden erschöpft, und der große, massige Kerl auf einem gescheckten Pferd an seiner rechten Seite lachte rau.

„Na, das Reiten nicht gewöhnt, was?"

Aiden nickte mit verkrampfter Miene.

„Dann schau zu, dass du wenigstens im Trab mithältst", kommandierte der Dicke.

„Ich bin übrigens Robert MacGregor, man nennt mich hier Rob Roy, und deine Freunde haben uns gebeten, dir aus der Patsche zu helfen."

Aiden nickte und versuchte, so etwas wie einen dankbaren Gesichtsausdruck aufzusetzen.

Jetzt musterte ihn Rob Roy genauer. „Ich glaube, dir hilft im Moment nur eine Pause." Er pfiff scharf durch die Zähne, und in wenigen Minuten hatte sich die gesamte Schar, es mochten etwa zwanzig Reiter sein, am Rand eines kleinen Wäldchens versammelt.

Langsam ließ sich Aiden vom Pferd rutschen und setzte sich erschöpft und tief atmend auf den Boden. Sein Körper schien sich aus hundert gepeinigten Muskeln zusammenzufügen. Die Schmerzen der Blutergüsse erinnerten ihn noch überdeutlich an seine kurze, aber umso schmerzhaftere Zeit der Haft in der englischen Kaserne. Sein Gesicht inklusive des nach links geknickten Nasenrückens schmerzte beim Abtasten immer noch.

Mühsam erhob sich Aiden vom Boden und wandte sich an Rob Roy: „Ich muss noch einer Pflicht nachkommen." Mit diesen Worten holte er das kleine Holzkästchen aus der Seitentasche seiner Jacke, das er in einer letzten eigentlich zu tollkühnen Aktion noch auf dem Kasernenhof Cailliou Lemaire abgenommen hatte.

„Was ist da drin?" Rob Roy war neugierig.

„Hier drin befinden sich die gesammelten Fingernägel, die dieser verdammte Franzose bei seinen Verhören den armen Opfern eigenhändig mit einer Zange herausgerissen hat."

Die Umstehenden wichen mit Abscheu einen Schritt zurück.

„Was hast du damit vor?", fragte Rob Roy nach.

„Die Opfer finden erst dann ihre Ruhe, wenn auch dieser letzte Teil ihres Körpers würdevoll beigesetzt wurde. Eines dieser Opfer habe ich gut gekannt!" Jetzt richtete Aiden seinen Blick sowie seine Stimme in Richtung der Wolken über ihnen. „Cailean Buchanan, der du so viel in dieser Welt unterwegs warst wie nur wenige; möge jetzt auch endlich der letzte Teil deines Körpers seine verdiente Ruhe finden."

Rob Roy war sichtlich ergriffen. Am Stamm der einzigen Eiche am Waldrand hoben sie eine kleine Grube aus und beerdigten das Kästchen.

Nach Meinung von Aiden war die Herrschaft des gefährlichen Franzosen über seine Opfer hiermit gebrochen. Rob Roy legte fest, dass sie diesen Ort ab heute die „Eiche der Nägel" nennen würden. Er drängte trotzdem nach der kurzen Zeremonie zum schnellen Aufbruch. Die kurze Rast hatte allen gut getan, und selbst Aiden fühlte sich körperlich, aber auch mental so weit gestärkt, um den weiteren Teil der anstrengenden Reiterei nun durchzuhalten.

Drei Stunden nach der Flucht aus der Kaserne von Mallaig kam die Reitergruppe endlich an ein Gehöft, das sich in einem Seitental am Hang des Ben Nevis versteckte. Dort zogen sich die Männer wieder ihre angestammte Kleidung an und erklärten Aiden, dass dieses Gehöft ihr größtes Kleider- und Munitionslager sei. Sie wollten Aiden mit einer Pistole ausstatten, aber der lehnte dankend ab. Er hatte noch nie mit einer Pistole geschossen, und der Gedanke, andere Menschen zu erschießen, war ihm trotz seiner schlimmen Erfahrungen fremd. Rob Roy erklärte Aiden, dass sie für eine Nacht hierbleiben würden und er sich überlegen müsse, ob er sich auf Dauer ihnen anschließen wolle. Und ob er eine Ahnung von Vieh habe. Aiden erbat sich Bedenkzeit.

Nach dem Abendessen setzte sich Rob Roy erneut neben Aiden und begann ein Gespräch. „Also, was ich so gehört habe von dir, der du ja auch meinen Namen trägst, Hamish MacGregor, hast du ganz schön Dusel gehabt, dass du überhaupt noch lebst."

„Ja, das stimmt", gab Aiden zu. „Ohne euch hätte ich von den Engländern leicht zu Tode gefoltert werden können."

„Nö, das meine ich gar nicht." Jetzt schaute ihn Aiden verwundert an. „Also, ich will dir mal was erklären, Hamish: Dein patenter Freund Brendan Bubbels kam zu uns geritten und hat uns erklärt, dass du mächtig in Schwierigkeiten seist. Also bin ich mit ihm zurückgeritten und habe einige Freunde von dir auf der *Fredsbringare* getroffen. Das ist das größere der beiden schwedischen Schiffe ..."

„Ja, ich habe es aus der Ferne gesehen. Von welchen Freunden sprichst du?"

„Also, da gab es eine Frau mit dem Namen Orla –"

„Hey, das ist, äh, also, das war meine Ehefrau!" Aiden konnte nicht an sich halten.

„Deine Frau?" Rob Roy schien überrascht. „Und ich habe gedacht, sie sei die Frau des schwedischen Kapitäns."

„Ach, das ist eine, eine, äh, schwierige Geschichte." Aiden errötete, währen Rob MacGregor fortfuhr.

„Na, ist ja auch egal. Diese Frau hat jedenfalls erzählt, dass es einen Augenzeugen gab, der deine Festnahme durch diesen komischen Mönch –"

„Er ist kein Mönch, er ist ein Schwein!"

„Mensch, Hamish, lass mich doch mal ausreden."

Aiden hob entschuldigend die Hand.

„Also, da soll es einen Augenzeugen gegeben haben, der dir auch nach dem Leben getrachtet habe. Kannst du dir vorstellen, wer das gewesen sein könnte?" Rob schaute Aiden prüfend an. Der zeigte sich überrascht, und Rob hatte auch nicht den Eindruck, dass Aiden ihm etwas vorspielte. „Sagt dir der Name Riley, äh, ich habe den Nachnamen vergessen, sagt der dir etwas?"

Aiden sprang auf, und sein Gesicht zeigte jetzt aufrichtiges Entsetzen: „Der ist lange tot. Der war Pirat und –" Jetzt unterbrach Aiden sich selbst und blickte ratlos in die Runde.

„War er nicht sogar ein Cousin von dir?"

Im Raum war es jetzt absolut still. Nur das Feuer im Kamin erfüllte den Raum mit wärmendem Knacken.

„Ja, Riley MacIntyre war mein Cousin, aber leider ist er gestorben."

„Ist er ja wohl ganz offensichtlich nicht!" Jetzt klang Rob Roys Stimme ungeduldig. „Da soll es eine alte Geschichte zwischen euch beiden geben, die uns vielleicht nichts angeht, aber wenn *ich* dir sage, dass dieser Riley dir aufgelauert hat, um sich an dir zu rächen, dann behaupte bitte nicht das Gegenteil!"

Aiden sank ermattet auf seinen Platz zurück. Hatte Orla, seine Frau, Riley zurückgeholt? Leise fragte er nach: „Und was wollte dieser Riley?"

„Doofe Frage!", blaffte ihn Rob Roy jetzt an. „Er wollte dich mit einer Pistole aus der Welt schaffen. Na, willst du jetzt nicht vielleicht auch eine Pistole haben?"

„Und wieso hat er es nicht getan?"

„Weil dein Fingernagelreißer schon bei dir in der Hütte stand und dich in die Kaserne geprügelt hat. Du solltest also diesem Kerl dankbar sein. Denn wenn er dich nicht abgeholt hätte, hättest du nur eine Stunde später tot auf der Lichtung in Mallaig gelegen."

„Soll ich jetzt von Glück im Unglück reden?" Aiden lachte bitter.

„Du musst gar nicht reden, Hamish. Aber du musst dir überlegen, wo du dich verstecken willst. Ich kann mich des Eindrucks nicht erwehren, dass du im Moment von vielen Menschen gesucht und gejagt wirst. Und, glaube mir, ich kenne dieses Gefühl."

Aiden fühlte sich plötzlich elend, allein und von allem, was ihm je Halt gegeben hatte, verlassen. Er erhob sich. „War ein anstrengender Tag gewesen für mich. Ich leg' mich schlafen. Morgen früh teile ich dir meine Entscheidung mit, Robert. Danke für deinen Einsatz, deine Hilfe!"

Schnell stellte Aiden fest, dass er keinen Schlaf finden konnte. Er ging nach draußen, nahm seine Decke mit (zum ersten Mal vermisste er seinen dicken Mantel) und hockte sich mit dem Rücken an den Pferdestall, aus dem der vertraute warme Geruch der Tiere durch die Ritzen strömte. Hier, hinter dem Schuppen, war die Luft windstill und mild. Ein idealer Platz zum Nachdenken. Wieder einmal war er an einem Scheideweg in seinem Leben angekommen. Orla schien er wohl für immer verloren zu haben. Die hatte sich diesem schneidigen Kapitän an den Hals geworfen. Wenn es ganz schlecht kam, ginge sie mit ihm sogar nach Schweden. Vielleicht aber war Sean Kester noch eine Person, für die sie in Schottland bleiben würde. Und dann gab es ja auch noch ihre Mutter und die Fabrik von Bronwyn Hampdon. Vielleicht sogar würde sie mit in die Leitung der Segeltuchfabrik in Leith einsteigen? Er hätte Orla jetzt gerne gesprochen, sie um Rat gefragt. Und Marjorie? Die hatte ihn auch vergessen und tröstete sich mit anderen Männern. Ob das wirklich stimmte, dass sie auch eine Affäre mit ihrem Landlord hatte? Egal, dieser Kerl war derselbe, der seit Monaten schon zur Jagd auf Rob Roy aufgerufen hatte. Dieser James Graham, der 1. Herzog von Montrose, war ein gefährlicher Mann, der mit den Engländern gegen die Jakobiten gemeinsame Sache machte. Wenn er Kontakt zu Marjorie suchte, musste er diesen James Graham im Blick haben. Und dann war da noch Riley. Wie hatte der es nach so langer Zeit zurück in die Heimat geschafft? Klar war, nach dem, was ihm Rob Roy berichtet hatte, dass Riley ihm nicht verziehen hatte. Bei einem Zusammentreffen musste er einfach schneller sein als Riley. Er sollte mit einer Pistole üben, um nicht unvorbereitet zu sein. Nach Rochester konnte er auch nicht zurück. Da würde ihn Cailliou sofort festsetzen. Auch nach London war ihm der Weg versperrt. Die Anschrift seines Hauses in Kingston upon Thames war diesem französischen Jäger und Mistkerl sicher nicht verborgen geblieben. Und dort gab es ja auch noch die Gläubiger der Company. Verdammt, das Schicksal hatte aus ihm einen Nomaden gemacht; einen Heimatlosen, einen, der außerhalb des Gesetzes stand. War das nicht auch die letzte Station seines Vaters vor seinem Tod gewesen? Hatte er nicht als Kind am eigenen Leib die Jagd auf seinen Vater miterlebt? Heute hier und morgen dort, er selbst als Kind immer wieder zu anderen Familien abgegeben, und das immer und immer wieder! Keine Zeit für Bindungen, geschweige denn Familie. Aiden rechnete nach: Sein Vater war mit siebenundvierzig Jahren in Killiecrankie gefallen. Stand ihm jetzt das gleiche Schicksal bevor? Dann blieben ihm nur noch wenige Jahre. Aiden fröstelte. Er zog die warme Wolldecke enger über die Schultern und fiel in einen unruhigen Schlaf.

Rob Roy MacGregor weckte ihn am nächsten Morgen. Es war ein klarer Tag und man schrieb Montag, den 20. Mai 1721: „Na, Hamish, wie hast du dich entschieden?"

„Robert, ab heute gehöre ich zu euch. Und ich hätte jetzt auch gerne eine Pistole."

Es wehte ein kräftiger Wind aus nordwestlicher Richtung an diesem Morgen des 28. Mai 1721, der immer wieder Bögen von weißen Wolken mit Macht hoch über die Bucht von Mallaig ins Landesinnere trieb. Die Sonne versuchte, diesen kühlen Luftstrom zunehmend zu erwärmen, doch noch fehlte ihr dazu die volle sommerliche Kraft.

Die Arbeiten an den Schiffen waren jetzt, nach ziemlich genau fünf Wochen, abgeschlossen, und so hatten sich alle Beteiligten heute zu einer ausgedehnten Erprobungsfahrt vor der Festlandsküste in Richtung der Isle of Skye verabredet. Alle Segel waren gesetzt, und die Stimmung unter den schwedischen Seeleuten war geradezu euphorisch. Nach so langer Zeit witterten sie Heimatluft.

Orla Hunter stand zusammen mit Mads Gyllenborg auf dem Vordeck der *Fredsbringare* und musste sich mit beiden Händen an der Reling festhalten, um nicht vom Wind weggeblasen zu werden. Die kleine *Fackla* war auf der Backbordseite in einer guten Meile auszumachen. Beide Schiffe waren schnell unterwegs, und es war für alle Beteiligten eine Freude zu sehen, dass die komplette Takelage auch unter voller Belastung einwandfrei funktionierte. Mads Gyllenborg war froh, dass der neue Bugspriet den starken Zugkräften der Taue wieder gewachsen war und damit die Stabilisierung des Fockmasts wieder gewährleisten konnte. Er würde bald in seine Heimat zurückkehren können. Darauf freute er sich sehr, aber was würde dann aus Orla und ihm?

Seit einer Woche, seit dem 19. Mai, dem Tag der Befreiung Aidens, waren die beiden ein Paar. Seit sie sich ihre Liebe gestanden hatten, lebten sie in einer Kajüte zusammen und teilten auch gemeinsam sein Bett. Orla hatte bei Mads eine Art der zärtlichen körperlichen Liebe kennengelernt, die ihr bis zu dem Zeitpunkt völlig fremd gewesen war. Es war eine Art der Liebe, die sie nicht mehr missen wollte. Auch Mads Gyllenborg war überglücklich, endlich Orlas Liebe erobert zu haben. Aber beide ahnten auch, dass dieser momentane Glückszustand schnell wieder vorbei sein könnte. Orla war es dann gewesen, die als Erste das schwierige Thema ansprach und damit der entscheidenden Frage von Mads, ob sie mit ihm nach Schweden kommen würde, zuvorkam. Sie hatte schon länger über die gesamte Situation nachgedacht, und sie wusste jetzt, was sie wollte.

Vor zwei Tagen hatte sie Mads nach dem Abendessen zu einem Spaziergang durch den Hafen und um die Ortschaft Mallaig überreden können. Ohne dass er sie gefragt hätte, kam ihre Antwort: „Mads, du weißt, dass ich dich liebe und dass ich mit dir sehr glücklich bin. Aber ich kann und will meine alte Mutter Skye und meinen Sohn Sean nicht allein zurücklassen. Deshalb muss ich noch hier in Schottland bleiben." Jetzt fing sie an, ihre Beweggründe ausführlich darzulegen, und Mads Gyllenborg hörte geduldig zu. Sie müsse erst noch eine ganze Reihe von Dingen klären, wozu auch die Zukunft der Segeltuchfabrik gehöre. Es sei noch nicht klar, wer dort in Zukunft die Geschicke der Firma leiten werde. Sie sei es schließlich ihrem verstorbenen Stiefvater und ihrer Mutter schuldig, für die Zukunft der Firma zu sorgen. Ob sie dazu in die Firmenleitung einträte, dass wisse sie noch nicht. Darüber hinaus fühle sie auch eine gewisse moralische Verpflichtung, Riley MacIntyre wirtschaftlich wieder auf die Beine zu helfen.

An dieser Stelle unterbrach Mads sie das einzige Mal während ihres gesamten, langen Vortrags. „Liebst du ihn noch?", fragte er ungeniert.

Orla blieb stehen und zwang ihn, sie anzuschauen. Dann blickte sie ihm in die Augen: „Ich habe Riley nie geliebt und werde mich auch nicht in ihn verlieben, aber der Verrat seines Cousins, meines Ex-Ehemanns, wiegt schwer. Riley hat mich zwar nicht um Unterstützung gebeten, aber unsere lange Freundschaft verlangt einfach von mir, dass ich ihm helfe."

Wortlos waren sie danach weitergegangen.

Zusammenfassend habe sie sich entschieden, dass, solange all diese Fragen ungeklärt seien, sie ihre Heimat nicht für eine größere Zeitspanne verlassen könne und wolle.

Mads zeigte sich verständnisvoll und versprach ihr, in spätestens drei Monaten mit dem Schiff zurück zu ihr nach Leith zu kommen. Ob sie dann die Frage nach einer gemeinsamen Zukunft klären könnten? Denn auch Mads hatte gute Gründe dafür, in seine Heimat Schweden zurückzukehren. Dort lebten schließlich seine beiden Kinder und noch dazu eine große Familie. Darüber hinaus war er noch als Soldat seinem schwedischen König verpflichtet und er hatte zu klären, was die Marine nach Abschluss der Friedensverhandlungen, die aber noch in vollem Gange waren, mit ihm und seinem Schiff vorhatte.

Trotz des herrlichen Wetters füllten sich Orlas Augen jetzt mit Tränen. Der Abschied von ihrem Mads, und wenn auch nur auf Zeit, fiel ihr unglaublich schwer. Hier, auf dem Wasser vor dem schicksalsträchtigen Hafen von Mallaig, ging wohl mit der kommenden Nacht ihre so schöne, aber viel zu kurze gemeinsame Zeit erst einmal zu Ende.

„Warum nur muss man dem Glück immer nachjagen? Warum können wir die Zeit, in der wir das Glück gefunden haben, nicht beliebig verlängern? Kümmern wir uns zu sehr um das, was andere von uns erwarten?" Mads Gyllenborg sprach die Worte laut und klagend eigentlich gegen den Wind, ohne Orla anzusehen, aber sie erreichten trotzdem ihr Ohr und Herz.

Wegen des Windes schlang Orla ihren rechten Arm um Mads Gyllenborgs Hals und zog seinen Kopf zu sich. Dann rief sie ihm ins Ohr. „Solange es liebende Menschen wie uns auf dieser riesigen, wilden Erde gibt, wird es wohl immer so sein: Die Herzen der Liebenden scheinen dazu verdammt, stets alleine auf der Suche zu sein.“

INHALT

GLOSSAR

Akolyth: So nannte man früher einen Gefolgsmann (der Kirche), der niedere, zum Teil auch religiöse Dienste in der Kirche verrichten durfte.

Albe: Die Albe ist weißes, knöchellanges Gewand, das mit einem **Zingulum** (Gürtel) auf Höhe der Hüfte gebunden wird.

Ambo: Der Ambo ist ein (oft erhöhter) Ort in sakralen Räumlichkeiten zur Verkündung des Wortes Gottes.

Barett: Kopfbedeckung ohne Schirm oder Krempe

Besanmast: der hinterste Mast auf Schiffen, die mit einem (oder mehreren) Masten hinter einem Großmast ausgestattet sind

Birett: Kopfbedeckung christlicher Geistlicher

Brüder der Küste: seit Anfang des 17. Jahrhunderts auf Hispaniola lebende Siedler, die sich vorwiegend in dieser Region zu Piraten entwickelten. Hauptstandort wurde die **Île de la Tortue,** die nur wenige Kilometer vor der Nordküste Hispaniolas (im westlichen Teil) liegt.

Bugspriet: über den Bug eines Schiffs hinausragende Segelstange

Cap-Français: 1670 gegründete, damalige Inselhauptstadt von Saint-Domingue. Heute heißt die an der Nordküste gelegene Stadt Cap-Haïtien.

Casa Branca: alter Name für das heutige, in Marokko gelegene Casablanca. Die Stadt war von 1575 bis zu ihrer Zerstörung durch ein schweres Erdbeben 1755 von den Portugiesen besetzt. Der Name bedeutet „weißes Haus".

Dreikönigsfest: wurde früher an vier Sonntagen auf den 6. Januar folgend gefeiert bis Maria Lichtmess, das das Ende der Weihnachtszeit darstellt.

Eilean Donan Castle: (auch aus vielen Filmen) bekannte Burg im Nordwesten Schottlands, die eine besondere Rolle im Kampf der Jakobiten gegen die englische Krone spielte. Sie war ein wichtiger Treffpunkt für die Jakobiten vor dem Aufstand von 1715.

Fort Dauphin: an der Nordküste von Saint-Domingue gelegenes, von den Spaniern gegründetes Fort (nur acht Kilometer von der Grenze zur heutigen Dominikanischen Republik gelegen). Seit 1820 trägt es bis heute den Namen Fort Liberté.

Friedensschluss von Rijswijk 1697: wichtiger Friedenschluss (in den Niederlanden), der den Pfälzischen Erbfolgekrieg beendet. Umfangreiche Landrückgaben: Spanien muss den Westteil der Insel Hispaniola (das heutige Haiti) an die Franzosen abtreten. Die nennen ihr neues Staatsgebiet Saint-Domingue.

Fuß: ein (bis heute) im englischsprachigen Raum verwendetes Längenmaß. 1 Fuß entspricht etwa 30 Zentimetern. Für größere Strecken wird die **Meile** verwendet, wobei 1 Meile ca. 1,6 Kilometern entspricht.

Gaffelsegel: ein viereckiges Segel, das in Längsrichtung des Rumpfs am hintersten Mast eines Schiffs aufgespannt ist

Geordie-Slang: vorherrschender Dialekt in Newcastle upon Tyne

Glorreiche Revolution: 1688/89 gelang es den protestantischen Engländern, den katholischen König Jakob II. aus Schottland abzusetzen. Dieser Akt gilt vielen als Wiege der englischen Demokratie.

Grand Saint Antoine: Name des Schiffs, das am 25. Mai 1720 vor Marseille ankerte und die große Pestepidemie auslöste. Ihr fielen in Marseille und Umgebung etwa 100 000 Menschen zum Opfer.

Großer Nordischer Krieg: wurde von 1700 bis 1721 rund um die Ostsee um die Vorherrschaft in diesem Gebiet geführt. Hauptakteure waren Schweden, Dänemark, Frankreich, Russland. Vielfältige Entwicklungen mit wechselnden Allianzen. Gewinner war Zar Peter I., der mit Sankt Petersburg einen Zugang zur Ostsee erhielt.

Île à Vache: eine zehn Kilometer vor der Südküste des damaligen Saint-Domingue (dem heutigen Haiti) gelegene Insel

Jakobiten: So wurden die Anhänger (in Schottland, England, Wales und Irland) des im Exil lebenden, vertriebenen Königs Jakob II. (und seiner Nachfolger im französischen Exil) aus dem Hause Stuart genannt, die auf eine Wiederherstellung der alten Monarchie auf der britischen Insel hofften. Diese Gemeinschaft wurde auch zunehmend zu einem Sammelbecken verschiedener Strömungen, die die englische, protestantische Krone ablehnten.

Killiecrankie: Dorf in Schottland, in dem am 27. Juli 1689 die erste Schlacht der Jakobiten gegen die Engländer stattfand. Hier siegten die Jakobiten, zahlten jedoch einen sehr hohen Blutzoll.

Marshalsea Prison: von 1373 bis 1842 das größte und grausamste Schuldgefängnis im Herzen von London

Saint-Domingue: war im Zeitraum von 1697 bis 1804 Kolonie der Franzosen, Westteil der Insel Hispaniola (heutiges Haiti)

Schlacht von Glen Shiel: Am 10. Juni 1719 fand im Tal des Shiel (im Nordwesten Schottlands in der Nähe von Fort William) eine Schlacht der Jakobiten mit spanischer Unterstützung gegen die englische Besatzungsmacht statt, die die Truppen der Jakobiten schnell gegen die militärisch überlegenen, gut organisierten Engländer verloren.

Schlacht von Sheriffmuir: Am 13. November 1715 fand im Nordwesten Schottlands eine Schlacht zwischen Jakobiten und englischem Militär statt, die unentschieden ausging. Trotz der hohen Verluste auf englischer Seite konnten die Jakobiten diesen Vorteil nie weiter für sich nutzen. Es blieb beim „Patt" in dieser Region.

South Sea Company: Die Gesellschaft wurde 1711 gegründet, um die Staatsschulden Englands zu verwalten. Sie sollte vor allem Sklavenhandel mit Südamerika tätigen. Die platzende „Südseeblase" führte ab 1720 zum ersten großen Börsencrash in London mit verheerenden Auswirkungen für die englische Wirtschaft.

Suprematseid: ein Eid, den englische Beamte und Kirchenobere auf den König leisten mussten, um seine Herrschaft anzuerkennen. Dieser Eid war eine Folge des am 3. November 1534 verabschiedeten Gesetzes des englischen Parlaments (des **Supremataktes**), in dem sich Heinrich VIII. zum Oberhaupt der anglikanischen Kirche ernennen ließ.

Surgeon: Wundarzt/Wundärztin; im 17. und 18. Jahrhundert (ohne Studium) medizinisch-praktisch tätige Person, die mit überlieferten Behandlungsmethoden (Aderlass o. Ä.) mehr oder weniger hilfreich ihre Patienten behandelte

Tampen: Teil eines Taus oder einer Leine

Thief-Taker: sind als eine Vorstufe der Polizei zu sehen und wurden im 17. Jahrhundert sowohl von den Opfern als auch von der Justiz bezahlt. Bestohlene Menschen mussten ihnen die sichergestellte Beute abkaufen. Für die Auslieferung der gesuchten Missetäter an die Justiz wurden Prämien bezahlt.

Tonsur: teilweises Entfernen des Kopfhaares aus religiösen Gründen

Vetivergras: hoch wachsendes Gras, das zur Sorte der Süßgräser gezählt wird und aus dem man ätherische Öle gewinnen kann

Wanten: Bezeichnung im Segelschiffbau für Seile zum Verspannen von Masten

Aiden Hunter, geb. am 04.06.1677 (Aiden = irisch: *klein und feurig*), wohnt in Kingston upon Thames, Malden Street. Er ist der Cousin von Riley MacIntyre, dessen Vater Farlan der Bruder seiner Mutter Kendra war. Als Waisenjunge hatte er lange in Leith bei Familie MacIntyre gelebt.

Orla Hunter, geb. Drummond, geb. am 14.04.1678 (Orla = irisch: *goldene Frau*), seit 1700 verheiratet mit Aiden Hunter, lebt mit ihm in Kingston upon Thames (K. an der Themse, in der Nähe von London). Sie ist die Schwester von **Thomas,** geb. 1674, **Rob,** geb. 1676 und **Rory,** geb. 1682.

Sean Kester Hunter, geb. am 19.10.1702, einziges Kind von Orla und Aiden Hunter

Kendra Hunter, geb. MacIntyre, geb. am 04.03.1646, gest. am 29.11.1689, Mutter von Aiden und Linda und Ehefrau von:

Kester Hunter, geb. am 16.05.1642, Vater der beiden Kinder, fällt als Jakobit in der Schlacht von Killiecrankie am 27. Juli 1689

Riley MacIntyre, geb. am 10.02.1675 (Riley = irisch: *der Tapfere*), Aidens Cousin, seit 1699 Pirat in der Karibik, lebt auf der Île à Vache südlich von Saint Domingue (Ostteil von Hispaniola, heutiges Haiti)

Farlan George MacIntyre, geb. am 09.04.1651, gest. Oktober 1712, Bruder von Kendra Hunter, Vater von Riley, war Fischer auf dem Firth of Forth, Ehemann von:

Ailis MacIntyre, geb. am 10.04.1653 (Ailis = *Gott ist vollkommen*), Rileys Mutter, wohnt in Leith

George Ogdan, geb. 1673, vertritt Riley auf dem Boot des Vaters, während Riley in der Karibik weilt

Marjorie Bonnie Buchanan, geb. Gordon, geb. am 12.06.1675, Ehefrau von Cailean; Mutter von Davina Bonnie und Catriona

Cailean Buchanan, geb. am 17.03.1674, wohnt verarmt in Fort William. Ist aktiver Jakobit. Ältester Sohn von Malcolm; Ehemann von Marjorie

Davina Bonnie Buchanan, geb. am 15.03.1698, erstes Kind von Marjorie und Cailean

Catriona Buchanan, geb. am 20.01.1700, zweites Kind von Marjorie

Malcolm Buchanan, geb. 1648, Laird und Clanführer, wohnte früher mit seiner Familie in Edinburgh, Hillhouse Road, Cameron House war der Stammsitz am Ostufer des Loch Lomond. Stirbt verarmt 1717 als Folge des gescheiterten Darién-Projekts.

Elisabeth Buchanan, geb. 1650, Ehefrau von Malcolm. Stirbt verarmt in Edinburgh 1720.

HISTORISCHE FIGUREN: *

*William Paterson, geb. 1658 in Schottland, Gründer der Bank of London, anerkannter Ökonom und Ideengeber für die Gründung der Kolonie, fährt mit in die Kolonie. Seine zweite Frau war *Hannah Paterson, geb. Lloyd, geb. 1668, gest. am 04.11.1698, ihr gemeinsamer *Sohn Francis, geb. am 05.02.1698, gest. am 03.11. 1698. Paterson kehrt nach dem Darién-Abenteuer nach Hause zurück und stirbt am 22.01.1719 in London.

*George Caswall, geb. vermutlich 1672, gest. 1742, einer der Gründer der South Sea Company, einflussreicher Parlamentarier und Banker in London

*Francis Atterbury, geb. am 06.03.1663, gest. am 22.02.1732, Bischof von Rochester, aktiver Jakobit – der Aufstand der Jakobiten 1722 ist nach ihm als Atterbury-Putsch in die Geschichte eingegangen.

*John Cossins, geb. 1697, einer der ersten Kartografen in England, der durch Vermessung von York und Leeds berühmt wurde; studierte in Oxford.

*Henry Mill, geb. 1683, eigentlich Wasserbauingenieur, aber auch erster Patentinhaber in England für eine Schreibmaschine 1714

*Edward Willes, geb. am 06.03.1694, Krypotgraph, der dank seiner genialen Dechiffrierfähigkeiten, die er der englischen Regierung zur Verfügung stellte, vom Priester zum Bischof aufstieg. Er dechiffrierte überwiegend Schreiben der Jakobiten und löste damit auch 1717 die Gyllenborg-Affäre aus.

*Robert Walpole, geb. am 26.08.1676, gest. am 18.03.1745, erster Premierminister Englands, berühmter Politiker, der die Jakobiten bekämpfte. Als Schatzkanzler hatte er eine wichtige Funktion im Management des Börsencrashs der sog. Südseeblase 1720. Er wohnte als Erster in Downing Street 10 in London!

*Robert ("Rob") Roy MacGregor, geb. am 07.03.1671 in Glengyle, wurde bekannt als schottischer Robin Hood, kämpfte lange auf der Seite der Jakobiten.

*Sir Henry Morgan: geb. 1635, gest. 1688; gilt als berühmtester Pirat des 17. Jahrhunderts, walisischer Freibeuter, überwiegend in der Karibik aktiv. Er wurde von der englischen Krone in den Adelsstand erhoben und später zum Vizegouverneur von Jamaica ernannt.

WEITERE CHARAKTERE

Bronwyn Hampdon, geb. 1652, Besitzer der Segeltuchfabrik; stammt aus Cardiff/Wales, heiratet die verwitwete Skye Drummond und lebt mit ihr in seinem Haus am Victoria Quai in Leith

Skye (Name von Isle of Skye) Maria Hampdon, verwitwete Drummond, geb. am 08.07.1655, Mutter von Orla, Thomas, Rob und Rory; Ehefrau von James Archibald Drummond, nach dessen Tod heiratet sie Bronwyn Hampdon.

*Craig Layer, geb. am 12.11.1683, Aktivist für die Sache der Jakobiten; war überwiegend in Rochester tätig und arbeitete dort mit Francis Atterbury, dem anglikanischen Bischof zusammen.

Kailey MacDonald, geb. 1684 in Leith, ist Ehefrau von:

George MacDonald, geb. 1682 in Edinburgh, Vorarbeiter in der Segeltuchfabrik von Bronwyn Hampdon

Larna Mills, geb. 1689 in Kingston upon Thames, Hausangestellte von Orla und Aiden

George Kemp, geb. 1668 in London, Aidens Chef ab 1719

Cailliou Lemaire, geb. 1679 in Grenoble; tritt auf wie ein Mönch; ist überwiegend in Rochester aktiv.

Amaury Legrange, geb. 1681 in Marseille, Besitzer und Kapitän der *L'Entreprise*, Sohn von Plantagenbesitzer (Zuckerrohr) in Saint-Domingue: **Raimond Legrange**

Myla Amboise, geb. 1676 in Aix-en-Provence, Ehefrau von **Nouel Amboise,** geb. 1674 in Marseille, Plantagenbesitzer (Zuckerrohr) auf Saint-Domingue

Amelia Brennan, geb. 1692 in Avignon, Ehefrau von **Cedric Brennan,** geb. 1688 in Toulon; Plantagenbesitzer (Zuckerrohr) auf Saint Domingue

Linda Hazelwood, geb. Miller, geb. am 27.11.1689, arbeitet in der englischen Kaserne in der Nähe von Mallaig. Ihr Ehemann ist dort als Soldat stationiert.

RILEY MACINTYRES SEERÄUBERMANNSCHAFT

Albert Conteville, geb. 1679 in der Normandie, Rileys 1. Offizier

Taron Mulligard, geb. 1684 in Newcastle, Rileys 1. Steuermann

Marty Ross, geb. 1673 in London, Matrose und Pirat, wird meistens nur Ross gerufen.

Leddy Gowen, geb. 1697 in Edinburgh, Matrose und Pirat. Eltern in der Kolonie am schwarzen Fieber verstorben, als dreijähriges Kind kam er zu den Piraten unter Kapitän William Aniston. Seine Ziehmutter ist die farbige **Milena Ebimbe,** geb. etwa 1684 an der Westküste Afrikas (heute Senegal). Lebt auf der Île à Vache bei den Piraten.

Bente Harmsen, geb. 1692 in der dänischen Kolonie St. Thomas, Matrose, dänische Abstammung

Knud Hanson, geb. 1688 in Dänemark, Matrose

Godric Parker, geb. 1671 in Cork, einer der Ältesten in der Crew der Piraten